The Stone of Days

세월의 돌

— 봄의 대륙을 가로질러 —

3

[아룬드 _ Arund]
수레바퀴, 도는 것, 순환, 되풀이, 달력의 한 달

세월의 돌 세계의 달력 체계
; 14 아룬드(月) 달력

3월 '아르나(Arna)'

4월 '타로핀(Tarophin)'

5월 '키티아(Kitia)'

6월 '인도자(Guardian)'

7월 '약초(Herb)'

8월 '파비안느(Pabianne)'

9월 '환영주(Harsh Miosa)'

10월 '방랑자(Wanderer)'

11월 '점성술(Astrology)'

12월 '문자(Word)'

13월 '황금(Gold)'

14월 '노현자(Elder Sage)'

1월 '음유시인(Troubard)'

2월 '암흑(Darkness)'

The Stone of Days

세월의 돌 3

봄의 대륙을 가로질러

4장.
3월 '아르나(Arna)'

3월 '아르나(Arna)'

처녀 아르나의 별 '아르나니(Arnani)'가 지배하는 아룬드. 부드럽지만 변덕스러운 날씨는 겨울이 물러가고 봄이 왔음을 알린다. 그대는 닫혔던 창을 열고, 봄이 어김없이 지킨 약속을 바라보며, 사랑을 시작하는 자들의 글을 써나갈 수 있으리라.

아르나는 고대의 이스나에-드라니아라스 '레오 로아킨'의 연인이었던 농가의 처녀이다. 그녀에겐 훌륭한 혈통도, 특별한 힘도 없었지만 사랑을 지키기 위해 물러서지도 않았고, 자부심을 버리지도 않았다. 당차고 강인한 아르나는 대륙의 가난하고 평범한 사람들이 가장 사랑하는 전설 속 인물이며, 그녀가 차지한 3월은 세상 만물이 겨우내 손꼽아 기다리는 아름다운 봄이다.

아르나와 레오 로아킨은, 연인들에게 시련을 줄지는 몰라도 결국은 맺어지게 해 준다는, 아주 효험 있는 맹세의 주인들로 알려져 있다. 그러나 이 이름을 두고 한 맹세를 깬 사람에게 배신의 대가를 반드시 가져다주는 걸로도 알려져 있어 경솔한 연인들이 섣불리 거론할 수 없는 이름들이기도 하다.

아르나의 사랑은 수많은 시와 노래, 이야기로 만들어져 대륙 어디에서나 들을 수 있다. 그러나 창작자들은 고장마다 약간씩 다른 구전을 반영하였다. 그러나 아르나가 레오 로아킨과의 사랑으로 인해 얻은 행복만큼이나 잔인한 대가를 치렀고, 노래의 대미가 아르나의 죽음으로 맺어진다는 점은 모두 동일하다. 아르나가 어느 민족인가에 대해서는 이설이 많으나, 아르나 강과 아르나 시가 이스나미르 북부에 있는 것으로 보아 엘라비다 족이라는 설이 가장 유력하다. 그러나 대부분의 마브릴 족은 또한 이 가설에 반대한다. 로존디아 땅에는 이스나미르의 아르나 강보다는 훨씬 작지만 다른 아르나 강이 있으며 레오 로아킨과 아르나가 처음 만났다는 작은 언덕이 남아 있어서 역시 아르나라는 이름으로 불린다. 그리고 로존디아의 수도인 '아르나브르' 역시 그녀의 이름에서 유래했다.

이 시기에 봄이 돌아온 것을 축하하는 '프랑딜로아(봄 축제)'가 벌어지며, 많은 연인들이 축제의 춤 속에서 사랑을 시작한다. 무엇이든 쉽게 할 수 있을 것처럼 생각되고 실제로 그렇게 많은 일이 시작된다. 처녀들은 이때에 매우 아름다워져 결혼도 잦다고 한다. 그러나 잘못된 사랑의 시작으로 고통이 시작되는 경우도 그만큼 많으리라.

아르나 아룬드는 '첫 번째 열정기'라고도 불리며, '고귀한 처녀를 따라 미망의 상자 속에 갇히다'라는 경구처럼 무분별하고 미숙한 열정과 그로 인한 희생을, 그리고 동시에 그러한 희생의 고귀함을 나타낸다. 오래 고통받을 사랑의 시작, 생애를 통한 기다림, 아름다움 뒤에 감춰진 악한 의도, 순수한 자가 스스로를 제단에 바침, 제물의 눈이 감기는 순간 태어나는 봄 등을 암시한다. 이 아룬드를 상징하는 빛깔은 첫 봄을 알리는 아름다운 초록빛이다.

— 점성술사들이 달력에 적는 각 아룬드의 의미,

그중 세 번째.

1. 프랑딜로아

처녀는 말했다.

"내가 그대를 구해 줄 수 있어요. 상응하는 대가만 준다면!"

농가의 처녀는 그가 지금껏 보아 온 여인들이 생명처럼 여기던 우아한 예절을 알지 못하였다. 그가 자신의 신분과 이름을 밝혔으나, 그 이름의 무게를 알지 못하였기에 고귀함에 무릎 꿇지도, 권위에 겁을 먹지도 아니하였다. 그러나 레오 로아킨은 화를 내지 않고 미소를 지었다.

"처녀여, 원하는 것을 말하시오. 이제 그대의 도움 외에 기대할 것이 없는 나로선, 그 대가가 무엇이든 거절할 수 없으리라는 생각이 드오만."

처녀는 다시 말했다.

"약속하시겠지요? 고귀하신 이스나에-드라니아라스. 대가는 우선 제가 그대를 구해 드린 다음에 받도록 하지요. 흰 햇살이 봄을 비추고 있나니, 밀린 빨래를 하기엔 아주 좋은 날이지요. 어머니도, 그 누구도 모르게! 그러니 오후가 되기 전에 그대는 동료들에게 돌아갈 수 있을 거예요."

레오 로아킨이 말했다.

"그대가 나를 찾아내지 아니하였더라면 내가 어찌 이 곤경을 벗어날 수 있었을까! 그대는 진정 미라티사 정령만큼이나 반가운 이요!"

처녀는 대꾸하였다.

"미라티사라면, 저보다 훨씬 더 솜씨 있게 해냈겠지요! 곤경에 빠진 이에게 저처럼 대가도 바라지 않았을 것이고요."

그리하여 처녀 아르나는 레오 로아킨을 곤경에서 구해 냈다. 이스나에는 할 수 있는 일과 할 수 없는 일에 뚜렷한 구분이 있다. 아르나는 솜씨 있는 처녀였고, 그래서 레오 로아킨이 할 수 없는 일, 즉 진창에 빠진 그의 옷과 신발을 금방 손질하여 세탁했으며 그를 자신의 방 안에 숨겨 주었다. 레오 로아킨에겐 갈아입을 옷이 마땅히 없었다. 그래서 아르나가 방으로 돌아왔을 때, 매우 애매한 상태로 있을 수밖에 없었다.

흰 햇빛이 숲을 비추는 따뜻한 봄, 할 일을 다 한 농가의 처녀는 그에게 약속한 대가를 요구했다.

— 계관자(桂冠者) 메란 두하스 作
〈처녀 아르나〉 1장 37편

흙을 짚고 앉아 있자니 이상한 기분이 들었다. 손바닥이 간질간질한 것도 같고, 따끔한 것도 같다. 손목 언저리를 흙바닥에 몇 번 문지르다가 들여다봤지만 젖은 흙이 약간 묻어 있을 뿐이었다.

"주아니, 자니?"

조금 전까지 종알종알 떠들고 있더니 어느새 대답이 없었다. 졸음이 솔솔 오는 날씨랄까. 몸이 나른한데 기분은 나쁘지 않았다.

"파비안! 그만 내려와! 배가 곧 도착할 거야!"

강나루에 서 있는 유리카의 목소리가 들렸다. 가겠다고 손을 흔들어 주고, 몸을 일으키기 전에 목을 젖혀 다시 하늘을 봤다. 탁 트인 하늘에 높새구름이 시원스런 호를 그렸다. 강물 냄새, 풀 냄새 말고도 무슨 냄새가 나는 것 같다. 흙 묻은 손을 다시 보았다. 흙냄새를 맡아 봤다. 뭔가 알 듯도 하고.

배낭을 집어 들며 벌떡 일어섰다. 내려다보니 나룻배가 나루에 닿는 것이 보였다. 강 맞은편에서 타고 온 사람들이 내리기 직전이었다.

"갈게!"

강둑을 한달음에 뛰어 내려갔다. 강둑의 흙은 축축하고 부드러워 발을 디딘 곳마다 한 줌씩 무너졌다. 유리카 곁에 선 나는 사람들이 다 내리기를 기다리다가 헛기침을 한 번 하고 말했다.

"공기가 좀 다르지 않아?"

"응?"

유리카는 사공에게 줄 동전을 세다 말고 나를 쳐다보았다.

"무슨 냄새 안 나?"

"냄새라니?"

나는 흙바닥을 짚었던 손을 내밀었다. 손에는 흙 자국이 아직 거무스름하게 남아 있었다.

"흙에서, 뭔가 올라오더라고. 따끈따끈한 게……."

그제야 유리카의 입가에 미소가 피어났다.

"땅 밑에서 자고 있던 봄 말이지?"

오늘은 아르나 아룬드 3일이다.

달을 위협하던 검은 별이 사라지자마자 신비롭도록 갠 사흘간이었다. 그 동안 우리는 줄곧 아르나 강을 따라 걸어왔다. 지난 암흑 아룬드를 다시는 잊을 수 없겠지만, 지금 생각만으로는 모두가 다 꿈이었던 것만 같다.

우리 앞에 흐르는 강은 중류에 접어들어 비교적 잔잔해진 아르나였다. 그러나 악령의 노예들에게 쫓겨 절벽에 다다랐을 때 우리를 가로막으며 흐르던 강도 아르나였다. 두 강이 같은 강인 것처럼, 그때의 기억을 갖고 이렇게 웃을 수 있는 나 역시 나 자신이겠지.

아, 정말 좋은 공기야.

"자, 자, 한 사람에 1존드씩 내요!"

쳇, 무지하게 비싸다. 한여름이라면 헤엄쳐서 건널 텐데. 아니지, 그랬다간 여분의 옷이나 말린 식량까지 다 젖어버려서 곤란한가?

나룻배치고는 커서 한 번에 열 명 넘게 탈 수 있는 배였다. 그러나 이번 차례에 탈 사람은 나와 유리카까지 일곱 명 정도밖에 안 됐다.

배에 자리가 남아서인지 사공이 출발에 뜸을 들였다. 두 명만 더 태워도 2존드가 그냥 생길 테니까. 내가 눈을 가늘게 뜨자 유리카가 웃었다.

"리에주 상인께서는 폭리에 분개하는 중?"

나는 사공 얼굴을 흘끔 보고 목소리를 낮춰 지껄였다.

"사공이 이렇게 저예산 고수익 직종인 줄 예전엔 미처 몰랐지. 열 명만 태우고 한 번 가면 10존드, 돌아오면 또 10존드, 하루에 몇 번 왔다 갔다 할 수 있을까? 밤에는 쉰다 쳐도 스무 번은 넘게 오갈 텐데 그럼 도대체 얼마야?"

"그렇게 대단하지 않을걸."

"왜?"

유리카는 주위 풍경을 휘둘러보더니 말했다.

"이렇게 목 좋은 나루에서 배를 돌리려면 분명 거저는 안 될 테니까. 아르나 시에서 뜯어가고 있을 게 뻔하지."

쩝, 하고 입맛을 다셨다. 유리카 말이 맞았다. 어차피 남의 사정이고 갑자기 사공이 될 생각도 없으니 깊이 생각하지 않은 거지만, 그 정도가 세상 돌아가는 이치이려나.

"게다가 요즘 대목이잖아. 프랑딜로아(봄 축제)에 참가하려고 아르나 시에 가는 사람들이 몰릴 때라고. 이런 때 뱃삯 조금 올려 받아야지, 아니면 언제 돈 벌겠어?"

'아르나 아룬드에 아르나 시에 가서 프랑딜로아를 본다'는 건 말만으로도 그럴듯하지만, 사람들이 몰리는 이유는 그런 이름 값만이 아니었다. 아르나 시의 프랑딜로아에 참가한 남녀가 그 해 결혼하면 평생 사랑이 깨지지 않는다는 속설이 있어서, 결혼을 앞둔 사람들이 순례하듯 찾는 곳이 되어버린 것이다. 그리고 보면 아르나 시는 이름 한번 잘 지었네. 이름 하나로 벌어들이는 돈이 얼마야?

그 즈음 사공의 기다림에 성과가 있어 저만치 한 사람이 나타났다. 서른 몇 살쯤 되어 보이는 사내로, 검 한 자루를 차고 겨울용 두터운 망토를 두르고 있었다. 그는 배가 기다리고 있는 것을 보자 걸음을 빨리해서 다가왔다.

"1존드 내쇼."

남자는 10존드짜리 은화를 내고 돈을 거슬러갔다. 나는 눈썹을 약간 올렸다. 할 일이 없다보니 눈에 띈 거지만, 팔을 약간 올린 남자의 망토 안쪽으로 두툼한 돈주머니가 보였던 것이다. 주둥이를 조이는 가죽 끈을 두 겹으로 엮어 놓아서, 한 번 당겨서는 풀 수 없는 튼튼한 돈주머니였다. 내 경험상 저런 좋은 돈주머니는 금화를 갖고 다니는 사람들이 주로 쓰는 것인데, 그럼 설마 저게 다 금화?

하지만 아무리 봐도 돈 있는 사람의 차림새가 아니었다. 그렇다고 강도질이라도 할 만한 험악한 얼굴도 아니고 말이다. 하긴 그런 큰돈이 있으면서 호위도 없이 혼자 다닐 사람은 별로 없을 테니 금화 어쩌고는 역시 내 상상에 불과할 것 같았다.

남자는 내 맞은편에 자리를 잡고 앉았다. 사공이 출발한다고 커다랗게 외쳤고, 배가 움직이기 시작했다.

"물이 참 맑다."

나는 뱃전 너머를 내려다보며 중얼거렸다. 아직 강기슭인지라 바닥의 조약돌과 모래까지 투명하게 들여다보였다.

"물도 너무 맑으면 물고기가 없다던데. 이 정도로 큰 강이니 전혀 없진 않겠지만……."

내 중얼거림을 들은 유리카가 빙그레 미소 지으며 강을 내려다보았다. 옛 일을 떠올리는 듯한 얼굴이었다. 이윽고 그녀가 말했다.

"그래서 그 조금뿐인 물고기가 보통이 아닌 거지."

"보통이 아니라니? 물고기가 뭘 어쩌는데?"

나는 사람이 손을 내밀면 물어뜯는다든가, 수면 위로 튀어 올라 공중에서 세 바퀴 반 회전하는 그런 '보통이 아닌' 물고기를 떠올리며 멍한 표정을 지었다. 으음, 그럴듯하겠다는 생각이 드는 걸 보니 봄 졸음이 아직 덜 깬 건가.

"어쩌다니? 무슨 생각을 하는 거니? 물고기라면 맛밖에 더 있어?"

아, 그렇겠네. 음…… 그런데 왠지 아쉽잖아.

"그, 그렇지. 그런데 물고기가 뭐 별난 맛이 있어? 다 엇비슷하지."

나야 녹색 호수에서 가끔 잡히던 송어 말고는 죄다 소금에 절이거나 말린 생선을 먹어봤을 뿐이라, 생선에 새삼스런 맛이 있다는 이야기가 별로 믿어지지 않았다. 하지만 유리카는 고개를 저었다.

"'은지느러미'라고 부르는 물고기야. 고작 한 뼘이나 될까 싶게 작지만, 몸집에 비해서 등지느러미가 아주 큰 편이고 또 반짝거리거든. 아르나 강에서만, 그것도 중류 아래에서만 잡힌다고 하더라고. 안 먹어본 사람은 그 맛을 상상도 못 할 거야. 입에서 사르르 녹는 듯하면서, 또 쫄깃한 게 감칠맛이 돌거든. 아아, 다시 한 번 먹어봤으면 좋겠다."

그렇게까지 말하니 나도 구미가 당겼다.

"아르나 시에서 파는 곳이 있는지 찾아볼까?"

유리카는 고개를 저었다.

"어려울걸. 지금은 철도 지났고. 겨울 고기거든. 게다가 귀하다보니 엄청 비싸단 말야. 파비안 네 성격에 그걸 돈 주고 사먹을 것 같진 않구나. 후후……."

나는 약간 발끈하며 물었다.

"아, 도대체 얼만데 그래?"

"제철에 시장에서 사도 한 마리에 20존드는 될 걸. 요릿집에서 시키면 40존드는 너끈히……."

나는 저도 모르게 입을 딱 벌렸다.

"뭐? 그 물고기는 몸 안에 진주라도 만드는 거냐?"

"후후훗……."

유리카는 그럴 줄 알았다는 듯이 고개를 흔들며 웃어버렸다. 은근히 약이 올랐지만, 그렇다고 20존드 주고 물고기 한 마리를…… 먹을 리 있냐! 젠장, 그래도 왠지 기분 나쁘네.

"쳇, 역시 공중 세 바퀴 반 쪽이 더……."

"응?"

"아, 아냐."

어느새 떠나온 강둑이 내릴 강둑만큼이나 멀어져 있었다. 나는 말도 돌릴 겸 주위를 두리번거리다가 말했다.

"기세 좋던 아르나 강이 이 정도로 얌전해지다니 놀랍네."

"셔벗 강에서는 내가 배 한 번 흔드니까 얼굴 하얘지더니, 이젠 담이 좀 커졌나 보네?"

나는 못들은 체 하고 맞은편 강둑을 가리켰다.

"저 강둑을 봐. 상류에서 봤을 땐 가파른 낭떠러지였는데 이렇게 낮아졌잖아? 강물이 얼마나 깎아냈겠어. 이젠 힘 빠질 때도 됐지."

그러나 그 말은 곧 거짓말이 돼버렸다. 금세 배가 심하게 기우뚱거리고 물방울이 튀어 다들 옷자락 추스르고 얼굴 닦느라 난리가 벌어졌던 것이다. 나는 애써 한가로움을 가장하며 떠나온 강둑 쪽을 바라보았다. 우리가 걸어왔던 길이 굽이굽이 멀어지는 것이 보였다. 오다가 절벽을 타고 흐르는 가느다란 폭포를 보았던 기억이 나서 자세히 봤지만, 물안개가 서려 거기까지는 보이지 않았다.

철썩!

……내 눈에도 물안개가 서렸고 말이다.

"괜찮니?"

유리카가 웃음을 참으며 물어왔다. 나는 소맷부리로 눈가를 훔친 다음 코를 찡그려 보였다.

"그래, 무척이나 괜찮다."

유리카는 킥 웃더니 숫제 가락을 만들어 노래를 불렀다.

"신나는 배 여행, 흔들흔들, 흔들흔들, 철썩!"

무슨 말로 눌러줄까 고심하며 허공을 바라보다가 문득 이상한 기분이 들었다. 턱을 그대로 든 채 눈동자만 슬쩍 아래로 내려 봤다. 아니나 다를까, 맞은편에 앉은 남자가 고개를 좌우로 갸웃갸웃하며 흥얼대는 유리카를 빤히 쳐다보고 있지 않은가? 저러는 유리카가 좀 귀엽긴 하지만…… 저렇게 노골적인 눈길은 뭐야?

나는 천천히 고개를 바로 했다. 그를 제대로 보려는 순간, 이번에는 그와 나의 눈이 마주쳐버렸다.

"……?"

나도 놀랐지만 그도 움찔하는 기색이었다. 어째서 눈이 마주치게 된 건지 모르겠다. 이쪽은 귀여운 여자애가 아니잖아? 뭘 볼 게 있다고 날 쳐다봐?

그런데 어찌된 셈인지 둘 다 눈을 돌리지 않았으므로, 잠시 후엔 어리둥절할 정도로 빤히 바라본 꼴이 돼버렸다. 이쯤 되면 모르는 체 하기엔 늦었다. 어느 쪽이든 입을 열지 않을 수 없었다.

수고는 저쪽이 대신해 주었다.

"왜 쳐다보지?"

그…… 그건 이쪽에서 물을 말인데?

수고를 던 게 아니라 선수를 뺏긴 셈이 된 나는 우물대다가 엉뚱한 대구를 내뱉고 말았다.

"저, 저, 어, 어디선가 뵌 분 같네요?"

남자는 고개를 왼쪽으로 약간 기울였다가 바로 했다.

"모르겠는데?"

"그, 그래요? 그렇군요. 음, 제가 잘못 봤나 보네요."

"으음."

남자는 다시 고개를 숙여버렸다. 시선에서 해방되자마자 생각해 보니 어이가 없었다. 본 적이 있긴 개뿔이 있냐. 당연히 처음 보는 녀석이지. 그러니까 당황해서 변명을 한 셈인데, 먼저 쳐다본 건 저쪽이잖아? 왜 내가 변명을 하고 만 거지?

그건 저 녀석이 너무 뻔뻔스러워서다. 잘도 제가 먼저 '왜 쳐다보지?' 따위로 말했겠다.

"저기, 이것 봐요."

내가 부르자 남자는 다시 고개를 들었다. 새삼 보니 눈빛이 좀 음침하다 싶었다. 아니, 그보다는 우울하다고 해야 하나.

"아무리 봐도 당신을 어디서 본 것 같거든요? 정말 저 모르시나요?"

남자의 얼굴에 약간 당황한 기색이 떠올랐다. 나는 태연하게 눈썹을 올렸다 내렸다 해 보였다. 그는 한참이나 기억을 더듬는 듯했지만 결국 이렇게 말할 수밖에 없었다.

"……모르겠군."

난 속으로 고소를 머금었다. 고민거리를 던져 준 걸로 조금쯤 앙갚음은 된 것 같았지만 일부러 한 번 더 확인해 주었다.

"정말인가요? 그거 참 이상하네. 혹시 전에는 짧은 머리 아니었고요?"

어깨를 덮는 머리카락을 보며 슬쩍 덧붙였는데 갑자기 뜻밖의 대꾸가 들려왔다.

"그래, 생각이 났어."

생각이 나다니? 나긴 뭘 나? 날 생각도 없잖아?

남자는 눈을 가늘게 내려 떴는데 그렇게 보아서 그런지 조금 음흉한 표정 같기도 했다.

"자네, 테틀란 목재 경매장에서 바람잡이 하다가 발각 나서 뭇매 맞던 그 친구 아닌가? 여기까지 와서 만나게 될 줄은 몰랐군. 지금도 도망 오는 길인가?"

먼저 내린 유리카는 내 얼굴을 보며 키득키득 나오는 웃음을 참느라 고생 중이었다. 사람들은 모두 배를 떠나기 직전에 내 쪽을 흘끔 쳐다보았다. '경매장에서 바람잡이 하다가 발각 나서 뭇매 맞은 녀석'의 얼굴이 어떤지 보고 싶었던 모양이었다. 그들 입장에선 자기만 몰래 쳐다본 거겠지만, 나로선 너희 모두가 똑같은 위치에서 똑같은 짓을 하는 걸 보고 있단 말이다!

"파비안, 안 내리고 뭐해? 도로 저쪽 강변으로 가려고? 그럼 또 1존 드다."

흘끔대는 사람들을 신경 쓰다 보니 어느새 배에 남은 사람은 나뿐이었다. 재빨리 뛰어내리자마자 뒤도 안 돌아보고 걸었다. 유리카가 따라와 나란히 걸으면서 어깨를 톡톡 두드렸다.

"파비안, 정말로 신경 쓰는 건 아니지?"

나는 두 손을 펴서 양쪽으로 올렸다.

"아까 내가 아니라고, 잘못 본 거라고 소리를 질러도 믿는 사람 한 명도 없는 거 봤잖냐."

"네가 어딜 봐서 경매장 바람잡이처럼 생겼니? 나라면, 내가 널 몰랐다 해도 믿지 않았을 거야."

"고맙다. 그럼 내가 뭐처럼 생겼는데?"

유리카는 내 흉내를 내며 두 손을 양쪽으로 올렸다.

"그거야 물론 악덕 점원."

위로를 하려면 끝까지 할 것이지.

나는 문제의 남자가 어디쯤 있는지 궁금해서 고개를 빼고 앞을 봤다. 처음엔 길이 오르막이어서 안 보였는데, 내리막이 시작되는 곳에 이르니 저만치 아래에 걷고 있는 남자가 보였다. 이 길을 걷는 사람은 모두 목적지가 같으니 저 자도 아르나 시로 가는 거겠지?

훗, 그냥 당하고만 있을쏘냐.

나는 대뜸 달음질쳐 그 남자 뒤에 따라붙었다. 남자가 기척을 느끼고 돌아보더니 의아한 표정을 했다.

"웬일이지?"

처세술에도 급이 있다면 여기서 '내게 망신을 주다니!' 하고 멱살잡이라도 하는 것은 아주 낮은 급일 게 틀림없다. 나는 미소를 지어 보였다. 좀 더 정확히 말하면 입가를 양쪽으로 찢으며 광대처럼 씨익 웃어 보였다.

"어쨌든 저를 어디서 보긴 보신 게 맞죠? 경매장 바람잡이 얘기는 농담이신 거 다 알고요. 다른 사람과 헷갈리기엔 제 머리 색깔이 좀 별나잖아요? 그래서 말인데……."

내가 머리 색깔 이야기를 하는 순간, 상대의 표정이 살짝 변했는데 이유는 모르겠다.

"사실은 일부러 저를 만나려고 따라오신 거죠? 다 알아봤으니까 괜히 고생하지 마시고 솔직히 털어놓으세요. 왜 쫓아오셨죠? 저한테 원하시는 게 뭔데요?"

소설 한 편 쓰는 기분으로 속으로 낄낄거리고 있는데, 남자가 잠시 사이를 두고 대답했다.

"맞아. 자네를 찾아왔어. 원하는 게 뭐냐고? 밝힐 수 없네."

그러더니 몸을 돌려 계속 걷는 게 아닌가?

"저, 저……."

내가 쫓아가며 뭐라 말을 붙이려 하자 그가 다시 돌아봤다.

"알고 싶으면 따라와."

나는 멈춰 섰다. 유리카가 따라와 내 옆에 서더니 몸을 기울여 내 얼굴을 엿봤다.

"한 방 먹은 얼굴이네?"

"틀렸어. 두 방 먹었어."

열 걸음 정도일까. 꼭 그 정도 앞에서 남자가 걷고 있었다. 어차피 목적지가 같으니 아르나 시까지는 싫어도 따라갈 수밖에 없었다. 그러나 아르나 시에 들어간 뒤에는 어떨까?

들어간 뒤에도, 난 줄곧 그를 뒤따라가고 있었다.

"계속 따라갈 거야?"

"반드시 따라가는 거라고 할 수만은 없을지도 모른다고 생각하는데."

유리카는 한쪽 어깨를 으쓱했다.

"따라간단 말이구나."

어느새 깼는지 주아니도 종알댔다.

"어차피 따라갈 거면서 돌려 말하긴."

그자의 뒤통수만 쳐다보며 걷다보니 아르나 시의 정경을 느긋하게 감상할 여유도 없었다. 어제부터 프랑딜로아가 시작됐으니 구경거리도 많을 텐데. 하지만 거리는 외지에서 온 사람들로 북적여서 자칫 눈을 돌리면 사람 하나쯤 놓치기 십상이었다.

곁눈으로 주변을 흘끔거려 보니 아직 잎도 피지 않는데 꽃망울부터 잔뜩 맺힌 나무들이 보였다. 처음 보는 나무인데, 저게 혹시 말로만 듣던 벚나무인가? 하얀 꽃이 구름처럼 피었다가 지고, 그런 다음에 잎이 난다던데 말이야.

우리 고향에 꽃이 피는 것은 이번 달 말이나 되어서일 터라 이런 것만은 남쪽 지방이 부럽기 그지없었다. 저게 벚나무가 맞는다면 저 많은 꽃망울들이 흰 꽃불이 되어 번질 때까지 여기 머무르지 못하는 것이 아쉬울 따름이었다. 평생 기억에 남을 프랑딜로아가 될 텐데.

본래 프랑딜로아 기간은 마을이나 도시마다 각자 달랐다. 보통은 날씨가 슬슬 풀린다 싶을 즈음, 마을의 장로들이 모여서 며칠 뒤에 하자고 정하기 마련이었다. 엠버리 영지에서도 물론 그랬고. 그러나 아르나 시의 프랑딜로아는 달랐다. 나라 곳곳에서 사람들이 몰려드는 대단한 축제인데, 날짜가 매년 바뀌면 멀리서 오는 사람들이 수시로 헛걸음을 할 게 아닌가? 그래서 날씨와 관계없이 아르나 아룬드 2일에 무조건 시작해서, 장장 열흘씩이나 계속된다는 거였다. 물론 프랑딜로아가 길다고 매일 대단한 걸 하는 건 아니고, 멀리서 오는 사람들을 위해 날짜를 넉넉히 잡는 것뿐이지만 말이다. 이런 걸 봉사정신이라 해야 할지 장삿속이라 해야 할지 모르겠다.

하필 생각에 잠겼을 때 남자가 어느 여관으로 들어가 버리는 바람에, 하마터면 놓칠 뻔했다. 하지만 그는 다행히 금방 여관 밖으로 나왔다. 여관 입구에서 맞닥뜨린 그와 나는 마주보며 멈춰 섰다. 남자가 태연하게 한 마디 던졌다.

"아직 따라오고 있었군."

"언제까지 따라가면 가르쳐 주는 건데요?"

"글쎄."

"여긴 왜 들어왔어요?"

"방 구하려고."

"그런데 왜 도로 나와요?"

"방이 없어서."

한심할 정도로 싱거운 문답이 오가고, 남자는 새로운 여관을 찾아 출발했다. 하지만 그는 세 번이나 도로 나와야 했다. 나는 유리카의 얼굴을 보았다.

"이거 분위기 안 좋은데? 이러다 우리도 방 못 구하는 거 아냐?"

"방이 없을 정도라니 대단한데. 돈 잘 버네, 이 도시."

"한가한 소리나 하고 있을 때가 아니잖아. 방을 못 구해서 노숙 신세가 되면 기껏 큰 도시로 찾아 들어온 의미가 없다고."

"어떻게든 될 거야. 난 별로 걱정이 안 되는데."

"뭘 믿고?"

유리카는 혀를 쏙 내밀어 보일 뿐 더 대꾸하지 않았다. 네 번째로 함께 들어간 '검은 말 일곱 마리' 여관에서 나란히 계산대 앞에 선 우리 셋은—우린 어느새 그와 동행처럼 나란히 걷고 있었다—한 목소리로 물어보았다.

"방 있습니까?"

"방 있어요?"

열쇠를 쥔 몸집 좋은 아주머니는 말을 이상하게 시작했다.

"없긴 한데…….'"

없으면 없는 거지, 없긴 한데 어쩌자는 거야?

아주머니는 홀 한 구석을 손가락질하며 돌아보라고 눈짓했다. 시키는 대로 돌아보니 남자 하나와 여자 두 명이 식사라도 기다리는 모양으로 테이블에 앉아 있는 모습이 보였다.

"저기 저 사람들과 한 방을 쓰는 방법은 있수. 남자, 여자만 나눠서 한 방에 세 명씩 지내는 방법인데 뭐, 조금 불편하긴 하겠지만 오늘 다른 데서 방 구하는 것도 쉽지는 않을 거유. 물론 여관비도 독방 쓰는 것에 비해서 쌀 거구 말유. 그것도 마지막 남은 방이니까 잘 생각해서 알아서 하시구랴."

프랑딜로아에 맞춰 왔다고 좋아할 일이 아니구나. 이걸 보러 일부러 오는 사람도 있다지만 나야 결혼할 사람이 있는 것도 아니고 기껏 릴가의 추천 때문에 온 것뿐인데. 나는 어깨를 으쓱해 보인 뒤 유리카와 의논하기 위해 몸을 돌렸다. 그런데 문제의 남자가 대답하는 소리가 들렸다.

"그럽시다. 얼맙니까?"

잠깐, 난 아직 결정을 못 내렸는데?

하지만 이렇게 되면, 계속 저 남자를 따라가기 위해선 같은 방을 쓰는 방법밖에 없잖아? 게다가 세 사람이 같이 들어가야만 여관 아주머니의 조건하고 맞는 건데?

나와 유리카가 망설이며 얼굴을 마주보는 동안 아주머니는 한 술 더 떠서 대꾸했다.

"세 사람 합쳐서? 그럼 10존드만 내슈."

"어, 저기……."

남자는 내가 세 사람이 아니라고 말하기도 전에 10존드를 꺼내 아주머니에게 건네줘 버렸다. 물론 아주머니는 순식간에 돈을 감췄고 말이다.

"6호실하고 7호실이우. 열쇠는 저기 저 사람들이 갖고 있으니까 먼저 방에 들어가려면 달라고 하면 되고."

남자는 그들 쪽으로 몸을 돌렸다. 나는 뭔가 말해야겠다 싶어서 얼른 그를 가로막고 섰다.

"저기, 의논도 안 하고 멋대로 정하면 어떡해요?"

"의논? 우린 일행이 아니잖나."

남자는 여전히 덤덤한 표정이었다. 저 얼굴에 기가 꺾이면 안 된다고 생각하며 나는 목소리를 높였다.

"그래요, 일행이 아닌데 왜 마음대로 정하시죠? 우린 다른 여관을 찾으러 갈 수도 있잖아요?"

"여기가 마지막 여관이야."

아르나 시에는 초행길인지라 거기까진 몰랐다. 그럼 고마운 건가? 하지만 아무리 궁리해 봐도 고맙다고 하기엔 좀 이상했다. 나는 머뭇거리다가 마지막으로 따졌다.

"게다가 당신이 왜 우리 숙박비까지 내요?"

남자는 말없이 손을 내밀었다. 난 상황을 이해 못해 눈을 깜빡거렸다. 뭐야? 새삼스레 악수하자는 것도 아니고.

"달라고."

"에…… 숙박비요?"

"응."

"……."

주머니에서 돈을 꺼내 주는 기분이 떨떠름했다. 생각하면 생각할수록 당한 기분이었다. 왜 내가 자청해서 돈을 주고 있는 건지도 모르겠고 말이다.

남자는 자연스럽게 내 돈을 받아 넣고 여관 아주머니가 알려준 사람들 쪽으로 걸어갔다. 나는 유리카를 돌아봤다.

"어쩌지?"

유리카는 의외로 태평한 표정이었다.

"방도 잘 구했고, 됐잖아? 내가 잘 될 거라고 했잖니."

그러더니 유리카도 남자를 뒤따라 테이블 쪽으로 갔다. 남자는 의자를 하나 끌어다 앉는 중이었고, 유리카도 그대로 따라했다. 나는 어깨를 움츠리며 유리카 뒤에 가서 섰다.

테이블의 남녀는 우리가 왜 왔는지 이미 아는 기색이었다. 여관 주인이 그렇게 방을 줄 거라고 언질을 했을 테니까. 유리카가 먼저 생긋 웃으며 말했다.

"같이 방을 쓰게 됐어요. 잘 부탁드려요. 저는 유리카라고 부르시면 돼요. 제 친구는 파비안이고요."

그쪽 남자도 미소를 지었다. 나이는 20대 중반 정도일까? 미남은 아니었지만 균형 잡힌 얼굴에 눈매가 부드러운 젊은이였다. 코끝에 주근깨가 남아 있어서 앳되고 친근한 인상을 주었다.

"저는 외르옌입니다. 이쪽의 두 아가씨는 자매간인데, 제 친구이자 동업자들이죠."

언니인 듯한 아가씨가 먼저 인사했다.

"안녕하세요. 일리야라고 해요. 비록 하룻밤이지만 잘 지냈으면 좋겠어요."

일리야는 너무 말라서 광대뼈와 턱뼈가 도드라진 탓에 언뜻 까다로워 보이는 아가씨였다. 나이는 외르옌과 비슷할 정도일까. 조금만 더 살이 쪘더라면 미인이었을걸. 하지만 목소리만은 무척 상냥했다.

그에 비해 동생인 듯한 두 번째 아가씨는 뺨도 발그레하고 어깨도 통통해서 귀여워 보였다. 태도도 그랬다.

"잘 부탁해요. 모야예요. 제가 막내인데 두 분이 계셔서 오늘은 막내 노릇도 못하게 됐어요. 아이, 서러워라. 나이 먹는 것이 슬퍼요."

모야의 농담에 다들 웃음을 터뜨려서 분위기가 편안해졌다. 이제 이름을 말하지 않은 사람은 한 명뿐이었으므로 모두의 눈이 자연스럽게 그에게로 향했다.

남자가 입을 열었다.

"베르나르트라고 부르시오."

문득 이상한 기분이 들었다.

베르나르트라는 이름은 저들 세 사람과 마찬가지로 노르마크 풍이었다. 당연한 일이다. 아르나 시는 노르마크 지방에서 가장 큰 도시니까. 그런데 그가 이름을 말하는 순간, 내가 그에게 기대한 것은 남부의 이름이 아니었나 하는 생각이 들었던 것이다.

이유는 없었다. 요즘은 극소수를 제외하면 얼굴만 보고 남부 사람과 노르마크 사람을 구별할 수도 없고 말이다. 베르나르트라는 이 남자도 마찬가지였다. 남부 사람들처럼―그리고 나도 그렇듯―키가 크지만, 얼굴은 노르마크 사람처럼 연갈색이었다. 물론 단순히 볕에 그을려 그런 것일지도 모르지만.

"남자도 여자도 세 사람씩 딱 맞아서, 여관 주인이 무척 좋아했겠는데요. 그럼 이왕 함께 지내는 거, 되도록 즐겁게 지내봅시다."

외르옌의 말에 일리야가 걱정스런 표정을 지었다.

"남자들이야 그렇다 해도 유리카 양이 저희와 지내며 힘들까봐 걱정이에요."

내가 흘끔 보자 유리카는 점잔을 빼며 생글거렸다.

"아이, 그럴 리가요. 언니 같은 분들이라 너무 편할 것 같은데요. 저야말로 불편하게 해드리지 않을까 걱정이에요."

그, 그래, 하룻밤 정도야 본색을 드러내지 않고 지낼 수도 있겠지. 하지만 쟤가 저렇게 연기를 잘 할 때면 내 표정은 저절로……

"……."

나는 테이블 아래로 유리카의 발끝에 채이고는 가늘게 떴던 눈을 얼른 천장으로 굴렸다. 물론 유리카는 아무 일도 없었던 것처럼 외르옌에게 묻는 중이었다.

"아르나에는 다들 프랑딜로아를 구경하러 오신 건가요?"

"특별히 보러 온 건 아닌데 오다보니 날짜가 그렇게 됐더군요. 저희는 오랜만에 고향에 돌아가는 길이거든요."

"여행을 하시나 봐요?"

"하하, 그런 건 아니고……."

내가 보기에도 오래 여행하는 사람들 같진 않았다. 노숙을 각오하고 다니는 사람들의 차림새가 아니었으니까.

"이베카에 가게를 갖고 있어서 그쪽에서 몇 년 지낸 거죠. 그런데 고향에 들러야 할 일이 생겨서……."

외르옌은 말끝을 흐렸는데, 나는 다른 말에 정신이 팔려서 그의 기색을 살필 겨를이 없었다. 가게를 갖고 있다면 이 사람, 진짜 상인이잖아!

"이베카에 가게라고요? 우와, 대단하시네요. 저도 거기 가봤는데 가게들이 다 크고 진짜 멋있던데요. 무슨 가게를 하세요?"

외르옌은 손을 내저으며 웃었다.

"대단한 건 아니에요. 저기, 일리야가 걸치고 있는 숄 보이시죠?"

눈을 돌리자 일리야가 술이 달린 널찍한 천으로 어깨를 감고 있는 것이 보였다. 외르옌이 말을 이었다.

"저런 건데, 우린 '카르파'라고 불러요. 얇게 짜면 저렇게 숄로 만들거나 식탁보 같은 걸로 쓰고, 두껍게 짠 건 깔개로 쓰죠. 난롯가에도 깔고, 침대 밑에도 깔고, 이야기가 있는 무늬를 짜 넣어서 벽걸이로도 만들고요."

나는 눈을 커다랗게 뜨고 숄을 살펴봤다. 내가 너무 열심히 쳐다보는 바람에 일리야가 웃으면서 숄을 벗어 내게 건네주었다. 자세히 보니까 여러 가지 빛깔의 실로 반복되는 무늬를 넣어 짠 천인데 포근하기도 하고 멋도 있어서 괜찮은 상품처럼 보였다. 비싸지만 않으면 잘 팔리겠는데. 하지만 저런 걸 아무나 짜는 건 아닐 테니까 가격도 만만찮겠지.

얼마냐고 물어보고 싶었지만 내가 살 것도 아니고, 가게에 온 것도 아니니까 참았다. 나는 숄을 일리야에게 돌려주며 말했다.

"실례했습니다. 멋진 숄이네요. 이베카에는 훌륭한 가게가 많아서 거기에 가게를 내면 멋질 것 같다고 생각했거든요. 저도 나중에 장사를 하고 싶어서요."

외르옌과 일리야는 그냥 웃을 뿐이었다. 저들의 잘못은 아니지만 내심 조금 약이 올랐다. 지금 모습만 봐선 내가 진짜로 상인이 되고 가게를 낼 수 있을지 어떨지 알 수 없겠지. 쳇, 하지만 두고 보라고. 언젠가는 해낼 테니까. 물론 그러기 위해 지금은……

"조금만 더 얘기해 주실래요? 지망생한테 조언해 주시는 셈치고 말이에요. 이 카르파라는 건 누가 만드는 건가요?"

엄청 묻는 거지, 뭐. 다행히 외르옌도 이야기에 인색한 사람은 아니었다.

"일리야와 모야의 아버지께서 카르파를 짜는 분이시죠. 가업으로 죽해오시던 일인데 고향은 워낙 시골이다 보니 많이 만들어 팔 정도는 아니었고요. 그래서 제가 이베카에 가게를 낼 테니 독점으로 달라고 말씀을 드렸고, 워낙 어려서부터 집안끼리 잘 아는 터라 흔쾌히 허락해 주신 겁니다. 다행히 가게가 잘 되어서 폐는 끼치지 않았고요. 지금은 노르마크 지방의 큰 도시마다 물건을 댈 정도가 됐습니다."

이베카만이 아니라 노르마크 전체를 대상으로 장사를 하는구나. 아까도 놀랐지만, 이번에야말로 감탄했다. 유리카가 곁에서 조그맣게 '너 그렇게 눈 빛내는 거 처음 본다'고 속삭일 정도였다.

"어떻게 노르마크 전역에 물건을 팔 수 있었던 거죠?"

"물론 판로를 여는 건 힘들었죠. 첫 한 해는 행상 노릇도 마다하지 않고 돌아다녔으니까요. 요행히 어느 도시에서 물건을 받아 팔겠다는 사람이 나서도, 처음부터 신용을 얻을 수는 없는 일이라 몇 번이나 직접 오가면서 물건을 대 주어야 했죠. 좋은 동업자를 얻는 것이 제일 중요한 일입니다. 믿을 만한 사람이 있어야 장사를 하는 거죠. 그런 점에서 일리야와 모야는 저한테 아주 중요한 사람들이에요."

"처음부터 세 분이서 같이 일하신 건가요?"

"아뇨. 처음에는 저 혼자서 아랫사람 한둘만 두고 했는데, 제가 판로 문제로 이곳저곳 돌아다니다 보니 믿을 만한 사람에게 가게를 맡겨야겠다 싶어서 모야를 불렀죠. 일리야는 아버님의 뒤를 이어 기술을 배웠기 때문에 일을 돕느라 죽 고향에 있었는데, 최근에 아버님이 둔 도제

들의 실력이 좋아져서 함께 이베카로 올 수 있게 됐고요. 일리야의 솜씨도 아버지 못지 않기 때문에 함께 있으면 손님의 주문을 바로바로 맞출 수 있어서 편리하죠. 모야도 계속 솜씨가 좋아지고 있으니 앞으로도 잘 될 겁니다."

"그러면 앞으로는……."

내가 이렇듯 꼬치꼬치 캐묻고 있는 동안, 세 아가씨들은 어느새 머리를 맞대고 동네 친구들처럼 까르르 웃으며 재잘거리고 있었다. 저럴 때 보면 여자들은 참 신기하단 말이야. 처음 만난 여자들끼리도 금방 친하게 구는데, 알고 보면 그게 친해진 것도 아니더란 말이지.

어쨌든 외르옌의 이야기를 들을수록 부러운 마음이 커져갔다. 저렇게 젊은 나이에 주문이 쏟아져서 일손이 부족한 가게를 갖고 있다니, 행운아 같으니라고. 난 언제 저렇게 장사 잘 되는 가게를 열어보나.

"카르파는 어떻게 짜는 거죠? 무슨 실인가요?"

내 마지막 질문에 외르옌은 빙그레 웃으면서 말했다.

"그건 영업 비밀이죠."

이렇듯 다들 이야기를 주고받는 동안 베르나르트는 한 마디도 하지 않고 듣기만 했다. 물론 본래 일행도 아니었지만 외르옌과 일리야, 모야가 보기에는 우리 일행일 터라 괜히 내가 신경이 쓰였다. 아니나다를까 모야가 불쑥 물어보았다.

"그런데 세 분은 어떤 사이세요?"

"유리카는 길이 같아서 동행하고 있는 친구고…… 베르나르트 씨는……."

대답이 난감해서 머리를 굴리고 있는데 베르나르트가 의자 등받이에서 천천히 몸을 일으켰다.

"우린 말이오……."

물론 그렇다고 해서 할 말이 있을 리 없었다. 하지만 그가 입을 여는 순간 퍼뜩 생각이 났다. 저 사람은 할 말이 없는 상황에서 그럴듯한 대답을 만들어내는 재주가 있었다. 게다가 거짓말 따위 할 것 같지 않은 엄숙한 얼굴로 말이야.

"만난 지 그리 오래되진 않았소. 파비안 군과는 아르나 시로 오는 길에 나루터에서 우연히 마주친 사이였지만, 이야기를 해 보니 내가 그의 사촌과 어려서부터 같이 자란 사이였고, 또 그의 아버지와 내 어머니도 잘 아는 사이라는 걸 알게 되어서 얼마간 동행하는 것은 어떠냐고 제의하게 된 것이라오. 나중에 집으로 돌아가 서로의 소식을 전해 준다면 그의 아버지도, 또 내 어머니도 기뻐하시지 않겠소?"

모야는 손뼉을 치며 웃었다.

"아아, 그렇군요. 참 신기한 우연이네요. 혹시 우리도 잘 알아보면 그런 인연이 있는 게 아닐까요? 호호호."

난 속으로 '쳇, 잘도 꾸며대네' 하고 중얼거렸지만 겉으로 드러내진 않았다. 둘러대는 것도 저 정도로 자세하게 하면 거짓말로 의심받을 염려가 오히려 적구나. 배워둘 만한 요령이긴 하네.

일리야가 말했다.

"처음에 전 두 분이 연인 사이라서 아르나의 프랑딜로아를 보러 오신 줄 알았어요. 이즈음 이곳에 오는 사람들은 대부분 그렇다고 들었거든요. 실례가 되었다면 죄송해요. 물론 두 분 다 결혼할 나이는 아닌 것 같지만……."

"아, 뭐…… 네, 저, 그렇죠."

내가 어설프게 대답하며 머리를 긁적이는데 유리카가 시치미를 뚝 떼고 말했다.

"미안해하실 것 없어요. 탓하려면 하필 이런 때 이런 도시에서 마주친 사실을 탓해야죠. 사실 저도 여러분을 보면서 같은 생각을 했거든요. 다만 자매 두 분 중 어느 분일지 알 수 없어서 여쭤보지 못한 것뿐이죠."

나도 언뜻 그런 생각을 안한 건 아니었다. 그런데 유리카가 그 말을 하자마자 일리야가 시선을 피해서 조금 놀랐다. 으음, 어쩐지 물어봐선 안 될 것 같더라니.

"아뇨. 외르옌 오빠와 저희 자매는 그냥 어려서부터 이웃에서 자란 친구들일 뿐이에요. 사람들이 삼남매라고 할 정도로 가까운 사이죠. 호호……."

일리야 대신 모야가 쾌활하게 말하더니 뭔가 생각난 듯 아, 하고 말을 이었다.

"그럼 이렇게 만난 것도 인연인데 같이 프랑딜로아 구경이라도 가는 건 어떨까요? 하필 이런 때 와서 힘들게 여관까지 잡았는데 구경도 안 하고 간다는 건 말도 안 되죠. 내일은 엄청 사람이 몰릴 테니 오늘 나가 보는 게 좋지 않겠어요? 축제 구경은 본래 여럿이 같이 다녀야 재밌는 거래요. 지금 당장, 어때요? 네?"

갑작스럽긴 했지만 우리도 어차피 프랑딜로아 구경을 할 생각이었으므로 나쁜 제안은 아니었다. 내가 물었다.

"왜 내일 사람이 많은데요?"

"내일은 '아르나의 약혼'이잖아요."

나로서는 뜻도 모르는 말로 대꾸해버린 모야는 대담하게 베르나르트까지 쳐다보며 재촉했다.

"네? 베르나르트 씨도 같이. 어때요?"

아이고, 아가씨, 갈 것 같은 사람한테 권하라고.

나와 유리카가 마주보며 고개를 끄덕이는 동안, 베르나르트가 얼른 대답하지 않자 모야는 이런 말까지 덧붙였다.

"뭘 망설이세요? 나이 많다고 안 따돌릴게요. 호호호……."

내가 괴상한 표정을 지으며 저 양반, 절대 안 가겠구나, 하고 생각하는 참인데 놀랍게도 대답이 들려왔다.

"그럽시다."

나는 뒤통수를 한 대 맞은 듯한 충격을 느끼며 생각했다. 으음, 모야가 나보다 훨씬 강하구나. 이럴 때 보면 여자들은 나로선 엄두도 안 나는 쪽에 신비한 재능이 있더라니까.

제일 안 갈 것 같은 베르나르트의 대답으로 결정 난 셈이 돼버렸다. 일리야와 모야가 준비를 한다며 짐을 갖다둔 방에 올라간 사이에 유리카가 기지개를 켜며 말했다.

"난 조금 졸린데. 그래도 재미있을 것 같으니 갈래."

"많이 피곤해?"

유리카는 '나 봄잠이 와서'라고 말하며 하품을 하더니 미소 지었다. 봄잠이라, 춘곤증을 그렇게 말하니 어감이 귀여워서 나도 웃고 말았다. 그러다 보니 우리가 웃고 말하는 양을 베르나르트가 물끄러미 바라보는 게 느껴졌다.

"……?"

내가 돌아보자 그는 눈을 돌렸지만, 처음 만났을 때 나룻배에서 느꼈던 시선과 겹쳐지면서 약간의 의혹이 떠올랐다. 혹시…….

"아까 한 얘기 말인데, 우리 아버지를 안다는……."

베르나르트는 의자에서 일어나며 '그걸 믿냐?'는 표정으로 날 내려다봤다. 그런 얼굴을 보니 의혹은 대번에 날아가고 오히려 자존심이 상한 나는 '믿을 리가 있냐'라는 말을 눈빛에 담아 잔뜩 쏘아보았다.

"됐지?"

베르나르트가 먼저 밖으로 나가버린 뒤에도 나는 그가 마지막으로 남긴 말을 생각하며 미간을 찡그리고 있었다. 됐지? 되다니 뭐가? 내가 무슨 말을 하려 했다고 생각하는 거야?

그보다 도대체 왜 줄곧 휘둘리는 기분이 드는 거냐고!

어떻게 된 셈인지 모르겠지만, 우리가 가장 먼저 들른 곳은 축제가 열리는 중앙 거리가 아니라 시장이었다.

사실을 말하자면 우린 그곳에서도 축제가 열리는 중인 줄 알았다. 좌판과 손수레, 등짐장수들이 길거리를 모조리 차지했고, 남의 가게 앞이든 오물통 옆이든 조그마한 구석이라도 있으면 축제를 상징하는 뾰족 모자를 쓴 장사꾼이 무언가를 싸안고 목청껏 외쳐 대는 중이었다.

나도 상인 지망생이지만, 열정적인 상인들을 보다 보면 왠지 웃음이 날 때가 있다. 그들이 별난 것을 파는 건 아니었다. 대가족을 먹이는 아주머니들이나 관심을 가질 법한 한 팔 길이의 빵이나 한 아름이 넘는 둥글넙적한 흰 곰팡이 치즈, 툭 치면 쓰러질 듯 아슬아슬하게 쌓아 놓은 감자 더미, 완두콩 자루 같은 것이 대부분이었으니 말이다. 그러나 그들은 오늘 다 팔지 못하면 내일은 죄다 버리기라도 할 것처럼 열렬하게 떠들고 있었다. 하지만 그렇게 외친다고 한들 우리가 갑자기 코다리 생선이나 달걀 꾸러미를 사서 짊어질 수야 없는 노릇이었다.

하지만 숙련된 손님인 모야는 그 속에서도 우리가 살 만한 것을 찾아냈다. 그녀에게 이끌려 간 우리는 살구 소스를 끼얹은 사과 타르트 한 판을 사서 나눠 먹었다. 타르트 한 판이 얼마나 큰지 거짓말 조금 보태서 손수레 바퀴만 했다. 덕택에 우리는 순식간에 배가 불렀다.

"빵도 그렇고, 치즈도 그렇고, 도대체 왜 이렇게 큰 것만 파는 거야?"

내 불평에 모야가 웃었다.

"많이 사면 싸고, 또 큰 도시엔 많이 사야만 하는 사람들도 많죠. 이베카 시의 시장도 이래요. 전 이런 시장을 좋아하죠."

나는 머리를 긁적거렸다. 고향에서 제일 번화한 엠버의 시장도 여기 같진 않았으니까. 그건 우리 영지의 인구가 적다는 걸 반증하는 건가?

크다고 불평한 주제에 나는 타르트를 한 조각 반이나 먹었다. 달긴 한데 어쩐지 자꾸 더 먹게 되는 맛이라서 말이다. 단 것을 그리 좋아하지 않는 유리카가 반 조각밖에 못 먹어서 내가 나머지를 먹었더니 두 조각을 채우게 되고 말았다. 그리고 일리야가 왜 저렇게 말랐는지도 알게 되었다. 그녀는 반의 반 조각조차 먹다가 남겨서 손에 쥐고 있었다.

타르트 한 조각을 용감하게 해치운 모야가 웃으며 말을 이었다.

"전 우리 가게에서 일하는 사람들을 먹이느라 자주 장을 보거든요. 항상 엄청나게 많이 사야만 하죠. 그들은 정말 잘 먹으니까요. 소 다섯 마리 정도에게 매일같이 사람이 먹는 요리를 대접한다고 생각하면 돼요. 아, 오해는 마세요. 전 그들을 정말 좋아해요."

모야의 입가에는 살구 소스가 묻어 있었지만, 흥겨운 미소였다. 뒤에 서서 웃고 있는 외르옌을 보니 잘 어울리는 두 사람이로구나 싶었다. 수수하지만 친근한 미소가 어쩐지 닮아 있었으니 말이다. 그와 동시에 아까 유리카가 연인 이야기를 꺼냈을 때 눈을 내리깔던 일리야가 떠올랐다. 혹시 일리야가 외르옌을 짝사랑하는 건가? 그래서 셋은 삼각관계?

그렇거나 저렇거나 나의 망상일 뿐이고 확인할 방법도 없었다. 나는 어깨를 으쓱한 뒤 잊어버렸다.

축제 거리에 가기도 전에 시장 사람들에게 한바탕 시달렸지만, 정신이 번쩍 날 만큼 단 타르트를 모두 해치우고 나니 기운이 났다. 저만치에서 '아르나 시는 사랑의 도시! 이곳에서 연인을 만나려면 역시 선물!'이라고 외치는 아저씨의 목소리를 뒤로 하고 우리는 시장을 벗어나 축제 거리에 끼어들었다.

"저길 봐요!"

아직 꽃망울뿐인 벚나무만 늘어선 거리를 걷는데, 한 나무만 유독 구름처럼 핀 꽃을 이고 선 것이 보였다. 한 그루뿐인데도 어찌나 흰지 거리가 다 환했다. 이 거리의 나무에 모두 꽃이 핀다면 밤에도 밝지 않을까 싶을 정도였다.

나무를 자세히 보고 싶었지만, 가까이 갈 수가 없었다. 이미 나무 아래 수십 명이 운집해서 저들끼리도 움쭉달싹 못하는 상태였던 것이다. 우리는 나무에서 열 걸음 정도 떨어진 곳에 멈춰 섰다. 거기까지가 한계였다. 외르옌이 고개를 들고 올려다보며 말했다.

"여기서 봐도 멋있는데."

나도 고개를 빼고 봤더니 나무 바로 아래에 선 운 좋은 꼬마 하나가 나무 둥치를 자꾸만 걷어차는 모습이 보였다. 내가 왜 저러나 궁금해하고 있는데 일리야가 말했다.

"꽃잎을 맞으려는 거예요. 첫 번째로 핀 벚나무의 꽃잎을 맞으면 행운이 온다고 믿거든요."

"저게 첫 번째 나무인지 어떻게 알아요?"

내 말에 유리카가 웃었다.

"다른 사람들이 이미 모여 있잖아. 첫 번째라고 믿는 사람이 많으니 첫 번째 나무지."

으음, 그거 말 되네.

꽃잎을 맞은 사람들이 물러나고, 다시 새로운 사람이 꾸역꾸역 채워지는 모습은 보기 드물게 우스꽝스런 풍경이었다. 우리는 한동안 그 자리에 서서 진풍경과 더불어 첫 꽃을 구경했다. 잠시 후 서로 얼굴을 엿봤지만, 우리 중에 저 사이에 끼어들 용자는 없어 보였다.

"그, 그만 가죠."

그 행운이란 건 분명 이 도시에서 태어난 녀석들한테만 해당되는 걸 거야. 틀림없이. 왜냐면, 우리 고향엔 벚나무 따위 없는데 그럼 평생 행운도 없다는 거냐!

베르나르트는 우리와 함께 걷고 있긴 했지만 말도 없었고, 구경거리에 흥미를 갖는 기색도 없었다. 도대체 왜 따라온 건지 의아할 정도로 말이다. 설마 모야의 친절을 거절하지 못해서? 그렇게 생각하기엔 지나치게 무뚝뚝한 사람인데.

아니면 사실은 축제를 즐기고 있는데, 저런 표정이 버릇일 뿐일지도 몰라.

그러고 보면 축제 구경에 가장 신이 난 사람은 축제를 좋아할 나이인 유리카와 내가 아니라 모야였다. 모야는 이렇게 사람이 많고 구경거리가 곳곳에 널려 있는데도 그중에서 제일 볼 만한 것들을 귀신 같이 찾아냈다. 축제나 시장 거리에 잘 맞는 체질이 존재하는 걸지도 모른다. 파는 데 전문인 사람이 있다면, 사는 데 전문가도 있어야 맞는 거잖아.

참, 모야는 상인이었지. 그럼 파는 것도 전문인가? 정말 보통 아가씨가 아니네.

"저기 봐요, 저쪽에서 재미있는 소리가 나지 않아요?"

어느새 우리는 모야의 손에 이끌려 어느 가게 앞으로 갔다. 물론 우리의 관심사는 그 가게가 아니라 가게 앞을 멋대로 점거하고 있는 손수레였다. 가게 주인은 눈살을 찌푸렸지만, 나와서 잔소리를 하진 않았다. 어차피 손수레를 찾아온 사람들이 자기 가게의 물건도 사고 있었던 것이다. 노천 찻집이었으니까.

손수레에는 둥그런 포도주 통을 절반으로 자른 것이 엎어 놓여 있었다. 그 통 중앙에 조그마한 말뚝을 박고 잠자리 날개처럼 생긴 기다란 나무 조각을 하나 꿰어 놓았다. 아저씨가 그걸 손으로 탁 치면 핑그르르 돌아가는 것이었다. 통 위에는 파이 자르듯 부채꼴로 구획이 나뉘져서 상품이 한 가지씩 그려져 있었다.

의외로 유리카가 관심을 보였다.

"어떻게 하는 거야?"

그 순간, 유리카의 말을 들은 건지 장사꾼 아저씨가 목청을 돋워 설명을 시작했다.

"자아, 자! 한 번 하는데 50로존드! 돌아가는 날개를 송곳으로 찔러 맞추기만 하면 돼! 바닥에 그려진 푸짐한 상품이 다 자기 것! 한 번 하는 데 단돈 50로존드! 잘 보고서 마음에 드는 상품 위에 날개를 찍어 멈추기만 하면 자기 것! 어른, 아이, 여자, 남자, 아무나 할 수 있는 간단한 놀이! 술 드신 분도, 손 떠는 분도, 중풍 걸린 할머니도, 누구나 할 수 있는 놀이! 재밌게 놀고 상품도 받고! 꽝은 없어요, 꽝은 없어! 맞추기만 하면 그 자리의 상품이 자기 것! 한 번 하는데 고작 50로존드! 남들보다 눈이 빠르다, 손이 빠르다, 망설임 없이 한 번 찍어봐! 박수가 쏟아지고 상품은 자기 것!"

아저씨 노래 잘하네…… 하고 생각하다 보니 이건 노래가 아니었다.

하지만 가락이 괴상해서 듣는 사람이 저도 모르게 따라 흥얼거리게 만드는 힘이 있었다. 푸짐한 상품이 다 자기 것! 한 번 하는데 단돈 50로존드!

……비싸.

그러나 명쾌한 결론을 내린 사람은 나뿐이었던 모양이었다. 모야가 등을 찔러대자 외르옌의 주머니에서 50로존드가 나왔으니 말이다. 아저씨는 싱글거리며 외르옌에게 송곳 같이 생긴 단검을 건넸다. 아니, 단검이라기에는 너무 작았다. 손잡이를 잡으면 송곳 끝만 보일 정도니까 말이다. 하긴 저것보다 크면 내리찍을 때 통이 다 부서지겠지.

탁!

보기 좋게 꽝이었다. 아참, 아까 꽝이 없다고 하지 않았느냐고?

무슨 소리. 통 위에 꽝이 쓰인 자리가 없을 뿐이지 날개를 못 맞추는 것 자체가 꽝이잖아.

"자, 수고하셨습니다. 또 한 번?"

외르옌은 50로존드를 내고 또 한 번 해봤지만 역시 실패하고 말았다. 저렇게 빨리 도는 날개를 송곳 끝으로 찍어 맞춘다는 건 언뜻 보기에 쉬워 보여도 사실은 아닌 거다. 그러니까 다시 말하지만 비싸다고…….

"나도 해볼래."

곁에서 모야의 목소리가 들려서 나는 손을 펴들고 어깨를 으쓱했다. 물론 그녀에게 보이지 않게. 그리고 속으로 생각해 봤다. 바닥에 쓰인 상품들을 보니 술 두 병, 머리 장신구, 단도, 손거울 따위인데 다 합하

면 얼마나 나갈까? 잡화점을 10년 넘게 경영한 안목으로 보건대 10존
드까지도 안 갈 것 같고, 그러면 상품 종류가 다섯 가지니까 누군가가
맞출 경우 넉넉잡아 평균 2존드가 나간다 치면 되겠네. 그러면 몇 명이
꽝을 먹으면 이득이 날까? 네 명만 넘으면 되네?

탁!

모야도 물론 꽝이었다. 나는 어깨를 움츠리며 돈 벌기 참 쉽네, 하고
중얼거렸다. 또 다른 사람이 나서는 게 보였던 것이다. 두 명 연달아 또
실패하는 것을 봤을 땐 이제부터 흑자네, 하고 중얼거렸다. 물론 그러
고도 하려는 사람은 줄을 이었다. 쳇, 떼돈 버네.

"아이 참."

모야는 분해하면서 외르옌의 얼굴을 쳐다봤다. 외르옌은 손을 내저
으며 웃었다. 해 봤으니까 절대 쉽지 않다는 걸 안 거겠지. 그러자 모야
는 나를 쳐다봤다.

"파비안 씨가 한번 해봐요? 네?"

"……제가 등에 짊어진 검을 보세요."

모야는 내 어깨 위로 나온 검 손잡이를 흘끔 보았다. 이렇게 커다란
검을 메고 다니는 녀석이 저렇게 빠른 손놀림이 필요한 걸 잘 할 리 없
다는 의미에서 한 얘기였는데…….

"에이, 뭐 어때요? 제가 50로존드 낼게요. 축제니까 노는 거잖아요?
돈을 조금 잃어도 재미라고요. 그러니까 한번 해봐요. 알았죠?"

이리하여 나는 여관에서 한가롭게 쉬지 못하고 축제에 끌려나온 베
르나르트의 기분을 알게 되었다. 모야와 돈을 내준다, 괜찮다, 실랑이

를 하다 보니 어느새 내 손에는 송곳이 쥐어져 있었으니 말이다. 아저씨가 날개를 탁 쳤다. 돌기 시작한 날개는 바람개비보다 빨라 보였다.

어차피 안 될 셈 치더라도, 상품은 제일 좋아 보이는 술을 겨냥해야지. 술 두 병 위에 날개가 올 때 찍는 거다!

탁!

"……하하, 죄송해요, 모야 씨."

물론 꽝이었지.

돌아서는데 유리카가 쌕 웃으며 혀를 내밀어 보였다. 쳇, 네가 해봐라, 잘 되나…… 하고 생각하는 참인데 유리카의 행동은 그런 의미가 아니었다.

"그럼 내 차례."

"너도 하게?"

정말이었다. 내가 말릴 틈도 없이 유리카는 50로존드를 꺼내 아저씨에게 건네고 말았다. 야, 네가 물론 빠른 검을 쓰긴 하지만…… 아니지, 괜찮으려나? 하긴 나보다는 가망이 있을지도.

유리카는 시작하기 전에 아저씨를 쳐다보며 빙그레 미소 지었다.

"아저씨, 이거 몇 번 연속해서 할 수 있어요?"

"하고 싶은 만큼 계속 할 수 있지!"

아저씨는 예쁜 소녀로만 보이는 유리카를 보고 성공할 리가 없다고 생각했는지 기분 좋게 껄껄거렸다. 유리카가 다시 물었다.

"만약에, 제가 이걸 맞춰도 계속 할 수 있는 거예요? 그렇다면요, 저 아저씨한테 선불 낼래요. 아무래도 자신이 없어서 여러 번 해야 될 것 같거든요."

　이런 놀이의 불문율은 한 번 이긴 사람에게는 다시 시키지 않는 것이지만, 아저씨는 유리카의 외모에 완전히 속고 말았다.

　"선불 얼마 내게?"

　"5존드 내면 열 번 되는 거죠?"

　그 순간 나는 조금 말리고 싶어졌다. 5존드라니, 얘가 간도 크게. 하지만 5존드에 혹한 아저씨가 먼저 냉큼 대꾸했다.

　"오오, 그럼. 얼른 내라고. 열 번 연속해서 하게 해 줄게."

　"좋았어요."

　유리카는 정말로 5존드, 아니 4존드 50로존드를 꺼내서 건넸다. 그러자 순식간에 구경꾼이 두 배로 불었다. 하긴 유리카처럼 예쁜 애만 해도 구경거린데, 그런 애가 5존드나 내고 이걸 하겠다고 덤비니 말이야.

　유리카는 시작하기 전에 나를 쳐다보았다.

　"파비안, 뭐 갖고 싶어? 상품 뭐 찍을까?"

　이거 왠지 입장이 바뀐 것 같지만…….

　"하, 하하…… 그, 그렇다면 제일 비싼 거."

　"술 두 병?"

　말이 끝나는 순간이었다.

　"우와!"

　탁, 하는 소리 대신 들린 건 주위 사람들의 탄성이었다. 모야는 눈을 동그랗게 떴다. 일리야까지 손뼉을 쳤다.

"맞췄어!"

나는 침을 꿀꺽 삼키고 아저씨의 얼굴부터 쳐다봤다. 그러나 유리카가 먼저 생긋 웃으며 말했다.

"어머, 저도 이럴 줄은 몰랐어요."

저녁 무렵, 축제 거리를 걷는 외르옌과 나의 손에는 술 다섯 병이 든 종다래끼가 하나씩 들려 있었다. 상품으로 받은 이곳 특산 술인데, 맛은커녕 이름도 모르는 데다 결정적으로 누가 열 병이나 마실지도 알 수 없었다. 얼마나 독한 술일지도 물론 모르고 말이다.

무엇보다도 지금은 무겁다는 점이 문제였다. 술집에다가 팔면 되지 않겠느냐고 모야가 제안해서 다들 반색했지만, 잘 나가는 상인 셋에 상인 지망생도 하나 끼어있는 우리는 끝내 그 술을 팔지 못했다. 이곳 특산 술인지라 술집마다 직접 빚어서 내놓고 있었던 것이다. 술집을 세 군데나 돌아다녀서 얻은 성과라면 고작 술 이름을 안 것 정도랄까. 그런데 그 이름도 참 심각하지. 아무 데나 연애 이야기 집어넣는 게 이 동네 철학인지는 모르겠지만 하여간에 술 이름이 '청혼(請婚)주'라지 뭔가. 아르나 시에 와서 청혼할 마음이 든 놈이 한 병 쫙 마시고 용기 내어서 청혼하라는 술인가?

하긴 생각해 보면 열 병이 아니라 스무 병이 될 뻔했던 위기의 순간도 있었다. 유리카가 다섯 번 연속 이겨서 열 병을 땄을 때, 안절부절못하던 아저씨가 결국 화를 내고 사정도 해가며 남은 돈을 돌려주고 마무리지었던 것이다. 그때는 아쉽기도 했는데, 지금 생각하니 무척 고마운데.

"까짓 거, 오늘 두 방에서 반반 나눠 마시죠, 뭐. 세 명당 다섯 병씩! 아아, 내일 아침엔 일어날 수 있으려나."

"그래도 대단하지 뭐예요. 유리카 양처럼 잘 하는 사람은 아저씨도 처음 봤다잖아요?"

줄곧 우울해 보이던 일리야는 유리카가 그 놀이에서 이긴 뒤로 묘하게 기분이 나아진 얼굴이었다. 심지어 그녀는 길에서 파는 막대 사탕을 사서 유리카에게 쥐어주기까지 했다. 그걸 보던 모야는 드디어 언니가 막내를 챙기기 시작했으니 자긴 찬밥 된 거냐고 농담을 걸었고, 그러자 일리야는 모야에게도 사탕을 사주었다.

"우리 언니는 동생을 챙기는 게 낙인 사람이어서요. 이해하세요."

열여덟 살, 스무 살 아가씨들이 쥐고 걷기엔 좀 아기자기한 모양의 사탕이었지만, 모야는 아무렇지도 않은 듯 핥으며 키득키득 웃었다. 유리카는 사탕을 그리 좋아하지 않을 텐데, 사준 사람의 정성을 생각한 것인지 오독오독 깨물어 먹고 있었다.

"저는 챙겨주는 언니가 있었던 적이 없어서 좋기만 한 걸요."

그렇게 말한 유리카의 눈에 언뜻 쓸쓸한 기색이 스쳤다. 유리카는 외동딸이었을까? 전부터 가끔 저 애는 저렇게 쓸쓸한 표정을 지을 때가 있다.

……아니지, 언니가 없다 해도 동생만 일곱 명쯤 될지 어떻게 알겠어? 아니면 오빠만 일곱 명이거나…….

"아르나 시는 사랑의 도시! 이곳에서 연인을 만나려면 역시 선물!"

바로 뒤에서 외치는 소리 때문에 퍼뜩 망상에서 깨었다. 어디서 들어보던 소리다 싶었는데 역시 시장에서 봤던 장사꾼이었다. 그런데 뭘 파는 사람이더라?

"어이, 아가씨들한테 선물을 사줘야지? 평생 기억에 남을 선물 말야!"

보니까 목에 커다란 나무 상자를 걸고 있는 아저씨인데, 뚜껑이 열린 상자 안쪽을 보니 뭔지 몰라도 반짝반짝 하는 것들이 잔뜩 들어 있었다. 우리 일행에 아가씨가 세 사람이나 되니까 쫓아와서 달라붙은 것이 틀림없었다.

"자아, 예쁜 갈색 머리 아가씨한테는 이 빨간 구슬 띠가 어때? 너무 잘 어울리겠는데? 오, 아가씨처럼 하얀 손에는 역시 진주 반지지. 아리따운 은빛 머리에는 이 비취 장식 띠를 얹으면 사람들이 눈을 못 뗄 거야. 어이, 남자들이 구경만 하고 있으면 어떻게 해? 이런 날이야말로 선물이지. 언약에도, 약혼에도, 결혼에도, 선물이 없으면 안 되는 거라고. 선물이 있어야 진짜지!"

아저씨는 아르나 시민들의 '정신적 기둥이자 일상의 철학'인 연애지상론의 철저한 신봉자였다. 본래 머리장식 같은 걸 하지 않는 유리카는 그냥 웃을 뿐이고, 일리야도 별 관심을 보이지 않았는데 모야만은 달랐다. 그녀는 뭘 사는 게 전문이니까 말이다.

"외르옌 오빠, 저 이거 어때요? 이건?"

모야가 이것저것 대어 보며 물었지만 외르옌은 그냥 웃을 뿐이었다.

"모야가 하면 다 예뻐."

"에이, 오빠한테 물으면 역시 이렇다니까. 언니가 골라 줘. 언니 안

목이라면 최고잖아."

모야는 일리야를 끌어당겨 팔짱을 끼었고, 둘은 장신구 상자를 들여다보았다. 그냥 뒀다간 바가지 쓰기 딱 좋겠다 싶은 상황을 본 나는 본능적으로 아저씨에게 물었다.

"이런 거, 얼마 해요?"

"그거야 전부 다르지. 재료가 다르잖아."

"이건?"

내가 아무거나 손가락으로 가리키자 아저씨는 가격을 얼른 말하지 않고 뜸을 들였다. 아가씨가 마음에 들어하는 것을 물은 거라면 얼마든지 비싸게 불러도 되겠지만, 난 아무거나 가리켰기 때문에 사정이 달랐다. 너무 비싸게 부르면 아직 마음에 드는 것을 고르지 못한 아가씨들이 부담을 느끼고 물러나 버릴 테고, 그렇다고 싸게 불렀다간 진짜로 고른 것도 비싸게 팔 수 없을 테니까 말이다.

"음, 그건…… 그건 말이지……."

그 사이 모야가 하나 집으려 했는데, 일리야가 얼른 눈짓을 해서 막았다. 내 생각을 눈치챈 걸 보니 역시 일리야는 손님보다는 상인 쪽이었다.

"음…… 7존드면 너무 싼 거지."

모호하게 대꾸하기에 다른 것도 하나 더 가리켰다.

"이건요?"

"아, 사려는 것만 물어보라고. 가격이 다 다르다니까."

저런 정도로 당할 내가 아니지. 나는 빙그레 웃으며 아저씨를 마주

봤다.

"그럼 아저씨, 5존드보다 싼 것 몇 개만 골라 주실래요? 저는 돈이 없어서 그보다 비싼 건 살 수가 없거든요."

"5존드라니, 그렇게 싼 건 없어. 저기 조그마한 핀이라면 모를까. 이건 다 진짜 비단이고 보석도 진짜란 말야."

진짜일 리 없었다. 내가 보석에 대해 아무리 몰라도, 진짜 보석이 저렇게 싸지 않다는 건 아니까 말이다.

"에이, 아저씨. 저거 좀 봐요. 저렇게 흠이 난 걸 5존드 넘게 받으시려고 하면 사기죠."

"뭐? 뭐가 5존드야? 저거? 저건 8존드짜리야!"

"에이, 8존드로는 저기 더 큰 것도 사겠네."

"그건 12존드야!"

"12존드로는 이거랑 이거, 두 개는 살 수 있겠네. 그렇죠?"

"무슨 소리! 그것들은 15존드는 내야 돼!"

"아저씨, 15존드 갖고는 드레스도 한 벌 살 수 있다고요. 저기 저 브로치, 저거랑 머리띠랑 반지까지 합해도 13존드?"

까짓 거 한 개 안 팔고 만다며 가버릴 수도 있을 테지만, 우리 쪽에는 아가씨가 셋이나 되었다. 각각 한 개씩만 사도 상당하고, 게다가 일리야도 나를 도우려는 것처럼 이것저것 만지작거리며 중얼거렸다.

"한 네 개 정도 살까나."

아저씨는 다시 열의를 불태우기 시작했다.

"그러니까……! 저건 절대 4존드 이하로는 안 되는 거지. 이건 5존드는 받아야 되고, 합해서 9존드라고 해도 평생 간직할 수 있는 거니까 절대로 비싼 게 아니야."

나와 실랑이하느라 아저씨는 벌써 꽤 많은 물건의 가격을 밝힌 셈이 되었다. 이윽고 일리야가 머리핀을 하나 집어 모야의 머리카락에 대어 보았고, 그 사이 내가 가격을 물었다. 아저씨가 외쳤다.

"그건 8존드!"

"아이, 별로 안 어울리네."

일리야는 즉시 집었던 것을 내려놓아 버리고 다른 것을 손끝으로 찔렀다. 아저씨보다 내가 먼저 말했다.

"저건 3존드면 되겠네."

"무슨 소리, 저건……."

일리야가 아저씨의 말을 잘랐다.

"아저씨, 3존드 해주시면 그거 사고요."

그렇게 말하자마자 새치름하게 눈을 내리깔며 말도 못 붙이게 하는 것이 보통 솜씨가 아니었다. 손발이 잘 맞으니 이거 재미있는데?

"아무리 그래도 3존드는……."

"아저씨, 그럼 그거랑 저거랑 합쳐서 6존드, 어때요?"

아까부터 모야가 흘끔흘끔 눈길을 보내고 있는 구슬 머리띠를 찍어 가리키자 아저씨가 펄쩍 뛰었다.

"6존드는 절대 안 되지!"

"그럼 7존드로 되죠? 에이, 7존드면 넘치네. 자, 누나, 얼른 돈 드려요. 아저씨가 기분 좋게 주신다는데 마음 바뀌기 전에 얼른 사야지."

잠시 후 우리들은 7존드를 떠맡기고 장신구 두 개를 쥔 채 달아나 다음 골목으로 뛰어들어갔다. 아저씨가 더 이상 보이지 않게 되자 누가 먼저랄 것도 없이 웃음이 터졌다. 한참이나 킬킬거리며 웃은 뒤에 외르옌이 말했다.

"아아, 일리야가 저런 거 잘하는 줄은 알고 있었지만, 파비안 군한테는 정말 놀랐는데요."

"저는 일리야 씨한테 놀랐는데요. 휘유, 눈치 진짜 빠르세요."

일리야도 고개를 저었다.

"아뇨. 파비안 군이 시작한 걸 뒤따라 간 것뿐이죠. 제 생각이지만, 파비안 군은 정말 장사에 소질이 있는 것 같아요. 혹시 전에 비슷한 일이라도 했어요?"

"어머니께서 잡화점을 하셨죠. 저는 그 밑에서 점원만 십몇 년……."

말하다가 어머니 생각이 난 내가 표정이 살짝 달라지는 것을 일리야가 눈치챈 모양이었다. 그녀는 얼른 말했다.

"역시 경험이 많은 사람이었군요. 대단해요. 외르옌, 파비안 군이 우리 점원들보다 훨씬 낫지 않아?"

그동안 두 사람이 워낙 말을 주고받지 않아서 반말을 쓰는 사이란 것도 눈치채지 못하고 있었다. 외르옌이 그럼, 하고 대답하자 일리야는 다시 내게 몸을 돌렸다.

"지금이 아니더라도 나중에 같이 일해 볼 생각 없어요? 외르옌의 가게에서 함께 지내면서 몇 년 정도 일을 배우면, 혼자서 다른 도시에 가게를 낼 수도 있을 거예요. 가망이 있을 것 같으면 가게 내는 자금도 빌려줄 수 있고요. 어때요, 관심 있어요? 솔직히 지금이라도 같이 가면 되는데. 일단 우리 고향에 들렀다가 이베카로 가서 일을 시작하는 거죠. 물론 바쁜 사정이 없다면 말예요."

"아, 그게……."

뜻밖의 제의를 받은 나는 당황해서 눈을 굴렸다. 물론 지금은 유리카와 세르무즈로 가니까 저들을 따라갈 순 없지만, 나중이라면 또 모르잖아? 저런 큰 장사를 하는 사람들과 일할 기회가 늘 쉽게 온다고는 생각할 수 없으니 말야. 좋은 기회이긴 한데. 아이고, 참, 내가 또 장사를 한다고 하면 아버지가 싫어하시려나?

하지만 어차피 몇 년 정도는 아버지 곁으로 갈 생각도 없는데 그 동안 내가 좋아하고 잘 하는 일을 해보는 것도 괜찮지 않을까? 일단 아버지 곁으로 가고 나면 다시는 할 수 없을 거고 말이야.

내 복잡한 표정을 본 외르옌이 말했다.

"갑작스런 이야기라 이 자리에서 대답하긴 힘들 겁니다. 하지만 천천히 생각해도 상관없어요. 이따가 여관에 돌아가서 우리 가게가 어딘지 알려줄 테니까, 언제라도 찾아와요."

"고마워요. 언젠가 꼭 찾아갈게요."

대답을 하고, 악수까지 하며 웃는데 다시 한 번 베르나르트가 우리를 빤히 바라보는 것이 느껴졌다. 나는 일부러 고개를 휙 돌려 그를 마주 쳐다봤다. 그러나 그도 익숙해졌는지 이젠 표정도 변하지 않고 어깨를 으쓱해 보일 따름이었다.

여관으로 돌아왔을 때는 이미 밤이었다. 마지막에는 각자 흩어져서 돌아다녔는데, 외르엔 일행과는 마침 여관 앞에서 다시 마주쳐서 함께 들어올 수 있었다.

그동안 유리카와 나는 사람이 적은 곳을 골라 한가롭게 걸었다. 외곽에서 재미있는 모양의 파이를 굽는 아주머니에게 몇 마디 붙이다가 아예 자리를 깔고 앉아 놀기도 하고 말이다. 아주머니는 우리를 붙들고 연애점을 봐주겠다고 하더니 내가 듣기에는 말이 안 되는 이야기를 길게 늘어놨다. 일단 결혼만 하면 백년해로할 운이라나 뭐라나. 첫, 생일만 물어보고 그걸 어떻게 아느냐고.

다만 이런저런 이야기를 하다가 모야가 말했던 '아르나의 약혼'이 뭔지 알게 되었다. '아르나의 약혼'은 아르나와 레오 로아킨의 약혼을 재현하는 야외 연극 같은 건데, 배우들이 가면을 쓰고 팔다리에 실을 단 채 인형의 움직임을 흉내 내어 공연하는 신기한 구경거리라고 했다.

아니, 좀 더 정확히 말하면 연극에서 배우들이 약혼 선물을 주고받을 때 구경하던 연인들도 선물을 주고받는데, 이렇게 선물을 교환한 연인을 배신한 사람에게는 반드시 악운이 닥친다는 거였다. 물론 결혼하면 행복한 미래가 약속되는 건 말할 나위도 없고 말이다. 그렇다보니 결혼을 앞둔 사람들이 이 행사를 놓치지 않으려고 여관방들을 동내 버린 모양이었다.

아주머니도 아르나 시민답게 '정신적 지주이자, 일상의 철학이자, 삶의 지상 과제'인 연애 얘기가 나오자 파이를 태울 정도로 설명에 열을 올려서 우리를 웃게 만들었다. 아주머니의 수고에 보답하려면 파이를 한 개 샀어야 되겠지만, 이미 배가 불러서 그럴 수가 없었다. 그런데도 충고를 그치지 않는 아주머니도 참 대단한 열의였다.

"선물은 말이야, 서로 넌지시 말해 두는 거라고. 무엇을 갖고 싶다고 구체적으로 얘기하는 게 아니라, 다른 날 지나가는 말처럼 얘기한 거, 전부터 마음에 두고 있는 게 분명한 그런 물건을 구해오는 거야. 그게 진짜로 멋있는 거라고. 잘들 생각해봐. 그런 게 분명히 있을 걸?"

잘 생각하고 자시고 할 것도 없는 것이 만난 지 두 달도 안됐는데 그런 게 있을 턱이 없고…… 무엇보다도 우린 연인이 아니잖아? 아닌 건 아닌 거지. 그게 핵심이라고.

이제 열 병이나 되는 술의 처치가 문제였다. 다행히 뒤늦게 여관에 들어온 다른 손님들에게 네 병 정도는 팔 수 있었다. 물론 그걸 판 사람은 나와 일리야 아가씨였고 말이다. 밤이 늦어 더 들어오는 사람도 없다보니 이제 남은 술 여섯 병은 꼼짝없이 우리 차지가 되었다.

"여섯 병 정도야 밤새 마시죠, 뭐. 베르나르트 씨도 올 테니까 한 사람당 두 병씩 마시면 되겠네요. 하하, 이렇게 만났는데 밤새 잠만 잘 것 같진 않고……."

외르옌이 그렇게 말하며 웃자 모야가 말했다.

"여자들 방에도 한 병 정도는 줘요! 그 정도는 마실 수 있단 말예요."

"정말이야? 괜히 버리는 것 아니고?"

"외르옌 오빠야말로 괜히 버리지 말고 꼭 다 드시는 거예요. 알았죠?"

그리하여 우리들은 술을 나눠 갖고 방문 앞에서 헤어졌다. 유리카는 주아니가 남자들끼리 지내야 하는 방에서는 불편할 거라면서 일찌감치 데리고 갔다. 유리카는 문을 닫기 직전에 '봄잠 자야 되는데 언니들이 안 재워줄 것 같네' 라고 하며 미소를 보였다.

2. 생선과 머리빗

우리 둘은 마주 앉아 사이좋게 청혼주 한 병씩을 땄다. 평소 같으면 한 병만 열었을 텐데, 어차피 공짜 술이 다섯 병이나 있고 다 마셔야 될지도 모른다는 생각 탓이었는지, 정신을 차리고 보니 이미 뚜껑 딴 병을 하나씩 쥐고 있었다. 서로한테 청혼하려는 것도 아니고 이렇게 웃길 데가.

내가 먼저 한 마디 했다.

"병째 마시게요?"

"하하…… 그러기엔 냄새가 꽤 독한데요."

우리는 자기가 딴 병으로 서로의 잔을 채워 준 다음 기분 좋게 부딪쳤다. 외르엔의 말은 정말이었다. 오랜만에 이런 술을 마시니 목구멍이 화끈했다.

그렇게 주거니 받거니 두어 잔씩 오갔을 즈음, 얼굴이 발그레해진 외르옌이 어차피 다 마실 거잖아, 하고 말하며 다섯 병을 다 따버렸다.

"괜찮겠어요?"

"베르나르트 씨가 와서 세 병쯤 마셔 주겠지 뭘. 하하핫……."

낮에는 꼬박꼬박 존댓말을 쓰던 그가 어느새 말을 낮춘 걸 보니 얼마를 마셨든 취하긴 한 모양이었다. 이럴 때 지적해봤자 얘기도 안 될 테고, 어차피 형뻘 되는 나이인지라 굳이 따지고 싶지도 않았다.

"자, 여행을 위하여! 자네도 쭉 들이켜라고."

외르옌은 정말로 자기 잔을 먼저 비웠다. 하지만 그의 잔은 이미 절반 넘게 마신 것이었고 내 잔은 조금 전에 새로 따른 거라서 절대로 불공평한 건배였다. 게다가 이런 식으로 계속 들이키다가는 곧장 테이블에 머리를 박게 될지도 모른다. 나르디하고 위스키를 마셨을 때도 둘이서 한 병 갖고 몇 시간을 버텼는데 이런 잔으로는 다섯 잔이면 한 병이니 말이야.

결국 절반만 마셨는데, 외르옌은 내가 다 마시는지 확인하려 들지는 않았다. 역시 진정한 술꾼이 아니어서 다행이었다.

"좁은 방에서 사내 셋이, 밤새 선잠 자느니 술로 새우자는 건가."

그새 나도 술이 좀 오른 건지 목소리가 들리고서야 베르나르트가 돌아온 것을 깨달았다. 나와 외르옌은 거의 동시에 문 쪽을 돌아보았고, 따라서 똑같이 베르나르트와 눈이 마주쳤다. 몰래 장난이라도 하다가 걸린 애들처럼 말이다. 베르나르트는 우리가 따 놓은 술병들을 보더니 말했다.

"그것도 좋겠지."

다가와 앉은 그가 새 병을 하나 집어 들었다. 잠시 후, 각자 반병도 비우지 못한 외르옌과 나는 술병을 입에 갖다내는 그를 눈이 둥그레져서 쳐다봤다. 이 정도로 독한 술을 병째 마시는 사람은, 옛날에 대장간 킬른 씨가 영주님한테 헐값에 무기들을 빼앗기고 홧술 마실 때 이후로 처음 봤다.

난보다 외르옌이 더 놀랐다.

"괘, 괜찮으신가요?"

베르나르트는 의아한 표정으로 술병을 내려놓았다.

"안에 독이라도 넣었나?"

"그럴 리가…… 당연히 없잖습니까!"

베르나르트는 예의 무표정한 얼굴로 대답했다.

"진짜라고 생각했다면 자네한테 묻고 있을 리 없잖나."

난 생각했다. 저 술은 입에 대면 상대에게 반말을 하게 해주는 술이 틀림없어.

외르옌은 자기 술잔을 내려다보더니 곧 웃음을 터뜨렸다.

"그럼 독이 없다는 걸 증명하기 위해서라도, 건배할까요."

외르옌이 잔을 들었고, 내 잔과 베르나르트의 술병이 함께 부딪쳤다. 나는 한 모금 마신 뒤 베르나르트의 술병을 엿보았더니 놀랍게도 절반 가까이 비어 있었다. 하지만 그의 얼굴에 취한 기색은 없었다.

외르옌이 말했다.

"하하, 이런 식으로 나가면 술 다섯 병 정도는 일도 아니겠는데요. 아니, 밤새 마시기에도 모자랄지 모르겠는데……."

그러는 외르옌은 이미 꽤 취한 기색이었는데 마신 양을 따지자면 나보다도 진도가 느렸다. 과감하게 다섯 병 다 마시겠다고 땄는데 고작 반병에 취하면 그걸 아쉽다고 해야 할까, 경제적이라 좋다고 해야 할까, 단순히 계산 착오라고 해야 할까? 어쨌든 외르옌이 평소 술을 많이 마시지 않는 것만은 확실했다.

조금 후, 나는 외르옌이 상체만 의자에서 떨어질 듯 기울이는 것을 보고 물었다.

"괜찮으세요?"

"아아. 음……."

단순한 질문에 한참이나 생각하는 걸 보니 영락없이 술 취한 사람의 모습이었다. 그러나 잠시 후 나온 대답은 수상쩍을 정도로 또렷했다.

"아니."

나는 어깨를 움츠리며 외르옌의 잔을 다시 채워 줬다. 베르나르트는 팔짱을 끼고 의자에 기대더니 불쑥 말했다.

"술을 잘 못 마시는 사람이 술을 찾는 때는 둘뿐이지. 아주 좋을 때, 아주 나쁠 때."

내가 덧붙였다.

"그리고 공짜 술이 있을 때도요."

외르옌은 상체를 다시 바로 세웠다. 그러더니 갑자기 물었다.

"저는 어느 쪽일 것 같습니까?"

"물론 나쁠 때겠지."

단정적인 대답을 들은 외르옌이 놀란 시늉을 하며 말했다.

"왜 확신하시죠?"

베르나르트는 창문 쪽을 손가락질했다. 훈훈한 봄밤인지라 창은 열린 그대로였고, 어디선가 꽃향기 같은 것이 흘러 들어왔다. 밤새 벚꽃이 피고 있는 것일까?

"아르나의 프랑딜로아에, 연인 없이 오는 사내들은 다 불행하지."

"그렇다면 우리 셋 다 똑같은 신세잖아요?"

베르나르트는 여전히 무표정하게 응수했다.

"자네 둘은 나보다 더 안 좋지."

내가 물었다.

"왜요?"

"아가씨와 함께 왔는데 그 아가씨가 연인이 아니잖나. 그게 제일 불행한 거지."

"음, 그게, 전 그런 건⋯⋯."

무슨 말인지는 알겠는데 이거 참, 오해라고 설명하기도 그렇고 그냥 웃어버리기도 뭐하고⋯⋯.

그런데 외르옌이 갑자기 커다랗게 웃음을 터뜨렸다.

"하하, 하하하하⋯⋯ 맞습니다. 핵심이죠. 잘 아시는 걸 보니 경험담인가요? 하여간 길가는 사람들 중 절반은 연인들인 이런 곳에서⋯⋯ 하필 이런 곳에서⋯⋯ 휴⋯⋯."

웃음으로 시작했는데 묘하게 말꼬리가 흐려지며 한숨으로 변해버렸다. 나는 고개를 갸웃거렸다. 낮에 축제 거리를 돌아다닐 때만 해도 기분 좋아 보이던 그가 왜 저럴까? 무슨 일이라도 있는 건가, 아니면 술을 마시면 본래 하소연하는 부류인가?

그래도 한숨을 쉬는데 물어보는 것이 예의일 것 같았다.

"무슨 안 좋은 일이라도 있으세요?"

"응."

저렇게 딱 잘라 말하니 어떻게 말을 이어야 될지 모르겠다. 나는 머뭇거리다가 말했다.

"어떤……."

"아주 나쁜."

"왜요? 장사도 잘 되신댔고, 건강해 보이시고, 곧 고향에도 가실 텐데 무슨 나쁜 일이 있어요? 고향에서 안 좋은 소식이라도 온 건가요?"

"아니…… 고향에는 경사가 있어서 가는 거야."

내가 눈썹을 찡그리고 있는데, 베르나르트가 자기 술병을 건배도 없이 입가로 가져가면서 말했다.

"더 마셔."

명령조에 가까운 말이었는데도 묘한 힘이 있어서, 외르옌은 시킨 대로 잔을 비워버렸다. 그동안 머릿속에서 조각 맞추기에 실패한 나는 다시 물을 수밖에 없었다.

"아니, 경사가 있는데 왜 괴로워하시는 건데요?"

"그 경사를…… 축하해야만 한다는 것이…… 괴롭지."

"도대체 무슨 경사인데 그래요?"

"일리야가 결혼하거든."

잠깐, 일리야 아가씨가 결혼하는데 괴로워한다면…… 그럼 외르옌은…… 음…… 그럼 그동안 내가 한 예상이 다 틀렸단 말야?

다시 한 순배 술이 돌아갈 즈음 외르옌은 혼자 키득키득 웃었다.

"일리야와 모야는 제 옆집에 살았죠. 아주 어려서부터. 부모님들도 오랜 친구이시고 해서 우리도 남매처럼 자란 셈입니다. 저와 동갑인 일리야는 본래 얌전한 아이였지만, 저한테 휩쓸려 개구쟁이 짓을 하다가 매일 나란히 혼나곤 했죠. 동네에 소문난 말썽 꼬마들이었다니까요."

이야기가 풀리기 시작하자 베르나르트가 주머니에 손을 넣더니 무언가를 한 줌 꺼내 테이블에 올려놓았다. 보니까 말린 생선포였다.

"얘기가 나오기 시작했으니 안주도 필요하겠지."

외르옌은 고개를 꾸벅 하고는 생선포 하나를 집어 씹기 시작했다. 나도 하나 입에 물었는데 생각 외로 꽤 질겼다. 그나저나 이 사람, 이럴 줄 알았다는 것처럼 안줏거리까지 갖고 왔네.

"모야는 네 살 어린데, 우리와 어울리기 시작할 즈음에는 말썽 꼬마들이었던 우리가 말리러 쫓아다녀야 될 정도로 왈가닥 소녀가 됐죠. 그렇게 죽이 잘 맞다보니 읍내에서는 우리가 삼남매인 줄 아는 사람도 많았습니다. 그 시절은 참 좋았죠. 지금도 돌아가고 싶네요. 우리가 넘어지는 사람을 구경하려고 곳곳에 풀 매듭을 지어놓곤 하던 느릅나무 언덕……."

외르옌의 이야기를 듣는데 내 기분도 좀 이상해졌다. 나야 돌아가고 싶은 옛 시절이 있을 만한 나이가 아니지만…… 어쩔 수 없이 생겨버렸잖아. 결코 돌아갈 수 없는 하비야나크의 봄. 꽃이 피지 않는 아르나 아룬드라 해도 그곳이 제일 좋았거든.

내 손이 저절로 움직여 잔을 잡고 한 모금 넘겼다. 조금 많았을까, 이제야 얼굴이 달아오르는 느낌이 들었다.

"예상하시겠지만…… 조금 철들 무렵부터 전 일리야에게 마음을 두게 됐습니다. 어차피 두 집 모두 부유하지 못했기 때문에 좀 더 나은 환경에서 결혼하고 싶다는 생각에 궁리하다가, 일리야의 아버지를 졸라 카르파 장사를 시작했죠. 카르파가 잘 팔리면 두 집 모두에게 좋은 일이니까요. 그러다가 반응이 괜찮은 걸 보고서 큰마음 먹고 이베카에 가게를 냈고, 처음엔 고생했지만 차츰 자리도 잡았죠. 그동안 맏딸인 일리야는 아버지의 기술을 이어받느라 줄곧 고향에서 지냈습니다. 대신 모야는 가게 일을 돕느라 이베카에 와 있었고, 때론 노르마크를 돌 때 동행하기도 했죠."

외르옌은 말하다 보니 숨이 거칠어져 몇 번 기침을 했다. 그러면서도 내가 채워준 술을 입에 털어 넣었다.

"제 가게가 잘 되니 두 집 다 형편이 많이 펴졌습니다. 저는 아주 열심히 일했죠. 청혼할 때 당당해지고 싶었거든요. 어느 해에는 일리야를 고작 세 번밖에 못 봤을 정도였죠. 그러다가 올해 초에 일리야가 이베카로 온다고 했을 땐 정말 뛸 듯이 기뻤죠. 하지만 저는 곧 믿고 싶지 않은 사실을 알게 됐습니다."

"에, 그럼 설마……."

일리야 아가씨에게 그 사이 다른 남자가 생겼구나 싶었던 내가 입을 열자 외르옌이 나를 보았다. 그의 입가에 처량한 미소가 걸렸다.

"다 내 잘못이었어."

베르나르트가 말했다.

"맞아, 자네 잘못이야."

"왜요? 외르옌 씨는 잘해 보려고 열심히 일한 것뿐인데, 마음이 바뀐 쪽이 잘못⋯⋯."

내가 반문하자 베르나르트가 술병을 입에 대며 말했다.

"다른 사람과 함께 지냈잖나."

"그래요. 맞습니다. 전⋯⋯ 정말 이렇게 될 줄은 꿈에도 몰랐어요. 이젠 돌이킬 수도 없죠. 이대로 돌아가면 끝이죠. 경사라고 기뻐할 부모님들의 얼굴을 어찌 볼지⋯⋯."

들을수록 오리무중이었다. 도대체 어떻게 됐다는 거야?

가만있자, 그럼 외르옌 씨 당신이 그 사이 다른 여자와 함께 지냈다는 거야? 그래서 일리야 아가씨는 다른 데로 시집가기로 한 거고? 그럼 당신은 전혀 불쌍한 게 아니잖아!

참, 그런데 베르나르트는 그걸 어떻게 알았지?

"어떻게 하면 좋을지 도저히 모르겠습니다."

나는 궁금하고 답답한 나머지 생선포를 힘줘 씹어댔다. 안 그래도 괴롭다는 사람에게 잘 이해가 안 되는데 다시 한 번 설명 좀, 이럴 수도 없고 말이다.

외르옌이 불행한 건 일리야를 좋아하기 때문이라 했다. 그러면 왜 다른 사람과 지냈을까? 게다가 그는 '이렇게 될 줄은 꿈에도 몰랐다'고 했다. 어째서 모를 수가 있을까? 다른 사람과 가까이 지내면 일리야 아가씨와 사이가 나빠진다는 걸 바보가 아닌 이상 모를 수 있을까? 만일 모를 수 있는 상대가 있다면? 아, 그렇구나!

"모야 아가씨 문제군요?"

외르옌은 고개를 끄덕였다.

"전 모야를 누이동생 이상으로 생각한 일이 한 번도 없었습니다. 어려서부터 항상 일리야와 저는 친구이고, 모야는 어린 동생이었죠. 그래서 모야와 지내면서도 문제가 되리란 생각은 해보지도 못했습니다. 그렇지만 모야는…… 그렇죠, 모야도 이제 어린애가 아니라 나이가 찬 처녀니까요. 몇 년이나 함께 지내면서 저를 좋아하게 됐지만 제게 말하지는 못하고, 대신 고향에 갈 때마다 언니와 어머니에게 죄다 말했던 겁니다. 모야는 저와 일리야가 서로 좋아하는 것을 몰랐거든요. 그런 줄도 모르고 저는 고향에 들를 때면 늘 모야를 칭찬했죠. 부모님과 떨어져 먼 데서 지내니 걱정할 것 같아서 그런 것뿐이었어요. 하지만 그동안 모야의 이야기를 들어왔던 일리야는, 그런 저를 보며 저도 모야와 같은 마음이라고 믿게 되어버렸습니다. 멀리서 저와 모야만 함께 지내니 자연히 그렇게 보이리라는 걸…… 전 정말 생각도 못했습니다. 온 마음이 일리야에게 쏠려 있다 보니…… 모야와의 관계에선 오빠 동생 이상의 그 무엇도 떠오르지 않았던 겁니다. 모야에게도…… 정말 미안한 일입니다."

"그래서 어떻게 된 건데요? 그렇다면 일리야 아가씨는 누구하고 결혼하는 거죠?"

외르옌의 얼굴이 고통으로 일그러졌다.

"저도 모르는 사이에, 부모님들끼리 이야기해서 저와 모야를 결혼시키자고 합의를 보고 나서…… 동생보다는 언니를 먼저 보내는 것이 순서가 아니겠느냐는 생각에… 일리야의 혼처를 정해버렸더군. 이번 달에…… 하기로 했으니 그동안 고향에 돌아와 지내라고…… 연락이 와서…… 함께 돌아가는 길이지.”

나는 저도 모르게 소리쳤다.

“아니, 왜 그렇게 되도록 아무 말도 안 한 건데요? 일리야 아가씨가 이베카에 왔을 때 가게도 잘 되고 있고 하니 청혼해 버리면 좋았잖아요!”

내가 참견할 일이 아닌데도 발끈하고 만 건 술을 좀 마셨기 때문인지도 모르겠다. 외르옌은 고개를 저었다.

“일리야는…… 일리야가 이베카에 왔을 때 우린…… 거의 반년 만에 만난 거였어. 그녀가 내게 그러더군. 고향에서는 다들 나와 모야가 결혼하는 걸로 알고 있으니 모야에게 잘 해주라고……. 나는 물론 펄쩍 뛰었지. 하지만 일리야는 내 이야기를 더 듣고 싶어 하지 않았어. 난 일리야도 내 마음을 알고 있으니 멀리 있더라도 죽 기다려 줄 거라고 믿었는데…… 너무 어려서부터 마음이 통했던 사이였기 때문에 더 긴 말이 필요 없다고 생각했는데…… 일리야는 언약조차 없었던 나를 계속 기다릴 수 없었던 거야. 그런 날 믿고서 부모님의 말씀을 거역할 수가 없었던 거야. 후…… 세상에는 바보뿐이라니까……. 그중 내가 제일이고…….”

“오해는 풀면 되잖아요! 둘 다 벙어리도 아닌데 다른 사람과 결혼하게 될 때까지 뭘 하는 건데요? 아, 정말 이해가 안 돼요!”

외르옌은 허탈한 얼굴로 웃었다.

"파비안 군, 나도 모든 게 그렇게 명쾌할 수 있다면 좋겠어. 하지만 생각해 봐……. 내가 일리야와의 일을 밝히면, 모야는 어떻게 되지? 일리야는 이미 마음을 정리하고 모야와 나의 행복을 빌어 주기로 결심하고서 이베카로 왔던 거였어. 그녀는 동생을 무척 사랑하지. 모야의 마음이라면 작은 부분까지 자세하게 알고 있어. 모야가 나를 좋아한다는 이야기도 몇 년이나 줄곧 들어왔을 거야. 그런 그녀가 갑자기 동생을 밀어내고 나서지 못한다는 것…… 괴롭지만 내가 가장 잘 알고 있어. 내가 나서서 그렇게 한다 해도 모야는 무척 상처받겠지. 심지어 부모님께서 이런 상황을 알게 되어도 내가 일리야와 결혼하는 것을 허락하실 리 없어. 일리야와 결혼하면 우린 줄곧 모야와 얼굴을 마주 봐야 하는데…… 그건 고문하는 거나 다름없는 것 아니겠어?"

이거야 정말, 듣다보니 나까지 착잡해져 버렸다.

머리를 굴려 봤지만 원만한 결론을 낼 수도 없었고, 그렇다고 누군가가 희생을 감수할 만한 문제도 아니었다. 굳이 설명할 필요도 없는 사이라고 믿고 장래를 위해 기반을 마련하느라 오랫동안 일리야를 내버려 둔 외르옌, 그렇게 오래 떨어져 있다 보니 마음이 변했구나 싶어 열렬히 좋아한다는 동생에게 양보하기로 마음을 굳힌 일리야, 언니의 일은 까맣게 모른 채 가까이에서 몇 년이나 일하다 보니 사랑에 빠지고만 모야, 셋 다 그럴 법한 상황이어서 누구를 탓할 수도 없었다.

답답한 나머지 무심코 잔을 들어 술을 다 마셔버렸다. 아이고, 이러다가 내일은 일어나지도 못하겠다.

"왜 이런 때 아르나 시 같은 데 와버린 건지 모르겠네요. 오늘 거리에서 행복해하는 사람들을 보니 정말 술이 필요했는데…… 유리카 양 덕택에 마지막으로 이런 얘기라도 해보는군요. 오늘 내 곁에는 일리야가 있었지만, 까마득히 멀리 있는 것 같더군요. 모야는 들떠 있었지만, 아무것도 해줄 수 없었고요. 내가 모야에게 매정하게 대한다면 일리야가 절대 용서하지 않을 겁니다. 두 사람 중 누구에게도 상처를 주고 싶지 않은데, 아무 방법도 생각나지 않네요."

"글쎄, 모두에게 좋은 결론 따위가 있을까?"

줄곧 말이 없던 베르나르트의 목소리였다. 머리를 싸쥐고 있던 외르옌이 고개를 들었다.

"그러면 어떻게 하면 되는 겁니까? 당신이라면 무얼 택하겠습니까?"

"무엇이든. 어떤 것이라도. 그중 자네가 피해야 할 건 하나밖에 없어."

"뭡니까, 그게?"

"모두에게 나쁜 결론."

외르옌은 멍한 표정으로 천장을 바라보았다. 이미 술이 꽤 오른 얼굴이라서 솔직히 그가 이해를 잘 못한다 해도 어쩔 수 없었다.

"어떤…… 것이…… 모두를 나쁘게 합니까?"

베르나르트는 한참 동안 대답이 없었다. 그가 무슨 말을 하기 전에 이렇게 오래 생각하는 모습을 보는 것도 처음이었다. 거짓말이든 참말이든, 항상 미리 준비한 것처럼 툭 내뱉는 사람이었는데 말이다.

"세상에는 손쓸수록 더 나빠지는 문제가 있는가 하면, 내버려 둘 때

가장 나빠지는 문제도 있지. 하나의 좋은 답이 존재하는 문제가 드물듯 나쁜 답이 하나뿐인 문제도 거의 없어. 시간은 해결해 주지 않아. 시간은, 절대 아무 것도 해결해 주지 않아. 단지 문제를 가리고 감출 뿐."

베르나르트는 팔짱을 서서히 풀었다. 그는 묘하게도 나를 바라보고 있었다. 외르옌이 아니라 내게 이야기하려는 것처럼 말이다.

"내가 아는 사람의 얘기를 해 주지. 그도 자네처럼 어려서부터 함께 자라며 사랑하게 된 여자가 있었어."

그의 목소리가 명랑하게 들려서 의아해졌다. 왜 기분이 좋을까?

"그녀를 사랑했지만, 그런 말을 할 순 없었어. 그는 평민이고 그녀는 귀족이었거든. 비록 명색뿐인 몰락 귀족이라 해도 귀족은 귀족인 거지. 너무 일찍 죽은 그녀의 부모가 이렇다 할 재산을 남기지 않았기 때문에, 갈 곳 없어진 어린 소녀를 거둬 주겠다고 나선 사람은 아무도 없었어. 하지만 그녀가 평민과 결혼한다고 하면 핏대 세우며 나설 자들은 얼마든지 있었지."

"……."

베르나르트는 비어버린 병을 내려놓고 새 술병을 집어 들면서 말을 이었다.

"평민이긴 했지만 재산이 있었던 그의 부모가 그녀를 거두어 주었기에 둘은 남매처럼 살았어. 그렇다보니 남매로 여기는 주위의 시선에서 자유로울 수 없었지. 어쨌든 둘은 자랐고, 그녀를 두고 결혼 말이 나오기 시작했어. 그의 모친이 특히 서둘렀지. 그녀를 좋은 가문에 어서 시집보내야 사람들이 뒷말을 않는다는 거였어. 귀족 처녀다 보니 평민들과 함께 사는 것만으로도 뒷말거리가 됐으니까. 시집을 보내면 도리를 다 한 셈이 되니까 깔끔해지거든."

흘끔 보니 외르옌은 넋을 놓고 이야기에 귀를 기울이고 있었다. 베르나르트는 요점만 말하는 사람이라 딱히 재미있는 이야기가 되었던 건 아니었다. 하지만 지금 외르옌에게는 이보다 더 감정이 이입되는 이야기도 없을 터였다.

"그의 집은 유력한 가문을 섬기고 있었기 때문에 귀족 가문의 혼처를 알아보는 것은 쉬웠어. 금세 청혼하는 사람이 생겼지. 그중에서 일찌감치 그녀와 안면을 텄던 젊은이가 있었는데, 당당한 귀족이고 전도도 유망했어. 게다가 나라에서 가장 명망 높은 기사단에 속해 있었지."

그의 말을 듣는 순간 '구원 기사단?' 이라는 말이 목까지 올라왔으나 겨우 삼켰다. 글쎄, 내 생각엔 구원 기사단이 최고지만 다른 사람의 생각은 다를 수도 있으니 뭐.

"젊은 기사는 그녀를 행복하게 해 줄 만한 사람으로 보였어. 그녀 같은 몰락 귀족의 딸을 택하지 않아도 될 만한 명문가 출신이었는데도 그녀와의 혼인을 원했고, 그녀를 무척 신중하게 대했지. 모두가 두 사람의 결혼을 기정사실로 받아들이게 될 즈음, 그자는 자네와 똑같은 고민을 했어. 그녀에게 솔직히 털어놓을 것인가, 아니면 그냥 가슴에 묻는 쪽이 좋을까. 문제를 일으키지 않고, 집안에 걱정을 끼치지 않고, 행복한 결혼에 방해가 되지 않기 위해선 후자가 최선으로 보였어."

"그럼, 그건……."

베르나르트는 당황해서 더듬거리는 외르옌을 똑바로 바라보며 말을 이었다.

"최선을 따르려다 최악을 잡고 마는 경우는 많지. 그는 집을 떠나 몇 년 정도 방랑하면 모두 잊게 되리라고 생각했고, 실제로 혼례가 거행되기도 전에 떠나고 말았어. 인사도 남기지 않았지. 그래서 어떻게 되었을 것 같나?"

외르옌은 눈을 내리깔더니 목이 메인 듯 탁한 목소리로 말했다.

"방랑을 해도 잊혀지지 않았는데, 그녀는 이미 남의 사람이 되어 어쩔 수 없었다는 것입니까?"

"틀려. 더 나빠."

베르나르트는 내 쪽을 돌아봤다.

"예상해 보라고. 최악의 상황을."

그의 목소리는 농담하는 사람 같았지만, 결코 농담은 아니었다. 그의 입가가 미세하게 올라가 있었지만, 웃음은 아니었다.

"그녀가 결혼을…… 하지 못한 건가요?"

"그가 방랑 생활을 접고 돌아왔을 때."

베르나르트는 끝까지 무감동한 표정이었다. 목소리도 변하지 않았다. 그런 그에게서 듣는 이야기라 슬프다기보다는 가슴 한쪽이 답답한 기분이었다. 뭐랄까, 낡은 묘비를 손으로 쓸어 보니 수백 년 전의 연도가 새겨져 있더라는 그런 기분 말이다.

"그녀는 없었지. 죽은 지 한 해도 채 흐르지 않았다더군. 그는 그녀와 결혼하기로 했던 젊은이를 찾아갔지. 젊은이가 말하길, 결혼을 고작 며칠 앞두고서, 그녀가 자신이 사랑하는 사람은 떠나버린 오빠라고 고

백했다더군. 이런 마음으로는 도저히 결혼할 수 없으며 차라리 오빠가 돌아올 때까지 기다리겠노라고 했다는 거야. 젊은이는 그녀의 마음을 존중해서 결혼을 취소했어. 차라리 그런 소원은 들어주지 않는 편이 나았을 테지만."

베르나르트는 어느새 술을 더 마시지 않았다. 대신 독한 술을 한 병 넘게 마신 사람이라고는 믿을 수 없을 정도로 침착한 목소리로 계속 말했다.

"홀로 남은 그녀는 기다렸지만 너무 길고 괴로운 시간이었던 거지. 떠난 사람으로부터는 연락도 없었고, 10년 뒤에 올지 20년 뒤에 올지도 모르는 상황이고, 코앞까지 닥쳤던 결혼식을 취소한 것 때문에 사람들 앞에서 얼굴을 들 수 없게 된 데다가, 자기를 은혜로 거둬 준 가족에게 피해를 끼쳤다는 생각에 밤낮으로 시달리기까지 했지. 계속 그 집에서 지냈으니 실제로 눈치도 좀 받았을 테지. 좋은 혼처는 차버리고, 집안의 평판은 엉망으로 만들고, 아들은 방랑 생활이나 하게 만들고, 친딸도 아닌데 어느 부모가 좋아하겠어? 마음 약한 사람이 몇 년을 그렇게 보내면 없던 병도 저절로 생기기 마련 아니겠나. 떠난 사람이라도 일찌감치 왔으면 상처를 치유하거나 최소한 도피라도 할 수 있었겠지만 그것조차 그리 되지 않았지. 하루하루 피골이 상접해가다가 죽어버리고 만 거야."

베르나르트는 양손을 펼쳐 올려 보였다.

"자, 어떤가? 모두에게 나쁜 결말이?"

외르옌은 말을 잊은 표정이었다. 한참 동안 대꾸도 없었다. 베르나르트는 그제야 잠시 잊었다는 것처럼 술병을 들어 느리게 한 모금 마셨다. 이거 참, 두 사람의 이야기를 듣다보니 무슨 이유로든 좋아하면 좋아한다고 일찌감치 말해야지, 말 안하고 버티는 놈들이 모든 문제를 만든다는 것만은 알겠다.

베르나르트는 어깨를 으쓱하더니 창 쪽을 보았다.

"날이 밝을 때가 되었군."

정말이었다. 별을 지우는 빛이 창턱을 넘어 들어오기 직전이었다. 밤새 이야기한 셈이 됐지만 해결된 것은 없었다. 세상일들이란 잘도 꼬여 있어서 여길 풀려고 하면 저기가 터지고, 한 사람을 구하려고 하면 다른 한 명에게 문제가 생기고, 본래 그런 것일지도 모르겠다. 결론 따위 나지 않는 게 당연할지도 모르지만 내버려두면 계속 나빠질 뿐인 문제도 있는데, 그럴 땐 무슨 선택이든 할 수밖에 없잖아? 선택할 수밖에 없다면 어떻게 해야 하는 거야?

그거 참, 남의 문제로 이렇게 머리가 아프다니. 아니, 남의 문제이기 때문에 결론을 내리지 못하는 것일지도 몰라. 참견하는 것에는 한계가 있으니까. 하지만 말하지 않더라도 의견은 있어야 되잖아? 그 의견조차 결정하지 못하는 걸 보면 역시 내가 우유부단한 건가?

외르옌은 술을 많이 마셨지만, 생각 외로 쓰러지지도 않고 생각에 잠겨 있었다. 얼굴이나 눈동자를 보면 곧 주정이라도 할 것 같은 모습이어서, 과연 말짱한 정신으로 생각하고 있는 것인지 의심스럽긴 했지만.

"결정은 자네가 하는 거지. 하지만 자네가 모든 사람을 행복하게 해줘야 한다는 생각은 버려. 이스나에라도 그런 건 할 수 없어."

베르나르트는 술병 마개를 닫으며 덧붙였다.

"자네는 자네가 할 수 있는 일밖에 할 수 없어."

동어반복 같기도 한데 묘하게 이해가 됐다. 내가 그 말을 곱씹어보고 있는데 베르나르트가 침대 쪽에 놓인 외르옌의 짐들을 쳐다보더니 불쑥 말했다.

"낚싯대 좀 빌려주게."

낚싯대는 벽에 기대어 세워져 있었다. 강을 따라 여행하거나 한다면 좋은 호구지책이지만, 우리 동네에는 한 해의 4분의 1은 얼어붙어 있는 호수밖에 없었는지라 난 낚시를 그리 잘 하지 못했다. 같은 용도라면 돌팔매 쪽이 손에 익어 훨씬 나았다.

그런데 이 새벽에 갑자기 웬 낚시질이람?

어쨌든 외르옌은 고개를 끄덕였고, 베르나르트는 가서 낚싯대를 집어 들었다. 입구로 걸어가던 그가 내 쪽을 보지도 않고 말했다.

"파비안 군, 같이 가지."

"에, 저는 왜요?"

나는 어리둥절한 얼굴로 그와 외르옌을 번갈아 보다가, 외르옌이 혼자 생각할 수 있도록 피해주자는 이야기인가 싶어 엉거주춤 일어섰다. 베르나르트는 어느새 밖으로 나가버렸다.

"저기, 음…… 갔다 올게요."

거리는 아직 어둑했다. 어제의 북적거림이 꿈이었나 싶을 정도로 지나가는 사람 하나 볼 수 없었다. 아니, 꿈에 가까운 건 오히려 지금 쪽이겠다. 번화한 도시 한가운데에서, 포석까지 깔린 다리 난간에 올라앉아 낚싯대를 드리우고 있는, 멀쩡하게 생긴 두 남자 중 한 명이 되다니. 으음, 생각해 보니 지나가는 사람이 없는 것이 진짜 다행이구나.

베르나르트는 정말로 낚시질 중이었다. 뭐, 새벽 낚시가 그의 오랜 취미일지도 모르지만, 그렇다 해도 마차까지 지나갈 수 있는 커다란 다리의 난간에 올라앉아 할 것까진 없지 않나 싶은데. 그, 뭐랄까…… 도시 시민의 예절이 아니랄까?

하지만 낚시질하는 사람에게 말을 거는 것도 좋은 예절은 아니기 때문에, 결국 나도 덩달아 난간에 앉아 있게 돼 버렸다. 물론 낚싯대는 한 개뿐이기 때문에 강물을 내려다보는 것 말고는 할 일도 없었다.

날이 밝아오는 것이 느껴졌다. 오가는 사람이 한둘 정도 생겼고, 그와 더불어 이 요령부득의 상황을 어서 벗어나야겠다는 의지도 커져갔다.

"어이."

"네?"

말투가 심각하던 베르나르트도 낚싯대를 쥐고 있으니 꼭 낚시터의 아저씨 같은 말투가 돼 있었다.

"자네 생각은 어때?"

"네? 뭐가요?"

한참 동안 말도 없다가 갑자기 자네 생각은 어떠냐니, 무슨 말인지 알 턱이 없었다. 그러나 베르나르트는 의아한 듯 나를 흘끗 보더니 말했다.

"자네가 아까 그 친구라면 어떻게 할 것 같냐 말이야."

반 시간 전에 하던 이야기의 연속이냐? 정말이지 세상 시간이 자기 기준으로 흐르는 줄 아는 사람이네.

"그거야…… 음……."

아까 외르옌에게 소리 지르던 기세대로라면 답은 확실한 건데, 입 밖에 내려니 좀 망설여졌다. 일리야의 손을 붙들고 도망이라도 가라고 해?

쳇, 그랬다간 모야가 충격을 받는 것은 물론이고 고향에서도 난리가 날 텐데, 일리야와 결혼하기로 한 사람은 바보가 돼버리고, 시골 동네에서 소문 퍼지는 건 금방이니까 모야는 시집도 가기 힘들어질 거다. 부모님들은 물론 얼굴도 못 들고 다니게 되겠지. 게다가 결정적으로 가게를 두고 도망갈 수도 없거니와 일리야의 아버지가 화가 나서 카르파를 더 이상 주지 않으면 가게도 망하게 되잖아!

난 사랑에 빠져본 경험이 없어서인지 마지막 문제가 가장 중대하게 느껴졌다. 판로를 잔뜩 넓혀 났는데 일리야 혼자 카르파를 짜서 주문을 맞출 수 있을 리 없으니, 몇 년이나 애써 닦아놓은 기반이 다 무너질 거 아냐. 그러면 허무한 건 둘째 치고 주문처들에서 몰매나 안 놓으면 다행 아닌가. 게다가 가게를 닫으면 그 다음부터는 뭘 먹고 사는데?

"음…… 단순하게 더 많은 사람들한테 좋도록 하자면 모야 아가씨랑 결혼해야겠죠. 두 집안 부모님들이랑, 일리야 아가씨랑 결혼할 사람이랑, 모야 아가씨까지도 만족하게 될 거니까요. 하지만 그러면 외르옌 씨나 일리야 아가씨는 불행할 거고, 모야 아가씨도 나중에 진상을 알게 되면 틀림없이 불행해지겠죠. 그래서 불화가 생기거나, 아까 당신이 해준 얘기처럼 일리야 아가씨가 병이라도 나면 부모님들한테도 결국 안 좋겠죠. 그럼 결국 많은 사람들한테 좋은 것도 아니네요."

"그러면?"

"그러면…… 음…… 일리야 아가씨랑 결혼한다면 두 사람은 좋겠지만, 일단 모야 아가씨한테는 무척 안 좋겠죠. 부모님들도 놀랄 거고, 일리야 아가씨랑 결혼하려던 집에서는 난리가 나겠죠. 이런 거, 자칫하면 집안싸움 나서 원수지는 수가 있다고요. 만일 부모님들이 끝까지 반대하면 진짜 가게니 뭐니 다 버리고 도망이라도 가야 되는데…… 그러면 결국 두 집안 다 망하는 거네요. 으으…… 도대체가 꼬여 있어서 한 마디로 결론을 내릴 수가 없잖아요. 세상 일이 다 이런가?"

베르나르트는 말없이 낚싯대를 내려다봤다. 낚시찌는 여전히 꼼짝도 하지 않았다. 한 시간은 아직 안 됐던가? 어쨌든 하염없이 기다리는 수밖에 없는 거, 난 이것 때문에 낚시가 싫더라니까.

"그럼 당신의 결론은 뭔데요? 아까 해주신 얘기대로라면 이런저런 상황에 좌절하지 말고 진짜로 좋아하는 사람을 택해야 된다는 거죠? 그럼 일리야 아가씨 쪽이네요?"

"난 그런 말은 안 했어."

"그럼 모야 아가씨 쪽?"

"그런 말도 안 했는데."

아니 이런, 이 아저씨가 나보다 더 우유부단하단 말인가?

"그럼 아까 해준 얘기는? 그건 무슨 의미로 한 건데요?"

베르나르트는 여전히 찌에 시선을 고정한 채 대꾸했다

"해석은 듣는 사람의 몫일 뿐이야."

듣자니 점점 기가 막혔다.

"그런 얘기를 해주고서 당신은 결론도 없어요? 그래도 무슨 의견이 있으니까 얘기를 해 줬을 거 아녜요? 옳든 그르든 당신이라면 택했을 길이 있으니까……."

"남의 일인데 내가 선택해서 뭘 해."

"아…… 네? 뭐라고요?"

"남의 일이라고. 내 일도 아닌데 왜 그런 어려운 문제를 계속 생각하고 있겠어. 머리 아프게."

나는 말문이 막혀 그의 옆얼굴을 빤히 봤다. 갑자기 남의 얘기일 뿐이라니, 이 사람이 아까 밤새워 얘기하던 그 사람이 맞나?

그때, 낚시찌가 움찔거렸다. 오랫동안 기다리기만 했는데도 베르나르트는 조금도 방심하고 있지 않았다. 즉각 낚싯대를 잡아채자 손바닥보다 조금 큰 고기가 펄쩍 뛰어올랐다. 릴을 감아 들이는 솜씨만 봐도 그는 무척 능숙한 낚시꾼이었다. 다만, 잡힌 물고기가 어울리지 않게 포장도로에서 뒹굴게 됐다는 점만 빼면 말이다. 아마 물고기도 난감해하고 있을 게 틀림없다. 게다가 그는 이렇게 말했다.

"정말 잡혔네."

"그럼 안 잡힐 줄 알았다는 말이에요?"

"하지만 이놈이 아냐."

물고기를 낚싯바늘에서 빼내어 다래끼에 던져 넣고 베르나르트는 낚싯대를 옆에 내려놓았다. 이런 데서 낚시를 시작한 것부터 웃겼지만, 한 마리만 잡고 그만두는 것도 이해가 안 갔다. 아니, 그뿐이 아니었다. 잘 생각해 보면 이 사람, 처음 만났을 때부터 납득 가는 행동이라고는 전혀 안 했으니 말이다.

"당신은 참 이해가 안 되네요. 외르옌 씨 얘긴데, 아까 그 말은 그가 어찌되든 알 바 아니라는 뜻인가요? 아니 물론, 남의 일인 건 맞지만요, 그렇게 생각한다면 왜 밤새 얘길 들어주고 이런저런 얘기까지 해준 건데요? 제가 이런 걸 따질 입장은 아닐지 모르지만 지난밤에는 당신이 그를 진심으로 생각해 주는 줄 알았는데, 실은 그냥 심심해서 얘기한 것뿐인가요?"

베르나르트가 내 쪽으로 고개를 돌렸다. 다음 순간, 나는 흠칫 놀랐다. 그가 웃었던 것이다.

약간 어색한 듯하긴 해도 양 뺨 위쪽에 한 줄 주름이 생길 정도의 웃음이었다. 그를 만난 후로 처음 보는 웃음이기도 했다.

그러나 나는 그 웃음에 대해 물어볼 기회를 잡지 못했다. 다음 순간 베르나르트는 몸을 홱 돌리며 난간에서 뛰어내렸고, 내가 허둥거리는 사이에 이미 검을 뽑고 있었다. 정확히 말하면 보진 못했고 그런 소리가 들렸다. 이어 뒤를 돌아본 나는 놀라 허둥대다가 강으로 떨어질 뻔했다.

챙!

검을 뽑아든 복면의 사내 다섯 명이 우리가 앉아 있던 난간을 반원 형태로 둘러싸고 있었다. 언제 나타났는지 기척도 느끼지 못했는데, 저

텅 빈 거리 어디에서 뛰어나온 거지?

"비켜라."

단 한 번 검을 부딪쳤을 뿐 모두 움직임을 멈췄다. 복면 사내 중 하나가 베르나르트를 향해 말했고, 다른 하나가 이어 말했다.

"우리가 볼일이 있는 건, 네 뒤의 녀석이야."

난 물론 깜짝 놀랐다. 이게 어떻게 된 거야? 내가 언제 저런 사람들이 쫓아올 정도로 대단한 사람이 됐지?

그런데 베르나르트의 대답도 뜻밖이었다.

"나도 있거든."

"뭐?"

"볼일. 너희들이 녀석을 없애버리면, 내 볼일을 볼 수 없게 된단 말이다."

말은 끝이 났다. 베르나르트가 첫 번째 남자의 검을 걷어버리더니 곧장 가슴을 찔렀던 것이다. 아니, 저 사람, 다섯 명을 상대로 지금 싸우려는 거야? 난 도와줄 수도 없는 상황인데?

낚시하러 나오면서 검을 들고 나오기도 뭣해서, 아니 실은 내 검이 잠깐 나올 때마다 메기엔 너무 거창한 나머지 두고 나온 터라, 싸움에 끼어들었다가는 바로 황천길이었다. 그렇다고 도망가기도 뭣하고, 무엇보다 도망갈 수도 없었다. 뒤는 강물이고, 앞과 좌우는 포위됐고, 그리고…… 맨 처음에 허둥거리다가 간신히 강에 떨어지지 않은 것까진 좋았지만…… 난 지금 난간을 잡고 공중에 매달려 있단 말이다!

왜 내 인생에는 이렇게 공중에 매달릴 일이 많은 건지 모르겠는데 말야, 하여간 지금 다리 위로 기어 올라갈 수는 없었다. 이미 칼부림이 벌어져서 오히려 여기가 더 안전할 지경이니까. 그렇다고 계속 매달려 있을 수도 없었다. 힘든 것도 힘든 거지만, 베르나르트가 쓰러지면 저들이 분명 나를 공격할 텐데 이렇게 매달려 있어서야 한 방에 끝장일 거 아냐? 베르나르트도 다섯 명을 상대로 오래 버티지는 못할 테니 일단 매달린 채로 조금씩 옆으로 움직여가서…… 라고 생각하던 나는 곧내 눈을 의심했다.

대, 대단해!

베르나르트의 검은 한손검과 양손검의 중간 형태인 바스타드(bastard)였다. 그러나 힘도, 위력도 내가 지금껏 보아 온 바스타드가 아니었다. 달려든 검을 검 끝으로 가볍게 밀어내면서 동시에 또 다른 검을 미끄러뜨리고, 이어 검을 눕히며 세 번째까지 후려쳤다. 혼자 많은 상대를 상대하는 검술이 따로 있는 게 아닌가 싶을 정도로 완벽한 연속 동작이었다. 동시에 상대가 팔을 후들거릴 정도로 강한 힘이었다.

"으, 으윽!"

첫 비명이 적의 입에서 터졌다. 휘청거리는 상대의 손을 손잡이로 짓이기듯이 쳐버리고, 여세를 몰아 어깨에서 가슴까지 베었다. 고꾸라진 상대의 손을 밟아 검을 떼어 내자마자 뒤꿈치로 차서 강에 빠뜨렸다. 떨어지는 검에 내가 찔릴 뻔한 것만 빼면 완벽했다.

세 명은 재빨리 물러났지만, 남은 하나는 어깨를 노리며 양손검을 내리쳤다. 그러나 베르나르트가 더 빨랐다. 강한 힘으로 검을 마주 걸어내자마자 무릎을 걷어차자 상대는 중심을 잃었다. 남은 자들이 한꺼번에 공격해 왔지만 하나는 검조차 놓치고 말았고, 다른 하나는 목을 아슬아슬하게 피했다. 목에 선명히 남은 칼자국에서 피가 흘러내렸다.

베르나르트는 서두르지 않았다. 한 번 나아가면 세 명 이상을 상대하는 검이지만, 침착하게 시작하고 마무리하는 것이 기본기가 탄탄한 검술이었다. 그러나 어느 순간에는 다섯 명의 사내를 하나하나, 마치 다섯 배의 속도로 상대하는 것처럼 보였다. 힘도, 기술도 내가 상상도 못해 본 실력이었다. 포위된 것이 아니라 일부러 다섯 명을 한꺼번에 제압할 수 있는 위치를 잡은 것처럼 보일 정도였다.

처음 만났을 때부터 베르나르트가 검을 갖고 있긴 했지만, 그를 기사나 용병, 하다못해 방랑 검사로 생각한 일도 없었다. 여행 중에 몸을 지키기 위해 무기를 갖고 다니는 사람은 흔했기에 그런 맥락으로 생각했을 뿐이었다. 베르나르트는 미소가 어색할 정도로 평소 무표정하긴 해도 검으로 먹고사는 자들이 지닐 법한 사나움은 없는 남자였다. 오히려 조금 전에 보여준 낚시꾼의 모습이 더 어울릴 정도로 말이다.

그런 그가 다섯 명을 모조리 쓰러뜨리기까지 걸린 시간은 불과…… 내가 난간에 매달려 버틸 수 있을 정도밖에…… 이, 일단 다음 얘기는 좀 기어 올라간 다음에…….

"휴…… 후유……."

정작 싸운 베르나르트는 멀뚱히 서 있는 반면, 난간에서 기어 올라온 나는 다리 바닥에 주저앉아 가쁜 숨을 내쉬었다. 누가 보면 내가 저 자들을 쓰러뜨린 줄 알겠다. 아니지. 이런 상황을 누가 봤다가는 둘 다 당장 끌려가는 것 아닐까? 쓰러진 사내들이 죽었는지는 잘 모르겠지만, 하얗게 반짝거리는 다리 포석 곳곳에 피가 튄 꼴만 해도 길 가던 사람이 놀라자빠지기에 충분할 정도니까.

베르나르트가 나를 내려다보더니 말했다.

"힘들었나 보군."

입장이 바뀌어도 한참 바뀐 말이었다. 겨우 숨을 고른 내가 말했다.

"그런 말은 제가 해야 될 것 같은데…… 전혀 안 힘드신 것 같네요?"

베르나르트는 내게 손을 내밀었고, 나는 그의 손을 잡고 일어섰다. 아, 못 일어설 것 같아서는 아니고 어디까지나 호의를 받아들이는 차원에서라고.

"그래도 잘 매달려 있던데."

"당신은 등에도 눈이 달렸어요?"

베르나르트는 아직 검을 꽂지 않았다. 날에 묻은 핏물을 천천히 망토 자락으로 닦고, 그러고도 그냥 쥔 채였다. 다른 적이 나타나는 건가 싶어 내가 두리번거리고 있는데 그가 검날을 내 쪽으로 약간 쳐들었다.

"이자들이 왜 자네를 쫓아온 거지?"

나는 고개를 갸웃거렸다.

"그걸 저도 모르겠거든요……. 전혀 모르는 사람들이라서요."

"꼭 얼굴을 알아야만 하는 건 아니지."

베르나르트는 쓰러진 자들을 훑어보더니 다시 말했다.

"어디선가 도둑 길드한테 쫓길 만한 일을 하지 않았나?"

"네에?"

이번에는 정말로 놀랐다. 도둑 길드라면 저 이베카 시의 티무르 녀석 말고 달리 떠오를 사람이 없는데, 설마 여기까지 끈덕지게 사람을 보냈단 말이야? 아이고, 게다가 켈라드리안을 통과한 우리들을 도대체 어떻게 추적한 거지?

"뭘 보면 그런 걸 알 수 있는 건데요?"

"포위진의 형태지. 길드들은 독특한 진을 갖고 있거든. 효율적인 진이 있으면 내부에서 가르치면서 계속 발전시켜 나가기 때문에 최초의 형태가 쉽사리 없어지지 않지."

말을 듣자니 의혹은 더욱 커져 갔다.

"당신은 누군데 그런 걸 알고 있어요?"

베르나르트는 내 말에 대꾸하지 않고 품에서 길쭉한 천 조각을 끄집어냈다. 파란 바탕에 흰 별이 한 개인지 두 개인지 수놓아진 것인데 비단이라 우선 놀랐다. 자세히 보니 일종의 페넌트(pennant) 깃발 같은 것인데 길이는 한 팔 정도밖에 안 됐다.

그는 그것을 다리 난간에 붙잡아맸다. 그리고 영문을 몰라 쳐다보는 내게 말했다.

"일단 자리를 피하자고."

그거야 나도 같은 의견이었으므로 함께 낚싯대와 다래끼를 들고 다리 아래로 내려갔다. 베르나르트는 두 집의 처마가 잇대어진 틈새로 숨어 들어가서 내게 손짓했다. 그곳에 서니 우리가 있던 자리가 아주 잘 보였다.

잠깐 만에 지나가는 사람들이 나타났고, 이 사람 저 사람 부르기 시작하더니 곧 병사들도 쫓아왔다. 모인 사람이 대여섯 정도 될 즈음, 베르나르트는 숨어 있던 곳에서 태연하게 빠져나와 다리가 잘 보이는 강변으로 갔다. 그리고 다시 낚싯대를 드리울 준비를 했다.

"의심받기 싫으면 그만 흘끔대지 그래."

베르나르트의 말이 옳았지만, 그래도 안 쳐다볼 수가 없었다. 병사들은 처음에는 쓰러진 사람들의 맥을 확인하고 사람들의 이야기를 묻고 했지만, 곧 난간에서 펄럭이는 비단 페넌트를 발견했다. 그들끼리 의아한 듯 웅성대다가 상급자 하나가 오자 상황이 바뀌었다. 페넌트를 본 상급 병사는 즉시 쓰러진 자들을 포박하게 했다. 그가 외치는 소리가 여기까지 들렸다.

"불문(不問) 표지다! 이자들이 달아나지 못하도록 단단히 묶어라!"

나는 베르나르트를 쳐다봤다.

"불문 표지란 건 뭐……."

"알 거 없어."

끝까지 묻기도 전에 딱 잘라버리더니, 미끼를 꿴 낚싯대를 내 손에 척 건네줬다.

"이걸 왜 저한테 줘요?"

"그냥 들고 있어."

이젠 익숙할 지경이었다. 언제 뭘 설명한 일이 있어야 말이지. 아무래도 좋다는 심정으로 받아든 낚싯대를 그냥 강에 늘어뜨렸다. 나란히 앉은 그는 팔꿈치를 세워 턱을 괴었다. 한참 만에 목소리가 들렸다.

"자네, 나와 싸워 이길 수 있겠나?"

"……농담이시죠?"

어깨를 움츠리며 아랫입술을 내밀었다. 될 리가 있냐. 다섯 명한테 기습을 당해도 끄떡없는 당신 같은 괴물이랑.

"안됐군."

"뭐 별로 안될 것까지야……."

베르나르트는 특유의 태연한 어조로 천천히 말했다.

"난 사실 널 죽이러 왔거든."

"……."

침묵한 건, 이해하지 못했기 때문이었다. 농담할 사람이 아니고, 농담으로 할 말이 아니고, 농담처럼 들리지도 않았지만, 귓가에서 단어들이 분해되기라도 했는지 범의 포효나 새의 지저귐처럼 이해할 수 없는 소리가 되어 있었던 것이다. 그러나 다음 순간, 나는 벌떡 일어서려 했다.

베르나르트의 손이 내 손목을 움켜쥐었다. 한 손을 내밀어 잡은 것뿐이라 뿌리치려면 얼마든지 그럴 수 있었지만, 날 붙든 것은 이어진 그의 말이었다.

"왜인지 궁금하지 않나?"

설명해 줄 마음이 없다면 저렇게 물을 리 없었다. 나는 서서히 마음을 가라앉혔다. 내가 아까 대답한 대로 나는 베르나르트를 상대할 수 없었다. 내 손에는 검도 없었다. 그가 정말로 나를 죽일 마음이라면 달아날 방법 따윈 없었다. 다리 위의 병사들을 소리쳐 부른다 해도 그들이 이곳까지 달려오기도 전에 죽을 것이다.

등골을 타고 차가운 기운이 흘러내렸다. 최대한 냉정하게 판단해 보앗다. 그래, 그렇게 언제든 죽일 수 있는 자라면, 서두를 필요도 없을 테지. 그러면 나 또한 이유를 묻지 못할 것도 없지.

"왜죠?"

나 자신도 놀랄 정도로 침착하게 물을 수 있었던 건, 고향을 떠난 뒤 여러 가지 일을 겪으며 내가 조금이나마 달라졌기 때문일 것이다. 마주 보는 베르나르트의 눈은 밝아오는 하늘빛과 비슷했다. 그 눈에서 빛깔을 처음 느낀 듯했다. 그만큼 그는 가까이 있었다.

"죄는 없어. 만일 있다면, 태어난 것이랄까. 너 때문에 인생을 망치고 있는 녀석이 있지. 네가 아무 짓도 안 했지만, 네가 있어서 그 녀석은 불행해졌어."

처음에는 무슨 말인지 이해가 안 갔다. 내가 뭘? 내게 누군가의 인생을 망칠 만한 힘이 있을 리 없고…… 태어난 것 자체로? 나 같은 시골 촌뜨기 때문에 누가 피해를 입는다는 거야?

"네가 그의 이름을 아는지 모르겠군. 파비안 나르시냐크."

나는 크게 떴던 눈을 천천히 아래로 내렸다. 깨달음은 차가운 창날 같았다. 목덜미부터 느리게 파고들어 몸을 관통했다.

"당신을…… 하르얀이 보냈단 말입니까?"

대답은 없었다. 나는 이를 악물었다가 말을 이었다.

"당신은 하르얀을 아는군요. 그가 나 때문에 인생을 망쳤다고 하던가요? 정말로, 얼굴도 본 일이 없는 먼 곳의 시골뜨기 형 때문에, 좋은 환경에서, 수많은 사람들의 보살핌 속에서, 행복하게 자란 자신을 망쳤다고 그러던가요?"

내 손의 낚싯대가 허망하게 펄떡거렸다. 남에게 빌린 낚싯대를 잃어 버리면 안 되니까 꽉 쥐었을 뿐이었다. 잠시 후 도로 조용해졌다. 물고 기는 살아나 먼 곳으로 가버렸다.

"도둑 길드도 마찬가지죠. 그 녀석의 친구인 티무르 리안센이란 녀석의 짓일 테니까. 그리고 당신까지라. 참, 여러 가지 방법을 쓰는군요. 날 이렇게 특별한 존재로 여겨준 사람이 예전에 또 있었을까? 형이란 놈이 어떤 자식인지 얼굴 한 번 보기도 전에, 말도 한 번 나눠보기 전에, 죽여 없애야 할 상대인지 아닌지 잘도 알고 있군요. 주도면밀한 녀석이네요……. 판단 한번 빠르기도 하군요……. 발치에 걸리는 나무토막 걷어차듯이…… 잘도 치워버리려고 하는군요!"

손에 힘이 들어갔다. 그러나 일어서지는 않았다. 사람들의 눈길을 끌어 베르나르트가 당장 나를 처리할 수밖에 없게 만드는 것은 좋지 않았다.

"그가 나를 보내지 않았어."

나는 믿을 수 없다는 눈빛으로 베르나르트를 쏘아봤다. 그는 이어 말했다.

"내가 온 것뿐이다."

"왜?"

"네가 어떤 자인지 알아야겠다고 생각했으므로. 하르얀의 생각이 근거 없는 오해인지, 그럴 만한 진실인지, 판단하는 것은 나니까. 그래서 어제부터 너와 함께 지내본 것이지."

긴장과 분노에 짓눌린 끝에 내가 돌았는지 이 상황에서 코웃음이 나왔다.

"그래서 어떻던가요? 이런 쓸모없는 녀석은 죽여 없애도 상관없을 것 같은가요? 아니면 죽일 가치도 없다던가. 어제오늘 제가 당신한테 그다지 그럴듯한 모습은 못 보여드린 것 같네요. 저 먼 남쪽에 앉아서도 북쪽 시골에 사는 녀석을 단번에 판단할 만큼 통찰력이 있는 분들 눈에 보여드릴 만한 멋진 점은 전혀 없는 놈이니까."

베르나르트는 긍정도 부정도 하지 않았다. 그다운 무표정뿐이었다. 그러나 처음으로 나는, 그가 표정을 보이지 않아도 얼굴 전체가 그런 것은 아님을 알았다. 그의 눈이었다. 파문이 이는 물처럼 수많은 빛이 어른거리는 눈 말이다. 마음이 표정처럼 굳어 있는 건 아니었다. 그 눈 속에서 저 빛만큼 다변하는 생각들이 있음을 읽었다.

"그런 너는 하르얀을 얼마나 알고 있나. 너는 그를 이해해보려고 한 일이 있었나? 하르얀이 네 말처럼 멋대로 생각하는 녀석이라면, 그건 그가 단순히 악하기 때문인가? 대화조차 해보지 않고서 너를 미워하는 그 녀석은 단지 거만하고 성급한 것뿐인가?"

"……뭐라고요?"

"너도 똑같지 않느냐고 말하려는 것은 아니야."

등 뒤로 사람들이 지나가기 시작한다. 아직 이른 아침이지만 하루를 시작한 사람은 많았다. 병사들은 이미 도적 길드의 놈들을 묶어 사라져 갔고, 푸른 페넌트도 풀어서 가져가 버렸다. 병사 대신 청소부들이 나타나 물을 뿌리며 피 얼룩을 지우고 있었다.

"나는 하르얀 녀석이 태어났을 때부터 죽 보아왔어. 걷기 시작할 무렵부터 어미를 따르는 새끼 오리처럼 날 따라다녔다. 내게서 검의 기초를 배웠고, 처음 집을 떠나 여행했을 때도 함께였지. 오랫동안 한 집에서 살아왔어. 녀석은 나를 형이라고 부르는데, 녀석이 그렇게 부르는 사람은 나뿐이야."

나는 놀라서 중얼거렸다.

"설마 친형제는……."

베르나르트는 입 끝을 조금 올렸다.

"친형은 너지. 엄밀하게 말하면 난 섬기는 입장이고. 나의 어머니는 하르얀의 유모이고, 아버지는 돌아가시기 전까지 단장님의 부관이었고, 그런 거지. 하지만 그런 것을 의식하고 지내진 않았어. 그래서 친동생이나 다름없는 녀석이다. 그 애가 어떻게 자라왔고 어떤 식으로 생각하는지, 난 다 알고 있어."

"……."

하르얀은 지금껏 내게 실체라기보다는 이름이었다. 그는 내게 모습을 나타내기도 전에 증오부터 드러냈고, 나의 어렴풋한 관심은 곧 저항감으로 변했다. 그가 날 먼저 미워했다고 생각했기 때문에 그를 싫어하는 것에도 죄책감을 느끼지 않았다. 게다가 지난번에 본 티무르의 모습은 하르얀에 대한 내 생각을 고정시켜버렸다. 티무르와 비슷한 녀석일 거라고, 그렇게 생각하기 시작하면서 맨 처음 느꼈던 핏줄로서의 호기심은 급속히 흐려졌다.

그러나 그런 하르얀을 아끼는 사람이 지금 내 눈앞에 있었다. 처음으로 그 녀석도 내 또래의 소년일 뿐이고, 나보다 어린데다 어쩌면 철

없는 녀석일지도 모른다는 생각이 스쳐갔다.

"그 애는 어머니를 일찍 잃었는데, 단장님은 바빠서 신경을 써주지 못했지. 하르얀은 정에 굶주린 녀석이다. 어려서는 유모인 내 어머니에게 매달렸고, 조금 크면서부터는 나한테 달라붙었지. 하지만 그 녀석이 가장 관심을 끌고 싶었던 사람은 당연히 단장님이었어. 몸도 약한 녀석이 억지로 검술을 배우고, 승마도, 맨손 격투도 배웠지. 이유는 하나뿐, 그 아버지의 자식답다는 소릴 듣고 싶었던 거야. 어머니 뱃속에서 여덟 달밖에 못 채우고 태어나서, 어렸을 때는 잘 뛰지도 못할 정도로 약했던 녀석이다. 그런데 지금은 또래들 중에서도 손꼽히는 실력이 됐지. 체격은 여전히 작지만……."

그렇게 말하는 베르나르트의 얼굴에 언뜻 미소가 스쳤다. 문득 그도 하르얀과 있을 때는 이보다 표정이 많은 사람이 아닐까 하는 생각이 들었다. 그 녀석에 대한 생각만으로도 미소를 지을 정도로.

"하지만 하르얀은 결국 아버지의 관심을 끄는 데 실패했지. 단장님은 애초부터 하르얀을 기사로 키우려 하지 않았어. 오히려 무리하지 말라고 말했을 정도야. 물론 타고난 조건이 그렇다보니 무리하다가 몸을 상할 수도 있었겠지. 하지만 하르얀에게는 무척 야속하게 들렸을 거다. 아버지처럼 되고 싶다는 욕심이, 아들에게 어찌 과한 것이겠나. 다만 하르얀이 따라가야 할 아버지가 너무 높이 있었던 것뿐이지. 아무리 해도 아버지가 자길 봐주지 않을 것 같다고 느끼면서, 그 녀석은 점차 엇나가기 시작했어."

내가 보았던 아버지는 솔직하면서도 다정한 사람이었다. 꼭 말로 표현한다고는 할 수 없지만, 내가 진심으로 바라보면 어떻게 마음 쓰고 있는지 충분히 느낄 수 있었다. 하르얀은 그걸 몰랐을까? 나처럼 시시하게 자란 녀석도 아껴주는 분인데, 왜 하르얀은 굳이 아버지처럼 되어야만 봐 주실 거라고 생각했을까?

어쩌면 주위 사람들 때문이었을지도 모른다. 주위 사람들이 분명 비교하고 귀찮게 굴었겠지. 아버지는 저런데 너는 이렇다는 둥, 저렇다는 둥, 떠들었을 테니까. 그런 입장이 되느니 차라리 나처럼 멀리서 자란 편이 낫다는 건가.

"내가 얼마간 집을 떠나 있다가 돌아와 보니 하르얀은 예전의 녀석이 아니었어. 또래들을 모아서 무언가 하는 것 같긴 한데, 내게 말해주려 하지 않더군. 전에는 뭘 하든, 묻지 않아도 자기 쪽에서 말해주고 싶어서 못 견디던 녀석이 말이야. 하지만 한 가지만은 알 수 있었어. 녀석에게 온 마음을 집중시킬 존재가 생겼다는 것을. 그건 바로 파비안, 너였지."

"저라고요?"

베르나르트는 고개를 끄덕였다.

"이대로는 안 되겠다 싶어 붙들고 얘기를 해봤지. 내가 없는 사이에 하르얀은 단장님이 오랫동안 너를 찾고 있었다는 사실을 알게 됐더군. 녀석은 질투심 때문에 거의 미쳐 있었어. 구원 기사단은 죽 나르시냐크 가문이 단장직을 맡아 왔는데, 단장님은 하나뿐인 아들이던 하르얀에게 기사 교육을 시키지 않았지. 사람들이 이상하게 생각할 정도였어. 물론 단장님은 하르얀이 몸이 약하니 견뎌낼 수 없을 거라고 생각해서

였을지도 몰라. 하지만 네 존재를 알게 된 하르얀은, 아버지가 자신을 기사로 키우지 않는 것은 큰아들이 있기 때문이라고 단박에 믿어버렸어."

베르나르트는 내 얼굴에 잠깐 시선을 주었다.

"자네는 확실히 단장님을 닮았지. 하르얀이 자네를 보게 된다면 더 괴롭겠어."

"……."

대꾸를 할 수가 없었다. 외모나 체격은 타고나는 것이고 노력으로 바꿀 수 있는 데도 한계가 있겠지. 하지만 아버지가 무골을 타고나지 못했다고 해서 하르얀에게 무관심했으리라는 상상은 하기 힘들었다. 아버지는 그런 사람이 아니었다. 녀석은 아버지를 동경했지만 아버지처럼 될 수 없었기에, 괴로운 나머지 오히려 미워하게 된 것이 아닐까?

"하르얀은 네가 존재하는 한 자신에게 미래는 없다고 믿고 있어. 아버지의 사랑이나 인정은 물론이고 가문에서의 지위나 기사단장직에 이르기까지. 그 날 녀석은 내 앞에서 너에 대한 나쁜 소문들을, 그리고 아마 상당부분 녀석의 상상에 불과할 이야기들을 떠들어댔지. 녀석은 나를 잘 알기 때문에 너를 죽여 달라고 말하진 못했지만, 내심 그래줬으면 좋겠다고 생각했을 거야."

"그래서…… 어떻게 하실 셈인가요?"

베르나르트는 내 손에서 낚싯대를 받아들어 걷어올렸다.

"나도 자네를 죽이지 않게 되어서 다행스럽군."

줄곧 이야기를 듣고 있을 뿐이라고 생각했는데, 그의 말을 듣는 순간 갑자기 맥이 탁 풀렸다. 그러면서 실은 내가 한순간도 마음을 놓지 않았음을 깨달았다.

베르나르트는 내 얼굴을 흘끗 보더니 말했다.

"긴장했던 것 같군."

"……그런 말을 듣고 긴장하지 않는 사람도 있어요?"

"눈치가 없군 그래. 내가 자네를 죽이려 했을 것 같으면 이런 긴 얘기를 무엇 하러 했겠나."

나는 잠시 가만히 있다가 말했다.

"하지만 살려줄 마음이라 해도 제게 그런 이야기를 굳이 해서 하르얀에게 좋을 건 없는 것 같은데요."

얘기해봤자 하르얀이 날 싫어한다는 사실만 분명하게 해줄 뿐인 것이다. 베르나르트가 날 죽이지 않겠다고 결심한 게 지금 이 순간은 아니겠지. 그렇다면 결심한 순간 아무 말 않고, 심지어 죽일 생각이었다는 말조차 하지 않고 사라졌더라면, 나도 길 가다 마주친 희한한 사람 정도로만 생각하고 말았을 것 아닌가.

"내가 널 죽이지 않기로 한 건, 네가 하르얀에게 일부러 피해를 끼칠 성격이 아니란 걸 알았기 때문이지. 하지만 네가 아무 짓도 하지 않더라도, 넌 살아있는 것만으로도 하르얀의 입지를 불안하게 하고…… 무엇보다도 녀석의 정신을 불안하게 만들지. 내가 굳이 너를 찾아온 건 이대로 두면 하르얀이 조바심을 낸 끝에 스스로를 망쳐버릴까 봐 걱정스러웠기 때문이야. 거기엔 물론 녀석이 너를 죽이려고 마음먹는 것도 포함되겠지."

나는 고개를 흔들었다.

"전 무엇보다도 그렇게 쉽게…… 누군가를 죽여 버리려 마음먹을 수 있다는 게 믿어지지 않는군요. 기껏 제 또래가 그렇게 생각한다는 것은 더 무섭고요. 꼭 제가 알 수 없는 세계 같네요. 전 사람이 죽는다는 게 너무 끔찍하고 두렵고…… 녀석도 어머니가 돌아가셨다고 했는데…… 어머니가 곁에 없는 걸 생각하면 어떻게 그런 마음을 먹을 수 있는지 모르겠군요."

"자네도 어머니가 안 계시나?"

나는 대답 대신 고개만 조금 끄덕였다. 베르나르트는 잠시 생각에 잠겨 있다가 턱짓으로 다리 쪽을 가리켰다.

"네가 혼자 있었다면 저 도둑 길드의 암살자들에게 이겼을까?"

나는 솔직하게 대답했다.

"아마 힘들었겠죠."

"그렇다면 난 네게 도움을 준 셈이지. 그럼 자네도 내 부탁 하나 들어 주겠나?"

나는 조금 망설였지만 그의 말이 옳은지라 거절할 명분도 없었고, 무엇보다도 그가 무슨 말을 할지 조금쯤 짐작이 갔기 때문에 고개를 끄덕였다.

새벽은 어느새 아침이 되어 간다.

"하르얀이 너를 공격해 온다면, 넌 반격을 해야 하겠지. 그건 어쩔 수 없는 일일 거야. 하지만 내가 가장 걱정하는 것은 너 때문에 괴로워하다가 녀석이 자멸해버리는 것이다. 네게 상황을 설명할 수는 없지만 그럴 가능성이 점차 자라는 것이 보여. 예전이라면 내가 직접 녀석을 붙들겠지만, 이제는 어려울 것 같아. 그러니 네게 부탁한다."

베르나르트는 내게 고개를 돌렸다. 나는 그의 눈을 보고 있었다. 거기에서 무표정 속에 숨은 표정을 읽었다.

"언젠가…… 하르얀이 좋지 않은 길을 스스로 택해 위기에 처할 때, 그를 단 한 번만 도와줘. 얼굴도 모른다고 하지만, 너는 그 녀석의 형이지. 그렇기에 넌 분명, 그가 저지른 일 가까이에 있게 될 거다. 너의 자리, 그곳에 서서 한 번만 그를 막아 줘."

"……."

선뜻 대답할 수 있는 문제가 아니었다. 무슨 일이 있을지도 알 수 없었고, 무엇보다도 내게 그럴 힘이나 있을지, 그것부터 의문이었다. 하지만 나보다 나이가 많고 노련한 전사인 베르나르트가 그런 판단을 한 데는 이유가 있을 터였다. 내가 언젠가 아버지 곁으로 가서 하르얀과 함께 지내게 되리라고 생각해서일까…….

아니, 그게 아니다.

베르나르트가 내게 요청한 것은 형의 역할이었다. 처음으로, 형으로서 할 수 있는 일에 대해 말했다. 나는 지금까지 하르얀의 형이 아니었다. 핏줄이 닿아 있다고 말로만 들었고 이름만 알 뿐인, 그저 남이었다. 그러나 이 순간 베르나르트가 내게 부탁하는 저 어딘가의 고집 센 녀석, 고귀하게 자란 주제에 나를 질투하는 어이없는 녀석, 노력했지만 보답을 받지 못해 삐뚤어졌다는 그 녀석은 나의 동생이었다. 그걸 느꼈기에 당황했던 것 같다. 현실 이상의 진실 같은 것, 뚜렷한 실체가 되기 시작한 실루엣…….

"제게 그럴 기회가 올지는 아무도 모릅니다."

베르나르트는 그동안 하르얀의 형이었다. 그리고 계속 형이기를 바랐지만, 이제는 아니라는 것을 알게 된 사람이었다. 하지만 그가 보기에는 여전히 미숙한 그의 동생……. 그의 부탁이 무슨 의미인지 점차 뚜렷해져갔다. 하루 동안 함께 했을 뿐인 그가 나를 알면 얼마나 알겠는가. 하지만 그는 자신이 해온 역할을 내게 부탁하고 있었다. 핏줄이라는 것이 '그럴 수밖에 없는' 뚜렷한 실체가 되어 기능하기를 기대하는 것밖에, 그에게 남은 역할은 없으니.

"하지만 서로 미워하는 형제라 해도…… 제3의 적 앞에 서면 한편이겠죠. 아니, 한편일 수밖에 없지 않을까요. 그도 아니라면 한편이어야만 하겠죠."

이것은 하르얀을 향한 진심은 아니었다. 베르나르트의 기분을 이해했기 때문에 한 말이었다. 물론 그렇다 해서 약속의 의미가 사라지거나 약해지는 것은 아니었다.

언제 만나게 될지는 모르지만, 계속 미워하고 공격해 올지도 모르지만, 한 번은 하르얀이라는 녀석을 동생으로 생각해 보겠노라고, 이 순간 그렇게 약속한 것이다.

"고마워."

나는 빙그레 웃어 보였다. 그 웃음이 옮겨간 것처럼, 잠시 후 그의 얼굴에도 미소가 있었다. 이번만은 어색하지 않았다.

"하르얀은 말이지, 마른번개 치는 것도 무서워하는 녀석이야. 다음에 만나거든 꼭 그걸로 놀려 줘."

베르나르트는 일어서며 내게 낚싯대를 건네주었다. 바늘에는 이미 미끼까지 끼워져 있었다. 나는 다시 한 번 얼떨떨한 표정이 됐다.

"이건 왜 절 줘요?"

"낚시질하고 싶지 않나?"

"별로…… 안 그런 것 같은데……"

"글쎄, 내 생각엔 낚시를 하고 싶을 것 같은데."

그게 베르나르트가 남긴 마지막 말이었다. 그는 돌아서서 큰길 쪽으로 멀어져갔다. 별다른 짐도 없었으니 여관으로 돌아오지는 않을 것이다.

베르나르트의 뒷모습을 보고 있자니, 그가 나를 죽이려 했다는 말도 본심이 아니었으리란 생각이 들었다. 그는 분명 강한 전사이고 마음만 먹는다면 누구든 죽일 테지만, 그런 마음을 쉽게 먹는 사람은 아니었다.

그가 나를 알아보았듯, 나도 그가 어떤 사람인지 어렴풋이 알아보았다. 그는 죽일 사람을 찾아온 것이 아니었다. 내가 하르얀이 형이 될 수 있는 사람인지, 그걸 알고 싶어 온 것이다.

나는 어깨를 으쓱하고 일어서려다가 문득 손을 내려다봤다. 아, 낚싯대. 그나저나 왜 자꾸 나한테 이걸 쥐어 주는 건데?

미끼까지 끼운 김에 잠깐 한 마리라도 낚아 봐? 하지만 아까 베르나르트가 하는 걸로 봐서 쉽사리 낚일 것 같진 않은데. 피곤하기도 하고…… 좀 졸리고…….

그러나 강변 쪽으로 고개를 돌린 나는 눈을 둥그렇게 떴다. 어느새 나 말고도 낚시꾼이 세 명이나 나타나 있었던 것이다. 아니, 이 동네에서는 도시 한가운데에서 낚시하는 게 유행인가? 여기서 뭐 별난 거라도 낚이나?

　잠깐 생각에 잠기는 순간, 불쑥 떠오르는 이름이 있었다. 아, 맞다, 은지느러미!

　어느새 낚싯대를 휘두르는 걸 보면 난 역시 갈 데 없는 상인이라니까. 희귀 특산품이야말로 상인의 꿈 아니겠어? 한 마리만 낚아 봐야지. 저 사람들이 아침부터 망신을 무릅쓰고 앉아 있는 걸 보니 분명 여기가 명당자리로구나.

　"파비안, 자는 거야?"

　"으음…… 응?"

　정신을 차리고 보니 어느새 코가 수프 그릇에 처박히기 직전이었다. 그런 상황인데도 유리카는 느긋하게 턱을 괴고 있다가 내가 고개를 들자 생긋 웃었다.

　"이젠 숟가락도 필요 없게 된 거야? 강아지들이 먹을 때처럼 입으로 냠냠."

　나는 일단 소맷자락으로 눈을 비벼서 상대가 잘 보이게 한 다음 대꾸했다.

　"강아지가 되면 네 배낭에 넣어서 세르무즈까지 데려가 주는 거냐? 그거 참 한가롭고 좋겠는데."

유리카의 주머니 속에서 주아니가 웃고 있을 것만 같다. 유리카는 손가락을 뻗어 내 그릇을 톡 건드렸다.

"얼른 먹기나 해, 강아지 씨. 배낭에 넣어 줄지 말지는 잘 먹나 보고 생각해 볼 테니까."

오후 2시경. 이미 여관을 떠났어야 할 시각이지만, 밤을 꼬박 새우고 아침잠도 못 잔 터라 잠깐만 정신을 놓고 있으면 어느새 눈이 감겼다. 그런데 나만 밤을 새운 게 아니었다. 유리카도 어젯밤 아가씨들과 이야기하느라 한 숨도 못 잤다지 뭔가. 글쎄, 무슨 이야기였을지 궁금하긴 한데 유리카는 입술에 손가락을 대면서 고개를 흔들 뿐이다.

"여자들끼리의 비밀."

첫, 나도 남자들끼리의 비밀이 있다고 떠들고 싶지만 유리카가 궁금해하지도 않으니까 해봤자 효과도 없을 것 같네.

하지만 전혀 짐작가지 않는 것도 아니었다. 아침에 여관으로 돌아왔을 때 놀랄 만한 일이 있었으니 말이다.

혼자 졸고 있던 외르옌을 데리고 나와서 아침 식사를 시키고 있었는데, 마침 아래로 내려온 일리야 아가씨의 모습이 어제와는 딴판이었던 것이다. 나조차도 깜짝 놀랐다. 발목 위로 올라가는 산뜻한 흰 드레스 차림에 머리에는 진주 핀을 꽂고 얼굴에는 가볍게 연지도 발라서 딴 사람처럼 예뻐졌으니 말이다.

내가 그렇게 볼 정도이니 외르옌이 어땠을 지는 말할 필요도 없는 노릇이다. 얼빠진 표정으로 눈을 못 떼는 그를 툭툭 쳐서 겨우 그릇을 바라보게 할 수 있었다. 난 유리카한테 '너도 저렇게 좀 해보지 그래?

치장 좀 하니까 사람이 달라 보이잖아.' 하고 속삭였지만, 유리카는 혀를 쏙 내밀어 보였을 뿐이다.

아침 식사를 같이 한 걸로 세 사람과도 작별이었다. 유리카가 '봄잠이 아니라 밤잠'을 좀 자야겠다고 해서 우리는 여관에 머무르고, 그들은 떠나갔다. 하지만 난 일리야의 바뀐 모습에서 희망 같은 걸 읽었기에 더 걱정하지는 않았다. 새삼 생각해 보면 베르나르트의 말이 맞았다. 남의 일에 내가 결론을 내려봤자 쓸데없었다. 오직 당사자들의 결론만이 있을 뿐이고, 그들이 결론을 내리기 전까지 이야기해주는 정도가 할 수 있는 전부인 것이다. 그리고 어느 쪽이었든 그들이 내린 결론을 지지해 주는 것이고.

어쩌면 베르나르트는 내가 우유부단하게 골머리를 앓고 있는 걸 보고 저 녀석은 용의주도하게 하르얀을 해칠 만한 놈이 못된다고 판단한 것일지도 모르지. 으음, 생각해 보니 어쩐지 기분 나쁜데.

이렇듯 늦은 점심을 먹고 우리도 떠날 예정이긴 한데, 내가 이런 상태로 얼마나 갈 수 있을지는 모르겠다. 외르옌 일행이 떠난 뒤 유리카는 한숨 잤지만, 난 그때도 자지 못했던 것이다. 할 일이 있었기 때문에. 으음, 그게 뭐냐면 말이지…….

"파비안, 그런데 이 수프는 안에 뭘 넣은 거야?"

"어…… 수프? 그, 글쎄. 맛이 이상해?"

"아니 뭐, 이상하다기보다는…….."

유리카는 잠시 생각하는 기색이더니 결국 코를 찡그렸다.

"괴상해."

쩝, 나는 더 대꾸하지 않기로 했다. 마음속으로는 불평을 하면서 말이다. 무슨 쫄깃하고 감칠맛이 나고 어쩌고 떠들 때는 언제고, 너 맛을 알긴 아는 거냐?

나는 트집잡을 거리를 찾느라 유리카를 쳐다보다가 불쑥 말했다.

"그런데 너 그 빗은 뭐야? 어디서 생겼어?"

유리카의 머리에는 처음 보는 장식 빗이 꽂혀 있었다. 은으로 만든 하얀 꽃송이 가운데 분홍빛 진주가 박혀 있는 값비싸 보이는 물건이었다.

"이거? 상담료."

"상담료라니?"

"어젯밤에 밤새워서 얘기 들어주고, 조언 해준 값."

"뭐야, 그런 걸로 대가를 받는단 말이야?"

"내가 달라고 한 거 아니야. 일리야 씨가 고맙다고 주는 걸 사양하지 않은 것뿐이지."

"그래도…… 나는 아무것도 안 주던데. 쳇."

속으로 외르옌을 나쁜 놈이라고 욕하고 있는데 유리카가 짓궂게 턱을 쳐들었다.

"너하고는 달라. 난 무녀라고."

"무녀가 뭐?"

"사실은 실수로 무녀란 얘기가 나왔는데 축복을 해달라고 하더라고. 후후…… 요새 사람들은 죽음의 무녀가 뭐라고 생각하는 건지…….."

으음, 그건 내 의견도 같은데 말야. 악령의 노예를 퇴치하는 검을 강

화시켜 준다거나…… 그런 게 일리야한테 무슨 도움이 되겠어?

"그래서 해 줬어?"

"해줄 줄 알고 조르는데 어쩌겠니. 물론 죽음의 무녀라고 저주만 할 수 있는 건 아니라고. 여러 가지 할 수 있는 게 많지. 미래에 대한 예언 이라든가……."

"아예 점도 쳐주고 복채도 받아라."

유리카는 입술을 내밀어 보였다.

"잔소리가 많구나. 어쨌든 효험이 있다고 사례로 준 거란 말이야. 당 장 오늘 아침부터 효과가 나타나더라나."

그 축복의 내용을 어쩐지 알 것 같은 느낌인데. 하지만 난 끝내 지지 않고 지분거렸다.

"그렇게 비싸 보이는 빗을 꽂고 있으면 도둑들이 달라붙을걸. 그것 도 길드 단위로."

유리카는 더 대꾸하는 대신 새침하게 눈을 내리깔고 숟가락만 놀렸 다. 나도 어깨를 으쓱하고 식어버린 생선 수프를 닥닥 긁기 시작했다.

결국 세 시간 정도 눈을 붙이고 나오고 말았다. 아르나 시를 나가면 드라니아라스 대평원을 통과해야 하니 말을 사는 것이 좋다고 해서, 말 시장으로 가던 도중이었다.

"아, 저기 좀 봐."

어쩐지 거리가 북새통이다 했더니 '아르나의 약혼'이 진행되는 중인 모양이었다. 내가 고개를 빼고 바라보며 말했다.

"그 뭐냐, 선물 주고받기 하나봐."

유리카도 한참이나 그쪽을 쳐다봤다. 내가 고개를 갸웃거리다가 물었다.

"구경할래?"

유리카는 잠깐 망설이더니 고개를 흔들었다.

"저렇게 사람이 많은데 자칫 말려들었다가는 나오지도 못하겠다. 얼른 가자. 우린 갈 길이 바쁘다고."

밤새 핀 벚꽃 그늘 아래로 수많은 사람들이 팔짱을 끼고 걸어갔다. 반 발짝 정도 떨어져 걷고 있는 유리카는 머리 위로 늘어진 꽃가지를 차례로 건드려 흰 꽃잎을 흩날리게 했다. 몇 걸음 앞서 걷다가 돌아보니 꽃잎을 맞으며 걸어가는 유리카의 머리에는 여전히 은으로 만든 꽃이 활짝 피어 있었다.

3. 마브릴의 땅으로

"파비안! 이제 말 좀 천천히 몰아!"

"바쁘다고 할 때는 언제고?"

"이제 국경 지역에 가까워졌단 말이야! 눈길을 끌어봤자 국경을 넘는 데 방해만 되잖니!"

이리하여 난 어쩔 수 없이 탁 트인 평야를 질주하던 재미를 포기하고 말을 속보 정도로 걷게 했다. 말발굽 소리가 잦아드니 소리 지르지 않고도 이야기가 가능한 건 좋구나. 유리카는 한 손으로 흐트러진 머리카락을 넘기면서 코를 찡그려 보였다.

"차지야크 영지에 다 왔어. 평범한 여행자처럼 천천히 가. 관리들이 우릴 붙잡아 봉급 값을 하겠다고 생각하면 곤란해."

상쾌한 봄 공기다. 대평원은 계절의 축복을 받아, 비가 한 번 내릴 때마다 잎새와 풀꽃이 두 배씩 자라났다. 날씨가 따뜻해질수록 크로커스는 자취를 감추고 개양귀비나 데이지, 금잔화 등이 봄의 임무를 물려받아 들판 곳곳에서 빛났다. 달릴 때는 순식간에 흩어지던 꽃 냄새도 코끝에 향긋하게 머물러 무르익은 봄을 실감케 했다.

말달리는 우리를 뒤쫓던 하늘의 양떼가 어느새 게으름을 피우며 누워 있었다. 좌우로 펼쳐진 지평선은 말의 움직임에 따라 흔들흔들 일렁였다. 작은 시내가 나타났지만 기분 좋게 뛰어넘었다. 말발굽에 약간 물이 튀었을 뿐 이 정도는 아무 것도 아니었다. 말타기를 배우며 고생하던 때를 생각하니 내심 스스로가 대견하기도 했다.

냇물은 비스듬하게 굽어지며 우리를 따라왔다. 물소리가 귓가를 기분 좋게 간지럽혔다. 냇가에 바위 몇 개가 흩어진 곳에 이르자 유리카가 제안했다.

"마을에 다 온 것 같은데, 남은 음식은 먹어버리고 가는 게 어때?"

우리는 말을 세워놓고 냇가의 바위를 하나씩 택해 앉았다. 마을에서 준비했던 점심 도시락을 펼쳐 샌드위치를 나누었다. 유리카가 먼저 한 개를 집어가며 웃었다.

"난 땅콩버터."

나는 어깨를 으쓱하고 다진 쇠고기가 든 샌드위치를 집었다. 한동안 한가롭게 흐르는 물소리만이 들렸다. 먼저 다 먹은 내가 물통을 비우고 새 물을 채우는 동안, 유리카는 손을 털더니 풀밭에 드러누워 버렸다. 풀에 묻혀 보이지 않게 된 그녀가 웅얼거렸다.

"좋은 날씨야……."

대평원을 가로지르는 동안 아르나 아룬드도 끝나가고 있었다. 이틀이나 사흘에 한 번 꼴로 마을에 들러 여관에서 쉬고, 인적 드문 벌판을 계속해서 달렸던 나날이었다.

이스나미르 최대의 곡창 지대인 드라니아라스 대평원. 이 이름이 이스나미르 건국에 일익을 담당했다는 이스나에-드라니아라스, 즉 귀족 이스나에들에게서 따왔다고 이야기해 준 사람은 역시 유리카였다. 듣고 보니 류지아가 불러냈던 헤렐이 자기가 이스나에-드라니아라스라고 했던 생각도 났다. 물론 그 양반은 귀족이라는 말과 영 거리가 멀어 보였지만 말이다.

드라니아라스 대평원은 북쪽으로 이진즈 강 상류까지, 남동쪽으로는 대륙 최대의 담수호인 아라스탄 호수 근처의 아라스타니아 숲까지 펼쳐져 있었다. 서쪽은 어디까지인지 모르겠다. 세르무즈나 로존디아 지역은 지도가 백지에 가까워서 말이다.

대륙에서 가장 긴 강인 이진즈는 중류가 시작될 즈음 이스나미르, 세르무즈, 로존디아 세 나라가 국경을 맞댄 좁은 땅을 가로지르는데, 우리의 목적지가 바로 거기였다. 우리는 그 근처에서 '어떻게' 국경을 넘은 다음 이진즈 강에 접근해서 배를 타고 강을 따라 남쪽의 하라시바까지 가자는 계획을 세웠다. 유리카는 '걸어가는 것에 비하면 편할 테니까'라고 말했지만, 나는 무엇보다도 세르무즈의 중심부를 순식간에 지나갈 수 있다는 점이 가장 마음에 들었다.

물론 이 멋진 계획의 핵심이자 가장 큰 난점은 바로 '어떻게' 국경을 넘느냐 하는 거다. 유리카나 나나 그쪽 국경을 본 일이 없으니 미리 계획을 세울 방법도 없었다. 그저 가 보는 수밖에.

하지만 소풍 나온 것처럼 날씨를 만끽하며 앉아 있자니 그런 문제도 별 것 아닌 것처럼 여겨졌다. 결국 나도 드러누워 버렸다. 유리카가 내 쪽으로 고개를 돌리며 싱긋 웃었다.

"유쾌한 말 여행이 끝나는구나."

"말들은 국경 도시에서 팔아야겠네."

유리카는 풀을 뜯고 있는 두 마리의 말을 측은한 듯 바라보았다. 내 말은 갈색에 흰 반점이 있는 놈으로 이름은 '하비야나크'였고—유리카는 비웃었지만 나로서는 이 이상 좋은 이름을 생각해 낼 수가 없었다—검은 털과 흰 털이 반반 섞여 있는 다른 말은 유리카가 짓궂게 '크림초코 파이'라고 불렀다. 둘 다 온순하고 얌전한 말들이어서 비싼 돈을 준 값을 하는…… 아니, 훌륭한 짐승들이었다.

"이제 끔찍한 말 여행이 끝나는 거야?"

주아니는 우리보다 훨씬 먼저 샌드위치 주머니 위에서 죽을상을 하고 누워 있다가 맥없이 반응했다. 유리카와 나는 얼굴을 마주보고 혀를 차며 웃을 수밖에 없었다.

주아니가 '끔찍한 말 여행'이라고 하는 것도 그럴 만했다. 주아니는 땅의 종족답게 사방으로 흔들리며, 벼락처럼 달려가는 말 위에서 심각한 소화 장애와 구토, 그리고 두통과 무기력증을 호소했다. 그래도 처음보단 나아졌으니 여기까지 왔지만 말이다.

지금까지 무슨 고생을 해도 괜히 따라왔다고 한 일이 없는 주아니가 처음으로 고향에 돌아가고 싶다고 한 것도, 말을 타고 세 시간쯤 달렸을 때였다.

유리카가 자기 말을 크림초코 파이라고 부르는 건 말을 타는 것쯤은 아주 시시한 일이라는 의미였을 것이다. 물론 주아니를 놀리려는 의도가 다분한 이름이고 말이다.

"우리가 갈 도시 이름이 님블이던가?"

"응. 님블."

"설마 이 도시 이름은 맞겠지."

"뭐, 맞거나 안 맞거나 이젠 신경도 안 써."

대답이 이상한 것도 다 이유가 있다. 내가 가진 엉터리 골동품 지도에 쓰인 지명들은 지금까지 꼭 반은 맞고 반은 틀렸다. 그러니까 다음 도시의 이름이 맞을 확률도 절반이다. 내기를 걸어도 될 정도였다. 실제로 우리는 가끔 내기를 걸어서 아침에 깨워주거나, 식사하고 자리 치우거나 그런 걸 결정하는 데 써먹었다. 그야말로 용도가 전혀 엉뚱한 지도였다. 용도가 엉뚱한 점에서 멋쟁이 검도 만만치 않은 걸 생각하면, 내가 가진 물건들은 죄다 이상한 방법으로 할 일을 발견하는 것 같단 말야.

"그만 쉬고 가자. 어차피 여관에 가면 침대에 누워 쉴 텐데 여기서 오래 지체할 건 없잖아."

우리가 목적지를 님블—과연 님블일까—로 잡은 까닭은 이랬다.

일단 이진즈 강과 최대한 가까워야 했다. 이진즈 강이 세르무즈로 들어가는 지점은 바로 세 나라가 국경을 맞대고 있다는 그곳인데 강의 흐름이 묘해서 이스나미르에서부터 강을 타고 가려면 먼저 로존디아로 들어갔다가 다시 세르무즈로 들어가는 황당한 진로가 나온다. 남의 나라 하나에 들어가는 것도 이렇게 골머리가 아픈데, 두 군데나 들어갈 생각은 전혀 없다. 그러니까 이 방법은 일단 제외.

그렇다고 정식 관문 도시인 자이로크를 통과하는 것도 좋을 것이 없었다. 경비가 삼엄하고 분위기도 흉흉하다는 소문이 있어서 말이다. 그래서 우리가 찍은 곳이 좀 허름하고 오가는 사람도 드문 님블이었다.

"난 도시 이름이 님블이라는 데 걸겠어. 말들을 누가 나가서 팔아올지 결정하자고. 어때?"

"그래, 난 님블이 아니라는 데 건다. 네가 지면 난 말 파는 데는 손 뗀다. 제값 못 받으면 알아서 해."

"누가 할 소리. 너야말로 산 값만큼 못 받으면 알아서 해라."

쳇, 대륙 최고의 점원을 뭐로 보는 거야.

곧은 참나무가 드문드문 서 있는 풍경이 가까워지는가 했더니 점차 갈색 지붕들이 눈에 들어왔다. 그 모습이 눈에 익으려니까 이제 그 주변에서 일하고 있는 나무꾼 몇 명이 보이기 시작했다. 도시 외곽의 나무꾼 집들인 모양이었다.

"안녕하세요, 저기 보이는 도시 이름이 뭐죠?"

나뭇짐을 지고 가던 사람에게 물어보았다. 그는 고개를 들더니 '님블'이라는 짧은 말로 내 가슴에 지울 수 없는 상처…… 가 아니라 오후의 귀찮음을 안겨 주었다.

님블은 마을보다 조금 큰, 그러니까 간신히 도시라고 불러줄 정도의 크기였다. 거리는 한산했고 굳이 괜찮은 여관이 어디냐고 물을 필요도 없어 보였다. 우리는 마을 중앙의 대로를 천천히 걷다가 '은빛 갑옷'

이라는 이름의 여관을 발견했다. 은빛 갑옷이라니, 굉장히 잘 지켜줄 것 같은 느낌인걸. 아버지가 떠오르기도 하고 말이야.

"그럼, 들어가서 방 잡은 다음에 좀 씻으시고, 그리고 얼른 말 팔아 오시죠."

유리카는 내기에 이긴 뒤부터 내내 생글생글이었다. 저렇게나 이기는 것이 좋을까.

이 지도, 정말 다양한 방법으로 우리를 놀라게 하는군.

분명, 지도에는 없었단 말이다! 왜 저기 난데없는 산이 솟아 있는 거야! 물론 우리가 산을 넘어갈 건 아니고 저 쪽에 엄연히 길이 나 있긴 하지만, 그래도 너무하잖아! 저만한 산을 빼먹다니!

……라고 외쳐 봤자 지도 값 환불해 줄 사람은 어디에도 없었다.

처음부터 산 것도 아니었지만, 내가 지도를 놓고 톡톡히 손해 보상을 받아야 된다는 둥, 이런 거 판 놈은 완전히 사기꾼, 아니 반은 맞았으니 반만 사기꾼이라는 둥 맹렬히 투덜대고 있는데 어둠 속에서 유리카가 어깨를 슬쩍 밀더니 한쪽을 손가락질했다.

"저기 봐, 저기."

유리카의 손가락이 가리킨 것이 불이 환하게 밝혀진 세르무즈 관문 초소라는 것을 깨달은 순간 이번엔 주머니 속 주아니가 내 옆구리를 쿡 찔렀다.

"파비안, 저기도 봐."

"……"

결국 우리는 국경으로 이어지는 대로변에서 네 개나 되는 초소를 발견하고 말았다. 저게 전부가 아닐지도 몰라. 몇 개 더 숨어있을 수도 있지. 그건 그렇고 저놈들은 왜 저렇게 열심인거야? 무지막지하게 몰려 있는 초소들을 좀 보라고. 이런 의심쟁이 마브릴 놈들 같으니.

마브릴을 욕해 봤자 지금은 도움될 것이 전혀 없었다. 낮에 말을 팔고 이익을 남겼네 아니네, 쓸데없는 실랑이를 해가며 저녁을 먹은 다음, 우리는 여관 주인에게 새벽에 깨워 달라고 부탁하고는 잠깐 눈을 붙였다. 지금은 새벽 4시. 지나가는 사람이 별로 없을 텐데도 국경 초소들에는 불이 환하게 밝혀져 있었다.

대로를 편안하게 지나갈 수 있는 사람들, 그러니까 통행 허가서를 가지고 있는 사람들은 잘도 초소를 향해 가고 있었다. 일단 갈 수 있는 데까지 가보자 싶어 여기까지 온 우리는 낭패한 심정으로 그들을 바라보았다.

"어쩐다? 저런 곳을 뚫고 간다는 건 불가능해."

"우리처럼 슬쩍 넘어가려는 사람이 꽤 많나봐."

정말로 그런 모양인지 초소마다 무장한 군인들이 다섯 명 이상 지키고 있었다. 그들 외에도 다른 군인들이 순찰을 돌고 있을지도 모르고 말이다.

중대한 결정을 내릴 시기가 왔다.

"유리카."

밤중에도 고양이처럼 반짝거리는 유리카의 녹색 눈이 나를 향했다. 이런 밤에 보면 가끔 무서울 때도 있다.

"너, 산 잘 타니?"

사이를 두고 유리카의 언제나처럼 자신만만한 대답이 이어졌다.

"이래봬도 산맥 아래 달크로이츠 영지 출신이야."

아마 달크로이츠 영지 주변의 산은 설산이 아닌 모양이다. 아니면 일 년 중 한 달만 눈이 온다거나, 아니면 바위밖에 없는 산이라 절대 올라갈 일이 없다거나.

자신만만한 대답과는 달리 눈이 남아있는 곳에 이르자 유리카는 한 발짝 한 발짝이 조심스러웠다. 유리카가 조심스레 내디뎠다는 이야기가 아니라 불안하다보니 내 눈에 그래 보였다는 말이다. 쉽게 설명하자면 이런 것이다.

"으앗! 파비안!"

"내 손 잡아!"

또는…….

"유리카, 그 앞에 밟지 마. 미끄러울 거야."

"하앗, 미끄러져!"

"……."

주머니 속에 있는 주아니가 부럽다고 유리카는 푸념을 늘어놓았다. 그도 그럴 것이 주아니는 유리카가 미끄러지거나 넘어질 때마다 자기가 말 위에서 한 고생을 보상이라도 받겠다는 듯 실컷 웃어댔기 때문이다. 내 생각인데, 이번에 둘 사이에는 쉽게 풀 수 없는 원한이 남을 것 같다.

산은 꽤 높았다. 꼭대기까지 오를 필요는 없었지만 최소한 초소들이 보이지 않는 곳까지는 가야 했다. 지도도 없이 무작정 올라온…… 아니, 지도에는 없는 산이란 말이다! 하여튼 그 뭐냐, 고향 근처에 있던 '이름 없는 들판' 생각이 나는군. 그때 얘기대로 하자면 우린 지금 존재하지 않는 산을 올라가고 있는 셈이다.

어쨌든 지금은 이 산 맞은편 기슭이 최대한 세르무즈 안쪽으로 깊게 뻗어 있기를 바라며 오르는 도리밖에 없었다.

"유리, 눈 덮인 산에서는 그렇게 발을 막 내딛지 말라고. 그리고 몸을 앞으로 좀 숙여. 네가 가볍긴 해도 미끄러지지 않는 건 아니란 말야. 뭐 이미 몸으로 체험했을 테지만……."

"체험하다 못해 온몸이 산 증거야."

유리카의 대답이 삐딱한 건 넘어지고 미끄러지느라 셀 수 없이 멍이 들었기 때문일 것이다.

"업어라도 줄까?"

"시끄러워. 네 배낭이나 신경 써."

홋, 물론 저렇게 대답할 줄 알았기 때문에 한 소리지.

이 산이 얼마나 높은지 몰라도 그 '엉터리 지도'가 빼먹을 정도의 높이라면 좋겠다. 그래, 그 지도는 고귀한 신분이라 시시한 동네 뒷산 정도는 안중에도 없을 거야. 우리가 자길 들고 이런 데까지 올 줄 알았겠느냐고. 별로 필요 없어 보이는 부분이라 대충 썼을 거야. 어쩌면 이 산은 밀입국자들의 샛길로 쓰이는 곳이라 고의적으로 빠뜨렸을 수도 있어.

음…… 검에 이어 지도의 심정까지 이해하게 되는 걸 보니 무생물과 교감하는 능력이라도 생기는 중일까?

"파비안, 좀 쉬었다가 가자."

"오르기 시작한 지 얼마나 됐다고 그래? 아직 해도 안 떴잖아."

"실제 시간이 중요한 게 아니라고. 이 산에서 보낸 시간이 나한테는 한 달 동안 드라니아라스 대평원을 달린 시간보다 길단 말야."

주아니가 고개를 뾰족하게 내밀고 생글거렸다.

"나로선 아침에 일어나 눈 비빌 정도밖에 안 되는 시간인걸?"

"……다들 시간에 대한 정의를 다시 생각해 보는 게 어때?"

결국 유리카를 위해 잠깐 쉬기로 했다. 바람이 불어오는 쪽을 피해서 산등성이 아래로 다가갔다.

아닌 게 아니라 우리 가운데—여기에서 '우리'에 주아니를 넣는다는 건 좀 어폐가 있지만—처음부터 말을 잘 탔던 건 유리카밖에 없었다. 그러니 유리카한테는 무척 쾌적하고 빠르게 흘러간 시간이었겠지. 나는 한 번도 타보지 않은 건 아니었지만, 이런 대평원을 말을 타고 여행할 작정으로 배운 일은 없었다. 뭐 어쨌든, 결과적으로 배운 셈이 되었지만 말이다.

그런데 말야, 눈 덮인 산마을에서 자란 나인데 왜 이 설산이 별로 반갑지 않은 거지? 그새 애향심이 죽었나? 뭔가 기분이 이상한데?

그 이유는 곧 확인되었다.

"인기척이야."

넋 놓고 있는 것 같던 유리카가 깔고 앉았던 가방을 재빨리 집어 들면서 고양이처럼 도사렸다. 어떻게 저렇게 빨리 알아챘나 했더니 주아니가 유리카 주머니에 가 있었다. 아마 조금 전의 원한에 대한 빚 정산을 위해 갔던 것 같지만.

"이쪽으로."

나는 유리카에게 손짓하며 능선으로 올라갔다. 비죽 튀어나온 바위 아래 수풀이 우거져 있어서 몸을 숨기기에 적당해 보였다. 옆에는 암벽이 비스듬히 튀어나오며 솟아 있어서 엄폐물 역할을 해 주었다.

"뭘까?"

물론 우리처럼 몰래 국경을 넘으려는 사람들일 수도 있다. 그렇다면 우리가 길을 제대로 택했다는 뜻이니까 무척 반갑겠지만, 그렇지 않다면?

"좀 더 엎드려."

눈에 몸을 대기 싫어하는 유리카를 꾹 누른 다음에 수풀 사이로 밖을 엿보았다. 눈을 밟는 소리가 좀 더 분명하게 들리고, 말소리도 들렸다. 발자국 소리로 예상해 보건대 열 명은 넘지 싶다. 그리고 쩔그럭대는 소리는 아마 갑옷이나 무기 따위가 부딪치는 소리일 것이다. 그렇다면?

"병사들이야."

"그렇다면 순찰병들이겠네?"

"십중팔구 그렇다고 봐야지."

유리카가 이런 데까지 와서 순찰병들과 마주치다니 참 운도 없다며 불만스러워하는 소리가 조그맣게 들렸다. 그때 우리가 가려던 길 너머에서 머리 하나가 불쑥 솟았다. 투구가 아니라 털모자여서 혹시 사냥꾼인가 싶었는데 다음 순간 방패가 보이는 바람에 그런 생각을 도로 삼켜버렸다.

눈 덮인 산에서 방패 따윌 들고 다니다니 바보 같다고 속으로 웃다가 능선 아래쪽을 흘끔 내다보니, 완만한 경사에 아무도 밟지 않은 눈이 곱게 쌓인 것이 보였다. 그걸 보니 떠오르는 것이 하나 있었다.

그러나…….

"위험해, 위험해."

내가 혼자 중얼대며 고개를 젓는 것을 본 유리카가 영문도 모르고 내가 바라본 쪽을 내려다봤다. 그러는 사이에 병사들은 계속 올라왔다. 다 세어 보니 예상대로 열 너댓 명 정도였다.

"저거 말야…… 저들이 신고 있는 게 뭐야?"

유리카가 조그맣게 속삭이는 소리를 듣고 새삼 보니, 내겐 너무 익숙한 나머지 이상한 줄도 몰랐던 물건들이 눈에 띄었다. 눈신발 말이다. 그제야 내가 발자국 소리만 듣고 그들이 몇 명인지 잘도 알아챈 이유를 짐작할 수 있었다.

그들은 곧 두리번거리기 시작했다. 우리가 남긴 발자국을 발견했을 테니까. 다만 우리가 올라온 쪽은 눈이 벗겨져 있어서 발자국은 거의 남지 않았다. 잠시 후 몇 명은 그대로 남아 있고, 나머지는 주위로 흩어졌다. 흔적을 찾으려는 것이 틀림없었다.

그리고, 그중 하나가 내 쪽으로 다가오는 것이 보였다.

어떻게 하지?

하나쯤 어떻게 해볼 수 있을지 몰라도, 나머지가 곧 쫓아올 테니 소용없는 일이었다. 즉시 도망친다고 해도 눈 위에서 빨리 걷지 못하는 유리카가 걸렸다. 다른 생각을 해내려 애썼지만 떠오르는 거라고는 아까 그 방법뿐이었다. 상황이 내 판단을 한쪽으로 몰아갔다.

가능할까?

그러나 다른 방법이 없었다.

"유리, 가방을 앞으로 돌려 메고 있어. 그리고 내 배낭에서 밧줄을 꺼내 놔. 주아니는 안주머니로 보내고."

"밧줄은 뭘 하려고…… 알았어."

유리카는 물으려다 말고 고개를 끄덕이면서 내가 내려놓은 배낭을 뒤졌다. 나는 단검을 꺼내 들고 우리를 가려 준 암벽 쪽으로 슬금슬금 다가갔다.

눈신발을 신으면 미끄러지진 않지만, 그다지 빨리 움직일 수는 없다. 눈신발을 신고 뛰는 모습은 뛴다는 말이 아까울 정도니까. 그러니까 다른 자들이 상황을 알고 이쪽으로 오기까지는 꽤 시간이 걸릴 테고, 계산해보건대 그 정도면 내 계획에 아슬아슬하게 딱 맞을 것 같다.

나는 암벽에 등을 대고 붙어 섰다. 바스락대며 다가오는 소리와 함께 숨을 들이쉬며 단검을 움켜쥐었다.

"흡!"

순간적으로 끝났다. 내 앞을 지나가려는 녀석의 뒷덜미를 잡아채 힘껏 당기면서 다른 손으로 입을 틀어막고, 단검을 목젖에 들이댔다. 이만하면 고향을 떠난 지 고작 두 달 된 녀석의 솜씨치고는 괜찮지.

"입 다물어. 안 그러면 해칠 것 같으니까."

나는 병사의 눈부터 가린 다음 질질 끌다시피 하며 능선 위로 올라갔다. 암벽이 우리를 교묘하게 잘 가려 주었다. 나는 내 계획을 떠올리고 한 가지 주문을 첨가했다.

"들고 있는 것들, 하나도 떨어뜨리지 마."

정작 필요한 걸 버리고 오면 큰일이니까.

유리카가 꺼내 놓은 밧줄로 병사의 손을 묶고, 마른 풀을 뽑아 뭉쳐서 대강 입 안에 틀어박은 다음 밧줄로 한 바퀴 동여맸다. 이쯤 하면 우릴 볼 수도 없고, 소릴 지를 수도 없고, 도망칠 수도 없겠지. 돌아보니 유리카가 남은 밧줄을 배낭에 집어넣으려 하기에 얼른 제지했다.

"또 쓸 거야. 그냥 둬."

이제 바닥에는 둥근 방패 하나만 덩그러니 남았다. 좀 불안해 보이긴 하지만 어쩔 수 없다. 내 계획은 저걸 보면서 시작됐으니까. 나는 방패를 내 발에 단단히 동여매기 시작했다.

"뭘 하려는 거야?"

유리카가 눈이 동그래져서 묻는다. 설명은 생략하고 작업을 재빠르게 마쳤다. 그런 다음, 할 수 있는 한 심각하고 진지한 빛을 눈에 담아 유리카를 봤다.

"지금 저 친구를 묶어 놓은 게 임시방편이란 건 알겠지?"

"응."

"나머지 병사들을 이길 순 없으니, 도망쳐야 되겠지?"

"물론이야."

"그런데 들키지 않고 갈 길이 없지?"

"그런…… 것도 같네."

"내게 방법이 있다면, 따를 거지?"

"응?"

유리카가 갑작스런 말에 갈피를 못 잡는 사이, 나는 유리카의 허리를 덥석 잡았다.

"뭐, 뭘 하는 거야!"

"제발 참아 줘. 보복이라면 내려간 다음에 실컷 받아줄 테니까."

나는 두 손으로 유리카를 받쳐 안았다. 그리고 아직도 눈이 동그란 그녀에게 엄숙하게 한 마디 남겼다.

"움직이지 마, 목뼈 부러질지도 모르니까."

촤르…… 촤좌좌좍!

"와앗!"

유리카는 급기야 비명을 질러버리고 말았다.

뭐, 괜찮다. 이제는 녀석들이 소리를 듣고 따라와 봤자 별 수 없을 테니까. 하지만 실제로 따라오는지 어떤지 확인할 정신도 없었다. 마브릴 병사 백 명이 뒤에서 쫓아오는 것보다 내려가는 길에 튀어나온 돌부리 한 개가 더 무서운 상황이거든. 다시 말해서…….

난 유리카를 안은 채, 발에 묶은 방패를 스노보드 삼아 산등성이를 미끄러져 내려가고 있는 것이다!

워낙 오랜만이라 시작은 불안정했지만 금방 안정을 되찾았다. 그렇지만 잠깐이라도 균형을 잃으면, 거짓말 안 보태고 둘 다 다리 하나씩은 부러지고 남을 판이다.

등 뒤의 검과 배낭, 그리고 앞으로 안은 유리카의 무게가 균형을 이루도록 완벽한 자세가 필요했다. 만일 자칫 한쪽으로 쏠렸다 하면 그 자리에서 열네 바퀴쯤 구르고, 다음엔 죽지 않을 만큼 유리카한테 두들 겨 맞겠지. 그때 제발 유리카가 나를 때릴 힘이 있는 상태이기만을 바랄 뿐이다.

내리막이 계속되면서 내려가는 속도는 점차 내게도 끔찍할 정도가 되었다. 귓가의 바람 소리가 탑 꼭대기의 깃발이 펄럭이는 소리에 비견 할 만했다. 그런 상황인데도 얼마나 긴장해 있는지 이마와 관자놀이가 땀범벅이었다. 눈을 아프도록 힘주어 뜨고 앞을 살폈다.

이 계획의 실행을 결정할 때 내가 고려한 조건은 세 가지다. 첫째, 나의 재빠른 밧줄 매듭 솜씨. 둘째, 둥글고 평평한 방패 바닥. 셋째, 유리카의 가벼운 몸무게. 이것들이 삼위일체를 이뤄야만 실행 가능한 계획 이었다. 스노보드 실력은 뭐, 기본이고.

그러나 엉뚱한 곳에서 들어올 공격은 전혀 예상하지 못했다.

"이…… 런 위험한 생각을 해냈으면 미리 말을 했어야 할 거 아냐!"

나는 중심을 잡고 장애물을 찾느라 정신이 없는 상황에서 간신히 대답했다. 그러나 질문 내용과는 한참 동떨어진 대답이다. 다시 말해 대답은 했지만 질문에 대한 대답은 아니다.

"뭐, 뭐라고! 잘 안 들려!"

"말도 안하고 이런 일 벌이냐아아!"

유리카가 옥타브를 올려서 악을 쓰는 바람에 이번엔 간신히 알아들 었다.

"말했으면 어쩔 거였는데!"

나도 유리카 못지않게 소리를 질렀다. 그렇게 하지 않으면 대화 자체가 되지 않았다. 하지만 유리카의 말을 알아들으려 애쓰다 보니 금방 자세가 불안정해졌다.

"몰라서 묻니? 마브릴들을 불러서라도 말렸을 거다!"

"그…… 그렇게까지 생각해 주다니 고맙군 그래!"

유리카의 배낭 주머니에서 머리를 내민 주아니가 환호성인지 비명인지 모를 소리를 지른다.

"우와와와아아아앗!"

스노보드, 아니 방패는 잘도 미끄러져 내려갔다. 좌우로 능선과 나무들이 잔상까지 남기며 스쳐갔다. 대답하느라, 아니 정확히는 질문 알아듣느라 머리를 쓰지 않으니 그럭저럭 도로 균형이 잡혔다. 이 정도면 괜찮다. 끝까지 잘 내려갈지도 모른다. 솔직히 나도 내가 이 정도로 반사신경이 좋을 줄은 몰랐다.

이렇게 스릴 넘치는 활강은 고향에서도 해 본 일이 없다는 생각에, 나도 모르게 소리를 질러 버렸다.

"이얏호!"

당장에 주변에서 반격이 들어왔다.

"앞이나 잘 봐!"

"이게 누굴 죽이려고! 넌 신나는지 몰라도 난 죽을 맛이야!"

나는 신난 김에 대답도 막 했다.

"야, 앞은 잘 보고 있으니까, 나도 신나는 장면에서는 기분 좀 내자!"

"그러다가 저기 갖다 처박으면 네가 책임질래? 아니 책임져라!"

한 시간 동안 올라온 산을 잠깐 만에 거의 다 내려왔다. 몇 번인가 아슬아슬하게 나무나 돌부리를 피했는데, 그때마다 동료들의 귀청 떨어질 듯한 비명으로 '정말로' 부딪혀 버릴 위기를 간신히 넘겨야만 했다는 이야기를 해야겠다. 나중에는 나까지 커다랗게 외칠 수밖에 없었다.

"너무 크게 말하지 마! 저 아래에서 이상하게들 쳐다본단 말이야!"

"너야말로 너무 소리 지르지 마."

"파비안 네 목소리가 제일 커."

……언제부터 내가 이렇게 소외되어 있었지.

저만치 불쑥 솟은 언덕바지가 보인다. 저쯤에서 멈춰야겠다. 계속 내려가다간 눈도 없을 테고, 사람들 한가운데 떨어질지도 모르니 기회 있을 때 멈춰야지. 이만하면 충분히 도망친 셈이잖아?

사실…… 너무 빨라서 은근히 겁도 나고 말야.

"멈출 거니까, 조심해!"

여전히 말들이 많았다.

"아까부터 더 이상 조심할 수 없을 정도야!"

"내 평생 이렇게 조심해본 적이 없으니 너나 조심해!"

"너의 조심이 곧 우리의 안전이다!"

"이런 이상한 판 쪼가리에다가 내 목숨을 맡겨야 하다니!"

내가 뭘 타기만 하면 방패든 뭐든 다 판 쪼가리가 되는구나. 하여간 유리카를 안고 있으니 전처럼 멋진 방법으로는 멈출 수 없고, 주의 깊게 발을 꺾긴 했는데 간신히 앞으로 넘어지는 것을 면한 정도였다.

촤자악!

"와아앗!"

유리카의 비명 소리를 배경으로 겨우 멈췄지만, 그 순간 내 머릿속을 지배한 생각은 하나밖에 없었다.

"파비……."

유리카가 더 말하기 전에, 나는 잽싸게 유리카를 내려놓고 뒤로 물러나려다가 그 자리에서 엉덩방아를 찧고 말았다. 발에 방패를 묶어 놓은 채로 뒷걸음질을 치려고 했으니 당연한 일이라 할 수 있다.

당장 유리카의 살벌한 목소리가 날아들었다.

"파비안!"

"야, 잘 내려왔잖아. 아무 일 없었잖아? 그러면 된 거 아냐?"

"이 일에 대한 보복은 내려가서 받겠다고 한 게 누구지?"

"이, 일단 이건 좀 풀고, 그리고……."

나는 황급히 손을 놀려 밧줄을 풀어냈다. 그리고 방패를 발에서 떼어내자마자 재빨리 물러나려고 했다. 그러나…….

퍼…… 캉!

간신히 잘 피했다 싶었는데 유리카가 양손으로 방패를 집어들더니 간단하게 한 대 갈겨 버렸다. 그걸 제대로 맞았으면 지금쯤 황천길을 헤매고 있겠지만 다행히 그런 일은 일어나지 않았다. 나는 반쯤 죽어가는 시늉을 해서 연이어 날아오는 방패 공격을 모면할 수 있었다.

"다시 한 번만, 이랬담 봐."

그 정도로 끝난 것도 다행이었다.

방패는 덤불 속에 던져 버렸다. 그런 다음 얼얼해진 귓불을 만지면서 남은 산기슭을 내려왔다. 내려오고 보니 산을 감싸 도는 길이 잘 닦아져 있었는데 사람의 그림자는 보이지 않았다. 그리고 산에서도 우리를 쫓아오는 기척 같은 것은 들리지 않았다. 우리는 몸에서 눈을 깨끗이 털어 내고 엉망이 된 머리카락을 단정하게 만진 뒤 재빨리 멀쩡한 여행자로 변해서 길을 따라가기 시작했다.

　걸으면서 앞으로의 계획을 정리했다. 일단 산에서 본 마브릴 병사들이 내 방법을 따라하려고 한다면…… 음, 마브릴 병사 열다섯 명, 눈 벼랑을 굴러 전멸하다! 이런 정도가 아닐까?

　녀석들이 걷든지 뛰든지 해서 내려온다면 한두 시간은 걸릴 것이 분명해서, 일단 마을까지 가면 쫓길 가능성은 별로 없다는 결론을 내렸다. 병사들이 우리 얼굴을 아는 것도 아니니까. 마을사람들한테 의심받을 일이야 없겠지. 이 나라라고 여행자가 한 명도 없지는 않을 거 아냐. 국경 지방이니 만큼 우리나라에서 온 '정식' 여행자들도 흔히 볼 수 있을 거고.

　이제 마을을 찾아 요기를 하고, 이진즈 강이 있는 쪽을 알아내어서 강둑에서 적당한 배를 잡아타기만 하면 되었다. 그런데 세르무즈로 오고 보니 골동품 엉터리 지도조차 소용없게 되어버려서, 어디로 가야 좋을지 전혀 알 수 없었다. 일단 길이 있으니 따라가고 있지만, 이리로 가면 뭐가 나오는지도 모르고 말이다. 슬슬 행인이 한두 명 나타나고 있긴 한데, 그렇다고 아무나 붙잡고 물어?

　"안녕하세요, 마디크. 어제처럼 훌륭한 아침. 이 길을 따라가면 마을

이 나오나요?"

내가 어떻게 할지 결정하기도 전에 유리카가 농부 차림의 남자 하나를 붙잡고 뭔가 묻고 있었다. 잠깐, 마디크라니? 저 사람 이름을 어떻게 알고 있는 거야?

"아아, 여행하는 프로첸인가? 이 길을 따라 두 시간만 가면 아르장띠외 마을이 나와. 아세이유 시는 점심때까지 걸어야 하지."

"감사합니다, 마디크. 가까운 마을에서 쉬었다 가야겠네요. 도시가 좋긴 하지만 점심때라니 너무 멀어요."

"좋을 대로 하게. 그럼 어제처럼 좋은 여행을."

"네, 마디크도요."

나는 영문을 몰라 눈만 멀뚱멀뚱 뜨고 있었다. 프로첸은 또 뭐야? 저 사람은 왜 유리카의 이름을 멋대로 지어 부르고 난리지?

그 사람이 사라지자 나는 유리카를 뒤따라가 조그맣게 물었다. 아직 멀리 가지 않은 '마디크 씨'에게 혹시 들릴까봐서다.

"너 저 사람 이름을 어떻게 알아? 아는 사람이야?"

"이름? 모르는데?"

유리카는 무슨 소리인지 모르겠다는 표정이었다. 갑자기 웬 발뺌이지?

"아까 불렀잖아?"

"내가 언제?"

"아까 마디크라고 그랬잖아!"

"아, 마디크?"

유리카는 아주 우스운 것을 보았다는 듯이 얼굴이 이상하게 일그러져 있었다. 음, 저런 표정은……

"아하하하……"

저럴 줄 알았지.

유리카는 한참 동안 키득키득 웃더니 내게 설명했다.

"'마디크'는 세르무즈에서 '아저씨' 하고 비슷한 뜻이야. 결혼한 남자에게 붙이는 호칭 같은 거라고. 약간은 경칭의 의미도 있고."

"그래? 그럼 프로첸도?"

"그건 '아가씨' 정도 되는 뜻이야. 결혼 안한 여자한테 붙이는 경칭이지."

유리카의 설명으로 젊은 남자에게는 마디렌, 결혼한 여자에게는 '프론느'라고 붙인다는 사실도 알게 되었다. 두 나라 모두 똑같이 공용어를 쓰는데 저런 희한한 명칭들이 어디에서 왔는지 모르겠다. 좀 더 설명을 들어 보니 예의를 갖춘 자리에서는 서로의 성에 붙여 부르는 수도 있단다. 이를테면 '친애하는 마디렌 크리스차넨', 또는 '소금 좀 주실래요, 프로첸 오베르뉴?' 같은 식이라는 거다.

"그거 헷갈리면 좋을 거 없겠네?"

"그럼. 마브릴들 사이에서 난 엘라비다 족이라고 얼굴에 써 붙인 꼴이 되지 않으려면 말이야. 이건 로존디아 사람들도 똑같이 쓰는 명칭이야. 다시 말해 마브릴이라면 누구나 써."

그래서 나는 반드시 기억해야만 할 것이 한꺼번에 네 개나 생겼다. 마디크, 마디렌, 프론느, 프로첸이란 말이지.

"그런데 '어제처럼 훌륭한 아침'이란 건 무슨 소리야?"

"그거? 그냥 인사법이야."

나는 어이가 없었다.

"어제가 혹시 끔찍한 태풍이 부는 날씨였다거나, 아니면 그 사람한테 아주 재수 없는 일이 일어났을 수도 있는데, 그럼 어떻게 인사를 해?"

유리카가 피식 웃었다.

"그건 상관없어. 거기서 '어제'란 건, '어제, 오늘, 내일' 하는 그 어제가 아니고 아주 옛날, 그러니까 까마득한 과거 시대를 말하는 거거든? 아침인사에서만이 아니고 '어제처럼'이라는 것은 아주 흔히 쓰이는 인사법이야."

거참 희한하다.

"도대체 왜 그렇게 말하는 거래?"

"전사 부족에서 출발한 마브릴들은 지나간 고대가 항상 지금보다 훌륭했다고 생각하거든. 너도 알다시피 기록이나 전설에 남아 있는 고대인들은 우리보다 훨씬 몸집도 크고 강력한 힘을 가졌지. 즉, 전사로서 훨씬 훌륭했던 사람들이잖아? 게다가 인간의 능력도 지금과는 비교도 안 되게 광범위했던 때라고 하니까. 뭐, 믿을 수 있는 이야긴지는 모르겠지만, 어쨌든 강한 전사를 숭배하는 마브릴들이다 보니 누구나 그 시대에 강한 향수를 갖고 있다는 거야. 그래서 '어제처럼'이라는 말이 아무 데나 붙어 다니는 거고."

"아무 데나?"

"아무 데나이지 뭐야. 사람의 인격을 칭찬해도 '어제 같이 훌륭한 사람', 훌륭한 일을 해도 '어제 같은 업적', 심지어는 음식 맛이나 물건을 칭찬하는 데까지 쓰이니까 말이야. 생각해봐. 어제처럼 맛있는 빵이라거나 어제처럼 훌륭한 갑옷이라고 말한다면 어떻게 들리겠는가."

그 말은 굉장히 바보같이 들렸다. 누군가 이스나미르에 와서 그런 표현을 쓴다면 바보로 오인 받기 딱 좋을 것이다.

어쨌든 기억할 게 또 하나 늘어버렸다. 뭔가 좋은 것을 칭찬할 때는 '어제처럼'이라는 거지. 이거야 정말, 진짜로 아무 데나 썼다가 혹시 엉뚱한 예외에 걸려서 들통 나는 거 아닌지 모르겠네.

결국 나는 이런 설명을 들었을 때면 언제나 하게 되는 질문으로 이야기를 마무리 지었다.

"넌 언제 세르무즈를 와 봤기에 그렇게 잘 알아?"

"말했잖아. 나는 너보다 훨씬 오래 여행했다고."

나는 생각나는 대로 이 말 저 말에 '어제 같은'이라는 말을 붙여보느라 킬킬 웃으며 걸었다. 그럭저럭 하다 보니 우리는 두 시간을 걸어 그 '마디크'가 말해준 첫 번째 마을에 도착했다.

"이 마을은 그냥 지나치자."

유리카의 말에 내가 고개를 갸우뚱했다.

"왜?"

"혹시 알아? 그 마디크가 가다가 산에서 내려온 마브릴 군인들하고 만날지도 모르잖아. 혹시라도 마브릴 군인들 중 누군가가 괴성을 지르며 내려가는 우릴 봤다면, 그래서 서로 인상착의를 기억하고 설명할 수 있다면, 그 마디크가 우리더러 이 마을로 가라고 했다고 하겠지. 여긴 작은 마을이고 하니 사람 하나 찾으려면 금방 찾을 수 있을 거야. 좀더 가는 게 좋겠어."

"그럴 바엔 괜히 물어봤네?"

"아냐. 어차피 행인이 드문 길이어서 그냥 지나갔대도 우리를 기억하기가 쉬웠을 거야. 그래서 일부러 물어봤지. 그들이 우리가 아르장띠외 마을에 묵는다고 생각한다면, 우린 조금이라도 시간을 벌 거 아냐. 그 사이에 배를 탈 수도 있는 거고."

나는 약간 입을 벌렸다.

"용의주도하군."

그래서 우리는 점심때가 가까워질 즈음 아세이유 시에 도착했다.

아세이유 시는 우리의 희망대로 이진즈 강을 끼고 있는 도시였다. 세르무즈에서는 이진즈 강을 따라 각종 물자가 오고 가기 때문에 강을 면한 도시들은 어디나 꽤 번창한다고 들었다. 여기도 예외가 아니어서 거리마다 활기 있게 사람들이 오가는 것이 보였다. 등짐을 메고 부지런히 걷고 있는 장사꾼의 일단이나, 나귀와 수레를 부리는 상인들을 보는 것도 어려운 일이 아니었다.

"이 도시, 꽤 멋이 있는데."

나는 손을 이마에 대고 여러 척의 배가 닻을 내린 선창가를 바라보았다. 일렁이는 강물이 언뜻 보인 듯도 했다. 높다랗게 솟은 돛대마다 강바람을 받은 깃발들이 가볍게 흔들리고 있었다.

강변을 따라 비단 옷감들처럼 알록달록한 지붕들이 늘어섰다. 갠 아침 하늘은 파랬다. 또렷한 빛깔들이 모자이크처럼 어우러진, 아름다운 강의 도시였다.

"먼저 배편을 알아보자."

부둣가로 가는 길은 갈색과 흰색 돌로 포장되어 있어서 깔끔한 느낌을 주었다. 몇몇 아이들이 쫓고 쫓기는 놀이를 하면서 저들끼리 몰려 뛰어갔다. 몇 마디 들리는 것으로 보아 해적 놀이를 하는 모양인데, 이진즈 강이 꽤 크다보니 강을 타고 오르내리는 해적들이 있는 모양이었다. 아니지, 수적(水賊)이라고 해야 되려나.

부두에 도착하자 유리카가 탄성을 질렀다.

"배들의 색깔이 너무 예뻐."

배쌈과 뱃전에 칠해 놓은 색깔들이 재미있었다. 빨강, 파랑, 노랑 등은 말할 것도 없고 자주색이나 보라색, 연한 하늘색에 흰 줄무늬가 들어간 것, 봄 새싹 같은 초록, 떠오르는 해 같은 주홍 등 굉장히 다양했다. 물에 바래고, 파도에 닳고, 암초에 부딪히다 보면 배쌈 색깔은 지워지기 마련일 텐데 왜 저렇게 곱게 칠을 했나 모르겠다. 우리나라 배도 저럴까?

"색깔별로 골라잡으란 건가?"

"응, 나라면 빨간색."

유리카는 유쾌하게 대답하더니 부두에 모인 사람들을 뚫고 앞으로 나아갔다.

대륙 최고의 대하(大河), 이진즈 강.

전부터 알고 있었지만 막상 눈앞에 강을 대하고 보니 기분이 묘했다. 그러니까, 이 강은 정말로 우리 어머니와 같은 이름인 것이다.

마치 어머니의 분신, 또는 자매라도 되는 것처럼. 그래서 어쩌면…… 한 번도 가져본 일 없는 이모 같기도 해.

나는 인사라도 하는 기분으로 강 앞에 잠시 서 있었다.

"파비안, 안 오니?"

그리고 다시 싱긋 웃으면서 발걸음을 옮겼다.

부두에 올라 주변을 둘러보았다. 주위에 삼삼오오 모여 있는 사람들이 나와 다른 민족이라는 실감은 나지 않았다. 서로를 그렇게나 무시하고 싫어하는 두 민족이지만, 겉모양만은 웬만해서 구별할 수 없을 정도였다.

마브릴은 대부분 눈초리가 치켜 올라갔다고 하지만, 엘라비다 중에도 그런 사람들은 많으니까 그리 중대한 차이는 아니고, 또 굳이 따지자면 엘라비다 족보다 체격이 좋고 키가 큰 사람이 많은 편이라지만, 나도 그 방면에서 뒤지는 편은 아니니까 역시 내가 특별히 눈에 띌 일은 없을 듯했다.

우리는 가장 가까운 배로 다가갔다. 연보랏빛 배쌈에 흰 돛을 단 배였다. 짐을 부리는 선원들과 짐꾼들로 주변은 몹시 붐볐다.

"여객선이 따로 있진 않을 거 같은데."

"승객도 태워주는지 물어 보자."

배 아래에 장부를 든 붉은 윗도리의 선원이 있기에 사람들을 헤치고 가까이 갔다. 그는 싣고 갈 물품 목록을 곁의 다른 선원에게 큰 소리로 불러 주고 있었다. 그들 앞으로 수많은 사람들이 오갔다.

"설탕 다섯 푸대! 됐군. 포도주 열세 통! 그래, 다음……."

"저, 실례합니다만, 말 좀 물을게요."

내가 말을 걸었지만, 마브릴답게 얼굴이 희고 키가 큰 그 선원은 들은 척도 하지 않고 장부만 들여다보았다. 내가 어떻게 할까 머리를 굴리고 있는데 유리카가 내 앞으로 나서 얼굴에 한껏 미소를 띠고는 외쳤다.

"마디크! 배 좀 태워주실래요?"

"어디까지 가는데."

우와…… 사람 차별하는군.

선원은 여전히 장부만 보고 있었지만 분명 대답을 했다. 내가 속으로 인종차별, 성차별, 계급 차별, 빈부 차별 등등 별별 가지 단어를 다 생각해내고 있는데 유리카가 다시 웃으면서 대답했다.

"그건 이 배가 어디까지 가는가에 달렸죠."

"하라시바까지 간다."

"아! 그것 참 좋은 소식인데요?"

물론 좋은 소식이긴 하지만…….

"언제 출발해요?"

"오늘 밤."

그 말을 듣더니 유리카는 이 배를 타기로 작정한 것 같았다.

"뱃삯은 어떻게 지불하나요?"

"중간에 내릴 생각이 없다면 하라시바까지 일시불로 30메르장. 아니면 하루에 5메르장씩 꼬박 내는 방법이지."

그 순간 나는 당황해서 생각했다. 아아, 지금까지 깜빡 했구나. 여기는 세르무즈고 쓰이는 돈이 다르구나. 내가 가진 건 존드뿐인데 어디서 메르장으로 바꾼담?

그러나 유리카는 이런 고민이 없는지 당연한 질문으로 돌입했다.

"하라시바까지 얼마나 걸리는데요?"

"이레 정도면 간다."

"그럼, 앞의 걸로 할래요. 한 사람 앞에 30메르장이에요?"

"둘이면, 60메르장."

"돈은, 탈 때 내면 되죠?"

"저녁 7시까지 와."

그걸로 대화는 끝이었다. 선원은 한 번도 유리카를 쳐다보지 않았고, 그럼에도 불구하고 유리카는 줄곧 호의 어린 미소를 머금고 있었다.

우리는 곧 혼잡한 부두에서 내려왔다. 사람들을 헤치고 나오면서 나는 기분 나쁜 것도 잊어버릴 겸 기지개를 켜며 말했다.

"사람이 말을 하는데 한 번도 안 쳐다보다니, 어지간히 바쁜가 보다."

유리카는 속으로 뭔가 생각하는 듯하다가 내 말에 피식 웃어버렸다.

"바보야. 안 쳐다보긴 뭘 안 쳐다봐. 장부 너머로 내 얼굴을 몇 번이나 곁눈질했는지 알아? 내가 왜 웃고 있었는데."

순간, 갑자기 까닭 모를 울화가 치밀었다.

"뭐야? 그럼 너 저 녀석한테 잘 보이려고 지금까지 웃었다는 거야?"

"그럼, 내가 무엇 때문에 웃었겠니?"

"아니, 그럴 필요가 뭐가 있니? 저거 아니면 다른 배를 타면 되는 거고, 그렇게 함부로……."

"이제 와서 갑자기 무슨 쓸데없는 소리야, 얘는. 배를 타는 게 중요하지, 달리 중요한 게 또 있어? 우리가 원하는 곳까지 가는 배가 항상 있는 게 아니란 말야. 언제까지 시간을 낭비하고 싶니?"

유리카는 내 말을 일축하더니 앞장서서 걸어가 버렸다. 나는 당혹스런 심정이 되어 그 자리에 멈춰 섰다. 내 웃옷 주머니에서 주아니가 머리도 안 내밀고 말하는 소리가 들렸다.

"파비안, 그런 건 아무나 참견할 수 있는 게 아냐."

나는 화가 난 나머지 주아니에게도 퉁명스런 말투로 대꾸했다.

"그럼, 누가 참견할 수 있는 건데? 우리는 이미 친구 아니었나?"

주아니는 평소와 달리 내 화난 목소리에도 개의치 않고 침착하게 말을 이었다.

"친구지. 그러나 애인은 아니잖아?"

4. 마음의 침범

"인간 처녀여. 그대의 바람은 이루어질 수 없소."

아르나는 눈썹을 올리고, 일곱 명의 고귀한 이스나에—드라니아라스들에게 차례로 시선을 보냈다. 그녀의 흰 뺨과 이마에는 결심을 품은 자의 견고함이 흘렀다.

"그런 결정은 내가 할 것입니다."

"어째서?"

그들 가운데 가장 높은 장로는 그녀에 대답에 일순 동요한 듯, 목소리가 흔들렸다. 그녀는 몸을 돌렸다. 농가의 처녀였던 아르나에게는 이 순간 앳된 아름다움과 순결한 매력만큼이나 당찬 의지와 굽히지 않겠다는 투지가 빛났다.

과거라면 감히 발을 들여놓을 엄두도 내지 못했을 '일곱 장로의 자리'에서도 그녀는 겁내지 않았다. 예의는 지켰지만, 그녀의 권리 앞에서 그녀는 수줍어하지도 않았고, 망설이거나 두려워하지도 않았다.

"그는 나의 것이에요. 내 것을 두고 이래라 저래라 참견할 권한이 여러분에겐 없어요, 고귀한 분들이여. 그는 이제 이스나에─드라니아라스이기 전에 아르나의 연인이니까. 그것이 먼저예요."

장로들 사이로 술렁거림이 퍼져나갔다.

그녀의 말은 놀라웠다. 이들 일곱 장로에게 '결정은 내가 하겠다' 라고 말한 자는 일찍이 없었다. 그리고 영적 존재들 가운데서도 가장 고귀한 이스나에─드라니아라스를 두고 '나의 것' 이라는 말을 뱉은 여인도 또한 없었다.

— 트루바드 음유시인 메란 두하스
〈처녀 아르나〉 24장 138편

"이 여관이 괜찮아 보인다."

좁다란 길이 어지럽게 이어진 뒷골목에서 우리는 묵을 곳을 찾았다. 길가는 사람한테 물어볼 생각도 하지 않고, 서로 대화도 나누지 않은 채 묵묵히 걸었다. 문득 유리카가 한 건물을 가리키자, 나는 별 대꾸 없이 고개만 끄덕였다.

나 대신 주아니가 대답했다.

"그래."

하얀 회벽과 갈색 창틀, 역시 갈색인 문틀을 바라보며 옆으로 난 계단을 올라갔다. 문 위에는 '인어의 푸른 눈빛'이라는 낡은 현판이 붙어 있고, 창가에는 붉은 작약이 한 아름 꽂혀 있었다. 계단을 오르고 보니 문 왼쪽에 먼지 낀 네모난 램프가 달린 것이 보였다.

문을 열고 들어가자 낮은 천장 탓에 머리에 부딪힐 정도로 낮게 달린 램프가 눈에 들어왔다. 숙박부는 코앞에 있었다.

"방 있나요? 오늘 저녁까지만 머물 건데요."

유리카가 다가가서 물었다. 무심한 얼굴의 여주인은 우리를 흘끔 보더니 다시 숙박부로 고개를 숙이며 물었다.

"방은 하나면 되겠소?"

순간, 누구 얼굴이 더 붉어졌는지 모르겠다.

유리카는 바닥에 떨어진 뭔가를 주우려는 것처럼 몸을 굽혔다. 그러나 바닥에 떨어진 것은 없었고, 그녀는 다시 몸을 일으켰다. 나는 그동안 당황한 심정을 어떻게 감출지 몰라 숙박부 옆에 걸린 새 머리 장식을 쳐다보고 있었다.

"아뇨. 따로 주세요."

무척 길게 느껴진 시간이 흐르고 유리카가 그 말을 했을 때, 나는 저도 모르게 한숨을 내쉬었다. 여주인은 처음과 똑같은 무심한 얼굴로 다시 우리 얼굴을 쳐다본 다음 선불이라고 말했다.

내가 물었다.

"여기 환전하는 곳은 없나요?"

"메르장 대신 존드도 받아요. 대신 1대 1.2로 계산하죠. 환전하는 곳에 가도 똑같소."

나는 돈을 치렀다. 그리고 유리카도 자기 돈을 꺼내 탁자 위에 얹어 놓았다. 언제 구한 건지 몰라도 유리카는 이미 메르장 은화를 갖고 있었다.

각자 열쇠를 받아든 우리는 일행이 아닌 것처럼 말도 없이 계단을 올라갔다.

"주아니, 어디서 잘래?"

여관에 올 때마다 농담조로 묻는 말이지만, 오늘은 이 말조차 낯설게 느껴졌다. 주아니는 이따가 저녁 먹은 다음에나 생각해 보겠다고 말했다.

문 앞에서 유리카가 말했다.

"방에서 좀 쉴래."

"그래. 점심 먹을 때 보자."

우리는 각자의 방으로 헤어졌다. 주아니는 일단 내 방으로 따라온 셈이 되었다.

배낭을 내려놓고 검을 풀어 벽에 기대 놓자마자 나는, 침대 위에 몸을 던졌다. 새벽에 일어난 것뿐인데, 왠지 심신이 다 피곤했다.

점심 먹을 때 보자고 했지만, 부둣가로 갈 때 길거리 수레에서 고기를 끼워 파는 둥근 빵을 사먹었기 때문에 배는 별로 고프지 않았다. 유리카도 마찬가지일 터였다.

"하아……."

침대에 누워 있는데 한숨이 저절로 나왔다. 왜 이러지? 특별히 한숨 쉴 만한 일은 없는데.

마브릴 군인들도 잘 따돌렸고, 길 닿는 대로 온 곳이 운 좋게 이진즈 강을 끼고 있는 도시였고, 탈 배도 쉽게 구했다. 배가 하라시바까지 간다고 하니 더더욱 걱정할 게 없었다. 바다도 아니고 강을 따라가는 거니까 배 여행이 험할 것도 없었다.

그런데 왜 이렇게 마음이 무거울까.

"휴……."

"파비안, 왜 자꾸 한숨을 쉬고 그래?"

주아니가 침대 위를 돌아다니다가 내 얼굴 옆으로 다가왔다. 뭐라고 대답해야겠지만 그것조차 귀찮았다. 그냥 가만히 혼자 있었으면 하는 생각뿐이었다.

"그냥."

무성의가 뚝뚝 떨어지는 대답을 하고 나서 나는 장화를 한 짝씩 벗어 방구석으로 내던졌다. 평소에는 잘 정리해 놓는 편인데 오늘은 만사에 의욕이 없었다. 팔베개를 하고, 몸을 뒤척거려 가능한 한 편안한 자세를 취했다. 그러다가 다시 베개를 탁탁 두드려서 머리맡에 기울여 놓고는 푹 기댔다. 다리를 벌려 죽 폈다. 그렇지만 한껏 자세를 잡고도 계속 어딘가가 불편했다. 왜 이렇지?

아무래도 좀 쉬어야 할 것 같아. 너무 피곤해. 그래, 아마도 오랜만에 스노보드를 타서 그럴 거야. 익숙하지도 않은 방패 같은 걸 타고서, 그것도 유리카를 안고 내려왔으니 그럴 법도 하지. 거의 죽을 뻔한 셈이잖아.

그리고 남의 나라에 왔다는 긴장도 있겠지. 기억해야 할 것도 많이 생겼고. 그 뭐랬더라, 마디크, 마디렌, 프론느, 프로첸이라고 했던가? 그리고 또, 어제처럼 좋은 아침이라…… 쳇.

이번에는 팔도 양쪽으로 죽 폈다. 그 바람에 침대 위에 있던 주아니가 얼른 비켰다. 미안하다고 해야겠는데 그럴 마음도 내키지 않았다. 주아니가 말했다.

"깜짝 놀랐잖아."

"……응."

사과와는 무관한 대답이군.

주아니가 머리 옆으로 왔다 갔다 하는 것이 이상하게 신경 쓰였다. 예전에는 몰랐는데 지금은 왠지 거슬렸다. 내가 좀 민감해져 있나봐. 유리카하고 있으라고 할 걸 그랬나.

주아니가 묻는다.

"피곤해?"

"응……."

"산에서 내려온 것 땜에?"

"……응."

내 대답은 무성의의 극치를 달렸다.

"잘래?"

"응."

이번 대답은 정말 간결했다. 주아니는 침대 머리맡으로 가더니 요령 좋게 작은 탁자로 옮겨갔다. 그리고 거기 놓인 작은 그릇 속으로 기어 들어갔다. 다시 보니 그릇이 아니라 재떨이 같지만, 어쨌든 그 안에서 몸을 뒤척여 편안하게 자리를 잡는 것도 보였다.

지금껏 여행하면서 안 건데 주아니한테는 푹신한 이불 같은 것이 필요 없었다. 로아에들은 보통 딱딱한 땅이나 나무열매 사이에서 자기 때문에 그렇단다. 그래서 주아니가 단단한 그릇 속에 들어가 누워도 신경 쓸 것은 없었다.

"나도 잘래."

"응…….”

잠을 청하려고 눈을 감았다.

눈을 감으니 어제오늘 겪은 일들이 하나씩 떠오른다. 님블의 은빛 갑옷 여관, 새벽에 일어나서 길을 걸은 것, 초소를 피해 산길을 힘들여 오르고, 유리카가 많이 힘들어했던 것, 마브릴 군인들을 만나 숨었던 일, 그리고…….

갑자기 유리카를 덥석 안아 올리던 순간의 감촉이 생생하게 떠올라 나는 몹시 당황해 버렸다.

전부터 느낀 거지만 유리카는 당찬 말재주나 칼 쓰는 솜씨 같은 것과는 달리 몸은 굉장히 가볍고 손도 여렸다. 나보다 오래 여행했고 아는 것도 많지만, 그리고 문제가 닥쳤을 때 대처도 빠르지만, 그럼에도 불구하고 나는 가끔 그녀를 보호하고 있다는 공상에 빠지는 것이다.

내가 그럴 수나 있을까. 유리카는 내가 없던 때도 혼자 잘 여행해 왔지. 다시 내 곁을 떠나도 아무 일도 없었던 것처럼 잘 해나가지 않을까.

문득 가장 오래된 기억, 그러니까 유리카가 그릴라드의 잡화점 앞에서 사과를 깨물고 있던 모습이 떠올라왔다.

겨울인데도 하얗던 햇살 속에서, 상자 위에 앉아 빨간 사과를 들고 있던 은빛 머리카락과 초록 눈동자. 아련하고 희미해서…… 마치 꿈같은 영상.

나는 고개를 흔들며 눈을 떴다. 안타까운 기분, 이 기분은 뭐지?

눈을 똑바로 뜨고 왜 이런 기분이 드는지 알아내려 했다. 그러나 생각을 집중할수록 연상은 자꾸만 끊기고 흩어져 날아갔다. 눈을 뜨고 있다고 생각했는데, 시선은 어느 순간 다른 기억을 뒤쫓았다.

문득, 떠오르는 기억.

……나는 악령의 노예라는 기괴한 자들에게 쫓겼었다. 평생 한 번도 느껴 본 일 없는 지독한 공포를 느꼈고, 평생 한 번도 해 본 일 없는 지독한 싸움을 했다. 후유증으로 며칠씩이나 누워서 지낼 정도로.

그 절벽 위에서, 사람에게라면 하지 못했을 끔찍한 살육이 벌어졌었다. 그렇게 하지 않았더라면 내 쪽에서 똑같이 당했을지 모르지만, 어쨌든 그것은 내가 한 일이었다. 지금도 내가 무슨 정신으로 그렇게 할 수 있었는지 모르겠다. 생각할수록 아득하다.

그러나 그보다 더 생생한 것은 싸우는 내내 내 귓가에서 울리던 말이다. 머릿속에서 수십 번이나 메아리치던 말. 다치지 마. 죽지 마.

내가 갑자기 그런 광기 어린 살육을 벌일 수 있었던 것은 유리카가 위기에 처했기 때문이었다. 나는 안다. 그 순간, 갈가리 찢겨나가던 기분을. 그건 어머니의 시체를 보던 순간마저 떠오를 정도로 걷잡을 수 없는, 어떤 폭발과도 비슷했다.

"……."

유리카와 등을 맞대고 검을 가다듬던 기억도 난다. 내 귓가에 들려왔던 목소리도.

「좋은 친구야, 넌.」

그 말에 대답할 겨를도 없었지. 아니야, 할 겨를이 있었다고 해도 나는 아마 할 말을 찾지 못했을 거야.

나의 좋은 친구.

「등이 따뜻해.」

난…… 네 생각만 해도 마음이 따뜻해.

뭔가가 눈가를 지나 관자놀이로 흘러내리는 것을 느끼고 나는 흠칫 놀라 손으로 얼굴을 쓸었다. 손에 따뜻한 물기가 묻어났다.

무얼까, 이것은?

나는 몸을 돌려 얼굴을 베개에 파묻었다. 내가 나 자신에게 말하는 소리가 약하게 줄여져 들렸다.

"답답해……."

한층 밝아진 햇살이 커튼 너머로도 따가웠다. 나는 눈을 가늘게 뜨고 창 쪽을 바라보았다.

점심 먹을 시간은 지났을까? 몸을 일으키고 보니 주아니가 보이지 않았다. 얼마나 잠들어 있었던 걸까. 얼굴을 만져 보니 약간 부은 것 같다. 부석부석하기도 하고.

창가로 다가가 내려다보니, 들어올 때 보았던 골목에 찬거리를 사 가지고 가는 아주머니 한 사람이 보였다. 아이들은 이제 보이지 않았다. 아주머니의 발소리가 멀어지고 나니 거리는 조용했다.

얼굴을 문지르며 복도로 나와 세면장으로 들어갔다. 물을 얼굴에 끼 얹으니 정신이 좀 드는 듯했다. 약간의 허기도 느껴졌다.

방으로 돌아와 신발을 찾아 신는데, 주아니가 누워 있던 그릇 안에 작은 쪽지가 놓인 것이 보였다. 다가가 집어 올렸다. 조그맣게 넷으로 접힌 쪽지였다.

곤하게 자는 것 같아 깨우지 않았어.
네 점심 이야기를 주방에 해 두었어. 일어나거든 내려가서 먹어.
주아니는 내가 데려가. 이따가 6시 정도에 돌아올게.
그때까지 잔다면, 이 쪽지를 보지 못하겠지만.

— 유리.

방안에 익숙한 향기가 떠도는 느낌이었다. 물론 착각인지도 모르지만. 그러나 주위를 둘러본 나는 침대 머리맡에 작은 의자가 놓인 것을 발견했다. 분명, 잠들기 전에는 저기 있지 않았는데.

다가가서 손으로 쓸어 보았다.

"……."

당연히 온기는 없었지만, 나는 한참 동안 의자에 손을 얹고 멍하니 서 있었다. 문득 아래를 내려다보니 검은 마룻바닥에 은빛 머리카락이 두어 가닥 선명했다. 그중 하나를 집어 올렸다.

길고 희게 빛나서, 다듬어 놓으면 악기의 현처럼 고운 소리를 낼 것 같은 은빛 가닥.

잠시 후, 나는 그 머리카락을 왼손 손가락에 감으며 아래층에 내려왔다.

유리카가 뭐라고 말을 해 놓았는지, 내 얼굴을 보자 주방장이 말도 없이 한쪽 테이블을 가리켰다. 가서 앉아 있으려니까 곧 김이 오르는 따뜻한 닭고기 스튜가 내 앞에 날라져 놓였다.

식당은 하얀 벽 테두리에 초콜릿 색깔 나무를 박아 깔끔한 모습이었다. 점심시간이 지나서인지 식당에 앉은 손님은 나밖에 없었다. 주인이나 급사로 보이는 남자가 한구석 의자에 앉아 졸고 있었다.

한참 먹고 있는데, 문이 열리는 소리가 들려서 고개를 돌렸다. 열린 문간으로 하얀 빛이 쏟아져 들어왔다.

"아, 봄 날씨치곤 더워, 더워."

"뭐 시원한 것 없을까?"

수선스런 말소리와 함께 여자 네 명이 한꺼번에 들어왔다. 천장은 낮은데 모두 키가 늘씬늘씬 커서 순식간에 숙박부 앞이 꽉 차버린 것 같다. 나는 저절로 숟가락을 멈추었다. 옆을 보니 졸고 있던 주인인지 급사인지 하는 남자도 눈을 번쩍 뜨고 그 쪽을 바라보고 있었다.

"오늘 여기서 잘 거 아니잖아."

"그래, 늦었지만 식사나 하고 잠깐 쉬었다가 가자."

"프론느, 식당에서 좀 있어도 되죠?"

"뭐 차가운 음식 같은 거 없나?"

그들은 모두 말이 많았다.

다시 숟가락을 움직이면서 보니, 나보다 나이가 많아 보이는 여자 둘에 하나는 내 또래 정도이고, 마지막 한 명은 어린 듯했다. 아가씨들 이긴 하지만 모두 여행하는 사람답게 바지 차림이고, 두 여자는 허리에 검도 차고 있었다.

젊은 여자들만 넷이나 모여 다니는 경우는 흔치 않았으므로 그들은 꽤 눈에 띄었다. 게다가 미인들이기도 하고. 특히 나이든 아가씨 중 한 사람이 유리카처럼 은색 머리여서 다시 한 번 쳐다보게 됐다. 마브릴 중에는 은색 머리가 많다고 하더니, 정말인 모양이었다.

하지만 다시 보니 은색이긴 해도 유리카처럼 자연스럽게 반짝이는 빛은 없었다. 유리카의 머리카락은 햇빛을 받으면 작은 은색 폭포처럼 찬란하게 빛이 난다. 나는 내 손가락에 감은 머리카락을 흘끔 내려다보 고는 혼자 피식 웃었다.

이윽고 아가씨들은 가장 큰 테이블을 차지하고 앉았다. 그리고 급사 가 오기도 전에 자기가 먹을 것들을 큰 소리로 떠들기 시작했다.

"오리 구이 먹을 거야. 여기 잘 하려나?"

"아아, 난 시원한 것. 차가운 음료수나 일단 한 잔 마시고. 아직 얼음 띄운 것은 없겠지?"

"얘는. 지금이 여름인 줄 아니? 과일 파이나 좀 먹었으면 좋겠다. 뭐가 좋을까? 어쨌든 배가 고파."

"잘 먹어 둬야 돼. 앞으로 한참은 이렇게 못 먹을 테니까. 마디크, 여기 주문 안 받아요?"

안 그래도 나보다 더 열심히 그녀들을 보고 있던 남자가 벌써 테이블로 다가가고 있었다. 적게 잡아도 마흔 살이 넘어 보이는 이 아저씨는 자못 과장되게 허리를 굽히더니, 은근한 목소리로 물었다.

"뭘 드릴까요?"

"나는 레몬 시드 케이크 하나랑, 돼지고기 미트볼, 양상추 샐러드, 차가운 주스 한 잔."

"오리 통구이 잘 해서 한 마리 갖다 주시고요, 계절 과일 한 접시 주세요. 다른 것 뭐 또 없나?"

"훈제 연어 구이 있어요? 아세이유에서는 연어를 먹으라던데."

"저는, 저기 저 애가 먹고 있는 닭 요리 주세요."

그중 내 또래인 여자아이가 날 가리키는 바람에 나는 흠칫 놀랐다. 고개를 들고 보니 미르보 겐즈만큼은 아니었지만 빨갛고 곱슬곱슬한 머리카락에, 불만이라도 있는 듯 쏘아보는 까만 눈이 굉장히 도전적이었다. 나는 고개를 갸웃했다. 내가 뭐 잘못한 게 있나? 같은 닭 요리를 먹겠다면서 뭐가 불만이야?

아가씨들의 식사가 나올 즈음, 나는 식사를 마쳤다. 혹시 유리카가 오지 않는가 해서 고개를 빼고 창밖을 살펴봤지만 아직 기색이 없었다. 시간을 알아야 할 것 같아서 카운터로 다가갔다.

"지금 몇 시죠…… 프론느?"

아, 맨 끝의 말을 쓰려고 정말 머리 많이 굴렸다.

여주인은 식당에 나앉아 있는 주인인지 급사인지 모를 남자를 계속 곁눈으로 감시하면서, 주방의 램프시계를 보고 시간을 말해 주었다. 벌써 다섯 시가 가까웠다. 이만하면 저녁을 먹은 셈이네. 유리카도 저녁을 먹어야 할 텐데 왜 안 오는 거지?

방으로 올라갈까 하다가 유리카를 기다리는 편이 나을 것 같아 식당 한쪽에 다시 앉았다. 저녁이 가까워오니 햇빛이 눈에 띄게 줄어들었다.

"……그래, 그러니까 우리 도시락을 싸 가지고 가자."

"저녁엔 배가 고플지 몰라."

"아라디네, 닭 요리 다 먹은 거니? 과일 좀 집어먹어."

"됐어. 난 과일 싫어."

"그러니까 피부가 그 모양이지."

갑자기 까르르 웃는 소리가 났다. 나는 의자를 끌어당겨 창가로 갔다. 그녀들이 좀 심하다 싶을 정도로 떠들었던 것이다. 그러다가 한 명을 지분거리기 시작했는지, 누군가가 신경질적으로 말하면서 의자를 드르륵 밀고 일어나는 소리가 들렸다.

창밖으로 과일 수레가 내다보였다. 과일과 꽃을 함께 파는 장사꾼이었다. 세르무즈는 날씨가 온화해서 꽃은 색이 아름답고 과일도 맛이 좋다고 하던데, 정말인 모양이었다. 과일들은 하나같이 커다란 데다 껍질도 반질반질한 것이 맛좋아 보였다.

처음 만났던 때 유리카가 먹던 사과가 생각난다. 살아 있는 사과라고 했던가? 어디 저것들도 살아 있는지 시험해 볼 겸, 몇 개 사다가 유리카를 줘?

내가 진짜로 사과나 사러 나갈까 생각하는 참인데 누군가가 내 어깨에 손을 얹는 것이 느껴졌다.

"……어?"

흠칫하여 몸을 돌리자, 조금 전의 빨강머리 소녀가 시야에 들어왔다. 나와 같은 닭 요리를 달라던 소녀 말이다. 나는 창틀에서 손을 떼며 의아한 표정으로 올려다봤다. 소녀는 화가 난 표정이었는데, 마치 시비라도 거는 듯한 말투로 입을 열었다.

"얘기나 해."

나는 무슨 소린지 이해하지 못했다.

"……얘기라니?"

나야 이런 상황에서 할 법한 평범한 대답을 했을 뿐이다. 행동이나 말이나 난데없는 건 저 소녀 쪽이고 말이다. 그런데 말야…… 왜 내가 이런 소리를 들어야 하냐고.

"이런 상황에서 꼭 그런 식으로 얘길 해야겠니, 넌?"

"……?"

나는 어안이 벙벙해졌다. 난 줄곧 창 밖에 시선을 파느라 소녀가 말하는 '이런 상황'이 뭔지도 모르거니와, 사실 알아야 할 이유도 없었다. 게다가 그걸 내가 책임져야 할 이유는 더더욱 없었다. 그런데 왜 저 애가 나한테 화를 낸담?

나는 의자에서 일어났다. 이야기를 더 들어야 할 필요 역시 없었다.

"미안해. 네가 말하는 상황이 뭔지도 모르겠고, 너하고 할 이야기도 없을 것 같아. 이만 실례하겠습니다, 프로첸."

나는 마지막 단어를 썼다는 것에 일말의 희열을 느끼며 그 자리를 벗어났다. 아마도 생각건대, 나는 그 경칭을 정확하게 쓰려고 신경을 너무 쓰다 보니, 나한테 말을 걸던 소녀가 어떻게 될지 거기까진 생각을 못했던 모양이었다.

식당 안에 갑자기 폭탄이라도 떨어진 것 같은 웃음소리가 터졌다.

"우하하핫!"

"하하, 하하하, 프하하하하…… 글쎄, 프로첸이래!"

"하하하, 훗훗, 아라디네, 그만 이리로 와. 보기 좋게 채였잖아."

"불쌍해서 눈물이 다, 하하하…… 나려고 그래…… 히힛, 히히히힛…… 하하하……."

소녀의 이름이 아라디네라는 것도 그제야 알았다. 지금껏 서로 이름들을 불렀겠지만, 전혀 듣지 못했던 것이다. 그렇지만 이번엔 그녀들이 끔찍할 정도로 웃어대는 바람에 이야기를 들을 수밖에 없었고, 그래서 상황이 파악되었다.

세상에, 차였다고? 아니, 차이다니 누구한테?

나는 계단을 올라가다 말고 멈춰 섰다.

"……."

아라디네라고 불린 소녀의 얼굴은 그야말로 불쌍했다. 고집스럽게 생긴 얼굴이 귀밑까지 빨개진 데다 눈은 금방 눈물이 쏟아질 것처럼 발갛게 부풀어 올랐다. 그녀는 나와 이야기하던 자세 그대로 마루에 못 박히기라도 한 것처럼 꼼짝도 하지 않았다.

솔직한 심정을 말하겠다. 저 빨강머리 소녀가 저렇게 된 것은 대부분 자기 동료들의 비웃음 때문이지, 내가 어떻게 한 탓은 절대 아니다. 그러나 저런 모양을 보니 사람으로서 동정하는 마음이 일지 않을 수 없었다. 더군다나 나 때문이라고 다들 생각하고 있잖아.

게다가 그 과정에서 내가 한몫했다는 것이 완전히 거짓말은 아니기도 하고…… 그러나 분명, 의도적으로 그런 것은 아니란 말이다!

자, 어쩐다.

"그만 이리 와, 아라디네."

"뭐야, 또 삐쳤어? 하여튼 저 애는 성격이 저래서 큰일이라니까."

"저렇게 못됐으니까 남자애들도 싫어하지."

그중 가장 어린 소녀가 입을 비죽이면서 한 말은 나까지 비위 상하게 만들기에 충분했다. 마치 자기는 어딜 가도 인기가 있다는 투다. 게다가 더 우스운 것은 두 큰언니들이 모두 고개를 끄덕이며 수긍하는 얼굴을 했다는 점이었다. 솔직히 저 애의 어린아이 같은 연노랑색 머리보다는 아라디네의 빨강머리 쪽이 훨씬 나아 보이는데 말야.

하지만 아라디네는 꼼짝도 하지 않았고, 아무 말도 하지 않았다. 이어 다시 그녀들이 떠들기 시작했을 때, 나는 도저히 참을 수가 없었다.

"저러다가 제풀에 풀어져야지 뭐. 언제 쟤가 달랜다고 풀어지는 거 봤니?"

"우리 쟤 빼고 맛있는 거나 더 시켜 먹을까?"

"쟤 도시락도 주지 마. 아유, 하여튼 성깔하고는."

마침 주방에서 심부름꾼 소년 하나가 뛰어나오는 것을 보고 나는 그를 불렀다. 그리고 그를 계단 위로 데리고 올라가서 그가 해야 할 일을 말해 주었다. 손에 은화 열 개가 놓이자 그는 입이 이만큼 벌어져서 나갔다.

솔직히 이건 내 철학에 맞는 행동이 아니지만 이번만은 어쩔 수가 없었다. 나는 계단을 올라가 방으로 들어갔고, 몸을 다시 침대에 던졌다. 내 얼굴까지 덩달아 화끈거린다. 가서 세수나 다시 할까.

나는 유리카가 나오는 꿈을 꾸었다. 그러나 내용은 전혀 기억이 나지 않았다.

"파비안, 파비안, 그만 나가자!"

문을 두드리는 소리다.

"파비안, 아직도 자니?"

아아, 지금이 몇 시지.

"파비안!"

내가 벌떡 일어나 앉는 것과 동시에 문이 덜컥 열렸다.

"뭐야? 도대체 언제까지 자겠단 거야? 여섯 시야, 배 타러 가자."

유리카가 은빛 눈썹을 찡그린 채 문 앞에 선 것이 보였다. 나는 정신이 번쩍 들어 황급히 침대에서 뛰어내렸다. 왜 이렇게 잠이 많아졌지? 누웠다 하면 자버리다니.

유리카는 꿈속 모습 그대로, 반짝거리는 은빛 머리를 늘어뜨린 채 나를 똑바로 바라보고 있었다. 꿈에서는 뭔가 말하려 했던 것 같은데.

아아, 그만 꿈에서는 깨어나야지. 나는 고개를 흔들면서 정신을 차렸다.

"지금까지 계속 잔 거야? 식사도 안 하고?"

"아, 아니야. 점심 먹었어."

"그럼, 또 잔 거야?"

주아니가 고개를 내밀고 종알거렸다.

"하여튼 잠꾸러기라니깐. 옛날엔 안 그랬는데, 이젠 잠꾸러기 다 됐대요."

잘났다. 알았으니까 빨리 준비하면 되잖아.

급하게 장화를 신은 다음, 겉옷을 입고 망토를 집어 들었다. 검을 등에 메고 배낭을 어깨에 걸었다. 순식간에 다 끝났다. 그동안 유리카는 손을 허리에 얹은 채 내가 하는 것을 지켜보고 있었다.

"자, 자, 빨리 했지?"

"뭐 빠뜨린 거 없고?"

"응? 아…… 저거."

주아니가 누워 있던 그릇에 놓인 쪽지를 집어 들자 유리카의 눈썹이 가볍게 움직였다.

"이미 봤는데, 그건 뭘 하려고?"

"아, 그냥."

대강 얼버무리고 유리카보다 먼저 문을 빠져나왔다. 급히 계단으로 가자니 유리카가 조금 떨어져서 따라왔다. 나는 게으르게 누워 있던 것도 만회할 겸, 계단을 급하게 뛰어 내려갔다. 뒤에서 유리카가 소리쳤다.

"나간다고 주인한테 얘기했으니까 다시 말할 필요는 없어!"

나는 고개만 끄덕이며 싱긋 웃었다. 나도 그 얘기를 하려고 빨리 가는 것은 아니다. 그냥 너한테 부지런한 척 해보려고 그러는 거지.

"어때, 유리? 이보라고, 금방 가잖아."

농담조로 중얼거리면서 막 1층으로 내려오는 순간이었다.

"파비안!"

나는 당황해서 멈추어 섰다.

"그, 저……."

미처 정신을 차리기도 전에 아라디네가 보인다 싶더니 그녀가 내 앞으로 달려들었고, 나는 기습적으로 뺨에 키스를 받아 버렸다.

"어……."

그 순간, 무엇이 가장 신경 쓰였을 것 같은가? 주위 손님들의 감탄한—과연 무엇에?—눈빛? 아라디네의 자매들이 보낸 질투 어린 시선? 한쪽 테이블에 놓인 내가 보낸 물건?

모두 아니었다.

"……."

나를 가장 긴장시킨 건, 내 뒤를 따라오던 유리카의 발소리가 딱 멈춘 일이었다.

어쩔 줄 몰라하는 내게 아라디네가 즐겁게 재잘거리는 소리가 들려왔다. 그것도 내 귀에는 먼 곳에서 들려오는 듯했다. 그녀의 표정은 아까와는 딴판이었고, 아주 밝게 빛났다.

"꽃이랑 과일, 모두 너무너무 예뻐. 너무너무 기쁘고. 이렇게 생각해 주어서 정말 고마워. 잊지 않을게. 나, 너무너무 기분이 좋아서 아까 화났던 것도 싹 잊어버렸어. 이 정도 감사 인사는 해도 되는 거겠지?"

아라디네는 '너무너무'라는 말을 짧은 말속에서도 무려 세 번이나 사용했다.

나는 테이블 위에 놓인 엄청나게 많은 꽃과 과일을 바라보면서 내가 한 실수를 뼈저리게 깨달았다. 그러니까 심부름꾼 녀석한테 은화를 열 개나 준 것이 잘못이었다. 녀석은 아마 돈이 너무 많이 남은 나머지—남은 돈은 팁으로 가지라고 했는데도—양심에 찔려서 가능한 한 돈을 많이 들여 저것들을 샀음에 틀림없었다. 난 결코 저렇게나 많이 사라고 한 일이 없다.

테이블 하나를 가득 채울 정도로 많은 프리지어 꽃과 싱싱한 과일들이라니. 열 명이 먹어도 될 것 같잖아. 청혼이라도 하자는 게 아니라면 한 번에 이렇게 많은 걸 사는 남자가 있을 리 없…… 없긴 뭐가 없냐! 여기 있잖아!

"그, 그게……."

뒤를 돌아보고 싶었지만 차마 돌아볼 용기가 나지 않았다. 유리카는 무슨 표정으로 계단 아래를 내려다보고 있을까.

"아라디네…… 그러니까 내…… 이름은 어떻게 알았어?"

윽…….

저도 모르게 주워들은 그녀의 이름을 부르고는, 또 실수했다고 생각하는 참인데 아라디네가 밝게 대답했다.

"그냥, 아라딘이라고 불러."

그 순간, 뒤에서 다시 움직이는 소리가 났다.

바닥을 울리는 장화 뒤축의 소리. 나는 긴장해서 하려던 말조차 잊어버릴 뻔하다가, 간신히 정신을 차리고 내게 안기다시피 한 아라디네부터 뒤로 밀어냈다.

아라디네도 계단 위를 쳐다보는 모양이었다.

"아⋯⋯."

난 아라디네가 유리카를 보면서 무슨 생각을 했을지 짐작할 여유가 없었다. 내 머리는 유리카가 무슨 생각을 할지 떠올리는 것만으로도 충분히 바빴다.

그런데 등 뒤에서 내가 지금까지 들어본 중 가장 밝고 상냥한 목소리가 들려왔다.

"안녕하세요, 프로첸? 파비안이 새로 사귄 친구인가 보죠? 전 파비안과 같이 여행하는 친구고, 이름은 유리카라고 해요. 만나서 반가워요."

"⋯⋯."

나는 내 귀의 성능을 의심하기 시작했다.

아라디네는 굉장히 불편한 표정이 되었다. 그녀는 유리카와는 달리—유리카가 어쨌는데?—기분을 전혀 숨길 줄 몰랐다. 목소리도 조금 전과는 비교가 되지 않을 정도로 낮아져 있었다.

"나는…… 아라디네라고 해요. 만나서…….”

아무 생각도 할 수 없는 나조차도 아라디네의 기분을 알 수 있을 정도였다. 분명했다. 그러니까…… 아라디네는 유리카의 깜짝 놀랄 만큼 예쁜 얼굴에 위축된 게 틀림없었다.

아라디네의 자매들은 다시 그녀를 지분거릴 건수를 찾아냈다고 생각했는지 피식피식 웃기 시작했다. 아아, 이 상황, 이상하게 흘러가고 있어.

유리카가 재빠르게 말했다.

"그래요? 파비안이 좋은 선물을 했나 보네요? 참 좋은 친구예요. 내게도 정말 잘해줘요.”

순간, 나는 다시 불안감에 휩싸였다. 유리카의 목소리에서는 친절함 밑에 가려진 단단한 얼음 같은 것이 느껴졌다.

"……네. 저도 그렇게 생각해요. 정말 예쁜 꽃들이에요. 저렇게 많은 꽃은 처음 받아봤어요.”

아라디네는 갑자기 어찌 됐든, 그러니까 유리카가 예쁘든 말든 상관없다고 생각했는지 목소리가 좀 살아났다. 저건 무슨 상황이지? 그러니까…… 설마.

"네. 저도 저렇게 많은 꽃은 구경한 적도 없어요.”

이게 아냐, 이게 아냐.

내가 머릿속으로 열심히 고개를 흔들어대고 있었지만 유리카의 목소리에서 느껴지는 감정은 한결같았다. 도저히 수습할 방법이 생각나지 않았다.

수습 안 되는 점에선 아라디네도 결코 지지 않았다.

"이런 멋진 일은 평생 잊지 못할 거예요."

유리카는 잠깐 말이 없었다. 나는 기회를 포착해서 말을 붙여 보려고 몸을 돌리려 했으나, 유리카가 먼저 계단을 마저 내려와 내 옆에 섰다. 유리카는 발랄하게 생긋 웃으며 말했다.

"그럼, 저희는 배 시간이 바빠서 이만 가봐야겠네요. 만나서 반가웠어요, 프로첸."

통성명을 했는데도 굳이 '프로첸'이라는 경칭을 써서 말을 맺은 유리카는 내 쪽을 쳐다보았다. 겉으로는 아무 감정도 나타나 있지 않은 평온한 얼굴로.

"뭐해, 파비안. 어서 가야지. 배 떠나겠다."

나는 이 말밖에 할 수 없었다.

"아, 그래."

아라디네는 우리가 반말을 쓰는 사이라는 점이 다시 신경이 쓰이는 모양이었다. 그녀는 입을 열었다.

"잘 가, 파비안. 다음에 또 봐."

"응…… 아라디네…… 도 잘 가."

그러나 아라디네는 나를 그냥 보내주지 않았다.

"아라딘이라고 불러. 그게 내 애칭이거든."

"그래…… 아라딘."

나는 거의 자포자기한 심정이 되어 그렇게 대꾸할 수밖에 없었다.

유리카는 아라디네의 자매들 사이를 일부러 헤집어놓다시피 통과해서 문 밖으로 사라졌다. 그녀들은 길을 비켰지만, 불만스럽다는 듯 유리카의 뒷모습을 쏘아보며 저들끼리 쑥덕였다. 그러나 내 눈에는 유리카가 그녀들이 아니라 나한테 시위를 하려는 것처럼 느껴졌다.

"꽃 고마워. 잊지 않을게."

내가 문을 나서려는데 아라디네가 굳이 다시 말을 걸었다.

아아, 이젠 수습 불가능이야.

"……그래."

나는 문을 나섰다.

부두로 가는 내내 나는 유리카에게 말을 걸 엄두를 못 냈고, 나란히 걷고 있는 유리카 역시 한 마디도 하지 않았다. 가끔 주아니가 뭐라고 하면 대답할 뿐, 내게는 고개도 돌리지 않았다.

서로의 발소리만 들으면서 걸어 부둣가에 이르렀다. 도착하고 보니 생각보다 일찍 온 듯했다. 그도 그럴 것이 평소 같으면 둘이 이야기하면서 이거저거 가리키며 웃고 그러느라 좀 더 걸렸을 텐데, 둘 다 걸음에만 신경 쓰며 왔으니 빨리 도착할 수밖에 없었다.

부두에 올라서자 아침에 본 선원이 배다리 앞에 서 있었다. 그는 우리를 흘끗 보더니 말했다.

"들어가서 칼메르를 찾아라."

배다리를 건너 안으로 들어갔다. 내부를 보니 배는 선령이 꽤 높은 듯했다. 칠은 새로 깨끗하게 했지만 갑판은 낡은 판자 사이에 새 판자가 박힌 곳이 여기저기 보였고, 고물 쪽은 파도에 시달린 탓인지 몇 군데가 깨어져 나갔다. 나무가 검게 썩은 부분도 보였다. 그렇지만 강을 타고 가기에 무리가 될 정도는 아니었고, 우리가 낼 돈을 생각한다면 이만해도 썩 훌륭한 셈이었다.

"칼메르 씨…… 아니, 마디크 칼메르를 찾는데요."

나는 하마터면 말을 실수할 뻔했지만 내가 붙잡은 선원은 듣지 못한 모양이었다. 그가 가리킨 선미루 쪽에는 사람이 꽤 많았기 때문에 누구를 말하는지 몰라 다시 물으려 했으나, 선원은 이미 성큼성큼 지나가 버리고 없었다.

선미루 쪽으로 가는데 미세하게 바닥이 흔들흔들 하는 것이 느껴졌다. 바다가 아니고 강이긴 하지만 그래도 물 위에 띄워진 거니까. 설마 뱃멀미를 할 리는 없겠지 싶어 그다지 걱정하지 않았었는데, 흔들림을 느끼자마자 갑자기 불안한 기분이 되었다.

"마디크 칼메르가 어느 분이죠?"

우리는 곧 한 사람 앞으로 안내 받을 수 있었다. 희끗희끗한 수염이 덥수룩한, 예순 줄의 늙은 선원이었는데 우리를 보더니 너털웃음을 터뜨리며 말했다.

"그랭그와르가 말한 귀여운 손님들이 자네들이었나? 60메르장, 나한테 내고 여기에 사인을 해."

칼메르는 그랭그와르가 누군지 설명하지 않았지만, 말 안 해도 짐작이 갔다. 대꾸도 제대로 안 하던 주제에 남들한테 말할 때는 '귀여운 손님들' 이라니 웃기는 사람이야.

"배는 좀 있어야 떠나니까, 그동안 천천히 구경이나 해. 어이, 아시에르! 이리 와서 이 손님들 좀 선실로 안내해 주게나!"

"넷!"

기운찬 대답 소리가 들리고 곧 누군가가 우리 앞으로 달려왔다. 유리카와 나는 동시에 고개를 돌렸고, 순간 나는 입을 딱 벌렸다.

"나……."

내가 마저 말하기 전에, '아시에르' 라는 젊은 선원은 나를 향해 눈을 찡긋해 보였다. 그는 칼메르의 뒤에 서 있어서 그러는 것이 내게밖에 보이지 않았지만, 내가 입을 커다랗게 벌린 것은 칼메르에게도 잘 보였다.

"뭐야, 아는 사람인가?"

아시에르는 이번엔 세차게 도리질을 해 보였다.

"아, 아뇨……."

어쩔 줄 몰라하며 말을 마치긴 했지만, 난 여전히 충격을 가라앉히지 못한 채 아시에르의 얼굴을 흘끔흘끔 쳐다보았다. 칼메르의 앞을 떠날 때까지도 계속 그랬다.

왜냐고? 정말 아는 얼굴이니까!

"어, 어떻게 된 거야?"

칼메르한테서 멀어지자마자 나는 아시에르를 팔꿈치로 쿡 찔렀다. 그는 싱글싱글 웃으면서 어깨를 으쓱해 보였다.

"보다시피."

"보다시피라니! 어떻게 마브릴들의 배에 있는 거야?"

그는 나를 보며 다시 한 번 싱글싱글 웃었다. 저 웃음, 잊어버릴 수가 없지. 나는 참다못해 녀석의 팔을 잡았다.

"야, 나르디!"

"아아. 내가 경력이 다양하다는 거 잘 알잖아."

나르디—이제 그 이름을 부르겠다—는 머리에 수건을 동여매고 간편한 셔츠 차림에 팔을 걷어붙인 것이 영락없는 소년 선원의 모습이었다. 석양 탓에 발그레한 얼굴은 그새 봄볕에 좀 그을렸지만, 시원스런 선을 그리는 금갈색 눈동자와 눈썹은 여전히 고귀한 인상 그대로였다. 그는 갑판 가운데 있는 승강구로 다가가면서 말했다.

"아름다운 일행이 계신데, 소개를 부탁해도 될까? 내 이야기는 나중에 할 테니까 말야."

나는 아직 유리카에게 말을 걸기가 좀 껄끄러웠기 때문에 어떻게 할까 망설였다. 그러나 아까도 봤듯 이런 상황을 타개하는 데에는 유리카 쪽이 훨씬 탁월하다는 것을 곧 깨닫게 되었다. 유리카는 나르디에게 손을 내밀면서 말했다.

"유리카 오베르뉴라고 해요, 마디렌. 파비안과 함께 여행하고 있지요. 만나서 반가워요."

나는 유리카에게 말을 걸 기회다 싶어서 입을 열었다. 물론 주위의 다른 선원들이 듣지 않도록 조그맣게.

"유리, 나르디는, 아니 여기서는 아시에르라고 불러야겠지만, 우리와 같은 엘라비다 족이야. 굳이 마디렌이라고 하지 않아도 돼. 게다가 나하고 나이도 같거든."

나르디는 싱긋 웃으면서 유리카가 내민 손을 잡았다.

"저는 여러 이름이 있습니다만, 여기서는 아시에르라고 불리고 있죠. 이스나미르의 꽃이 은빛 꽃잎을 지니고 있으나, 먼 이민족의 땅에서도 가장 빛나는군요."

나르디의 고풍스런 인사말을 알아듣는 데는 한참 걸렸다. 마브릴 가운데는 은빛 머리가 많지만 엘라비다 중에서는 드문데, 그럼에도 불구하고 여기에서도 그녀가 가장 아름답다는 말이구나. 물론 유리카는 나와는 달리 금방 알아듣고 생긋 웃었다.

"거친 선원들 사이에서 아름다운 고풍의 인사말을 들으니, 별과 검의 노래라는 이름이 왜 있는지 알겠습니다."

이건 좀 쉬웠다. 우리가 타고 있는 이 배 이름이 별과 검의 노래 호였다.

이젠 내가 무슨 말을 해야 되는 차례가 아닌가 싶어 어물거리고 있는데 나르디가 승강구 문을 열었다. 아래로 이어진 줄사다리가 보였다. 나르디가 손님을 안내하는 급사 같은 자세를 취하면서 유리카에게 말했다.

"아름다우신 프로첸, 먼저 내려가십시오."

음…… 왠지 낯간지러운 상황이 이어질 듯한 불길한 예감이 든다.

내려가면서 나는 나르디가 왜 유리카를 먼저 내려가게 했는지 알 수 있었다. 내려가다가 고개를 쳐들면 뒤따라 내려오는 사람의 옷 안쪽이 그대로 들여다보이는 까닭이었다. 유리카가 안에 바지를 입긴 했지만 어쨌든 치마처럼 생긴 겉옷을 입고 있으니 그렇게 하는 것이 당연한 배려였다.

선실 문제는 예상한 바였지만 우리가 각자 한 개씩 사용할 만큼 넉넉하지 않았다. 둘이 한 선실을 쓰거나, 아니면 아르나 시에서 그랬던 것처럼 각자 다른 여자 승객들이나 남자 승객들과 함께 지내는 것말고는 대안이 없었다.

"여자 승객들이 몇 명 더 오기로 했으니 프로첸 오베르뉴는 그들과 함께 선실을 사용할 수 있을 겁니다. 파비안, 너는 나와 함께 지낼 수 있지만, 그렇다면 다른 선원 한 사람과 함께 선실을 써야 돼."

유리카는 그 여자 승객들이 어떤 사람들인지 본 다음에 어쩔지 결정하겠다고 말했다. 나르디는 일단 우리 둘에게 선실을 하나씩 배정해 준 다음, 좀 더 사정을 두고 보자고 말했다.

"자, 그럼 이제 우리가 헤어진 후로 어떤 일들이 벌어졌는지 이야기해 볼까? 어때, 파비안? 네가 먼저 할래?"

우리 셋은 내게 배정된 방에 들어와 있었다. 나르디가 밖에서 의자 하나를 가져와서, 하나는 침대에 앉고 둘은 의자에 앉아 이야기할 수 있게 되었다. 선실 안이 어두워서 나르디가 램프를 켰다. 유리카가 나가보아야 하는 것이 아니냐고 물었지만, 나르디는 배가 출발할 때가 되었으므로 자기 같은 견습 선원은 별로 할 일도 없다며 웃었다.

나는 나르디와 헤어지고 유리카를 만난 과정, 그러니까 이베카 시에서 이상한 곳에 갇혔던 이야기, 다음으로 켈라드리안을 지나온 이야기,—페어리의 여왕을 만났다는 이야기는 적절히 뺐다— 악령의 노예들에게 쫓기고 거인 호그돈의 통나무집에 머물렀던 이야기, 아르나 시에서 본 벚꽃 이야기, 그리고 대평원을 횡단한 이야기를 간단하게 마쳤다.

유리카와 내가 마브릴 군인들을 따돌리고 국경을 넘은 이야기에서 나르디는 예전과 마찬가지로 커다랗게 웃음을 터뜨렸다. 그리고는 언젠가 내가 스노보드 타는 것을 꼭 보고 싶다고 말했다. 그러자 유리카가 보는 건 좋을지 몰라도 함께 내려오는 건 절대 못할 일이라고 설명했다.

"그러니까, 너와 오베르뉴 양도 엘라비다 족이라는 것을 밝혀선 안 된다는 거지? 그건 나도 마찬가지야. 나는 사람들한테 로존디아 태생이라고 이야기해 두었어."

"그건 왜?"

"내가 로존디아에서 이 배를 탔거든. 또 그렇게 해 두면 사람들이 고향을 물을 때 겹칠 염려가 없어서 대답하기도 편하고. 이진즈 강이 로존디아 쪽을 지나오는 거 알지? 나는 이베카 시에서 너랑 헤어진 뒤에 켈라드리안으로 가지 않고 노르마크 지방을 가로질러 노른슨 산맥을 넘은 다음, 달크로이츠 산맥 쪽으로 여행해서 곧장 이진즈 강을 타고 내려왔어. 그리고 로존디아에 잠깐 들렀다가 다시 거기서 이 배를 얻어 타고 세르무즈로 들어온 거지. 그러고 보니 우리, 정말로 세르무즈에서 만났군. 기억 나? 세르무즈에 함께 가자고 얘기하던 것 말야."

"물론이지."

나르디와 나는 얼굴을 마주보며 웃음을 터뜨렸다. 잠시 후 나는 고개를 갸웃거리며 물었다.

"세르무즈의 마브릴들은 엘라비다 족보다 로존디아 태생 마브릴들을 더 미워한다고 하던데, 로존디아에서 왔다고 해도 괜찮은 거야?"

"아냐. 세르무즈와 로존디아가 이스나미르와 세르무즈, 또는 이스나미르와 로존디아보다 더 아웅거리는 것은 사실이지만, 자기들이 같은 마브릴 족이라는 것은 잘 인식하고 있어. 로존디아는 미워해도, 로존디아 인을 미워하지는 않는 거지. 아직까지 나한테 로존디아 태생이라는 이유로 시비를 건 사람은 한 명도 없었어."

"그게 그렇게 되는 건가?"

유리카가 설명하듯 덧붙였다.

"세르무즈와 로존디아가 심심하면 국경 근처에서 소규모 전투를 벌이곤 하지만, 평범한 사람들이 국경을 넘는 데는 별로 제약이 없다는 거 알아? 우리가 흔히 생각하는 것과는 좀 다른 관계로 맺어진 나라들이라고."

나는 세르무즈와 로존디아가 어쩌고 하는 것보다 유리카가 내게 말을 걸었다는 사실이 더 기뻤지만 일단은 수긍하는 표정만 지었다.

"나르디, 그러고 보니 그때 왜 편지만 달랑 남기고 떠난 거냐? 무슨 바쁜 일이라도 있었어?"

"하하, 별로 그런 건 아니었어."

나르디는 머리를 긁적이며 웃었다. 그러느라 그의 머리에 씌워진 두건이 약간 벗겨졌다. 두건 사이로 그의 머리카락을 본 나는 흠칫 놀랐다.

"야, 너 그 머리……."

"아아, 이것."

나르디는 숫제 두건을 벗어 버렸다. 그러자 내가 놀란 이유, 그의 진갈색 머리카락이 어깨 위로 흘러 내렸다. 내가 눈만 둥그렇게 뜨고 있는 동안 나르디는 자연스럽게 머리카락을 쓰다듬었다.

"물들였어."

"아니, 왜?"

"왜, 이 색깔 별로냐?"

농담조로 대꾸한 나르디가 상황을 설명하기도 전에, 유리카가 나르디의 얼굴을 잠깐 쳐다보더니 말했다.

"본래 머리 색깔은 아마도 금발? 어울렸을 것 같은데요."

"어떻게 알았어?"

내가 묻자 유리카가 말했다.

"마브릴 족 사이에 들어와서 민족을 숨기고 싶다면 가장 문제가 되는 머리 빛깔. 그게 금발이니까."

"맞았어요."

나르디가 웃으면서 수긍했다. 로존디아에 들어가기 전에 머리를 갈색으로 물들였다고 했다. 마브릴들 가운데에도 노란 머리는 가끔 있지만 그건 금발이라기보다는 밀짚 빛깔 정도로, 별 광채는 없는 평범한 노랑이었다. 나르디의 본래 머리처럼 환하게 반짝거리는 금발은 이스나미르에서만 볼 수 있다고 했다. 물론 이스나미르에서도 흔한 것은 아니다. 우리나라 사람들은 그걸 '축복 받은 금발'이라고 불렀다. 대신 갈색은 대륙 어디에서나 흔한 빛깔이었다.

나르디는 내가 먼저 했던 질문에 대답했다.

"그땐 뭐랄까…… 그냥 떠난 거였어. 넌 나하고 다른 길로 가는 것 같아서. 인연 있으면 또 만날 거라고 생각했지."

"뭐야, 난 그때 너하고 동료가 될지도 모른다고 생각했는데."

내가 솔직하게—이건 과거의 나르디한테서 옮은 증상 같지만—말하자 나르디는 멋쩍게 웃었다.

"나도 너하고 같이 여행하면 좋을 거라고 생각했지만, 나는…… 좀 혼자 다녀야 할 이유가 있었거든. 그러나 이렇게 만났잖아? 사실 다시 만날 것 같은 생각도 들었다고."

얼버무리려는 느낌이 들긴 하는데 말야. 저걸 믿어야 돼, 말아야 돼? 전부터 참말도 거짓말처럼 하던 녀석인데…… 어라? 그러고 보니?

"나르디, 너 말투 많이 고쳤다?"

"로존디아에 들어오면서 고쳤어."

"헤, 그렇게 쉽게?"

"그거야 뭐…… 예전에도 고치려면 고칠 수 있었는걸. 고칠 생각이 없었을 뿐이지. 하지만 마브릴들 사이에서는 그렇게 말해선 안 될 것 같더라고."

그때 밖에서 여러 사람의 외침 소리가 울렸다. 출항! 출항! 이라고 몇 사람이 소리치고 사람들이 이리 저리 뛰어 다니는 소리가 선실 천장을 울렸다.

"나, 잠깐 나가봐야겠다. 이따가 다시 올게. 잠시 실례하겠습니다, 오베르뉴 양."

나르디는 벌떡 일어나더니 문득 생각난 듯이 덧붙였다.

"참, 다른 사람 앞에서는 나르디라고 하면 안 되고 꼭 아시에르라고 불러. 아시에르 롤피냥이라고 했거든. 오베르뉴 양도 신경 좀 써 주세요. 그럼."

나르디는 곧장 밖으로 뛰어나갔다. 하지만 나는 나르디가 말한 이름 때문에 웃지 않을 수 없었다. 아시에르 롤피냥이라, 마브릴들의 이름은 다 저런가?

또 하나, 나르디가 말투를 고친 건 정말 어이가 없었다. 내가 그렇게 고치랄 때는 들은 척도 않더니, 고치려면 금방 고칠 수 있는 거였다고?

내가 속으로 약간 괘씸하다고 여기고 있는데 유리카가 자리에서 일어났다.

"어디…… 가?"

"내 방에."

유리카는 나르디가 있을 때와는 판이하게 차가워진 태도로 자기 배낭을 집어 들더니 나가 버렸다. 유리카가 주아니까지 주머니에 넣은 채로—물론 주아니는 나르디 앞에서 절대 머리를 내밀지 않았다. 주아니가 나르디를 알아봤는지는 이따가 물어봐야겠지만 그러지 못했을 가능성이 큰 것 같다. 주아니의 눈썰미는 내가 잘 안다—가버려서 나는 갑자기 혼자 덩그러니 남아 있게 되었다.

어떻게 해야 좋을지 모르겠다. 단단히 감정이 상한 모양인데 저걸 어떻게 풀어준담.

머뭇거리며 무얼 할까 궁리하다가 맞은편 벽에 붙은 벽장을 보았다. 하라시바까지 이레 정도 걸린다고 했으니 짐이라도 정리해야겠다 싶어 배낭에 든 것들을 주섬주섬 꺼내놓고 만지다가, 도로 놓아버리고 결국 선실 밖으로 나섰다.

"유리, 잠깐 나하고 얘기 좀 해."

유리카의 선실 문을 두드렸다. 그때 정말로 배가 흔들, 하더니 물 위로 떠오르는 듯한 느낌이 들었다. 본격적으로 강물을 따라가기 시작한 모양이었다. 나는 배의 가벼운 흔들림에 익숙해지려고 노력하면서 다시 문을 두드렸다.

"유리, 자니?"

대답이 없었다. 문을 열어 볼까 망설이고 있는데 등 뒤에서 누군가가 갑자기 양쪽 어깨를 덥석 잡았다. 나르디인가 싶어서 돌아보았더니, 전혀 예상치 못한 얼굴이었다. 나는 어안이 벙벙해서 내 앞에 선 사람을 보았다.

"네가…… 어떻게?"

나타난 사람은 아라디네였다.

하지만 아라디네는 나와 달리 전혀 놀라지 않은 모양이었다. 게다가 나를 만나게 된 것이 매우 즐거운 듯 뺨까지 발갛게 상기되어 있었다.

"나도 이 배 타. 장부에 사인할 때 파비안 이름을 봤어. 여기서 이렇게 만나게 되어서 너무너무 기뻐."

음…… 나도 그렇게 말해주고 싶긴 하지만, 솔직한 심정으로는 도무지 그렇게 생각할 수가 없었다.

지금도 유리카를 어떻게 달랠까 뾰족한 수가 없어서 고민인데, 문제의 당사자인 아라디네가 눈앞에 있어서야 일이 제대로 되다가도 망쳐지겠다. 그렇다고 잘못 만났다는 표정을 지을 수도 없고 해서 나는 어쩔 수 없이 억지로 웃어 보였다.

"아…… 그랬구나. 만나서 반가워. 다른 일행은?"

"물론 같이 있지, 불행하게도 말야. 그런데 여자 승객과 선실을 같이 쓸지도 모른다고 했는데, 그게 그럼 아까 본 네 친구구나?"

그제야 상황이 짐작 갔다. 곧 온다는 여자 승객들이 바로 아라디네와 그녀의 자매들을 말한 거였던 모양이었다. 나는 속으로 이런 공교로운 우연이 있을까 생각하면서 고개를 끄덕였다.

"아마 그렇겠지."

정말로 아라디네의 자매들이 승강구로 내려왔다. 그들을 데려오고 있는 사람은 물론 나르디였다. 그녀들은 가까이 와서 내 얼굴을 보더니 수선스럽게 놀라는 시늉을 했다.

"어머! 이런 데서 또 만나게 되다니!"

"아라디네, 좋겠구나?"

나는 당혹스런 나머지 어디로 도망쳐버리고 싶었지만, 이제는 그 자리에서 그녀들의 이름까지 모두 알게 되고 말았다. 가장 나이가 많은 아가씨는 올디네, 둘째는 블랑디네, 다음은 물론 아라디네, 그리고 막내는 미르디네. 예상대로 그들은 모두 친자매 사이였다. 친자매들의 머리색깔이 왜 저렇게 다른지 궁금하지만 말이다. 올디네와 미르디네만 똑같은 노란 머리고 블랑디네는 은색, 아라디네는 붉은색이다. 그들의 성은 바르제였다.

막내 미르디네가 커다랗게 말했다.

"그럼, 누군가 마디렌 크리스차넨의 친구인 프로첸이랑 방을 같이 써야 한단 말이네?"

"누군가가 아니고 누군가들일수도 있어, 미르딘."

블랑디네가 새침하게 받았다. 그러더니 곧 말을 이었다.

"미르딘은 너무 어리고, 우리 둘은 너무 크니까, 아라디네가 같이 써야겠네."

"맞아. 다른 사람을 불편하게 해선 안 되잖아."

올디네까지 그렇게 말했다. 내가 또 분위기가 이상하게 흘러간다고 생각하는 참인데 뜻밖에도 아라디네가 선뜻 고개를 끄덕였다.

"그래. 내가 프로첸 오베르뉴랑 방을 같이 쓰겠어."

그러더니 그녀는 눈을 가늘게 뜨면서 덧붙였다.

"셋보단 둘이 쓰는 쪽이 훨씬 편할 테니까."

나는 저녁 늦게까지 유리카의 얼굴을 보지 못했다. 방에는 분명 없는데, 내가 가지 않은 곳만 피해서 돌아다니고 있는 건지, 보았다는 사람조차 찾을 수가 없었다.

대신 나는 아라디네에게 붙들려서 내내 골치 아픈 대답들을 하게 되어버렸다. 뭔가 숨겨야 하는 상황에서 사정을 모르는 사람과 친구가 된다는 건 상당히 곤란한 일이다. 게다가 아라디네는 무척 호기심이 많았다.

조금 이야기하다 보니 공교로운 우연의 원인은 곧 밝혀졌다. 이날 강 하구 쪽으로 떠나는 배 중에 승객을 태우는 배는 이 배 하나밖에 없었던 것이다.

우리는 뱃전에 서서 밤바람을 받으며 이야기했다. 물론 이런 상황은 절대 내가 원한 게 아니다! 나는 유리카가 어디에 있는지 몹시 궁금했지만 찾으러 갈 수가 없어서 애가 탔다.

"부모님은 뭘 하셔?"

"아아, 그게…… 음, 돌아가셨어."

"두 분 다?"

"아…… 그…… 런 셈이지."

"저런, 안됐다. 어쩌다가 그렇게 되셨는데? 병으로? 아니면 사고로?"

"그으, 그러니까……."

좀 시간이 흐르자 나는 아라디네와 이야기하는 요령을 터득할 수 있었고, 그래서 이야기는 조금 수월해졌다.

"고향은 어디야? 멋진 곳이야?"

"먼 곳. 말해줘도 아라딘은 모를 거야. 너는 어디서 태어났는데?"

"나는 항구 태생이야. 저 남쪽, 마리뉴라는 곳인데, 아주 멋진 부두가 있어. 거기엔 대륙 연안을 돌아다니는 수많은 배가 정박해 있고……."

그럭저럭 하다가 밤이 되어버렸다.

그동안 나는 아라디네 일행이 하라시바에서 내려서 이진즈 강의 작은 지류를 타고 고향으로 돌아갈 예정이라는 것,—이 사실은 나를 더욱 실망스럽게 했다. 하라시바까지 같이 가야 하다니!—그녀들이 로존디아에 있는 친척집에 다녀오는 길이라는 것,—이 역시 놀라웠다. 적국인 줄 알았는데 친척집에 다니러 갈 수도 있단 말이지—두 언니들은 미르디네만 예뻐하고 그녀는 이유 없이 미워한다는 것,—이건 내가 지금껏 관찰한 바와 같았다—미르디네 역시 그녀를 무시하고 싫어한다는 것 등등 그녀에 대해 알 만한 것은 다 알게 되었다.

"언니랑 동생이 모두 그러는 데 아무 이유가 없어?"

"아무…… 이유가 없지는 않을 거야."

"무슨 이유인데?"

"난 어머니가 다르거든."

하르얀의 일도 있고 해서, 나는 금방 그녀의 상황을 이해할 수 있었다. 이복형제라는 게 금방 친해질 수 있는 사이는 아니겠지. 그렇게 생각하자 그녀에게 새삼 동정이 갔다. 그러고 보면 그녀는 붉은 머리뿐 아니라 피부도 가무잡잡하고, 머리도 곱슬거리는 데다 얼굴 윤곽도 다른 자매들보다 뚜렷한 편이었다.

어쨌든 이제 그만 유리카를 찾아봐야겠다는 생각이 들어 나는 뱃전에 기댔던 몸을 일으켰다.

"그만 자려고?"

"아니, 유리카를 찾아봐야겠어."

"나도 같이 찾아볼래. 어차피 방도 함께 써야 할 텐데."

쯔으…….

나는 왜 이런 상황만 생긴담. 이럴 때 나르디라도 나타나주면 좋을 텐데, 그 녀석조차 뭐가 바쁜지 출항한 뒤로는 얼굴 보기가 힘들었다. 함께 방을 쓰게 된다면 이것저것 이야기나 했으면 좋겠는데.

그러나저러나 지금, 내가 유리카를 찾는다고 해도 아라디네와 같이 있는 걸 보면 과연 그녀의 화가 풀어질까? 괜히 문제만 더 꼬이는 거 아냐?

나는 아라디네가 옆에서 뭐라고 종알거리는 것은 귓전으로 흘리면서 생각에 잠겼다. 왜 내가 아라디네와 있으면 유리카의 기분이 나빠지지? 아니, 그게 아라디네 때문인 건 확실한가? 아냐, 맞아. 유리카가 저러기 시작한 건, 내가 아라디네한테 꽃을 준 다음부터야.

주아니 말대로 우리가 친구일 뿐이라면, 친구가 다른 친구를 사귀는 것을 싫어할 필요가 없겠지. 하지만 유리카는 그렇지 않아. 왜냐고? 생각해 봐. 나는 유리카가 다른 남자 친구를 사귀면 기분이 좋을까?

나는 갑판 위에 멈춰 섰다. 아라디네가 가던 대로 한 걸음 앞질러 가다가 내가 선 걸 알고 돌아보았다.

"왜 그래?"

만약에 유리카가, 이를테면 나르디하고 친하게 지내게 된다면?

내가 나서서 말릴 일은 아니지. 친구가 친구를 사귀는 것일 뿐인데. 하지만 난 자신에게 물어보았다. '그 생각, 진심이야?' 라고.

"파비안?"

"아라디네, 잠깐 나 혼자 있게 해 줄래? 선실에 가서 생각 좀 해봐야겠어."

나는 영문 모르는 아라디네를 갑판에 남겨두고 승강구로 내려갔다. 더 이상 뭘 설명할 기분이 아니었다.

선실로 걸어가면서 생각했다. 사실 결론은 이미 내려져 있는 듯했다. 그런데 그 결론 속에는 내가 겁내는 뭔가가 있었다. 그게 뭘까.

나는 유리카의 선실 문을 다시 두드려 보려다가 그만두었다. 선실 문이 열려 있었고, 안에는 누가 있는 기적이 없었다. 밤이라 강바람이 찰 텐데, 얘는 어딜 이렇게 열심히 돌아다니는 거야. 도대체 누구하고 같이 있는 거람.

나는 내 선실 문을 열었다.

"⋯⋯."

내 침대 위에 유리카가 앉아 있었다.

"유⋯⋯ 리, 지금까지 어디 있었어?"

유리카는 대답이 없었다. 나를 보지도 않고 그저 방 한구석을 바라볼 뿐이다. 나는 문간에 그대로 서 있었다. 잠시 동안 우리는 말없이 그러고 있었다.

유리카가 천천히 입을 열었다.

"나 찾아다녔어?"

"물론이지. 배 구석구석 안 가본 곳이 없단 말이야."

내가 문을 닫고 들어와 의자에 앉는데 유리카가 말했다.

"선실에는 한 번도 안 돌아왔잖아."

나는 내 머리를 한 대 쥐어박고 싶어졌다.

유리카는 나와 이야기를 하고 싶어서 내 방에서 기다리고 있는데, 바보같이 다른 데만 찾아다니고, 그리고 다른 여자애하고 괜한 이야기나 실컷 하고.

"미안해. 나, 너하고 이야기를 하고 싶어서 저녁 내내 찾아다녔어."

"이 배가 그렇게 컸던가?"

나는 대꾸할 말이 없었다.

의자에 앉고 보니, 유리카 곁에 작은 꾸러미가 놓여 있었다. 나는 그것을 한 번 쳐다보고, 유리카의 얼굴을 다시 보았다. 그녀는 무표정했다.

어떻게든 이야기를 이어가려고 나는 입을 열었다.

"그, 너도…… 나한테 할 이야기가 있었어?"

젠장, 내가 하는 말은 왜 이런 것밖에 없을까.

유리카가 가만히 눈을 들어 나를 보았다. 그러더니 옆의 꾸러미를 들어 수건의 매듭을 풀었다. 안에는 샌드위치가 들어 있었다.

"이거……."

"네가 저녁을 일찍 먹었으니, 밤이 늦어지면 배가 고플 것 같아 여관에 부탁해서 만들어 두었더랬어."

"……."

나는 자리에 못 박힌 것처럼 유리카의 손에 놓인 샌드위치를 바라보고 있었다. 머릿속에서 수많은 말들이 오갔다. 그중에서 제일 많이 떠오른 것은 물론 '바보' 였다.

아아, 손이고 발이고 다 어디에 둬야 할지 모르겠다. 이 자리에 있는 것 자체가 잘못이라고 생각됐다. 나는 여기 있을 자격이 없었다. 하지만 나는 무언가 말해야 했다. 사과였든, 아니면 또 다른 말이든…… 그게 뭐지?

유리카도 내 말을 기다리고 있는 것일까? 그러나 간신히 나온 말이란 기껏 이런 것이었다.

"이렇게까지 생각……."

유리카가 갑자기 자리에서 일어났다.

"배고프면 먹어. 놓고 갈게."

"유리, 잠깐만……."

"피곤하고 졸려."

유리카의 말소리는 뭐라 거절할 수도 없을 정도로, 투명하고 단단하게 울렸다. 그녀의 손이 문을 열었다. 나는 말을 해야 했다. 어제까지 벙어리였던 사람처럼 목이 막혀 있더라도.

"유리……."

잠깐, 아주 잠깐 멈추는 듯 했지만, 그뿐이었다. 뭔가가 손가락 사이로 흘러 사라지려 했다. 이제 거의 다 떨어졌다. 얼마 남지 않았다.

잡아야 해, 잡아야 해.

놓칠 수 없어, 놓칠 수 없어.

나는 두 손을 움켜쥐었다. 더 이상의 생각을 멈춰버리고, 내 마음속에서 쏟아져 나오는 말을 힘껏 외쳤다.

"내가…… 내가, 널 제일 좋아하는 걸 정말 모른단 말야?"

아아…….

모든 움직임이 멎었다. 아니다. 나를 제외한 모든 것이 얼어붙어 멈췄다. 유리카 또한 마찬가지였다. 멈춘 시간과 공간, 그들과 함께 배경처럼 멈추어 서 있었다.

아니야.

너는 배경이 아니야. 내 세상에서, 너는 중심이야.

그렇게 서 있지 마. 왜 너는 아무 말도 하지 않고, 아무 행동도 하지 않니?

너에게는…….

너에겐…… 내 말이 들리지 않니!

나는 의자를 박차고 일어났다. 한 걸음 내딛으면서 뒤에서 유리카의 허리를 감싸 안고 끌어당겼다. 유리카가 잡고 있던 문고리가 함께 당겨 져 문이 덜컥, 하고 닫히는 소리가 들렸다. 가벼운 종이 인형처럼, 실 끊어진 꼭두각시처럼, 그렇게 그녀는 내 품안으로 아무 저항 없이 안겨 왔다.

내 심장이 뛰는 소리. 흰 목덜미에 가 닿는 내 뜨거운 입김.

누구의 것인지 모를, 온몸에 느껴지는 더운 체온.

아무 생각도 못했다. 내 행동에 대한 판단도, 유리카가 무엇을 생각 할지도. 시간만 더디게 흐르고, 그녀와 나, 둘 다 아무 말도 못했다. 영 원히 말하지 못하는 게 아닌가 싶었을 즈음, 들려오는 목소리가 있었 다.

"파비안…… 네 마음, 나 알아."

이 순간, 그녀의 말을 듣는 것 말고는 어떤 것도 할 수 없었다.

"너도…… 내 마음, 알지?"

갑자기 목에서 뭔가가 치밀어 올라 나는 급히 숨을 들이마셨다. 지 금까지 내 가슴을 답답하게 하던 그것일까. 온몸에 힘이 빠지면서 눈시 울이 약간 뜨거웠다. 아, 아니야. 이런 건 아니지.

유리카의 손이 그녀의 허리를 감은 내 손을 쓰다듬었다. 몇 번이나 잡은 일이 있지만, 그녀의 손이 이렇게나 부드럽다고는 생각하지 못했다.

"파비안."

"……그래."

"우리…… 이 마음…… 잊지 말자, 알았……지?"

그래.

백 번이라도 대답할 수 있을 것 같았지만 나는 마음속으로만 소리쳤다. 그래. 그래. 그래. 그래.

내가 고개를 끄덕이자 유리카는 천천히 내 손을 자기 허리에서 풀어냈다. 꽉 안고 있다고 생각했는데, 그녀가 하는 대로 나는 아주 쉽게 손을 풀었다. 그 다음에도 난 무엇을 해야 한다는 생각도 없이 그저 서 있기만 했다.

유리카는 돌아보지 않았다. 어쩌면 나와 같은 이유일지도 모르겠다.

"……잘 자."

"너도……."

문이 닫혔다.

나는 오늘 밤, 잠을 자지 못할지도 모르겠다.

해가 중천에 떠오를 무렵, 나는 깨어났다.

일어날 때의 기분은 도저히 말로 설명할 수가 없다. 나는 세수를 하기가 무섭게 유리카의 선실 문을 두드렸다.

"유리."

문을 두드리면서 내가 어제 했던 말들을 생각해 보았다. 솔직히 논리적으로 맞는 말은 하나도 없었다. 그 상황에서 왜 그 말을 해야 하는지도 몰랐고, 앞뒤가 맞지도 않았으며, 그런 행동을 했어야 할 이유도 없었다. 그저 내 감정에 무작정 따르다 보니 그렇게 되어버린 것뿐이다.

그러나 후회하지 않았다.

"유리, 유리!"

"거기서 뭘 그렇게 부르니?"

덜컹, 하는 소리와 함께 승강구로 햇살이 쏟아져 들어왔다. 그늘진 통로에 흡사 빛의 기둥이 세워진 듯했다. 빛 속에서 줄사다리가 하늘까지 닿는 길인 양 흔들거리고 있었다.

어두운 줄도 몰랐던 이곳이지만, 지금은 백열광 아래 하얀 수정들처럼 모든 것이 갑작스레 찬란했다. 감아 놓은 로프, 층층이 쌓인 상자들, 벽에 붙은 낡은 램프걸이, 바닥의 이지러진 가로대……. 일상의 물건들은 순간의 빛을 받아 모두 번쩍이는 황금으로 변했다.

나는 눈을 비볐다.

그제야 승강구로 머리를 내밀고 들여다보는 유리카의 빛나는 머리카락이 눈에 들어왔다. 머리의 은빛이 햇살이 연주하는 악기처럼 너울거렸다. 하지만 그 모든 빛보다 더욱 밝은 것은 그녀의 미소였다.

"뭐해, 나오지 않고. 이렇게 날씨가 좋은데."

"……."

무슨 대답이 필요하겠어.

나는 달려가 줄사다리를 단숨에 올라갔다. 그녀는 승강구 앞에 쪼그리고 앉아 내가 올라오기를 기다리며 빙긋 웃고 있었다.

……너무너무, 말할 수 없이 예뻤다.

"멋져."

무엇을 두고 한 말인지 몰랐지만, 저도 모르게 고개를 끄덕거렸다. 유리카는 일어나 뱃전으로 걸어갔다. 내가 뒤따라가 뱃전에 서는 순간, 머리 위로 물새 한 마리가 날아갔다.

"와아……."

배는 봄볕 가득한 검푸른 강물을 가르며 나아가고 있었다. 선체 아래로 하얀 물거품이 끊임없이 솟아나고, 또 멀어지는 것이 보였다. 밤의 뱃전에서는 볼 수 없었던 멋진 모습이었다.

멀리 보이는 강변을 따라 작은 도시와 집들이 이어졌다. 색색가지 빛깔의 지붕들과 손을 흔들며 뛰어오다 멀어지는 꼬마의 모습까지. 이날의 드맑은 오전은 어린아이의 그림처럼 생생한 색감으로 가득 차 있었다.

"멋지지?"

"응."

여기가 세상에서 가장 아름다운 곳이 아닐까 싶을 정도로—물론 난 금방 그 생각을 철회했다. 여기는 어쨌든 세르무즈 땅 아닌가—배를 타고 넓은 강을 따라가는 기분은 근사했다.

지금 보고 있는 이진즈 강의 폭은 이런 배를 수십 척 늘어놓아도 될 정도로 까마득히 넓었다. 아르나 강도 넓었지만 이진즈와 비교하면 반의반이나 될까 싶다. 더구나 여기가 아직 중류란 걸 생각하면 말로만 들었던 그 규모에 새삼 놀라지 않을 수 없었다. 대륙의 젖줄이라는 이름도 결코 과장이 아니었다.

"파비안, 잘 잤어?"

주아니가 머리도 안 내민 채 말하는 소리가 들려 와서 나는 쿡 웃었다. 옷 속에 있으니 말소리가 이상하게 들렸다.

"그래그래, 잘 잤어."

강바람이 불어왔다. 유리카의 머리카락이 긴 곡선을 그리며 날렸다. 난간을 짚은 손, 소맷자락을 걷어 드러난 팔이 석고 조각처럼 희게 빛났다. 문득 손을 잡고 싶다는 생각이 들었지만 꾹 눌러 참았다. 물론 전에 몇 번이나 손을 잡은 일이 있었지만, 지금은 왠지 그때와는 다른 느낌이었다. 나는 그저 뱃전에서 바람을 받고 있는 유리카를 바라보는 것으로 만족하기로 했다. 지금은 그것만으로도 충분히 만족스러웠다.

하지만 곧 그렇게 유리카를 쳐다보고 있는 사람이 나만이 아니란 걸 알게 되었다.

지나가는 선원들 중 거의 전부가 이쪽 뱃전으로 고개를 돌렸는데, 물론 그들의 이유는 매번 달랐다. 우리 옆의 고리에 맨 밧줄의 조임새를 확인하기 위해서이기도 했고, 강변에 선 아이에게 손을 흔들어 주기 위해서이기도 했다. 어쨌든 그들은 꼭 한 번은 유리카와 내가 선 쪽을 쳐다보았다.

유리카는 아무 눈치도 채지 못한 것처럼, 물속에 간간이 보이는 물고기들을 손가락질하며 음악 같은 웃음소리를 냈다. 강변의 어린아이들과 마찬가지로 물고기들은 배를 따라오다가 금방 흩어졌고, 다시 새로운 무리가 따라붙곤 했다. 유리카는 그것을 흥미 있게 바라보았다.

가득한 봄이었다.

"파비안, 여기 있었어?"

아아, 나르디. 지금만은 네가 나타난 것이 굉장히 원망스럽구나.

나와 유리카는 동시에 뒤를 돌아보고, '아시에르 롤피냥' 선원에게 인사를 했다. 어제 유리카를 찾아 돌아다니면서 눈치챈 거지만, 젊은 선원 아시에르는 배를 탄 지 얼마 되지 않았음에도 불구하고 배 안의 모든 사람들에게 인기가 있었다. 녀석은 초보 치고 일솜씨도 좋았고— 이건 나도 예전부터 느낀 것이다. 녀석은 항상 이상한 재주가 많았다— 어른들에게 친근하고 싹싹하게 행동했다.

"날씨 좋지, 파비안?"

"멋진 봄 날씨예요."

유리카가 나 대신 밝게 웃으면서 대답했다. 나르디는 유리카 옆의 뱃전에 팔을 짚더니 싱긋 웃는 것으로 대답을 대신했다. 바람이 불어와 나르디의 머리카락을 헝클어뜨렸다. 나는 속으로 녀석이 아직 금발이었다면 이 환한 햇빛 아래에서 훨씬 멋졌을 거라는 생각을 했다.

"점심 아직 안 했지? 선장님께서 손님들과 점심 식사를 같이 했으면 한다고 하셔서 그 얘기를 해주러 온 거야."

또 선장 앞에서 이것저것 거짓말을 하려면 피곤하겠구나, 하고 생각하는 참인데, 유리카가 짓궂은 미소를 지었다.

"좋은 소식이네요, 마디렌 롤피냥. 파비안은 아직 아침도 안 먹었으니 무척 배가 고플 거예요."

유리카는 나르디의 가짜 이름을 잘도 기억하고 있었다. 그런데 나르디도 엉뚱한 것을 기억해 냈다.

"하하하…… 파비안, 전에 나와 헤어지던 날도 그렇더니, 요즘도 늦잠이로구나?"

"야, 그건…….'"

점원 생활 하면서 10년 넘게 늦잠 한 번 제대로 못 자 봤는데, 두 번의 우연의 일치 때문에 억울하게도 늦잠꾸러기로 낙인찍혀 버렸다. 게다가 유리카가 전날 인어의 푸른 눈빛 여관에서 내가 하루 종일 잤다는 이야기까지 꺼내서, 이 가설을 완전히 사실로 굳혀 버렸다.

"그러나저러나, 두 사람은 어디까지 가는 거야?"

"하라시바에서 내릴 거야."

"하라시바엔 무슨 볼일인데?"

"그을쎄…….'"

나는 적당히 대답할까, 장황하게 설명을 할까 궁리하다가, 어제 아라디네와 이야기하다가 익힌 요령을 떠올렸다.

"그건 그렇고, 넌 언제까지 이 배에 있을 건데?"

"나? 나도 하라시바에서 내릴까 싶은데."

헤에…….

내 요령은 잘 먹혀들어 갔지만 나르디의 대답은 뜻밖이었다.

"너 이 배 탄 지 얼마 되지도 않았잖아? 선원이면 계약한 거 아냐?"

나르디는 고개를 흔들면서 웃었다.

"나야 견습이라서 정식 계약은 하고 싶어도 못하지. 그리고 이 배 탄 지 벌써 한 달은 된걸. 이진즈 강은 이제 볼 만큼 봤어. 뱃일에도 꽤 익숙해졌고. 이 배는 강을 따라 계속 왕복하는 무역선이거든. 이 도시 저 도시에 특산물들을 날라주는 거지. 실은 하라시바도 이미 가 봤어. 지금 가는 뱃길도 처음 가는 게 아냐. 어쨌든 나, 같은 일 계속 되풀이하는 거 좀 지겨워하거든.”

“그럼 그냥 아무 때나 내리면 되는 거야?”

“견습이라 배당 없이 일당을 주는 대신, 배가 한 차례 강을 왕복하고 잠깐 쉴 때마다 내릴 수 있지. 이미 이야기해 두었어. 하라시바에 도착하면 내리겠다고.”

“너 좋아하는 선원 양반들이 섭섭해하겠다.”

“그럴까? 하하하…….”

셋이서 즐겁게 웃고 있는데 저만치에서 한 선원이 소리쳤다.

“아시엘! 자네, 저 위에 올라가서 풍텔로 시가 얼마나 남았는가 좀 내다보겠나?”

아시엘은 아시에르의 애칭이었다. 별과 검의 노래 호의 선원들은 대부분 나르디를 저렇게 불렀다.

“네, 도냐넨 선원님! 물론 그러죠!”

나르디는 오른손을 경례하듯 이마에 붙였다가 재빨리 떼고는 시원스럽게 웃으면서 떠났다. 그의 저런 태도가 완고한 선원들의 마음에 드는 걸 거라고 나는 생각했다.

우리는 곧 나르디가 돛대에 걸린 줄사다리를 타고 올라가는 것을 볼 수 있었다. 별과 검의 노래 호의 장루는 그다지 높은 편이 아니었지만 그래도 사람이 올라가는 걸 보니 눈이 어지러웠다.

"좋은 사람 같아."

유리카가 말을 듣고 나는 문득 놀랐다. 유리카가 처음 만난 사람을 칭찬하는 일은 참 드문 일이었다.

"아, 물론……."

"잘 아는 사이야?"

"아냐. 어제 말했다시피 지난번에 우연히 만났다 헤어진 뒤론 이번이 처음인걸."

속으로 약간 묘한 기분을 느끼고 있는 참인데, 별로 반갑지 않은 사람들이 우리 쪽으로 걸어오는 것이 보였다. 바르제 자매들이었다.

아라디네가 제일 먼저 소리쳤다.

"아, 파비안!"

유리카는 내 쪽을 흘끗 보더니 피식 웃었다. 나는 그녀가 화가 다 풀렸음을 알 수 있었다.

그래도 조심할 건 조심해야지.

"아라디네구나."

"아라딘이라고 부르랬잖아."

아라디네 뒤로 올디네, 블랑디네, 미르디네도 걸어와서 우리 앞에 섰다. 그녀들도 물론 예쁘지만 어디로 보나 유리카만큼은 아니다. 나와 유리카는 그들을 향해 몸을 돌려 뱃전에 기대어 섰다.

"뭐 하고 있었어?"

"날씨 감상하고 있었지."

"날씨 좋지?"

"응."

아라디네와 유리카는 어젯밤 같이 선실을 썼기 때문에 새삼스러울 것은 없는 사이였고, 다른 자매들과도 잠깐 동안 인사를 나눴다. 이 배에 탄 승객이라고는 이들과 우리가 전부였다.

"선장님이 함께 식사하자고 한 말, 들었어?"

아라디네가 물었고, 나는 고개를 끄덕였다. 그녀가 다시 말을 이었다.

"아까 어떤 젊은 선원이 와서 이야기해 주었어."

아마 나르디를 말하는 거겠지. 내가 저기 있다고 장루 쪽을 가리키려는 참인데, 미르디네가 갑자기 끼어들었다.

"그 사람, 참 멋있었어!"

하…… 이것 참. 미르디네는 보기보다 솔직하군.

슬그머니 우스워져서 어떻게 대답할까 궁리하고 있는데 유리카가 난간을 짚었던 손을 들어 위를 가리켰다. 아가씨들의 눈들이 한꺼번에 그쪽으로 향했다.

"저기, 저 꼭대기에 있네!"

미르디네가 다시 한 번 외쳤고, 그제야 보았다는 듯 블랑디네의 감탄이 이어졌다. 아가씨들은 잠깐 동안 나르디를 놓고 몇 마디 이야기를 나누었고, 나는 그녀들도 선원들과 마찬가지로 그에게 호감을 갖고 있음을 알았다.

유리카조차도 말했다.

"좋은 선원이지요."

나르디는 여자들한테 인기가 많은 녀석이었군.

미르디네는 아예 장루에서 눈을 뗄 생각도 하지 않았고, 올디네와 블랑디네는 유리카에게 말을 걸었다. 유리카는 하라시바까지 가는 길이라고 대답했고, 블랑디네는 자신들도 거기에서 내린다며 함께 여관에 머물면 어떻겠느냐는 친절한 제안까지 했다. 물론 내가 듣기에는 전혀 친절한 제안이 아니었다. 나로서는 그만 그녀들과 떨어졌으면 하는 마음이 간절했기 때문이다.

다행히도 유리카는 일정이 바쁘니 하라시바에 오래 머물 것 같지 않다며 그 제안을 정중히 거절했다.

미르디네를 흘끔 보니 양손바닥을 이마에 짚고 햇빛까지 가려 가며 위를 쳐다보는 데 정신이 팔려 있었다. 나르디는 장루에서 한참 동안 뱃머리 저편을 바라보았다.

"와아, 저러다 떨어지면 어떡하지? 저런 데서 어지럽지도 않을까? 대단해, 선원이란 직업은 정말 멋져!"

흐음…… 저 애는 나르디가 선원이 된 지 고작 한 달이며, 그것도 조만간에 때려치울 작정이란 걸 알까?

키가 큰 올디네가 미르디네를 끌어당겨 목을 감싸 안아주며 말했다.

"네 말대로 그는 선원이잖아. 이제 배에서 내리면 헤어질 텐데."

푸하, 나는 나르디도 역시 하라시바에서 내린다는 이야기를 할까 하다가 꾹 참았다. 내 경우에 비추어 볼 때, 나르디라고 그녀들을 꼭 달가워하리라는 보장은 없으니까. 그런 이야기는 자기가 하고 싶으면 직접 하겠지.

그러나 올디네의 이야기가 미르디네에게는 심각하게 들린 모양이었다.

"정말, 그렇네."

미르디네는 생각에 잠기는 표정이더니 우리가 모두 자기를 쳐다보고 있다는 것을 느끼자 갑자기 얼굴을 바꿨다.

"뭐, 괜찮아. 처음부터 금발이 아닌 것이 마음에 걸렸어. 난 나랑 같은 금발 머리가 좋거든. 헤어진대도 어쩔 수 없는 거지 뭐."

저 대답이 진심에서 나온 것인지는 알 수 없었으나, 나는 두 가지 점에서 웃음을 터뜨리지 않을 수 없었다.

첫째, 나르디의 진짜 머리 색깔을 그녀가 보게 된다면 어떤 반응을 보일까 하는 점 때문이었고, 둘째, 미르디네의 머리는 금발이라고 하기에는 지나치게 평범한 연노랑색이었기 때문이었다. 내가 기억하는 나르디의 금발에 비교하자면 금발이란 말이 아까울 정도다. 유리카도 그 생각을 했는지 피식 웃음을 터뜨렸다.

미르디네는 우리 기분을 아는지 모르는지 다시 위만 쳐다보고 있다가 말했다.

"내려온다."

줄사다리를 어느 정도 내려온 나르디가 갑판 위로 훌쩍 뛰어내리는 바람에 몇몇 여자들의 입에서 탄성이 터져 나왔다. 나야 녀석이 얼마나 몸이 가벼운지 잘 알고 있으니 그다지 놀랄 것도 없었지만. 나르디는 배 꼭대기에서 부는 센 바람 때문에 흩어진 머리카락을 쓸어 넘기며 우리 쪽으로 몸을 돌렸다.

아가씨 손님들이 나타난 것을 보자 그는 가볍게 고개를 숙여 보였다. 그러더니 내게 말했다.

"파비안, 잠깐 보고 좀 하고 올게. 선장실로 안내해 줄 테니까 기다려. 프로첸 오베르뉴도요."

그는 내게 그렇게 외친 뒤 상갑판 쪽으로 뛰어갔다. 덕택에 바르제 자매들의 시선은 모두 내 쪽으로 쏠렸다.

"아는…… 사이예요?"

미르디네가 나한테 직접 말을 건 것은 그게 처음이었다.

5장.
4월 '타로핀(Tarophin)'

4월 '타로핀(Tarophin)'

타로핀 광석의 별 '타로피너(Trophinni)'가 지배하는 아룬드이며 신비광석 아룬드라고도 불린다. 변덕스럽던 날씨는 안정을 되찾아 산과 들에는 무성한 신록이 자라기 시작한다. 그대는 이 세상의 변치 않는 것들에 대해 변치 않을 예지를 써나갈 수 있으리라.

타로핀 광석은 매우 희귀할 뿐더러 다듬기도 어려운데, 그만큼 추출된 광물은 순수하며 무겁고 굳다. 옛 사람들은 이 돌이 더러운 저주나 배반, 악에 물든 마음이 깃들이지 못하도록 주위를 보호하는 효과가 있다고 믿었다. 잘 다듬어진 것들은 주로 마법 의식의 재료가 되거나, 비밀스럽고 신성한 장소를 건축하는데 쓰인다.

타로핀이 훌륭한 성질에도 불구하고 널리 사용되지 못하는 까닭은 이 광물의 지나치게 적은 양에 기인하는 것 같다. 타로핀으로 자리를 만든 홀은 옛이야기마다 한번쯤 등장하곤 하지만, 그것이 타로핀의 보편성을 말해주는 것은 아니다. 예로부터 이 귀한 돌의 사용은 엄격히 통제되어 왔기에 오랜 번영의 역사를 가진 도시들이라 할지라도 타로핀 회의실을 갖는 일은 극히 드물었다.

현재 대륙에 존재하는 가장 유명한 타로핀 회의실은 이스나미르의 수도 달크로 즈 성 안에 있는 '일곱 별자리의 방'이다. 일곱 별자리의 방은 달크로즈 성 전체 에 흐르는 마법력을 관장한다는 장소로서 고대 문헌들에도 자주 언급되는 곳이 다. 또한 하라시바와 아르나브르에도 타로핀 회의실이 있다고 각 나라의 왕가에 서는 주장하고 있다. 그러나 외부에 공개되는 장소가 아니니 만큼 이 주장의 진 위는 확인하기 어렵다.

이 돌의 이름으로 행해진 맹세는 그만큼 굳은 맹약을 지키겠다는 의미로 여겨진 다. '검은 돌처럼 과묵하다'라는 말도 여기에서 나왔다. 또한 많은 사람들은 타 로핀 아룬드에 얻은 친구는 영원하며, 이때에 한 약속이나 맹세를 어기면 저주 를 받는다는 말도 곧잘 하곤 한다. 이 때문에 국가 간의 조약이나 동맹, 조직의 결성, 남녀 간의 약혼이나 결혼 등은 이때를 기다려 행하는 경우가 많다.

"돌을 얻으나 이야기를 듣지 못하다"라는 경구로 정의되며, 잠재된 마음이 생겨 나고 발현되나 다듬어지지 않았기 때문에 다시 잠복해 버린다는 의미를 지닌다. 두 가지 가운데 하나만 얻음, 중요한 것을 알아보지 못하고 내버림, 반목이 표면 적으로만 해소됨, 고통이 마음 속 깊이 숨어버림, 보이지 않는 곳에서 은밀한 일 이 진행됨, 대가를 치르고 사람을 얻음, 신의의 의미를 다시 생각함 등을 암시한 다. 이 아룬드의 상징색은 타로핀의 빛깔과 같은 검은색이다.

— 점성술사들이 달력에 적는 각 아룬드의 의미,

그중 네 번째.

1. 국왕들이 쓴다는 방법

우습지 않은가? 가장 높은 자리에 있는 사람이 가장 더러운 술수를 곧잘 손쉽게 찾아내는 반면, 가장 비참한 지경의 사람일수록 고귀한 인물에 진심으로 빨리 감화된다. 왕이 친동생을 살해하고 강대한 세력을 가진 고귀한 귀족을 모함하며 남의 아내를 탐내고 있는 동안, 그의 가장 천한 신민은 어려움에 처한 그의 부름을 듣고 얼굴을 본 일도 없는 그를 구하려 목숨을 내놓는다. 이런 일이 늘 일어나는 것은 아니라 하더라도, 생각보다는 훨씬 자주 일어나는 일인 것이다.

평생토록 가난과 굴욕을 벗어본 일 없는 자들이, 지위와 권세를 누릴 대로 누린 자의 몰락을 보고서 그들 이웃의 일보다 더 안타까워하는 것은 왜인가?

조상으로부터 물려받은 것에 불과한 부와 명예를 자기 잘못으로 잃고서, 남은 것이라고는 찢겨진 자존심밖에 없는 자가 외치는 독기 어린 말에 왜 그들은 이해할 수 없는 감동을 표하는 것일까?
이로 보건대, 인간은······

— '방랑하는 자', 카니크 페라루하 作
〈기록Record〉 59권 5장

배는 빠르게 강을 타고 달렸다.

닷새 째 별다른 일 없이 이진즈 강의 흐름에 실려 왔고, 바람도 많이 도와주었다. 돛은 거의 올릴 필요가 없을 정도였다. 엿새 째 되는 날 저녁 무렵 앙글라제 시에 잠깐 정박할 거라고 나르디가 말해 주었다. 앙글라제는 이진즈 강이 멘느 강과 갈라지는 하구에 위치해 있었다.

멘느 강을 끝까지 따라가면 세르무즈에서 가장 크다는 에종 호수가 나온다고 했다. 그러나 거기까지 가기 전에 하라시바 시가 먼저 나오니까 그 호수를 보게 될 일은 없을 것 같다. 이제 하루만 더 가면 하라시바에 도착하는데 왜 굳이 앙글라제에서 멈추느냐고 했더니 멘느 강이 이진즈 강보다 훨씬 좁고, 또 흐름이 거꾸로인지라 큰 강에서 벗어나려면 잠깐이라도 멈출 수밖에 없다는 설명이었다. 그렇게 멈춘 김에 쉬어 가게 되는 거고 말이다.

앙글라제 시는 이런 문제로 정박하는 배들 때문에 상당히 번창하고 있는 모양이었다. 우리가 배를 탔던 아세이유 시보다 더 규모가 큰 부두가 죽 늘어선 것이 저녁 햇살 속에서도 보였다.

"잠깐 도시에 나가보는 게 어떻겠나? 앙글라제는 이 일대에서 하라시바를 제하면 가장 큰 도시야. 우리 선원들도 여기에 오면 내려서 술이라도 한잔 하고, 하룻밤쯤은 놀다가 간다네."

항해 첫날, 선장을 비롯한 여러 선원들과 함께 식사한 후로 나 역시 그들과 꽤 친해져 있었다. 지금은 종종 그들을 도와주기도 하고, 날씨가 좋을 때는 장루에 올라가 보기도 한다. 지난번에는 유리카가 장루에 올라가 보겠다고 하자 아무 것도 모르는 선원들이 한사코 말리는 바람에 한참이나 웃었다. 나와 유리카가 아무리 괜찮다고 해도 그들은 막무가내로 자기들의 주장을 굽히지 않았다.

"프로첸이 올라가기에는 위험해요, 위험해."

그래서 불쌍한 유리카는 나보다 훨씬 몸이 가볍고 재빠른데도 불구하고 그 위에 올라가 볼 기회를 갖지 못했다. 내가 올라갔다가 내려와서 풍경이 정말 멋지다고 흥분해서 자랑을 늘어놓은 뒤로, 유리카는 언젠가 다시 배를 타게 되면 꼭 한 번 올라가 보겠다고 벼르고 있다. 그러나 솔직히 우리가 다시 배를 탈 일이 생기리라고는 생각되지 않았다.

나는 그동안 꽤 친해진 도냬넨 선원의 제안에 빙긋 웃었다.

"저는 하루가 아니라 며칠쯤 더 놀아도 되는데, 유리카가 서두르고 있어서 안 되겠네요."

"저런, 무엇 때문에 서둘러?"

"글쎄, 저도 의문이에요."

요즘 내가 품은 의문은, 마브릴 족이 호전적이고 사납다던 이야기가 과연 사실인가 하는 점이다. 별과 검의 노래 호를 타고 오는 동안 여러 사람을 사귀었지만, 떠들기 좋아하고 사람 좋은 도냬넨, 마치 고향의 구둣방 할아버지 같은 느낌인 늙은 선원 칼메르, 여전히 말이 없지만 꼼꼼하고 사려 깊은 그랭그와르, 바다에서 잘 나가는 선장이었으나 큰 배를 하나 침몰시킨 이후로 써 주는 사람이 없다보니 낡은 배를 사서 강을 오르내리는 무역을 시작했다는—첫날 함께 식사를 하면서 이 이야기를 아주 세세한 부분까지 듣지 않으면 안 되었다— 반야크 선장에 이르기까지, 내가 전에 들은 마브릴의 정의에 맞는 사람은 하나도 없었다.

엉뚱하게도 가장 호전적인 사람은, 내 의견으로는 미르디네라고 할 수 있다. 어떤 점으로 호전적이냐 하면 바로 이런 식이다.

"아시엘 오빠, 하라시바에 내리면 뭐 할 거야?"

"글쎄…… 구경 좀 하고, 다시 여행이나 하지 않을까?"

"여행 할 거면 우리 고향에 와 봐. 정말 멋진 항구거든? 이거보다 훨씬 큰 배도 많고, 또 바다도 아주 멋져. 우리 엄마 아빠도 오빠를 보면 무척 반겨 줄 거라고 생각해. 손님을 아주 좋아하시거든. 우리가 여행하면서 만난 사람이라고 그러면 분명……."

나는 저런 대화를 다 듣고 있을 수가 없어서 결론이 어떻게 났는지는 모르겠다. 생각 없이 하라시바에 내린다는 얘길 해버린 나르디 녀석이 잘못이지. 그러고 보면 미르디네가 '금발이 아니라 싫다'고 한 말에는 확실히 예외가 있는 모양이었다. 나르디는 요즈음 그녀에게 붙잡혀서 어쩔 줄 몰라하고 있었다.

어쨌든 강을 따라가는 여행도 거의 끝이 났다. 이번에 좋은 추억이 많았는데. 특히 유리카와 나는 이제 농담으로라도 따로 여행하자는 말을 꺼내지 않을 정도가 되었다. 주아니가 요즘 유난히 우리 둘한테 불퉁하게 구는 것도 질투가 나서 그런 게 아닐까 싶다. 로아에들은 몇 살 정도 되면 결혼하는지 좀 물어보아야겠다. 혹시 주아니가 그래 보여도 노처녀일지 어떻게 안담.

저녁 햇살로 반짝이는 강물을 가르며, 별과 검의 노래 호는 앙글라제 시에 도착했다.

이진즈 강은 여기서부터 폭이 엄청나게 넓어진다고 누군가 말해 주었다. 멘느 강의 물이 들어와 합세하는 까닭이다. 그렇게 넓어진 강은 도로 이스나미르로 들어가는데, 바로 그 지점에 내가 아직까지도 동경해 마지않는 상인의 도시 리에주가 있다. 강은 그렇게 계속 넓어져서 하구에서는 지금의 스무 배나 된다고 한다. 맙소사.

솔직히 이진즈 강을 따라가는 내내 어머니의 일을 떠올리지 않을 수 없었다. 유리카는 내 이야기를 듣고 굉장히 상냥하게 위로해 주었는데, 지금껏 같이 다니면서 그렇게 천사같이 대하는 모습을 보기는 처음이었다. 유리카가 가끔, 이를테면 앞사람을 걷어찬다거나, 소리를 지르고 험한 말로 눌러서 꼼짝 못하게 한다거나 하는 것은 거의 잊어버릴 정도로 말이다.

"오늘밤은 여기서 묵는대?"

유리카가 다가와서 물었다. 도냐넨은 유리카가 가까이 오자 기분 좋게 싱글거렸다. 선원들 사이에서 이번 항해는 예쁜 프로첸들이 많아서 즐겁다는 식의 이야기가 오간다는 걸 나도 들어서 알고 있다. 그리고 그중에서 유리카가 가장 인기가 많다는 것도 말이다.

"그렇습니다, 프로첸 오베르뉴."

늙은 선원인 칼메르만 빼고, 선원들은 아가씨들에게 매번 깍듯하게 존댓말을 썼다. 유리카가 웃으면서 대답했다.

"구경할 데가 많은 도시인가요? 하루에 다 볼 수 있을까 모르겠네."

"아……."

황당해서 입을 벌린 나를 보고 도냐넨이 낄낄거렸다.

그래서 결국 오늘 밤 앙글라제에 잠시 나가보기로 했다. 나르디가 오랜만에 나와 함께 술 한 잔 하고 싶다고 말했고, 그러자 미르디네가 얼른 따라가겠다고 나섰고, 올디네와 블랑디네가 어린 소녀가 따라갈 곳이 아니라고 말렸고, 나는 유리카에게 함께 가자고 말했다. 또 그러니까 아라디네가, 음…… 그러니까 결론을 내리자면…….

일단 다들 함께 나서기로 결정이 났다.

올디네만은 소란스런 곳을 싫어한다며 배에서 쉬겠다고 했다. 선원들 중에서는 의외로 말이 없는 그랭그와르가 함께 가겠다고 나섰다. 다른 선원들은 자기들끼리 단골 선술집에 간다고 했는데, 그랭그와르는 무슨 생각인지 우리 일행에 끼어서 어둑어둑해진 선창가 길을 따라 걸어 내려갔다.

밤이 되어 가는데도 떠들썩하게 외치는 상인들과 좌판을 걷어들이고 있는 등짐장수들, 곧 열릴 야시장을 준비하는 사람들과 여기 저기 두리번거리는 여행객들, 특히 이 배 저 배에서 내린 선원들의 왁자지껄한 웃음소리로 거리는 생기가 넘쳤다. 환한 램프들이 내걸린 여관과 술집들은 손님을 맞기에 바빴다. 거리가 깨끗하진 않았으나 그런 대로 재미있는 풍경들이었다.

일곱 명이나 되는 우리 일행은 앙글라제 시에 여러 번 와봤다는 그랭그와르의 안내로 좁은 골목을 이리 저리 돌아 자그마한 맥줏집에 안착했다. 아직 열여섯 밖에 안 되는 미르디네도 있고 해서 일단 깨끗해 보이는 곳을 골랐다. 테이블에 둘러앉자 주인으로 보이는 몸집 좋은 사내가 얼른 달려왔다.

"내 친구들이야. 좋은 안주로 서비스 좀 해 줘."

주인은 달려오자마자 그랭그와르와 반갑게 인사를 나누더니 우리들에게까지 인사를 했다. 주문은 그랭그와르에게 맡기고 나는 의자 등받이에 몸을 기댔다. 오랜만에 흔들리지 않는 땅을 밟고 있으니 기분이 이상했다. 주인이 곧 맥주 여섯 잔과 주스 한 잔을 날라 왔다.

맥주를 마시는 사람들은 한 차례 잔을 부딪쳤다. 나르디는 예전 버릇 그대로 1파인트 잔을 한 번에 비워버리더니 다시 한 잔 가져다 달라고 외쳤다.

"야, 옛날 버릇 그대로 나오면 곤란해."

내가 피식 웃으며 말하자 그랭그와르가 거들었다.

"맞아 이 친구, 술 좀 막 마시는 경향이 있지."

"하하, 이 배에서도 그랬던가요?"

"말 말게. 도냐녠과 내가 배까지 업고 오느라 고생한 일도 있다고. 도대체 자기 양을 조절할 줄 몰라."

자기도 어느새 한 잔을 비운 그랭그와르는 평소와 달리 쾌활해 보였다. 아가씨들 중에서는 유리카가 그래도 잘 마시는 편이다. 미르디네는 자기도 맥주를 마셔보고 싶은 눈치였지만, 나르디가 한 번 안 된다고 말하자 금방 수그러들어 잠자코 있었다.

"자, 다시 건배!"

나르디는 나와 그랭그와르의 말은 통 듣지도 않는 듯 자기 맥주가 채워지자 싱긋 웃으면서 잔을 들어올렸다. 우리도 어물어물 웃으면서 같이 잔을 들 수밖에 없었다.

"……그래서 내가 그놈을 단칼에 베어버리려고 하는데, 갑자기 녀석의 애인이라는 여자가 튀어나온 거야. 할 말이야 뻔하지 뭐야. 자네라면 듣고 있겠나? 아, 그래서……."

그랭그와르가 술을 마시면 말이 많아지는 사람이라는 정보는 없었다. 그런 정보가 있으면 미리미리 좀 귀뜸을 했어야 할 것 아냐, 나르디임마!

……라고 말해봤자 나르디는 이미 테이블에 머리를 박고 규칙적인 숨소리까지 내면서 잠든 뒤다. 그러니까 책임을 물을 수가 없군.

아라디네는 술을 조금 마시자 미르디네와 말다툼을 하기 시작했고, 유리카는 나르디가 곯아떨어지기 전까지 이야기를 나누고 있다가 지금은 몇 시나 되었을까 생각하는 눈치다. 나와 블랑디네만 불쌍하게 그랭그와르의 앞 뒤 안 맞는 이야기에 말려들어서 골치 아픈 상황이었다.

"……안 그래요? 여자가 그렇게 나오는데 난들 어떻게 할 수가 있어야지. 프로첸이라면 어떻게 하겠어요, 응?"

갑자기 그랭그와르가 블랑디네에게 질문의 화살을 돌리자 그녀는 당황해서 뭔가 대답을 해야 하는 줄 알고—그녀는 술 취한 사람과 별로 이야기를 해보지 않은 것이 틀림없었다—애써 머리를 짜내기 시작했다. 덕택에 잠깐 그의 이야기에서 해방된 틈을 타서 나는 유리카에게 눈짓을 했다.

"바람 좀 쐬고 오자."

부둣가의 밤바람은 시원했다.

야시장이 열리는 쪽의 불빛을 제하면 주위는 어둡고 조용했다. 밤나

들이를 나온 사람들도 거의 다 어느 술집에 들어앉아 있거나 아니면 야시장에 가 있을 터라, 거리를 걷자니 우리 발소리에 귀를 기울일 수 있을 정도였다.

"이제 곧 하라시바에 도착하겠구나."

유리카가 입을 열었다. 우리의 발길은 저도 모르게 배가 있는 쪽으로 향하고 있었다.

"그렇지. 그럼 배 여행도 끝이고, 다시 도보 여행이 시작되는 거지."

유리카는 고개를 숙인 채 빙긋 웃었다.

"너하고 함께 여행한 것도 그럭저럭 꽤나 됐다, 그렇지?"

그래. 새삼스럽지만 나도 지난 일들 생각이 나네.

여행하면서 겪었던 일들을 차례로 떠올리고 있는데 유리카가 문득 하늘을 바라보더니 말했다.

"켈라드리안에서, 네가 수호성 이야기 한 거 기억나?"

"물론이지."

잊어버렸을 리가 있나. 오늘도 그 날 밤처럼 별이 총총하고 맑은 하늘이다.

"그때 나도 내심 네 말이 맞다고 생각하고 있었어."

"그래?"

어두워서 잘 보이지는 않았지만 유리카를 보면서 미소 지었다. 유리카도 나를 보고 마주 미소했다.

"주아니 말대로, 상처 입은 달 자체가 내 수호성이라고 할 수 있을 거야. 그러고 보면 네 수호성인 파비안느도 달이지?"

"물론…… 그렇기야 하지."

파비안느는 다른 아룬드의 수호성과는 달리 태양 뒤에 가려져 있다는 작은 달이다. 파비안느 아룬드가 되면 대낮에 나타나 신기할 정도로 환한 빛을 발하는 여전사의 달.

그러나 태양빛에도 굴하지 않는다는 희한한 특징 때문에 파비안느가 정말 달인지 논란이 많았고, 그래서 나도 그 별이 어떤 식으로 존재하는 것인지 의심쩍게 생각하곤 했다.

파비안느가 평상시엔 큰 달의 앞쪽에 감춰져 있다는 주장도 있었다. 물론 확인할 길은 없는 이야기였다. 가끔 운 좋은 사람은 달 위에서 파비안느의 작은 동그라미를 보기도 한다지만 나는 한 번도 그렇게 운이 좋아본 적이 없었다. 찬란한 자태 덕택에 파비안느에게는 '작은 태양'이라는 별명도 있었고, 어떤 사람들은 파비안느가 별이 아니라 하늘에 생긴 흠집일 거라고 말하기도 했다. 나 참, 도대체 그놈의 작은 달은 어디에 있는 걸까.

"네 수호성이나 내 수호성이나, 있는지 없는지 애매모호한 것은 마찬가지구나."

유리카가 방금 한 말은 사스나 벨 이야기인 듯했다. 암흑성 사스나 벨 역시 달의 검은 얼룩에 불과하다는 주장도 있다. 물론 이 주장은 그렇다면 왜 사시사철 보이지 않고 암흑 아룬드에만 보이느냐는 반론 때문에 거의 지지를 얻지 못하고 있지만 말이다.

"그렇지 않아."

저도 모르게 튀어나온 말이었다. 유리카가 돌아보았다.

"무슨 뜻이야?"

"그러니까…… 넌 우리의 수호성이 애매하다고 했지만, 내 생각엔 그렇지 않다는 말이야."

"어째서?"

"그건……."

이런 말을 하려니 밤중이라도 좀 무안한데.

"그건 말이지, 내 수호성은…… 바로 너거든."

"……."

유리카는 잠시 말이 없었다. 나는 계면쩍어져서 아무 말이나 되는 대로 더 지껄였다.

"그래, 그러니까 너만 있으면 나는 수호성 같은 건 있거나 없거나 마찬가지란 말야. 만약 네가 없다면 수호성과 무관하게 나는 정말로 홀로 버려진 것처럼 느낄 거야. 그래, 그럴 거야. 너는 아니야?"

"……."

유리카는 여전히 말이 없었다. 달아오른 내 얼굴을 어둠 속에서도 알아볼 수 있겠다 싶을 즈음, 유리카가 갑자기 내 쪽으로 몸을 돌렸다. 그리고…… 내 귓가를 스치는 미풍 같은 머리카락. 봄의 훈향.

내 뺨에 아주 부드러운 뭔가가 살짝, 잠깐 동안만 닿았다가 떨어졌다. 내 뜨거운 뺨을 식힐 만큼, 시원하고 달콤한 무언가가.

"아……."

내가 말을 제대로 잇지 못하는 동안, 유리카는 얼굴을 보이고 싶지 않은 듯 고개를 돌리더니 두어 걸음 내쳐 걸어가 버렸다.

아라디네가 했던 때와는 전혀 다른, 평생 느껴보지 못한 감정의 물결이 내 머릿속을 휩쓸었다. 나는 유리카를 뒤따라갔다.

"유리!"

"으응?"

유리카는 고개를 돌리지 않고 대답만 했다. 그러나 그 대답으로 그녀도 나 못지 않게 당황하고, 또 감정이 흔들려 있다는 것을 알아버렸다. 나는 그녀 앞으로 다가갔다.

"유리."

그녀의 두 손을 내 손으로 감싸 잡았다. 손이 몹시 따뜻했다.

"……좋아해."

아아, 뭔가 더 말하고 싶지만, 말이 나오지 않아.

우리가 마주 보며, 그렇게 둘 다 어쩔 줄 몰라하고 있는데 갑자기 배쪽에서 느닷없는 고함 소리가 울렸다.

"아!"

둘 다 화들짝 놀라 손을 놓았다. 누군가가 우리 쪽으로 달려오는 것이 보였다. 괴한일지도 모른다 싶어 유리카를 등으로 가리고 섰다.

검을 갖고 나오길 잘했다. 아버지의 충고는 언제나 도움이 된다. 검을 몸에서 떼어놓아선 안 된다고 하셨지. 베르나르트와 도둑 길드 놈들을 만났을 때처럼 후회하지 않도록 말이야.

"어이! 거기 파비안인가?"

익숙한 목소리잖아?

달려온 사람은 늙은 선원 칼메르였다. 나는 그가 늙어서 젊은이들

노는 데 끼고 싶지 않다고 농조로 말하며 배에 남았던 것을 기억해 냈다.

"네! 마디크 칼메르!"

숨이 곧 넘어가기라도 할 것처럼 헐떡이며 달려온 칼메르는 내 손을 잡아끌며 계속 달려가려고 했다.

"어디 가세요? 무슨 일 생겼어요?"

"빨리, 빨리! 도둑놈들이 배에 들어왔어!"

"뭐라고요?"

칼메르는 그제야 내 뒤에 선 유리카도 알아본 모양이었다. 그러나 인사하고 어쩌고 할 정신도 없는지, 당장에 나를 붙잡고 선원들이 있는 곳으로 안내하라고 성화였다. 나와 유리카는 얼떨결에 칼메르와 함께 뛰면서 말했다.

"다른 선원들은 어디 갔는지 몰라요! 우린 바르제 자매들이랑 그랭그와르, 그리고 나…… 아니, 마디렌 롤피냥하고 따로 마셨거든요."

"이런…… 어쨌든, 거기라도 얼른 가자!"

나는 뛰면서 생각해봤다. 그 사람들이 과연 도움이 될까? 바르제 자매들 중 블랑디네는 검을 갖고 있지만 실력은 전혀 알 수 없고, 아라디네나 미르디네한테 도움을 기대하긴 어려울 터였다. 기대한댔자 나르디 아니면 그랭그와르인데, 둘 다 곯아떨어지기 직전이잖아!

큰일이군, 큰일이야.

칼메르도 이걸로는 부족할거라고 생각했는지, 그랭그와르한테 다른 선원들의 행방을 물어야겠다고 말했다. 그랭그와르가 그걸 알면 다행이겠고, 그걸 설명할 만한 정신이 있으면 진짜 다행이겠다. 나는 그 나이에도 무서운 속력으로 뛰는 칼메르에게 외쳤다.

"다들 술에 취했어요!"

칼메르는 고개를 흔들면서 뭐라고 말했는데, 알아듣기가 힘들었다. 유리카가 나를 돌아보면서 말했다.

"다른 선원들도 술은 이미 곤드레만드레가 되게 마셨을 거래!"

우리는 술집에 도착했다.

상황은 볼 것도 없었다. 나르디는 아예 술잔을 껴안다시피 하고 잠들어 있고, 그랭그와르는 드디어 할 말이 다 떨어졌는지, 아니면 말할 정신이 다 떨어진 건지, 이젠 황당하게도 블랑디네가 이야기의 주도권을 쥐고 열심히 떠들고 있었다. 아라디네와 미르디네는 싸우다가 지쳤는지 따로 행동을 취했다. 즉, 아라디네는 나를 찾아보겠다며 밖으로 나갔고—우리가 아라디네한테 들켰다면 정말 끔찍했을 것이다—미르디네는 자고 있는 나르디를 깨우려고 머리를 쓰다듬어 넘겨주고 있었다.

물론 나르디가 저래서야 깰 리가 없다. 나는 안다. 나르디를 깨우려면 내 방법이 제일이지.

나는 나르디의 등을 세게 내리치면서 외쳤다.

"야! 큰일 났어!"

"뭐?"

나르디는 고개를 번쩍 들었다. 덕택에 그를 들여다보고 있던 미르디네와 한바탕 머리를 부딪칠 뻔했다. 나는 나르디의 눈빛을 살펴봤다.

핫하, 내 예상 대로지.

"뭐? 큰일이라니, 무슨 일이 생겼는데?"

녀석의 목소리가 또렷한 것에 칼메르도 놀랐다. 칼메르도 나르디가 고약하게 술 퍼마시는 버릇만 아는 모양이었다.

"허, 이 친구 멀쩡하네?"

블랑디네는 뭔가 열변을 토하고 있다가 우리 때문에 잠시, 아니 영영 멈추게 되었다. 칼메르의 말을 두 마디만 듣더니 그녀는 커다랗게 부르짖었다.

"그럼, 언니는!"

물론 올디네도 걱정되긴 하지만, 지금으로선 배에 남아있는 모든 사람이 걱정이다. 나는 그랭그와르를 깨우기 위해 주인에게 냉수를 좀 갖다달라고 외친 다음, 칼메르에게 배에 누구누구 남아 있었느냐고 물었다.

"나하고 그 프로첸, 당직 선원 두 사람, 그리고 선장님밖에 더 있었겠어?"

"그래서 다들 어떻게 되었죠?"

나는 이 말을 하면서 선실에 남겨두고 온 주아니를 떠올렸다. 주아니야 뭐, 잘 있겠지. 워낙 몸이 작으니까 발견하지도 못했을 거야.

"프로첸 바르제는 모르겠고…… 다른 녀석들은 금방 붙잡힌 모양이야. 나는 아래층에 뭘 가지러 내려갔었는데, 올라오다가 녀석들이 선장님을 위협하는 걸 보고 도움을 청해야겠다 싶어서 급히 뛰어나왔지. 뱃전에서 그대로 뛰어내렸다면 믿겠어?"

오오, 그거 못 믿겠는데.

블랑디네는 올디네를 돌보지 않았다며 칼메르에게 소리를 질렀고, 칼메르는 그 상황에선 이게 최선이었다며 맞고함을 질렀다. 그가 아가씨 손님들에게 고함을 지르는 것은 처음 보는 일이었다. 그러자 화가 난 블랑디네 대신 미르디네가 울먹거리기 시작했고, 주위는 몹시 어수선해졌다.

나는 말했다.

"혹시, 아라디네가 어느 쪽으로 갔는지 아시는 분?"

……물론, 기대도 안 했다. 있을 턱이 없었다.

그랭그와르가 간신히 좀 깨어나는 기색이자 칼메르는 당장 다른 선원들이 있는 데를 대라고 다그쳤다. 그러나 한참 만에 그랭그와르는 오늘은 평상시 안 가던 곳으로 간다고 했다는 것밖엔 모른다며 고개를 저었다.

나르디와는 달리 술이 덜 깬 그의 말을 믿어도 좋을지는 모르겠지만, 어쨌든 단골집만 뒤져도 한 시간도 넘게 걸릴 거라는 칼메르의 말에 나는 선원들을 찾는 건 포기해야겠다고 말했다.

상황이 복잡해지자 유리카가 나섰다.

"정리 좀 하죠. 선원들 찾는 건 포기한다고 했으니, 우리가 할 일은 배로 가는 것과, 아라디네를 찾는 것 두 가지로군요?"

"아앙…… 언니……."

"시끄러우니, 조용히 좀 해요."

이럴 때면 유리카는 아까 선창가에서 내 손을 잡고 얼굴을 붉히던 그 유리카가 아니다. 그녀는 울먹거리는 미르디네한테 매섭게 한 마디 쏘아붙여 조용히 시켜 놓고는 다시 우리에게 고개를 돌렸다.

"여기는 치안 담당하는 군인들이나, 그런 사람들은 없나요?"

"소용없어. 이런 데서 자기 배는 자기가 지키는 거야. 부탁하면 오기야 하겠지만, 그래 봤자 날 샐 즈음이나 되어야 할 걸. 게다가 망신스러운 일이기도 하고. 여기가 바다는 아니고 강이라지만, 뱃사람들은 이런 문제에 있어서 명예가 생명이야."

칼메르의 말은 애매했지만 어쨌든 뜻은 알아들을 만했다. 즉, 도시 치안대의 도움을 받을 수는 없다는 말이다.

유리카가 다시 말했다.

"적은 몇 명이나 돼요?"

추궁의 대상은 계속 칼메르였다. 그는 유리카의 말투가 워낙 매서워서 말을 좀 더듬었다.

"그, 글쎄…… 솔직히 급히 나오느라 자세히 못 봤어. 언뜻 보기로 넷이 넘는 것은 확실하고, 우리 정도의 배를 습격할 자들이면 열은 넘는다고 봐야지."

"우리 전력은?"

"전력?"

블랑디네가 한심하다는 표정으로 방금 술에서 깬 그랭그와르와 나르디를 바라보았다. 물론 나르디는 제정신으로 돌아온 거나 다름없다는 것을 그녀가 알 리 없었다. 그리고 자기 검을 내려다보고, 아직도 울고 있는 미르디네를 한 번 보더니 대답, 아니 질문을 했다.

"당신, 프로첸 오베르뉴도 검 써요?"

푸홋.

물론 유리카는 칼을 겉으로 보이게 갖고 다니지 않으니 그런 질문이 나오는 거다. 유리카는 간단히 고개를 끄덕였다. 그래서 내가 대신 정리했다.

"나와 유리, 마디크 칼메르와 프로첸 블랑디네, 마디렌 롤피냥. 이렇게가 다라고 봐."

"마디렌 롤피냥?"

미르디네가 울다가 말고, 말도 안 된다는 듯이 고개를 저으며 나르디의 손을 끌었다. 보내면 안 된다는 투였다. 이런 상황만 아니라면 실컷 놀린 다음 감동하는 척 해주겠지만, 지금은 고개를 흔들며 나르디를 툭툭 쳤다.

"야, 네가 멀쩡하다는 걸 좀 증명해봐."

"가서 증명하지 뭘."

나르디는 태평한 말투였지만 목소리는 어느 정도 긴장이 묻어나 또렷했다. 미르디네가 놀라 나르디를 쳐다보는 걸 외면하고 나는 커다랗게 말했다.

"마디크 그랭그와르, 싸울 수 있겠어요?"

"……그으럼."

저건 '절대 못해'라는 말과 동의어인 것 같았다.

유리카는 고개를 끄덕이고 빠르게 말했다.

"마디크 그랭그와르, 주인 마디크와 친구라고 하셨으니 좀 말해서 아라디네를 찾아보라고 하세요. 우린 지금 그녀를 찾을 여유가 없으니까요. 찾거든 다른 데 가지 말고 여기서 가만히 기다리도록 잡아놓으라고 하세요."

갑자기 유리카는 눈을 치켜뜨더니 그랭그와르가 앉아 있는 의자 다리를 냅다 걷어찼다. 칼메르는 옆에 서 있다가 그랭그와르만큼이나 놀랐다. 반쯤 졸고 있던 그랭그와르는 거의 의자에서 굴러 떨어질 뻔했다.

"술 취했다고 잊어버리면 가만히 안 돼요! 이런 도시에서 밤에 혼자 나가게 됐다는 것부터가 틀렸지만, 지금은 그걸 추궁할 여유가 없으니까. 그럼, 시간 낭비하지 말고 다들 가요. 검 준비들은 되었겠죠?"

우리는 그랭그와르와 미르디네를 맥주집에 남기고 배로 출발했다.

유리카는 이럴 때 보면 통솔력이 뭔지 아는 사람이었다. 블랑디네는 불만이 많아 보였지만 상황이 이렇게 되고 보니 자기 정신을 가다듬는 데만 신경 쓰고 있는 것 같았다. 하지만 장식용으로 더 쓸 만해 보이는 블랑디네의 검이 얼마나 도움을 줄는지는 솔직히 장담 못하겠다. 미르디네와 두고 오는 편이 나았을지도 모르겠지만, 그녀가 자진해서 남겠다고 하는 것도 아니니 어쩔 수 없었다.

칼메르는 질렸다는 듯 고개를 내젓고 있었다. 그는 엿새 동안 함께 항해하면서 본 생글생글 웃고 농담 잘 하는 유리카만 생각했던 모양이다. 그는 고개를 저으며 말했다.

"무서운 프로첸이야."

우리는 텅 빈 거리를 급하게 걸었다. 칼메르는 그 나이에도 불구하고 배까지 뛰어가고 싶어했지만, 유리카가 그래서야 가서 제대로 싸울 수나 있겠느냐고 말하자 별 수 없이 입을 다물었다.

"아아, 언니, 올디네 언니."

블랑디네는 가면서도 계속 올디네의 일만 중얼거렸는데, 나도 물론 남아있는 사람들 중에서 올디네가 가장 걱정스러웠다. 올디네는 아까 저녁때 우리와 함께 거리에 나가는 동생들을 걱정했는데, 지금은 오히려 자기가 최대의 걱정거리가 되어 있었다.

내가 물었다.

"프로첸 올디네도 검을 갖고 있었잖아요? 어느 정도 실력이에요?"

이 말은 블랑디네의 실력을 알고 싶어서 우회적으로 한 질문이었다. 대놓고 물었다간 그래도 검을 차고 다니는 그녀의 자존심이 다칠까봐 서 말이다.

블랑디네는 잔뜩 어두운 목소리로 대꾸했다.

"언니가 우리 중에서 제일 낫지만, 그래도 남자가 열 명이나 된다니 별 수 있었겠어요?"

나는 블랑디네를 쳐다보며 한숨을 한 번 내쉬고, 그냥 계속 뛰다시피 걸었다.

"다들 그만 멈춰요."

배의 윤곽이 어슴푸레하게 보이는 마지막 골목에 이르렀을 때 내가 모두를 멈추게 했다. 다들 어두운 길목에 몸을 숨긴 채 배 쪽을 엿보았다. 우리는 모두 다섯 명, 미리 들켰다가는 몇인지도 잘 모르는 적들한 테 어떻게 될지 모르는 일이었다. 일단 계획을 짜야 했다.

"줄사다리는 내려져 있어요?"

"내가 나올 땐 있었지."

칼메르의 대답이다. 밤이라 배다리는 치웠고, 줄사다리만 뱃전에 매달아 뒀었다. 그런데, 도둑이란 자들은 감시하는 선원들을 어떻게 피해서 안으로 들어갔담?

"당직 선원들이 사다리를 지키고 있지 않았어요?"

"그게 모를 일이란 말야. 녀석들이 그리로 올라왔다면 들키지 않았을 리가 없는데. 당직 서는 녀석들이 소리 없이 당한 게 수상쩍어."

나는 고개를 끄덕였다. 나르디가 말했다.

"다른 길이라. 달리 들어갈 만한 데는 전혀 안 보이는데. 그렇다면 길은 하나뿐이잖아."

"하나뿐이라면?"

블랑디네가 묻자, 유리카가 대신 대답해 주었다.

"뻔하잖아요. 물밖에 더 있어요?"

우리는 상황을 정리해보았다. 어떤 녀석들이든지, 하여튼 강을 통해서 들어왔다면 이 큰 강을 헤엄쳐서 왔다고 생각하긴 어렵고—지금은 아직 봄이란 말이다—배를 이용했을 가능성이 많다. 헤엄쳤을 가능성은 칼메르도 반대했다. 이진즈 강은 이 부근에서 가장 물살이 거칠어서 커다란 배들이 줄줄이 늘어선 사이로 헤엄친다는 건 이만저만 모험이 아니라는 얘기였다. 게다가 아래쪽으로 한참을 빙 돌아와야 배마다 남아 있는 당직 선원들한테 들키지 않을 텐데, 그렇다면 너무 헤엄칠 거리가 길어지고, 결정적으로 이진즈 강의 흐름을 거꾸로 거슬러 와야 한다는 얘기가 된다. 그건 불가능하다고 그는 몇 번이나 힘주어 말했다.

유리카가 말했다.

"그럼, 배를 찾아보아야죠."

맞는 말이다. 그런데 어떻게?

나르디가 손가락을 딱 울렸다.

"실례이긴 하지만, 옆 배를 잠깐 빌리는 수밖에."

우리는 도둑을 잡기 위해 도둑이 된 셈이 돼 버렸다.

별과 검의 노래 호 옆에는 이진즈 호—당연히 강 이름을 딴 것이겠지만 나한텐 우리 어머니 이름을 딴 것처럼 들렸다—가 정박하고 있었다. 이 배를 고른 건 별과 검의 노래 호보다 상류 쪽에 세워져 있어서다.

물론 우리라고 처음부터 도둑처럼 숨어들 생각이었던 것은 아니었다. 블랑디네가 사실대로 이야기하고 도와달라고 하면 되잖겠느냐고 말했지만 칼메르가 말도 안 된다고 딱 잘라 말했다.

우리 배가 이진즈 호와 친분이 있다면 모르되, 아니라면 절대 이런 일에 끼어들 리가 없단다. 이런 배를 터는 강변 도시의 깡패들이란 절대로 깨끗이 소탕할 수 있는 부류가 아니다. 괜히 우리를 도와주었다가 놈들한테 자기 배를 습격할 구실만 만들어 준다고 생각할 것이 뻔하다는 이야기였다.

한마디로 그들은 좋을 때는 이웃, 어려울 때는 남이란 거다. 칼메르가 이 만약 우리 배라고 해도 이런 부탁을 받는다면 거절하는 것이 마땅하다고 하는 바람에 나는 그만 화가 치밀었다.

"그럼, 승객에 불과한 우리는 왜 이 일에 끼어들고 있는 거죠?"

싸움도 시작하기 전에 우리끼리 말다툼이 벌어질 뻔한 것을, 우리 둘 다를 잘 아는 나르디가 재빨리 말렸다.

오히려 블랑디네는 나나 유리카보다 칼메르의 설명을 빨리 수긍하는 눈치였다. 나는 그걸 보고 어쩌면 마브릴은 본래 저런 족속일지도 모른다고 생각하며 속으로 욕을 했다.

"우리 일이란, 우리가 해야지."

칼메르가 마지막으로 한 저 말도 도대체 앞뒤가 맞지 않는다. 당신네들의 그런 사고방식을 따를 것 같으면, 나나 유리카, 블랑디네는 손 떼고 조용히 술집에 되돌아가서 일 되어 가는 상황이나 보고 있다가, 만약 짐 같은 것에 손해가 있으면 배상이나 청구하는 것이 이치에 맞겠군 그래.

……이렇게 생각하면서도, 나는 마브릴이 아니고 엘라비다인지라 '그럼 잘해보슈, 난 갑니다' 그러지 못하고 함께 이진즈 호에 숨어들고 있다.

"방해하는 선원이 있으면?"

"조용히 시켜야지 뭘."

이런 대화가 블랑디네와 칼메르 사이에 오갔다. 저들 둘은 아주 죽이 잘 맞는구나.

그러나 이진즈 호의 당직 선원을 실제로 조용히 시킨 건, 죽이 잘 맞는 마브릴들이 아니라 유리카였다. 유리카는 다른 사람이 제대로 보기도 전에 칼을 뽑았다가 집어넣었다. 칼 손잡이로 선원의 머리를 찍어 기절시켰다는 걸 본 사람이 나 말고 또 있을까? 우리가 뒤에서 입을 벌리고 있는 사이에, 유리카는 손을 탁탁 털면서 말했다.

"가죠."

칼메르는 아예 계속해서 입을 벌리고 있었다.

우리는 이진즈 호의 우현으로 다가가 어둠 속으로 어렴풋이 보이는 별과 검의 노래 호를 관찰했다. 여기에서 보기에는 아무 일도 일어나지 않은 듯 조용했다. 칼메르가 거짓말이라도 한 것처럼.

내가 물었다.

"벌써 약탈이 다 끝나고 도주해버린 것 아닌가요?"

"그럴 리가. 우리 배에 실린 물건이 얼만데. 분명 어딘가에 거룻배를 대어 놨을 거야."

"놈들이 주로 뭘 노리죠? 무거운 건가요?"

칼메르는 비밀이라도 되는 양 한참 동안 망설이고 있었다. 문득 나르디를 보니 녀석의 눈이 어둠 속에서 이상하게 빛나고 있었다. 왜 저러지.

칼메르는 몇 번이고 말을 할 듯하다가 멈추고 하더니, 결국 결심했다는 듯 입을 열었다.

"이건 비밀이야. 누구도 이야기해선 안 돼. 내가 이야기했다는 말을 해서도 안 되고."

나는 물론이고 다른 사람들도 긴장한 얼굴로 그를 쳐다봤다. 나는 답답해져서 재촉했다.

"안 훔쳐 갈 테니, 빨리 말씀하시라고요. 이러다가 뭔지 알기도 전에 다 뺏기겠네."

"으음…… 그게……."

말한다고 해놓고도 칼메르는 한참이나 뜸을 들였다. 고개를 젓기도 하고, 하늘을 쳐다보기도 하며 고뇌를 온몸으로 표현하고 있는 칼메르를 향해 나르디가 입을 열었다.

"칼메르 선원님, 제가 뭐라고 하긴 그렇습니다만, 우리가 도둑을 잡게 되면 자연히 물건이 뭔지 보게 되지 않겠습니까? 이 정도 시간이라면 녀석들은 이미 어느 정도 물건을 챙겼을 테니까요. 되찾는 순간, 우리도 뭔지 알게 될 겁니다."

나는 이 배의 선원인 나르디도 그 화물이 뭔지 모른다는 것이 좀 의아했지만 일단 덮어두었다. 칼메르는 다시 한 번 결심한 표정으로 입을 열었다.

"미스릴이네."

"미스릴이요?"

"미스릴요?"

나와 유리카가 동시에 되물었지만, 잠시 후 질문의 의도가 전혀 달랐다는 것을 알 수 있었다. 유리카는 이맛살을 찌푸리며 말을 이었다.

"그거 많나요? 무거워요?"

나는 그보다 이런 낡은 배가 그런 고가품을 운송하고 있었다는 것에 놀랐다. 겉으로 보기엔 상등품 포도주 조금이랑 산짐승의 모피, 말린 어육 등이 화물의 전부로 보였는데, 어디다가 그런 것을 숨겨 두었지?

칼메르는 괴로운 표정이었다.

"괴(塊)로 만든 것이 다섯 상자. 그게 다야. 더 이상은 묻지 말라고. 이건 배 안에서도 선장님과 두세 선원밖에 모르는 비밀이야."

나는 더 묻고 싶은 것이 많았다. 왜 화물을 숨기는지,—도둑맞을까 봐 그랬다고 한다면 정말 바보 같은 대답일 것이다— 어디에서 구했는지, 어떻게 구했는지, 어디로 가지고 가는지, 등등. 그러나 어느 것도 이 상황에서 물을 만한 질문은 아니었다.

칼메르는 나르디를 향해 엄하게 말했다.

"아시에르, 자네도 이 일, 절대 입 밖에 내선 안 되네. 다른 선원들한 테도 마찬가지야. 이건 국왕 폐하까지 관계된 나라 기밀이니까 말이지. 이야기가 새어나가면 국왕 폐하께 바로 처벌을 받을 걸세. 내 말, 이해하겠지?"

"물론입니다."

나르디의 대답은 내 귀에도 믿음직하게 들렸다. 칼메르의 말은 협박처럼 들렸지만.

이걸로 나는 칼메르가 왜 이진즈 호를 이용하는 것에 아무 가책을 느끼지 않는지도 알게 되었다. 국왕 폐하의 일을 하는데, 뭘 이용한들 두렵겠어.

우리 모두가 비밀을 지키겠다고 맹세하다시피 한 후에도, 칼메르는 내내 이걸 숨기려고 얼마나 애를 썼는데, 평범하게 보이려고 승객도 다 받고, 다른 화물도 많이 실었는데, 등등 불쌍할 정도로 중얼대고 있었다. 모두 다 의심쩍게 들리는 말들뿐이었다.

나는 막간을 이용해서 머리를 슬쩍 굴려 봤다.

내 생각엔, 나라의 비밀에 관계된 중요한 물건을 나르는 거라면 병사들을 수백 명쯤 붙여서 안전하게 갖고 오지, 한 나라의 국왕이 이런 낡은 배로 눈속임이나 하려 들지는 않을 것 같다. 지금까지 항해하면서 본 바로는 칼메르나 반야크 선장이 신분을 숨긴 대단한 인물은 아닌 게 확실한데, 이런 사람들을 어떻게 믿고 그런 걸 맡길까.

더구나 칼메르의 말을 믿는다면 아무리 비싼 미스릴이라도 겨우 다섯 상자. 도둑들한텐 엄청난 재보겠지만 세르무즈 국왕쯤 되면 별 것도 아닐 것이다. 왜 이렇게 호들갑스러운 속임수를 써가며 숨기려고 애쓸까?

그런고로 저 미스릴은 불순한 용도에 쓰려는 것이든지, 아니면 불순한 방법으로 얻어낸 것이 틀림없다는, 확신에 가까운 예감이 든단 말이야.

내 추리가 더 발전되려는 참인데, 블랑디네가 문득 말했다.

"그걸 찾으러 온 게 아닐 수도 있잖아요? 그저 평범한 좀도둑일 수도 있지 않을까요? 소란도 없고."

그 말에 대한 칼메르의 대답은 설명하지 않겠다. 그는 '미스릴'이라는 말을 입 밖에 낸 뒤로는 그걸 잃어버렸을 때 오게 될 결과에 대한 생각에 사로잡혀서, 블랑디네의 이야기에도 전혀 위로 받지 못했다.

좀 전부터 현실적 판단으로 우리를 이끌어 온 유리카가 쓸데없는 논쟁을 끝장내겠다는 듯 말했다.

"자자, 어쨌든 됐어요. 그 이야기는 그만하고, 미스릴 다섯 상자라면 큰 보트 정도엔 실을 수 있겠군요, 그렇죠? 그러면 보트를 찾아보는 것이 급선무로군요. 운 좋게 보트를 점거할 수 있다면 도둑들과 협상이 가능할 테니까 말예요. 그러니까……."

"협상이라니 말도 안 돼!"

칼메르가 버럭 소리쳤지만 우리는 모두 무시하고 다음 이야기로 넘어갔다.

"그래그래, 알았다니까요. 우리에겐 보트가 없으니까 심한 경우 헤엄을 쳐야겠군요. 그렇지만 그러긴 싫으니까, 일단 이 배에 실려 있는 보트를 찾아봐요. 우리는 도둑을 쫓아버리면 되는 거니까, 그렇게……."

"쫓아버리다니, 모조리 잡지 않으면 안 된다고! 국왕 폐하의 기밀이 어떻게 새어나갔는지 알기 전에는 절대로……."

칼메르의 두 번째 외침에는 유리카도 진지한 반응을 보였다.

"말도 안 되는 소리 집어치워요. 우릴 전부 죽일 참이에요? 마디크 칼메르, 당신이 지금 50명쯤 되는 돌격 부대라도 지휘하고 있는 줄 알아요? 우린 겨우 다섯 명이야. 우리가 이 일을 돕는 것도 다 국왕 폐하의 일이니까 그런 것일 뿐이에요. 그렇지만 우린 직접 국왕 폐하의 부름을 받은 사람이 아니고, 따라서 우리가 할 수 있는 일만 해요. 나머지는 알 바 아니야. 알았어요?"

유리카의 한 마디 한 마디에는 '도둑은 사실 당신네 문제니, 나중 일은 우리와 관계없다' 라는 의미가 분명히 담겨 있었다. 물론 맞는 말이었고, 칼메르와 블랑디네는 금방 수긍하는 눈치였지만, 나는 그 순간 유리카가 조금 낯설어 보였다.

"프로첸 말이 맞아."

칼메르는 언제부턴가 유리카에게 고분고분해져 있었다. 그러자 그 때까지 아무 말 않고 있던 나르디가 손을 들어 보이면서 말했다.

"자, 시간 낭비는 그만하고 건너갈 준비를 해 볼까요?"

우리는 보트를 찾아 주위로 흩어졌다.

나는 좌현 쪽으로 돌면서 '국왕 폐하의 일이라 그렇다' 라는 유리카 의 말이 떠올라 속으로 피식 웃었다. 유리카는 저런 순간에도 정말 연 기를 잘 한다니까.

보트는 금방 찾았다. 뱃머리 쪽 갑판에 매어져 있었다. 이진즈 호의 선원들도 우리들처럼 다들 놀러가고 없어서 다행이었다.

"좋아요. 그럼 이건 어때."

나르디는 그새 어디선가 밧줄을 구해서 들고 있었다. 밧줄을 보트에 묶어서 아래로 내렸다. 녀석의 몸이 남자 중에선 제일 재빨랐기 때문에 그가 먼저 내려가 보트가 안전한가 확인했다. 곧 내려오라고 손짓하는 것이 보였다.

칼메르가 먼저 밧줄을 타려고 하는데, 내가 막았다.

"다 내려갈 것 없어요. 노만 가지고 유속을 버티려면 여기도 누군가 가 남아서 밧줄을 잡아 줘야 하고, 눈에 띄지 않게 움직이려는 거니까 많은 사람은 필요 없어요. 밧줄이나 한 묶음 줘요. 녀석들의 보트를 발 견하면 돌아와서 부를 테니까. 지금은 저 혼자 내려가죠."

나는 어둠 속에서도 유리카가 불안한 시선을 보내는 것을 알았다. 나는 유리카에게 손수건을 달라고 말했다. 그녀가 지닌 것 중 가장 흰 물건이었다. 나는 그것을 손목에 묶었다.

"일이 잘 되면, 두 번 빙글빙글 돌릴 테니까 모두 내려와요."

유리카가 대표로 대꾸했다.

"일이 잘못되어서 너희들이 모조리 잡힌다 해도, 내려갈 거야."

나는 유리카를 조금이라도 덜 걱정시키려고 빙긋 웃어 보였다.

"그런 일은 없길 빌겠어. 다들 옷을 적시고 싶진 않지?"

이진즈 호는 이 보트를 최근에 새로 산 모양인데, 엉뚱한 사람들이 그 점에 감사하게 될 줄은 몰랐을 거다. 나와 나르디는 보트의 노걸이에 새로 기름칠이 되어 있어 삐걱거리는 소리가 전혀 안 난다는 사실에 목숨을 걸어야 할 판이었다.

이진즈 호의 그늘로 숨어 들어간 우리는 별과 검의 노래 호 쪽을 열심히 살폈다.

"정말 소리가 안 나."

"정말."

우리는 도움 안 되는 이야기를 주고받다가 갑자기 서로의 팔을 움켜잡았다.

"멈춰!"

"야, 멈춰!"

물론 우리는 둘 다 극도로 목소리를 낮춰서 외쳤기 때문에 가까이 있을지도 모르는 도둑들에게는 안 들렸으리라고 믿고 싶다. 우리는 거의 동시에 대여섯 걸음 정도 앞에 둥실 떠 있는 보트를 발견했던 것이다.

"묶여 있어."

나르디가 자세히 보더니 말했다. 정말 보트는 별과 검의 노래 호의 뱃전에서 내려온 밧줄에 묶여 있었다.

"왜 아직 안 떠났을까?"

"자기들이 찾고 싶은 것을 못 찾은 거지."

내가 아까 블랑디네의 지나치게 희망적인 관측에 반론을 제기하고 싶었던 이유는 이것 때문이다. 배에 숨어든 도둑들이 아직껏 조용한 이유가 좀도둑이기 때문일 리 없다. 이유라면 아직 원하는 걸 못 찾은 것뿐이다.

그게 그렇게 중요한 물건이라면 아무렇게나 놓아두진 않았겠지. 다섯 상자밖에 안 되고, 따라서 깊숙이 숨겨 놓는 것도 어렵지 않을 거고. 문제는 반야크 선장이 그 장소를 실토해버렸는가 아닌가 하는 점인데, 현재 상황으로 보아 그는 '국왕 폐하의 기밀'을 지키기 위해 목숨이라도 걸고 있는 모양이다.

하긴, 어쩌면 국왕 폐하라는 양반은 이미 그 목숨을 접수하셨을는지도 모르고.

"찾은 것 같은데?"

내 관측조차 지나치게 희망적이었나 보다.

나르디가 가리키는 쪽을 보니 뱃전에서 왔다 갔다 하는 머리들이 보였다. 분주하게 움직이고 있는 것을 보니 뭔가 발견하긴 한 듯했다. 이윽고 몇 명이 밧줄 끝이 이어진 쪽으로 움직여갔다.

"밧줄에 묶어서 내리겠지."

내 말대로였다.

한 사람이 먼저 보트로 내려오고, 이어 불안정하게 흔들리는 것만 봐도 꽤 무거워 보이는 상자가 밧줄에 단단히 묶여 내려왔다. 아마 여러 사람이 모여서 밧줄을 잡고 내리는 모양이었다. 자, 어쩐다.

나르디가 말했다.

"사람들을 부를까?"

그건 그다지 좋은 방법 같지 않은데.

"조금만 더 기다려 봐."

곧 두 번째 상자가 내려왔다. 이번엔 처음보다 좀 더 안정감이 있었다. 내려와 있는 사람이 상자를 조심스럽게 받아들어 보트에 내려놓고, 밧줄을 풀어놓자 다시 위로 올라갔다.

네 번째 상자가 내려올 때까지도 나는 적당한 생각을 해내지 못했다. 이것 참, 이러다가 도둑도 다 놓치고 물건까지 몽땅 뺏기겠네.

나르디가 망설이다가 말했다.

"안되겠어. 사람들을 불러서 배 위로 올라가자. 재수 좋으면 눈에 띄지 않을 수도 있을 거야."

배 위로 올라가? 그건 벽을 등지고 서서 문 앞으로 쥐떼를 모는 격인데. 잘 되어봐야 쥐 다 놓치는 거고, 잘못되면…… 으음.

그 순간, 떠오르는 생각이 있었다.

"나, 아니, 아시…… 아니, 에라 모르겠다, 나르디, 너 그때 이베카 시에서처럼 단검 던질 수 있냐? 어두워도 문제없냐?"

나르디는 망설임 없이 답했다.

"물론."

"그럼, 그때처럼 좋은 거 말고 좀 안 좋은 거, 그러니까 버려도 괜찮은 그런 단검 없나? 물에 빠뜨려도 안 아깝게 말야."

그제야 나르디도 내가 생각한 방법을 조금 눈치챈 모양이었다. 그는 품을 뒤져서 한 개를 내밀어 보였다.

"이거라면 버려도 안 아깝겠는걸."

단검을 들여다본 나는 어이가 없었다.

"야, 이건 엄청 고급스런 거잖아!"

나르디가 씨익 웃더니 말했다.

"너, 이거 기억 안 나냐? 그때 벌레 잡았던 거잖아."

"그…… 러네?"

정말 그 단검과 모양이 똑같았다.

"그때 이후로 내내 꺼림칙해서 어떻게 처리할까 고민이었어. 마침 잘 됐다. 이런 상황에서 없어졌다고 하면 줬던 사람도 잔소리는 못하겠지."

"야, 겨우 벌레 정도 갖고……."

나르디는 엄숙한 표정으로 선언하듯이 말했다.

"내가 세상에서 제일 싫어하는 게 벌레야."

"……."

뭐라고 더 말하려다가 나는 생각을 바꿨다. 그게 중요한 게 아니지. 녀석이 벌레를 싫어하든 말든 지금 필요한 건 나르디의 솜씨, 그리고 버릴 단검이었으니 말이다. 그래도 정말 되게 아깝네. 나한테 대용품이 있다면 당장 바꿨을 텐데, 내 단검은 배 안에 두고 나왔단 말이다.

나는 두고 나온 단검에 대해 뼈저린 후회를 거듭하면서 나르디의 귀에 내가 세운 계획을 속삭여주었다.

우리는 마지막 상자가 내려올 때까지 기다렸다. 물론, 기다리기만한 것은 아니다. 우리도 나름대로 만반의 준비를 갖추었다.

휘익.

날카로운 소리가 밤의 어둠을 갈랐다.

투툭.

밧줄이 깨끗하게 끊어져 나갔다. 묵직한 상자를 막 받아들자마자 일어난 일이라, 두 팔에 갑작스레 무게가 실린 남자는 뒤로 넘어갈 듯이 휘청거렸다. 뱃전에서 소란이 일었다.

"누구냐!"

"저쪽이다!"

갑판을 울리는 발소리, 그리고 내가 있는 쪽으로 다가오는 몇 개의 발소리가 들렸다. 나는 검을 세워 들고 단단히 자세를 잡았다. 무기를 꼬나 든 남자 두엇이 달려왔지만, 싸울 준비를 하고 갑판 위에서 기다리고 있는 나를 보고 놀랐는지 멈칫거렸다. 그들은 뱃전 아래에 있을 적을 기대했던 모양이었다.

"안됐네요."

긴 말 할 필요가 없었다. 맨 먼저 달려드는 사내의 짤막한 커틀러스(Cutlass)를 향해 쳐내기를 시도했다. 챙강, 가벼운 무기가 당장에 튕겨나갔다. 심지어 뱃전을 넘어갔는지 첨벙, 하는 소리가 들렸다. 멀리도 떨어지네.

두 번째!

"이야압!"

놈은 좀 더 길고 폭이 넓은 검으로 베어들어 온다. 나는 검을 눕힌 채 몸 쪽으로 당겼다가 적당한 탄력을 가해 가로로 반원을 그었다.

트트트…… 찡!

금속성이 어둠 속을 울렸다. 이 정도면 이진즈 호까지 들리고 남았을 텐데. 유리카가 걱정하지 않으면 좋으련만.

"와라!"

두 번째 사내의 검까지 쪼개져버리자, 남은 세 명의 남자들은 당황하여 주춤주춤 물러섰다. 나는 조금이라도 더 시간을 벌어야 했기 때문에, 한 사내를 검으로 가리켰다.

"너, 구경만 할 테냐?"

주위가 어두워서 그들은 내가 그들보다 훨씬 어리다는 것을 눈치채지 못했다. 방어 자세만 취하고 있던 그들은 서로 얼굴을 마주보았다. 지적당한 남자가 우물거리더니 말했다.

"부, 불리해…… 이런 짧은 칼로는."

그런 사정 이야기를 왜 나한테 하는 건데?

나는 책에 나오는 영웅이 아니기 때문에 네가 그런다고 '그럼 우리 똑같은 칼로 한번 실력을 겨뤄 볼까?' 이러지는 않는다. 불리한 건 네 사정이고, 네가 만든 상황이니 네가 책임을 져야지. 우리 아버지하고 대련할 때도 이런 사정 따윈 전혀 봐주지 않았다고.

"장난하냐?"

내 대답은 그걸로 끝이었다.

나는 스스로도 놀랄 정도로 대담하게 세 명이나 되는 사내들을 향해 달려들었다. 한 명이 내 검을 막으려고 나섰지만, 그런 검으로는 어림없었다. 상대의 검을 비껴 스치며 손까지 죽 밀어붙였다. 적은 황급히 검을 떼려 했지만, 내 검은 곧장 날을 타고 날카로운 소리를 내며 미끄러졌다.

"끄아아아!"

어둠 속에서 튀어 오르는 핏물은 검게 보였다. 나는 재빨리 검을 떼면서 뒤로 물러섰다. 내가 한 일에 내 맥박이 빠르게 뛰고, 눈썹에 움찔움찔 경련이 일어났다. 사내의 손을 반으로 쪼개 버렸던 것이다.

"으윽……."

손목까지 갈라진 손을 붙들고 뒤로 주저앉은 사내가 떨며 신음했다. 검은 떨어뜨린 채였고, 피가 갑판 위로 가느다란 시내를 이루며 흘렀다. 지금 내가 이럴 수 있는 건, 지난번 그 절벽 위에서 악령의 노예들과 싸워봤기 때문일 거야. 그 전까지는 검으로 남을 다치게 하는 것 따위 상상도 못했는데.

내 검의 파괴력을 본 다른 사내들은 돛대가 있는 곳까지 물러섰다. 도둑들치고는 묘할 정도로 자기 몸을 사리는 놈들이었다. 배 아래에서 고함 소리가 들렸다.

"파비안! 위로 올라간다!"

일이 계획대로 잘 된 모양이었다. 내가 뱃전에 늘여 놓은 밧줄을 타고 누군가 올라오는 소리가 들렸다. 나르디는 보트를 움직여야 할 테고, 다른 사람들을 불러온 모양이었다. 아니나 다를까 제일 먼저 나타난 것은 유리카였다.

"괜찮아?"

갑판 위의 핏물을 본 모양이었다. 유리카는 올라오자마자 내 옆으로 달려왔다.

"조심해!"

내 말이 떨어지는 순간, 귓전을 윙 울리는 소리가 났다. 화살이다.

"유리!"

"아악!"

그러나 비명의 주인은 유리카가 아니었다.

"프로첸 바르제!"

뒤따라 올라오던 칼메르의 외침이 울리고, 사람을 갑판 위로 끌어올리는 기척이 났지만 어두워서 아무 것도 보이지 않았다. 이대로는 불리해. 적이 몇 명인지조차 알 수가 없어.

다시 한 번 공기를 가르는 소리.

"엎드려!"

이번엔 소리 지른 것이 효과가 있었다. 화살이 나무에 턱 박히는 소리가 들렸다. 나는 주위를 밝힐 만한 것을 찾으려고 정신없이 두리번거렸다. 그러나 내가 뭔가 발견하기도 전에 승강구의 문이 요란하게 열렸고, 뛰어나오는 자들이 어슴푸레하게 보였다. 그런데 마지막으로 나온 자가 손에 램프를 들고 있었다.

"싸울 수 있는 사람은 내 뒤로 늘어서요!"

나는 왜 나르디의 목소리가 들리지 않는지 의아했다. 녀석이 여기 있다면 참 도움이 될 텐데. 지금은 유리카밖에 믿을 사람이 없었다.

"프로첸 바르제가 다쳤어!"

"알아요!"

나는 다섯 명의 적들을 향해 검을 한 바퀴 휘둘렀다. 내가 노리는 건 램프를 든 놈이다.

"비켜!"

정말 비켜주는 자가 있어서 나는 도리어 당황하기까지 했다. 내가 그렇게 기세가 좋았나?

적이 움찔하여 몸을 뒤로 젖히는 순간, 램프를 왼쪽 갑판 쪽으로 힘껏 걷어찼다. 램프가 떨어져 깨어지면서 불꽃과 기름이 바닥에 확 엎질러졌다. 바로 그곳에 선원용의 희석되지 않은 독한 포도주가 한 통 있는 걸 보아 뒀었다. 불은 즉시 나무통에 옮겨 붙었다.

"이제 내 얼굴 아시겠죠?"

나는 일렁이는 불빛 속에서 한결 늙어 보이는 적들을 향해 약 올리듯 한 마디 던지고 검을 오른쪽으로 뿌렸다. 대각선을 그리는 원호, 검이 날아가는 곳에 보이는 것은 적의 목덜미.

투컥!

검날이 뼈에 닿는 건 예나 지금이나 싫은 느낌이다. 적이 칼을 떨어뜨리는 소리가 쩔그렁 울렸다. 머리까지 잘라버리고 싶은 생각은 없었기 때문에 일부러 칼을 조금 당겨서 어깨를 베었다. 그때 왼쪽에서 찔러 들어오는 검이 있었다. 급히 막으려는 찰나 놈의 허리를 긋고 지나가는 하얀 빛줄기가 보였다. 유리카의 칼이 반사하는 빛이다.

"크악!"

검은 옷자락이 펄럭, 한다 싶더니 놈이 아래로 고꾸라졌다. 그 위로 은빛 머리카락이 선을 그리며 날렸다. 고개를 돌리는 순간, 램프를 놓치고 구석에 처박혔던 놈이 도로 일어나 달려드는 것이 보였다. 한 발 물러섰다가, 찔러오는 검에 맞춰 검날을 갖다 대면서 힘을 주어 올려쳐냈다.

"커허! 이놈들! 감히 어딜!"

칼메르는 이상한 외침까지 질러가며 칼을 휘둘렀는데, 눈빛만 봐선 국왕 폐하의 부름을 받은 기사라도 되는 것 같다. 유리카의 움직임은 어둠 속을 가로질러 다니는 하얀 빛줄기였다. 그렇게 내가 둘, 유리카가 하나, 칼메르가 하나를 쓰러뜨리고 나자, 이제 우리 앞에 남은 건 한 명뿐이었다. 활을 쏘던 자는 어디로 숨었는지 보이지 않았다. 활 솜씨가 대단치 않은 건지, 난전 중에 잘못 쐈다가 한패를 맞췄다는 원망을 듣기 싫은 건지 모르겠다. 그 즈음 포도주 통에 붙은 불은 큰 덩어리로 변해 사방에 일렁이는 그림자들을 뿌리고 있었다.

결국 마지막 놈은 주춤거리며 물러서더니 이상한 소리를 질렀다.

"호코! 호코!"

뭐지? 나와 유리카는 얼굴을 마주 보았다. 하지만 오래 고민할 필요는 없었다. 앞 갑판 쪽의 문이 덜컥 열리더니 시커먼 그림자 하나가 튀어나왔다.

"호코! 호코!"

똑같은 외침이 이번엔 그 검은 그림자로부터 들렸다. 그는 우리 쪽으로, 서두르지도 않고 쿵쿵거리면서 다가왔다. 가까이 오자 타오르는 불빛을 받은 그자의 얼굴을 볼 수 있었다. 아니, 얼굴은 별로 중요하지 않았다. 중요한 건 놈의 몸집이다. 그는 내 키에서 머리 셋은 얹어야 될 듯한 진짜 거인이었다.

물론 켈라드리안에서 본 호그돈에 비하면 보통 사람에 불과하겠지만, 우리 입장에서는 그 정도로도 충분히 거인이었다. 저런 몸집으로 어떻게 선실 아래에 내려가 있었는지 모르겠다. 손에 든 검도 내 멋쟁이 검보다 조금 작을 정도인데, 들고 있는 자세는 조금 엉성했다.

"뭐가 저렇게 커……."

칼메르가 당황한 듯 중얼거렸다. 내가 하고 싶은 말도 똑같았다. 저게 남은 적의 전부라면 좋겠다. 저런 놈이 두셋쯤 튀어나온다면 그야말로 끔찍…….

두 번째 놈이 승강구에서 머리를 내밀었다.

"또?"

이번엔 유리카의 목소리. 그런데 뒤에서 지금껏 안 들리던 목소리가 났다.

"나도 싸우겠어……."

블랑디네가 일어난 모양이었다. 칼메르가 뒷걸음질로 다가가 그녀를 부축했다. 보아하니 왼팔에 화살이 꽂혔던 듯, 응급처치로 옷자락을 찢어 매어 놓은 것이 보였다. 그녀는 오른팔을 흔들며 말했다.

"오른팔이 멀쩡하니, 할 수 있어요."

마음이라도 고맙군.

그러나 나는 다친 사람도 일어날 지경인데 나르디 녀석은 오지 않고 뭘 하고 있는지 은근히 화가 치밀었다. 그럴 수밖에 없는 것이, 승강구에서 세 번째 놈이 고개를 내밀었던 것이다.

"저 집, 몇 쌍둥이야?"

유리카가 혀를 차며 말했다. 그 말대로 녀석들은 하나같이 비슷한 얼굴을 하고 있었다. 그중에 누가 호코지?

"직접 물어보자!"

유리카는 내 생각을 읽기라도 한 듯 대답하면서 한 발 내딛더니, 첫 번째 녀석의 다리를 베어 들어갔다. 그러면서 외쳤다.

"네 이름이 호코니?"

목적은 잊어버리지 않는군.

나도 검을 비껴들고는 두 번째 '호코' 후보에게 몸을 날렸다. 놈이 검을 내리치려고 팔을 높이 드는 것을 보고, 나도 검을 높이 올려 막았다. 이어 왼쪽으로 밀어내는데 상대의 힘이 만만치 않아 어쩔 수 없이 한 걸음 물러설 수밖에 없었다.

"우어!"

놈은 고함을 지르며 펄쩍 뛰어올라 내 머리 위로 검을 내리찍으려 했다. 저 엄청난 기세를 보건대 놈이 착지하는 순간 낡아빠진 갑판이 무사할 수 있을까?

내 예상은 들어맞았다.

"우하!"

갑판 널빤지 중 두 개가 부서져 아래로 빠지고, 놈의 발도 그 틈에 끼어버렸다. 발이 허공에 있을 테니 빠져나오는 것도 쉽지 않을 테고, 덕택에 나는 무척 유리해졌다.

"야…… 그 뭐냐, 이름이 뭐냐니까!"

마땅한 외침이 생각나지 않았기 때문이지만, 하여튼 그렇게 소리치며 나는 검을 내찔렀다. 검은 놈의 옆구리에 푹 박혔다.

"끄어어어어……."

심장은 피하려고 했는데도, 생각보다 많은 피가 솟구쳤다. 나는 저도 모르게 콧등을 찡그렸다. 죽진 않았으면 좋겠는데.

"갑판 청소하려면 좀 힘들겠어요!"

유리카 쪽을 돌아보니, 혼자 한 명을 상대하는데도 몸이 빨라 불리해 보이지는 않았다. 그러나 마지막 거인을 상대하는 칼메르, 그리고 뭘 하는지 확실하진 않지만 하여간 끼어 있는 블랑디네는 고전을 면치 못했다. 그 쪽으로 몸을 돌리는데 거인의 외침이 갑판을 울렸다.

"워, 우워어어…… 우우우우!"

나는 고개를 갸웃거렸다. 세 번째 호코 후보에게 이름을 묻기란 그른 것 같다. 아무리 봐도 말을 하는 것 같지 않거든?

그때 갑자기 거인이 왼손을 블랑디네 쪽으로 내밀었다. 검을 빼앗으려는 건가?

"비켜요!"

하지만 부상당한 블랑디네는 그리 빨리 움직이지 못했다. 나는 급한 김에 그녀의 허리를 왼팔로 휘감아 뒤로 밀어 제쳤다. 그런데 놈이 뜻밖의 빠른 동작으로 검을 올리더니 내게 내리치는 것이 아닌가? 몸을 돌려야 하는데…… 위험해! 카, 칼메르라도 좀 막아 줘야 될 거 아냐!

그때 내 귀에 낯선 고함 소리가 들렸다.

"이카!"

"커륵!"

내 뒤통수에 뜨뜻한 액체가 끼얹어지는 것이 느껴졌다. 자세를 바로 잡자마자 황급히 고개를 돌렸다. 예상대로 나르디였다.

"나…… 아시엘!"

나르디는 아무리 바빠도 이럴 때 여유 있게 한 번 웃는 것을 잊어버리지 않는다. 하핫, 물론 멋은 있지만 아무래도 나는 못 따라하겠다.

우리 둘은 거인을 향해 나란히 몸을 돌렸다. 거인은 아직 힘이 남아 있었다.

"죽인다."

어라, 호코 3번이 말을 하는군.

이 김에 이름이나 물어볼까 하는데, 나르디가 싱긋 미소를 날리는 것이 보였다.

"세상의 모든 계획이 이루어진다면…… 좋겠죠."

말을 짧게 끊으며 거인에게 달려든 나르디가 쌍검을 좌우로 내리그었다.

촤악! 촤악!

가위 모양으로 베인 칼자국에서 피가 솟구치고, 거인의 검이 나르디를 내리쳤다. 칼메르가 입을 딱 벌리고 나르디를 쳐다보는 것이 보였다. 그 표정을 보니 지금껏 나르디가 이들에게 한 번도 칼 솜씨를 보이지 않은 게 틀림없었다.

"구경할 게 아니라, 프로첸 블랑디네를 부탁해요!"

나도 거인을 향해 몸을 날렸다. 처음에 거인의 무릎을 찍으려 했으나, 빗맞아 스치는 데 그쳤다. 나르디는 쌍검을 십자로 교차시켜 거인의 검을 막았지만 무게를 견디지 못해 조금 휘청거렸다. 녀석이 속도에 비해 힘은 그리 좋지 않다는 건 나도 알고 있다. 나는 거인의 겨드랑이를 노려 찔렀다.

"끄으으…… 호코!"

나는 생각이 바뀌었다. '호코'는 이름이 아니라 녀석들의 구호가 아닐까.

나와 나르디만으로도 적을 요리하는 데 무리가 없겠다 싶자, 나는 칼메르와 블랑디네를 눈으로 찾아내어 외쳤다.

"가서 선장님과 프로첸 올디네를 좀 찾아봐요!"

그때, 거인의 팔 힘에서 풀려난 나르디가 몸을 수그리는가 싶더니 난간을 걷어차면서 도약했다. 원을 그린 검이 왼쪽 어깻죽지를 한 뼘 넘게 파고들었다가 가슴 쪽 옷자락까지 깨끗이 잘라버리는 것이 보였다. 도대체 저 검은 얼마나 날카로운 거야? 그보다…… 죽여 버린 걸까?

나르디의 검 끝에서 튄 핏물이, 흰 돛에 칼로 벤 듯한 날카로운 얼룩을 남겼다. 거인이 무릎을 꿇으며 쓰러지는 것이 보였다. 죽일 것까진 없었다는 생각이었다. 정말로, 죽지 않으면 좋겠다는 생각이었다.

"불! 불을 꺼야 돼!"

유리카의 외침에 퍼뜩 정신이 났다. 아까 주위를 밝히려고 붙여 놓은 불이 너무 크게 타올라 배 난간에 옮겨 붙은 게 아닌가? 매캐한 연기가 하늘로 번지는 것을 본 나는 당황해서 그 쪽으로 달려갔다.

"물 없어? 물?"

주위를 휘돌아보니 칼메르와 블랑디네가 쓰러진 거인의 뒤로 돌아 승강구에 다다른 것이 보였다. 칼메르는 줄사다리를 무시하고 안으로 훌쩍 뛰어내렸다. 그 모습을 보니 중대한 뭔가를 잊고 있으신 듯한데, 아마 싸움이 끝날 즈음에 온몸의 쑤시고 결림을 통해 깨달으시리란 생각이 든다.

굳이 따지자면 불을 지른 사람이 나인지라 멀거니 있을 수는 없었다. 하지만 저 강에 널린 게 물이라 해도 물을 뜰 만한 통이나 그릇 같은 것이 보이지 않았다. 있다 해도 두레박은 아니니까 쉽사리 떠올릴 수도 없을 것이다. 내 망토를 벗어 탁탁 쳐봤지만, 이걸로 잡을 수 있는 불은 아니었다. 그대로 뒀다간 배를 다 태우는 데도 얼마 걸리지 않을 것 같아 식은땀이 났다.

천만다행하게도 승강구에서 반야크 선장이 머리를 내밀었다. 이로써 세르무즈 국왕 폐하께서는 유족 위로 보조금으로 국고를 축낼 필요는 없게 되었다.

"뭐야! 불이 났잖아!"

물론 선장은 배 주인인 만큼 나보다 수십 배는 놀랐을 것이다. 그는 날다시피 승강구에서 튀어나왔다.

"물 어딨어, 물!"

"선실에 물통 없어요?"

그러나 선장은 곧이어 갑판에 벌어진 싸움의 흔적, 그리고 아직도 진행 중인 싸움을 보고는 말문이 막혀 버렸다. 뒤를 돌아본 나도 유리카와 나르디, 둘이 마지막 거인을 향해 협공을 펴는 모습에 할 말을 잃었다. 두 사람 다 몸이 가볍고, 검이 빠르다. 거인은 둘의 눈부신 움직임에 반쯤은 정신이 나갔지만, 이쪽에서도 결정타는 가하지 못하고 있었다. 대신 잔 상처는 온몸에 무수했다.

체력이 다한 거인은 마지막으로 유리카를 향해 오른발을 휘둘렀다. 유리카가 그걸 못 피할 리 없다고 생각했는데 갑자기 나르디가 부르짖었다.

"프로첸 오베르뉴!"

바닥에 흥건하게 흐른 피가 문제였다. 그걸 디딘 유리카는 발이 죽미끄러지면서 넘어졌고, 그 순간을 놓치지 않고 마지막 힘을 다해 검을 쳐든 거인이, 그녀의 정수리를 노리며 내리꽂았다.

"비켜!"

나는 달려갈 틈도 없이 그녀를 향해 미끄러져 갔다. 그와 동시에 나르디가 유리카 앞으로 달려드는 것이 보였다. 모든 것이 한순간에 결정될 상황이었다. 나는 검을 머리 위로 들어올렸다.

"가만 안 둬!"

등에 차가운 액체가 젖어든다. 유리카 앞에 이르자마자 나는 상체를 일으키면서 왼손으로 날을 잡고 막을 자세를 취했다. 나르디의 시미터가 거인의 팔꿈치 안쪽을 찢었지만, 거인은 약간 비틀거렸을 뿐 그대로 내 머리 위로 검을 내리쳤다.

그의 검과 나의 검, 두 검이 십자로 겹쳐졌다. 그리고······.

"으윽······."

힘의 대결이었다. 주변 사람들이 나를 보고 있는지, 거인이 어떤 표정을 하고 있는지, 유리카가 제대로 피했는지, 나르디가 어떻게 나를 도우려 하고 있는지, 전혀 보이지 않았다. 내 검을 내리누르는 엄청난 힘을 버티느라 팔 근육이 부들부들 떨렸다.

"······."

말하려 했던 것 같지만, 소리가 되어 나오지 않았다. 나는 몸을 조금씩 일으켰다. 거인이 마지막 힘을 짜내고 있다는 것이 느껴졌다. 그리고······ 조금씩 밀려가고 있었다.

힘이 평형에 이르는 순간, 나는 숨을 깊게 들이쉬었다가 내뱉으며 단숨에 몸을 일으켰다. 그 순간 거인의 칼은 그의 손을 떠나 허공으로 튕겨 올랐다.

"죽어!"

밀리는 순간, 거인의 팔에는 이미 어떤 힘도 남아 있지 않았다. 그는 맥없이 무너져 내렸다. 나는 일어선 반동 그대로 심장을 향해 검을 찔러 들어갔다. 그리고······.

멈췄다.

"······."

거인의 얼굴에는 아무런 감정도 없었다. 살려주어서 고맙다는 표정도, 져서 분하다는 표정도, 어떤 것도 나타나 있지 않았다. 모든 것을 잃어버린 사람처럼 무표정할 따름이었다.

"노, 놀랍다……."

그제야 내 귀가 기능을 되찾았는지 반야크 선장의 감탄한 목소리가 들려왔고, 유리카가 일어나는 것이 느껴졌다. 나는 마주선 자세 그대로 거인의 눈을 들여다보고 있었다. 장님처럼 허공에 초점이 박혀 있는 그 눈을.

"뭘 해! 불을 꺼야지!"

반야크 선장이 외치자 선실에서 뛰어나온 칼메르가 모래주머니를 들고 불이 난 곳으로 뛰어가는 것이 보였다. 이어 블랑디네가 머리를 내밀었고, 그녀의 언니 올디네도 갑판 위로 힘들게 올라왔다. 그녀들은 유리카를 붙잡고 반갑게 인사를 나누었다.

슬슬 동이 트는 가운데, 그랭그와르가 선원 일단을 데리고 달려오고 있다고 선장에게 보고하는 나르디의 힘찬 목소리도 들렸다.

나는 하늘을 바라보았다. 그렇게 어두웠는데 이제는 모든 것이 잘 보인다. 언제부터였을까? 기억이 나지 않는다.

숨을 쉬어 보았다. 내 몸은 언제나처럼 멀쩡하다. 나는 살아 있다. 저 시체들과는 달리.

2. 비밀 교환

"꽃의 수도다!"

도냐넨이 제일 먼저 커다랗게 외쳤다. 그는 이미 한 시간이나 장루에서 죽치고 있었기에 원하는 것을 발견한 지금 목소리가 몹시 들떠 있었다. 선원들이 술렁대기 시작했다.

하늘은 맑고, 바람이 분다.

"세상에서 가장 아름다운 도시에 왔다!"

칼메르의 반응도 도냐넨 못지않았다. 그는 갑판으로 달려 나와서 강에 뛰어내리기라도 할 기세로 뱃전에 달라붙었다.

"마브릴들의 연인, 세르네즈의 화관!"

과묵한—술을 마셨을 때는 논외로 친다면—그랭그와르까지 흥분해서 소리쳤다. '세르네즈의 화관'이라는 별칭은 전에 헤렐한테서 들은 일이 있지. 그러나 유감스럽게도 지금 계절은 세르네즈가 아니라 프랑드였다.

"멋진 곳이죠?"

나르디, 그건 연기냐 진심이냐?

그렇다면 나는…… 이 상황에서 할 말이 있을 턱이 없지.

마브릴들의 애국심은 유난스런 구석이 있는 모양이다. 아니면 겉으로 유난스럽게 드러내는 취미가 있거나. 그것도 아니면, 음, 내가 별로 애국심이 없는 것이든지.

그렇거나 저렇거나 간에 그들이 자신들의 수도, 꽃의 하라시바를 애인처럼 사랑한다는 이야기는 보탠 말 없이 사실인 모양이었다. 저 선원들이 이 수도에 몇 번이나 와 봤을까? 수십 번? 수백 번? 솔직히…… 강 한 번 오르내릴 때마다 오는 거잖아! 그런데도 저들은 수년 동안 찾았던 신천지에 막 도착한 사람들처럼 들떠 있었다.

내가 달크로즈에 가면 과연 저런 반응이 나올까? 아직 한 번도 안 봐서 확신은 못하겠는데.

내가 언젠가 달크로즈를 보게 된다면 저들의 열 배 정도는 날뛰어야 할 것 같다는 의무감 내지는 불안한 예감에 사로잡혀 있는데 유리카가 내 옆으로 다가왔다.

"나는 여기에 오는 것이 두 번째야."

유리카의 얼굴도 약간 상기되어 있었다. 그녀는 눈을 감고 바람에 실려오는 향기를 느끼려는 듯 숨을 깊게 들이마셨다.

"아아…… 프랑드의 향기."

하라시바는 여름에 가장 아름다운 도시라고 하지만, 봄에 피는 꽃들도 아름다운 것이 많으니까 그리 실망할 건 없었다. 하지만 내 일생에 다시 적국의 수도에 올 일이 생긴다면 그때는 꼭 세르네즈, 그러니까 여름에 와 보고 싶다.

별과 검의 노래 호와 작별해야 할 때가 왔다.

선착장에 선 나는 석양 아래 희게 펄럭이는 돛을 바라보았다. 그리고 아직도 잘못 수놓아진 무늬처럼 희미하게 남아 있는 붉은 핏자국을 다시 한 번 쳐다보았다. 어젯밤, 돛에 저 무늬가 그려지던 장면은 한동안 잊지 못할 것 같다.

갑판에 흐른 핏자국을 청소하고 쓰러진 도둑들을 묶어 놓는 데만 꼬박 반나절이 걸렸다고 했다. 나야 피곤한 몸을 이끌고 침대에 늘어지자마자 곧장 곯아떨어졌으니 청소를 했는지 어쨌는지 직접 보지는 못했지만 말이다. 내 마음 속의 조그만 걱정거리였던 주아니가 멀쩡하게, 그것도 침대 한가운데 벌렁 누워서 잘 자고 있었던 것 외에는, 그 날 더이상 내 주의를 끌 만한 일은 없었다. 늦게 온 사람들이 청소 정도 하는 것이 당연하다고 생각하니까 미안할 것도 없고 말이다.

나는 내 옆에 선 나르디를 보았다. 그는 어제 일은 모조리 잊은 듯 시원스런 미소를 띤 채 선원들과 일일이 악수를 나누고 있었다.

나르디는 어젯밤 갑판에 올라오기 전에 이미 미스릴이 실린 보트를 빼돌려서 배 아래쪽의 밧줄에 묶어 두었다고 했다. 그가 탔던 보트가 물결을 타고 도둑들의 보트 쪽으로 흘러가기를 기다려, 상자를 지키고 있던 놈을 단검 두 개로 수장시키고, 보트 두 척을 밧줄로 엮어서 배 아래로 끌어왔다는 이야기였다. 더 놀라운 건 조금 전에 잃어버릴 뻔했던 물건들을 다시 그 자리에, 지키는 사람도 없이 내버려두고 우리를 도우러 올라왔다는 점이었다. 그걸 낙천적이라고 봐야할지, 계산이 확실한 이상 걱정할 필요가 없다는 확신으로 이해해야 할지 모르겠다.

상자들을 되찾았을 때 선장과 칼메르의 희희낙락한 얼굴은 정말 볼 만했다. 누가 봤다면 그들이 강 밑에서 우연히 보물 상자라도 건져 낸 줄 알았을 것이다. 그런데 나르디는 두 사람의 지칠 줄 모르는 감동에 동참하지 않은 채, 아무 일도 하지 않은 사람처럼 시치미를 떼고 뒷전에 물러나 있었다. 모르는 사람이 봤다면 선장과 칼메르가 모든 일을 해낸 것처럼 보였을 정도였다.

참 이상한 점이 많은 녀석이다.

너란 녀석은 나와는 달라. 그렇다고 네가 싫다는 것은 아니지만, 나는 너처럼 되진 못하겠어. 하지만 너도 나처럼 될 순 없을걸.

"프로첸 유리카, 프로첸 올디네, 블랑디네, 아라디네, 미르디네, 다들 잘 가요!"

여자들한테 일일이 인사를 하고 있는 것은 도냐넨이다. 길을 잃었던 아라디네를 어느 거리에선가 찾아 온 것도 그였다. 그 날 밤 그랭그와르는 우리가 떠나고도 내내 정신을 못 차렸고, 하는 수 없이 그의 친구인 술집 주인이 주변 술집들을 뒤지고 다녔다고 했다. 결국 새벽녘에 간신히 선원들을 찾아낸 사람도 그 술집 주인이었다. 그 즈음 정신을 차린 그랭그와르와 다른 선원들이 아라디네의 일을 기억해 낸 것은 그러고도 한참이나 뒤의 일이었다.

"네, 안녕히!"

"고마웠어요!"

올디네와 블랑디네는 인사를 했지만, 미르디네는 나르디에게 자기 집에 오겠다는 약속을 받아내려고 애쓰느라 도냐넨의 인사를 받을 정신 같은 건 없었다. 아라디네는 기분이 좋지 않아서 그가 인사를 해도 듣는 둥 마는 둥 대강 손을 흔들어 보였다. 어젯밤에 복잡한 사건이 생겼고─선장과 칼메르는 미스릴 이야기가 일체 새어나가지 않도록 해 달라고 몇 번이나 간곡하게 당부했다. 우리는 거의 협박당하는 기분이었지만 말이다─싸움이 있었다는 이야기 등을 그녀도 전해 듣긴 했지만, 그동안 모두가 그녀를 잊어버리고 있었다는 것에 마음을 상한 듯했다. 아라디네처럼 따돌림에 익숙한 사람일수록 그런 일에 특히 예민한 법이다.

"잘 가!"

누군가가 내 손을 덥석 잡는 바람에 나는 흠칫 놀랐다. 맞잡은 손을 덩달아 흔들면서 상대의 얼굴을 보니 칼메르였다. 새벽녘부터 온몸이 쑤시고 결린다며 선실에 박혀 있다가, 하라시바가 보이기 시작하니 다시 살아난 것처럼 뛰어다니고 있는 그였다. 그의 얼굴에 아쉬움이 어렸다.

"어디 가나 좋은 일만 있어라. 어제는 정말 신세를 많이 졌다. 언젠가 갚을 날이 오면 좋겠는데. 그리고…… 네 녀석의 무식한 힘에는 정말 놀랐다. 대담한 것도 마찬가지고. 그런 식이라면 언젠가 반드시 큰일 하겠다."

"고맙습니다. 참, 그리고…… 호코다로는 어떻게 되죠?"

나는 인사하다가 문득 거인의 일을 물었다. 거인의 진짜 이름은 내 예상과 반만 일치한 셈이 되었다. 칼메르는 별 것 아니라는 듯 어깨를 으쓱했다.

"선장님께서 다른 놈들과 함께 국왕 폐하께 넘길 거다. 녀석이 무얼 알고 무얼 모르든 간에, 아마 반역죄로 다스려지겠지."

그 녀석, 정말 아무것도 모르는 눈치였는데.

달아나지 못하고 포로가 된 도둑들은 네 명이었는데, 그중의 하나가 내가 마지막에 살려준 호코다로였다. 나르디가 찌른 거인은 물론이고 유리카나 칼메르가 공격한 사람들은 전부 죽었다. 내가 일부러 급소를 피해 찔렀던 다른 거인도 오래 버티지 못하고 아침녘에 눈을 감았다.

날이 밝은 뒤 다친 사람들을 치료하면서 잠깐 신문(訊問)이 있었는데, 다른 사람들과는 달리 호코다로는 그가 한 일에 대해 아무 것도 모르는 것 같았다.

"뭘 하러 왔는지 정말 몰라?"

"······우우······ 호코, 호코······."

우리가 겨우 이해할 수 있었던 이야기는 죽은 두 거인이 이 거인의 동생들이라는 것뿐이었다. 그들의 이름조차 제대로 들을 수 없었다. 예상컨대 '호코'로 시작할 것 같지만 말이다.

칼메르조차도 호코다로의 일에는 쯧쯧 혀를 찼다.

"불쌍한 놈······."

그러나 마브릴들의 '불쌍한'은 나와 개념이 다른 모양이다. 그렇게 말하긴 했어도 칼메르는 아무렇지도 않게 그를 반역자들과 함께 넘기겠다고 했다.

"그렇군요……."

나는 속으로 생각했다. 이들이 호전적이라는 말의 뜻을 조금쯤은 알 것 같다고. 그리고 내가 엘라비다 족이라는 것을 알면 저들이 어떤 반응을 보일까 궁금해졌다.

호코다로의 일은 내가 참견할 수 있는 일이 아니다. 그러나 나는 조금 씁쓸해졌다.

"나중에 또 찾아뵙겠습니다!"

나르디는 마지막으로 선장에게 보고하듯이 외쳤고, 선장은 웃으면서 그의 어깨를 끌어안았다. 저들이 나르디가 엘라비다 족 특유의 반짝거리는 금발을 가졌다는 것을 알면 태도가 달라질까?

"녀석, 그런 칼 솜씨가 있으면서 숨겼냐?"

"어제 끝내주게 활약했다면서?"

"잘 가라, 아쉽다."

나르디의 어깨를 툭 치며 인사하는 선원들의 말투도 정겨웠다. 나르디는 저들을 속인 것에 아무 가책도 없을까 문득 궁금해졌다.

"어제처럼 좋은 항해 하세요!"

우리는 합창하다시피 마지막 인사를 마친 다음, 북적이는 사람들 속으로 섞여 들어갔다.

"블랑딘은 좋은 의사를 찾아봐야 해. 상처를 잘 보살피지 않으면 어떻게 될지 몰라."

올디네는 어제 자신이 최고의 걱정거리였다는 것을 아는지 모르는지, 버릇대로 주변 사람들을 걱정하기 시작했다. 갇혀 있었을 뿐 별다른 피해는 없었던 그녀는 처음에 블랑디네의 상처를 보더니 옆 사람이 더 놀랄 정도로 비명을 질렀다.

"어머나, 어쩜 블랑딘!"

블랑디네가 싸워보기나 하고 그런 상처를 입었더라면 우리도 그 기분을 이해했을지 모르지.

올디네는 멋대로 이렇게 저렇게 논리를 전개하더니 이제는 블랑디네를 누가 업기라도 해야 한다는 쪽으로까지 이야기를 발전시키고 있었다. 난 불안해졌다. 아까부터 한시라도 빨리 이들과 헤어져야겠다고 마음먹고 있었는데, 그 이유가 하나 더 늘어난 것 같다.

자칫하다간 업어야 되게 생겼잖아!

미르디네는 내 속을 아는지 모르는지 자기가 하고 싶은 말만 계속 재잘거렸다.

"아시엘 오빠, 우리랑 같은 여관에 묵을 거지? 그렇지? 꼭 그럴 거지?"

이들만 없다면 이제 그만 헷갈리고 나르디라고 불렀으면 좋겠는데 말이야.

나르디는 대답 대신 웃고 있긴 했지만 곤혹스런 기색이 역력했다. 안다 알아, 네 기분.

"미르딘, 그게 말야……."

슬슬 번화한 큰길로 접어들려는 참인데, 유리카가 갑자기 멈춰 섰다. 그러더니 자매들을 돌아보았다.

"지금까지 함께 여행하며 즐거웠어요. 이제 그만 헤어져야 할 것 같네요. 저희는 따로 볼일이 있거든요."

유리카가 설마 나르디를 배려해서 저런 소릴 한 걸까?

내가 의아해하고 있는 사이에 유리카는 바르제 자매들에게 하나하나 악수를 청했다. 블랑디네가 유리카의 손을 좀 오래 붙잡고 있었다. 어제 같이 싸웠다고 그새 정들었나? 어쨌든 블랑디네는 나중에 자기 고향 도시에 오게 되거든 꼭 들러 달라는 말까지 잊지 않았다.

"그럼, 잘들 가요. 프로첸 오베르뉴, 마디렌 크리스차넨."

"여러분도 즐거운 여행 하세요."

나르디가 뭔가 말할 차례였다. 우리한테 잘 가라고 하든, 바르제 자매들한테 잘 가라고 하든 간에. 여러 사람들, 특히 미르디네의 눈이 나르디의 얼굴에 박혀 있었다.

"음, 저는……."

미르디네가 슬그머니 손을 잡아끌려고 했지만 그는 얼른 손을 등 뒤로 감췄다. 그러더니 예의 미소를 띠며 말했다.

"프로첸 바르제 여러분들과 작별을 해야겠습니다."

나는 어제오늘 나르디의 성격을 좀 더 알 것 같은 생각이 든다. 녀석은 사람 좋은 미소에, 언제나 누구한테든 친절하긴 하지만, 결정을 내릴 때는 놀랄 만큼 흔들림이 없다. 적이라고 판단된 자를 단숨에 베어 버릴 때도, 울며 매달릴지도 모르는 소녀를 뿌리치고 떠날 때도.

"아시엘 오빠!"

나르디는 미안한 듯이 웃어 보였다. 그가 보일 수 있는 최대한의 예의였다.

"저는 친구인 파비안과 좀 더 함께 지내고 싶군요. 그럼 아름다우신 프로첸 여러분, 댁까지 안전한 여행 하십시오."

나르디는 승합 마차의 마부처럼 인사를 마치더니 몸을 돌렸다. 이럴 때 머뭇거리는 것은 나지, 나르디나 유리카는 그런 성격이 아니었다. 둘은 인사를 마쳤다고 생각하자 뒤도 돌아보지도 않고 걸음을 옮겼다.

"그······ '어제처럼' 좋은 여행을."

나는 최대한 사람 좋은 미소를 얼굴에 머금어 보인 뒤, 울상이 된 미르디네의 얼굴을 한 번 쳐다보고서, 아라디네의 얼굴은 일부러 안 쳐다보면서, 도망치듯 그 자리를 떠났다.

"어서 오십시오!"

수도의 여관이라 그런가, 우리가 어느 여관 앞에 멈추자마자 심부름꾼으로 보이는 남자가 얼른 뛰어나와 반겼다. 방 두 개를 잡고, 저녁 식사 전에 이야기나 하자며 1층 식당으로 내려와 자리를 잡는 내내 주인도 급사도 마치 입안의 혀처럼 친절했다. 점원인 내가 감탄할 정도라면 보통이 아니지. 심지어 수도에 처음 와보셨냐고 묻더니 관광 안내까지 해주겠다고 나서니 말이다. 물론 우리는 황급히 고맙지만 사양하겠다고 말했다. 난 우리나라의 수도도 안 가본 주제에 졸지에 남의 나라 수도부터 구경하게 될 뻔했다.

이 여관의 친절 봉사 정신을 증명하는 점은 또 있었다. 여관의 이름 이야기다. 이름이 뭐였냐고?

"이 여관 이름, 웃기지 않니?"

"아주 실질적인 이름이지 뭐. 이러고서 쉰다고 간판 내걸면 욕 좀 들어먹겠다."

"그럼 아주 자신감이 실린 이름이군."

여관 이름은 '연중무휴'였다.

여기까지 걸어오면서 나르디와 유리카는 금방 말을 놓는 사이가 됐다. 배에서는 내내 '프로첸 오베르뉴', '마디렌 롤피냥'이라고 부르던 둘이었는데 아무래도 그건 남들 눈을 의식한 연기였던 것 같다. 유리카는 아시에르보다는 나르디 쪽이 몇 배 낫다고 말했고 그건 내 생각도 마찬가지였다.

불행한 주아니는 나르디 때문에 벙어리, 아니 나무 인형이라도 되어버린 것처럼 배낭 주머니 어딘가에서 꼼짝 않는 신세가 되어버렸다.

또 하나, 우리들의 화젯거리가 있었다.

"마브릴들은 정말 계산이 확실한 족속이란 말야."

나와 유리카는 어제 그들을 도와준 대가로 생각지도 않은 돈을 손에 쥐게 되었다. 그걸로 방금 여관비도 치렀다. 지금껏 여행하면서 돈이 궁하진 않았지만, 더 있어서 나쁠 것은 없었다. 무엇보다도 그들은 우리가 사양하도록 내버려두지 않았다. 거의 막무가내에 가깝게 쥐어 준 돈주머니를 나중에 열어 보니 상당한 액수였다.

물론, 그들이 우리의 일을 국왕 폐하께 말씀드려 상을 타도록 하겠다는 말에는 나와 유리카 둘 다 펄쩍 뛰었다. 언제 봐도 좀 이해할 수 없을 정도로 느긋한 나르디만 빼고서 말이다.

"괜찮아요!"

"우린, 그저 도왔다는 것만으로도 족해요!"

유리카가 자꾸 그러면 이 돈조차 받지 않겠다고 정색하고 말해서, 세르무즈 국왕 폐하 앞까지 불려가 우리 정체를 폭로 당하는 꼴은 간신히 면하게 되었다. 친절도 함부로 베풀 일이 아니라는 걸 깨달았다고나 할까.

그런데 이 여관 직원들은 뭘 믿고 이렇게 친절하지?

"음료수라도 갖다 드릴까요? 맥주? 주스?"

"아니, 별로…… 괜찮은데…….

"그럼 뭐 다른 것? 창문을 열어 드릴까요? 아니면…….

……두렵기까지 하군.

우리는 그 뒤로도 이어진 각종 제의들을 간신히 뿌리친 다음, 마브릴을 '호전적인 민족'이 아니라 '과잉 친절의 민족'이라고 불러야겠다는 마음을 다졌다. 아니면 하라시바 땅에는 사람들이 범상치 않은 행동을 하게 만드는 괴상한 힘이 있을지도 모른다. 하라시바가 보이는 순간부터 들떠서 소리 지르던 선원들처럼 말이야.

"그러나저러나 나르디, 넌 어쩌다가 이 나라에 와 있는 거냐? 설마나하고 말한 것 때문은 아닐 테고, 무슨 볼일이라도 있는 거냐?"

녀석이 배에서는 대강 웃으며 넘기려들던 문제를 이번엔 꼭 물어봐야겠다 싶었다. 나르디는 웃었다. 하긴 저놈이야 항상 웃는다.

"음…… 뭐, 다양한 볼일이 있지. 세상 구경하는 게 내 목표이기도 하고 말일세. 선원 일도 재미있었지. 그만하면 배워 둘 만한 일이다 싶었거든."

어라?

"너, 말투가 다시 왜 그러나?"

"자네한테까지 내가 꼭 불편한 말투를 쓸 필요 있겠나? 내가 배에 있는 동안 얼마나 말하는 데 불편을 겪었는지 자네는 상상도 못할 거야."

"……."

그건 거꾸로야, 이 친구야! 이 말투가 불편하고, 전의 말투가 편한 거란 말이다.

지난번에 녀석의 말투를 들은 일이 없었다면 장난한다고 생각했을 테지만, 이 녀석이라면 충분히 그러고도 남는다. 나르디는 정말로 이 말투가 편하고 그 말투가 불편했던 모양이었다. 거짓말 못하는 얼굴에 그렇게 쓰여 있었다.

"정말이지…… 그럼 전에도 말했지만, '자네'만이라도 고쳐주면 안 될까?"

"알았네. 고치도록 노력해 보겠네. 그럼 파비안 '너'는 무슨 일로 여길 왔는가? '너'야말로 설마 그 예언자의 말 때문에 온 건 아닐 것 아닌가."

녀석의 '너'는 꽤나 어색하게 들렸다. 젠장, 웃기는 놈이야.

"음……."

입을 열려고 하니 사실대로 말하고 말고 하는 것보다 앞서는 문제가 있었다. 나는, 내가 여기서 뭘 할지 제대로 알고 있는 건가?

일단 여기까지 왔으니 헤렐에게 들은 대로 융스크-리테를 찾아가긴 할 생각이었다. 의지할 수 있는 정보라고는 그것밖에 없으니 말야. 그런데 그 다음엔? 하늘에서 계시라도 내려오길 기다려야 하는 거라면 진짜 난감한데.

산 밑에서 움막 짓고 밭이라도 갈면서 기다려야 되나? 헤렐이라는 양반, 이왕 말하는 거 좀 더 자세했으면 얼마나 좋아. 최소한 3년만 기다리면 하늘에서 보석이 뚝 떨어질 거라거나, 그렇게라도 말야.

이렇게 나조차도 궁리해 보면 암담한데, 다른 사람한테 설명한다고 한들 납득이 될 리 없었다. 내가 한동안 우물쭈물하고 있는데 유리카가 대신 입을 열었다.

"우린, 스조렌 산맥으로 갈 거야. 찾아볼 게 있거든."

"뭘 찾는데?"

"보석."

어라, 그냥 말해 버리네?

"무슨 보석?"

나르디는 자기 때와는 달리 호기심을 보이며 계속 물었다. 이건 불공평한데.

"비싸고, 좋고, 크고, 예쁘…… 다기보단 단단하고, 기가 막히게 빨간 보석이지. '모나드의 눈동자'라고 불리는."

나와 나르디는 동시에 어리벙벙한 표정이 되었다.

내가 되풀이했다. 아니, 되풀이하려 했다.

"비싸고, 좋고, 빨갛고, 그리고 뭐냐, 모나드의…… 눈동자?"

유리카는 아이처럼 배시시 웃었다. 저렇게 웃는 것은 또 처음 보았는데.

"응."

"너, 정말 다 알고 있는 거야? 어디에 있는지도?"

나르디가 의아한 눈으로 나를 쳐다봤다. 같이 찾으러 가는 건데 왜 유리카는 알고 나는 모르느냐는 거겠지?

나도 사실 그게 궁금하다고!

"유리, 좀 더 자세히 말해 봐. 얼마나 더 알고 있는데? 뭘 알고 있는데?"

유리카는 말할 생각은 있지만 장소가 적절하지 못하다는 표정을 지었다. 물론 이런 복잡한 의사가 아무한테나 전달되는 것은 아니다. 나르디의 반응은 이랬으니까.

"너희들, 뭔가 재미있는 이야기를 하는 것 같은데?"

나는 우물쭈물했다. 나르디더러 잠시 자리를 비켜달랄 수도 없고, 우리끼리만 다른 데로 간다는 것도 그렇고, 그렇다고 지금 당장 안 들으면 다음에는 언제 이야기를 꺼낼지 그것도 모르겠고.

유리카는 내 반응이 답답했는지 결국 하고 싶은 말을 그냥 뱉어 놓고 말았다.

"나르디, 네가 있어서 이야기하기가 불편한 거야. 첫째, 너를 만난 지 얼마 안 되었고, 둘째, 너는 네 이야기를 아무것도 털어놓지 않았으니까 말야. 나는 네가 좋지만, 믿어도 좋다는 보장이 하나도 없잖아? 아주 중요한 얘기니까 아무 앞에서나 하진 않을래."

아이고, 저렇게 직선적인 말은 분명 아무나 하는 게 아닐 거야. 돌려 말하는 법을 좀 배우라고.

그러나 나르디는 놀랍게도 싱긋 웃었다.

"네 말이 맞군. 그럼 어떻게 하면 좋을까? 자리를 비켜 줬으면 한다는 건 알겠지만, 난 그 이야기를 꼭 듣고 싶거든? 다른 대안이 있으면 말해 줬음 하네. 별로 비켜 줄 마음이 없군."

나 혼자 이상한 사람들 사이에 끼어 앉은 기분이었다. 유리카도 어쩔까 생각하는 표정이었다. 하긴, 저렇게 말하는데 이런 식으로 대꾸하는 사람도 드물 거야. 의외의 강적이군, 둘 다.

유리카가 입을 열었다.

"절대 비켜주지 않겠단 거야? 어떤 조건을 제시해도?"

"이야기를 다 알게 된다는 것 외엔 사양하겠어."

"왜 그렇게 남의 이야기에 관심이 많은데?"

"물론, 그 점은 미안하게 생각하네. 나라고 늘 그런 것은 아니거든. 그런데 이번엔 아주 중요한 이야기이며 내가 알아둘 만한 것이라는 냄새가 나는군."

"정말, 예의가 없잖아."

대놓고 그렇게 말하는 유리카나 그래봤자 꿈쩍도 하지 않는 나르디나 막상막하였다. 둘은 한동안 서로를 빤히 바라보기만 했다. 좀 더 설명하자면 유리카는 뭔가 알아내려는 사람처럼 탐색하는 눈을 했고, 나르디는 자기를 믿어달라는 듯 선량한 눈이었다. 녀석, 수 쓰는데.

유리카가 한숨을 쉬더니 두 손을 탁자 위에 올려놓았다.

"좋아. 그럼 내 조건을 받아들여."

"어떤 것이지?"

유리카의 눈빛에 다시 생기가 돌기 시작했다. 목소리에도 장난기가 넘쳤다.

"비밀 교환."

저녁 식사는 아주 근사했다.

하라시바는 강변 도시지만 멘느 강과 이어지는 두 줄기의 오라즈 강이 어획고가 많은 롱봐르 만까지 이어져 있어서, 좀 괜찮은 식당을 찾기만 하면 강과 바다의 별미를 모두 맛볼 수 있다고 했다. 우리도 그런 식당이 딸린 여관을 찾았던 모양이었다.

나르디와의 재회, 그리고 수도에 온 것도 기념할 겸 '연중무휴 정식 해산물 코스'를 셋 시켰다. 나르디 녀석을 만날 때면 꼭 그럴듯한 것을 먹게 되는 것 같다. 하지만 별과 검의 노래 호에서 생각지 않게 번 돈을 이렇게 써 보는 것도 괜찮겠지.

게살로 만든 수프가 먼저 나왔는데 향이 아주 독특했다. 그리고 입맛을 돋구기 위한 음식으로 생크림을 섞은 홍합요리. 유리카도 이건 처음 먹어본다고 말했다.

각자에게 나온 주 요리는 모두 달랐다. 누구든지 광어 살을 채운 송어 찜, 훈제연어 스테이크, 도미 치즈구이 중에서 하나를 선택하라고 하면 평생 해본 일 없는 고뇌에 빠지지 않을 수 없을 거다. 거기에 대합 크림소스 구이, 생선살과 야채로 만든 롤 튀김, 베이컨으로 만 새우, 레몬 즙을 끼얹은 굴이 따라 나오면 눈을 어디 둬야 할지 헤맬 수밖에 없겠지.

식사가 끝날 즈음 나는 내가 무엇 무엇을 먹었는지 새삼 헤아려보느라 소화에 막대한 지장을 초래했다. 물론 전에도 느낀 거지만 이상한 요리가 잔뜩 나와도 당황하지 않는 것은 나르디의 특기 중 하나였다.

"마브릴들의 요리도 괜찮은데."

사실 나르디는 느긋하게 요리를 즐길 입장이 아니었다. 유리카가 한 제안에 대답하기 전에 시간을 달라고 한 것은 나르디였으니까.

'비밀 교환'을 하는 방법은 이랬다. 우선, 서로 알고 싶은 것을 한 가지씩만 묻는다. 그리고 각자 그 질문에 대답할 것인지 아닌지를 결정한다. 한 쪽에서 대답하지 않으면, 다른 쪽도 대답하지 않아도 된다. 저 쪽에서 대답했는데 이쪽에서 대답하기 싫다면 한 차례 거부할 수 있지만, 결국은 저쪽에서 대답하지 않을 때 대답으로 갚는 수밖에 없다. 무응답은 두 개 이상 쌓아둘 수 없었다.

다시 말해, 이 내기는 질문을 요령 있게 하는 것이 관건이었다.

"머리 아픈걸."

식사가 끝나고 테이블이 치워지자 나르디는 곤란한 표정을 솔직히 드러내면서 말했다. 물론 여전히 웃고 있었지만 그건 곤혹스런 미소였다.

"싫으면, 그만두면 돼."

유리카는 양보할 생각이 없는 듯 재빨리 대답하더니, 내게 빙긋 웃었다. 나는 숨길 것이 없는 사람이라, 솔직히 두 사람 다 뭘 그렇게 숨기고 싶어 하는지 궁금해 죽겠다.

나르디는 손을 머리카락 속에 넣어 긁적거리며 오랫동안 생각했다.

나도 뭔가 숨겨놓고 있을걸 싶어 소외감까지 느끼는 참인데 나르디가 고개를 들더니, 에라 모르겠다는 어조로 말을 뱉었다.

"좋아. 해, 하자고."

드디어 흥미진진한 구경이 시작되는군.

나는 당장 구경할 준비에 착수했다. 급사를 불러 맥주나 한 잔씩 갖다달라고 하고, 양쪽의 얼굴이 잘 보이는 위치로 의자를 옮기고, 등받이에 몸을 기대며 편안한 자세를 취했다. 유리카가 어이없다는 듯이 날 바라보았다.

"넌 뭘 하니?"

"구경꾼의 진정한 자세를 보여 줄 생각인데?"

유리카는 불만스럽다는 듯 입술을 비죽이더니 나르디한테 말했다.

"나르디, 우리 쟤 빼놓고 이야기할까?"

"파비안 자네는 순 공짜로군? 우리한테 해줄 이야기 없나?"

어…… 이게 어떻게 되는 거야?

나는 후닥닥 몸을 일으켜서 두 사람을 바라보았다. 특히 유리카를 보았다.

"뭐야, 원래 나한테 해줄 이야기였잖아!"

유리카는 입술을 내밀어 보였다.

"그러면 좀 진지한 자세로 임해 보란 말야. 둘 다 비밀을 털어놓겠다고 골머리를 썩이려는 참인데, 넌 자세가 그게 뭐니? 우리가 널 위해서 공연이라도 준비하는 줄 알아?"

"그럼 날더러 어쩌라고? 공손히 두 손 맞잡고, 일어서서라도 들을까?"

둘은 얼굴을 마주 보았다.

"음, 그거 좋겠다."

"역시 그렇겠지?"

"……."

주객이 전도된 것 같았지만 별 수 없었다. 이리하여 나는 내가 지을 수 있는 가장 진지하고 근엄한 표정을 흐트러짐 없이 유지하면서 이야기를 들어야 하는 엉뚱한 난제를 떠맡게 되었다. 내 생각인데, 이건 너희 둘의 게임보다 훨씬 어려운 일이라고. 이런 엄숙한 표정은 어머니 장례식 말고는, 그 전에도 그 후에도 지어본 일이 없단 말이다.

그래. 이야기가 재미없기만 해봐라. 내가 별로 할 이야기는 없지만…… 어쨌든, 너희들한테 게퍼 쿠멘츠 이야기든, 건방진 영주 아들놈 아르노윌트 이야기든, 내 이야기를 밤새워 들어야만 하는 의무를 부여할 테니까 말야. 물론, 지금의 내 표정으로 말이다.

"좋아, 첫째 질문."

서로 먼저 말하라는 듯이 뜸을 들이다가, 결국 유리카가 입을 열었다.

"본명을 말해봐."

녀석의 본명이 '아시에르 롤피냥'이 아니란 거야 알지만 '나르디'도 아니란 거야?

"야, 너 나르디가 본명 아니야?"

"일단 네 질문부터 해."

유리카가 내 말을 막으면서 나르디에게 질문을 내놓으라고 재촉했다. 나르디가 조금 망설이더니 말했다.

"내 질문은…… 너희들이 찾는 빨간 보석의 용도가 무엇이냐는 거지."

"그거라면."

표정을 보니 나르디는 대답할 자신이 없는 모양이어서 난 어이가 없었다. 본명조차 지금껏 숨겨왔다니, 뜻밖의 사실이었다.

그러나 유리카의 표정은 대조적으로 자신만만했다.

"빨간 보석은 어떤 늙은 양반을 되살리기 위한 열쇠야."

"어떤 늙은 양반? 늙은 양반이 누구야?"

되물은 건 나르디가 아니고 나였다. 유리카가 눈썹을 찌푸리면서 내쪽을 보았다.

"아이 참, 파비안, 가만히 있어. 너 때문에 내기에 진단 말이야. 나르디가 물을 걸 네가 대신 물으면 어떻게 해?"

그러자 나르디가 입을 열었다.

"그 정도 대답은 너무 성의가 없지. 최소한 어떻게 살린다거나, 열쇠가 된 이유가 무엇이라거나, 그 늙은 양반이 누구라거나 하는 말 정도는 해 주어야 하는 것 아닌가."

내가 듣기에도 일리가 있었다. 나와 나르디는 한패가 되어 유리카의 얼굴을 쳐다봤다.

"어떻게 같은 건 없어. 그 보석을 찾기만 하면 살아나는 거란 말야. 열쇠가 된 건 당연히 그 늙은 양반이 그렇게 하자고 그랬으니 그런 거고, 늙은 양반은 그냥 늙은 양반이야. 오래되어서 이름도 잊어버렸어. 그리고 파비안 너는 누구 편이니?"

나는 대답 대신 말했다.

"내가 왜 그 늙은 양반을 살려야 되는데?"

유리카는 내가 도움이 안 되어 신경질이 난 모양이다. 그러나 이건 나도 알아야 할 일이라, 미안하긴 해도 유리카를 도와줄 수가 없었다. 혹시 유리카가 이기는 데 저녁 값 내기라도 걸었으면 얘기가 달라질지도 모르지만.

유리카는 약이 올랐는지 갑자기 쏘아붙였다.

"원래 아룬드나얀은 그런 거야! 늙어빠진 양반들을 살려내는 게 그 목걸이의 목적이란 말야!"

"무슨 소리야?"

유리카는 내가 알아듣거나 말거나 개의치 않았다.

"그야말로 사람 고생시키는 목걸이지. 대륙 이곳저곳에 흩어져서 자고 있는 양반들을 깨우러 다녀야 되니까! 모나드의 붉은 보석이 세르무즈 산골짜기에 숨겨져 있다면 세르네즈의 푸른 보석은 달크로즈 근처에 있는 숲까지 가야 되는 식이라고."

나는 방금 들은 이야기에 얼이 빠졌다. 유리카는 정말로 모든 보석의 위치를 다 알고 있는 건가? 마치 자기가 숨기기라도 한 것처럼? 아버지는 분명히 아룬드나얀이 우리 가문에 전해 내려오는 물건이라고 했고, 그런 아버지도 목걸이의 비밀을 알지 못했는데, 어떻게 유리카가 더 잘 알고 있는 거지?

그래서 그렇게 보석들을 모조리 모으면? 그 늙은이들보다 훨씬 대단한 사람이 되살아나기라도 하는 거야?

쳇…… 기왕 살아나는 거라면 우리 어머니 같은 사람을 살리면 안 되는 건가?

"다 살려내면, 무슨 결과가 오는 건데? 정말로 전에 네가 말한 것처럼 세상의 위기를 막는……."

"그만, 그만."

유리카는 갑자기 손을 내저었다.

"이만하면 내 대답은 됐겠지? 나르디, 네 대답 해. 안 할 거면 다음 질문 할거야."

"……다음 질문을 해주게."

의문들은 일단 가슴 속에 차곡차곡 넣어 두었다. 이 내기가 끝난 뒤에 모두 물어 볼 심산이었다.

유리카가 말했다.

"다음 질문, 네가 세르무즈에 온 진짜 목적."

나르디도 말했다.

"내 질문, 왜 파비안을 돕지?"

그리고 유리카는 냉큼 대답했다.

"내 대답. 친구니까. 됐지?"

나르디의 얼굴에 '이거 손해 보겠는데' 라고 쓰여 있는 것이 보여서 나는 키득거렸다.

"진짜 목적이 따로 있냐는 말은 좀 그렇군. 그런 것이 본래 있었어야 말이지."

나르디가 머리를 긁적거리다가 말하자 유리카가 말했다.

"그럼 바꿔줄게. 진짜 목적이 아니라 주목적!"

"으음……."

우리는 나르디가 망설이는 동안 관대하게 맥주를 마시며 기다려 주었다. 그러나 보답은 보잘것없었다.

"내가 할 수 있는 최상의 말은, 목적이 있든 없든 간에 지금 내 머릿속에 있는 생각을 발설해선 안 된다는 거야. 정말 그것뿐이네. 나를 위해서도 그렇지만, 그대들을 위해서도 역시 그래."

이 말에 해줄 대답이라곤 하나뿐이었다.

"무슨 말이 그래? 너 혹시 지명수배자라도 되냐?"

"맞아."

그러고 보니 나르디를 처음 만났던 이베카 시에서도 현상범을 찾으러 다니는 듯한 사람들이 있었는데?

그러나 나르디는 침착했다.

"다른 질문이라면 다 대답하겠어. 내가 누구인지, 무엇을 하려 하는지는 묻지 말아주게나. 나중에 때가 되면 다 밝힐 테니까. 정말일세, 진심이야."

나르디는 자기의 특기이자 필살기인 '궁극의 노인네 말투'를 써 가며 정중하게 자기 입장을 변호했다. 그러나…….

"불공평해. 그럼 뭘 말해주려고? 대신에 숨겨진 보물 지도 얘기라도 해주겠다는 거야, 뭐야?"

"친구라고 생각한다면 이건 너무하잖아. 적어도 못 말해 주는 사정이라도 이야길 하라고."

"그 못 말해주는 사정이 바로……."

"변명일 뿐이잖아. 너 범죄자지? 분명해. 맞지?"

정중함도 청자를 잘 골라야 하는 법이다.

사람이 많아져서 방으로 올라온 뒤에도 내기는 끝나지 않았다. 아니, 점차 심각해지고 있었다. 유리카가 빨간 보석에 대한 이야기에 이어 좀 문제 있는 대답이긴 해도 어쨌든 나를 돕는 이유, 그리고 자신이 아스테리온 무녀라는 사실까지 밝히는 동안 나르디는 곤란하다는 표정만 지을 뿐이었으니 말이다. 도대체 왜 내기를 하자고 한 거야, 이 녀석은.

녀석은 자기 본명도 못 밝히겠다, 세르무즈에 온 목적도 이야기할 수 없다, 가족 이야기도 안 된다, 지금부터 뭘 할 계획인지도 말할 수 없다, 하여간 모조리 안 되는 것뿐이었다. 유리카가 화가 나서 눈을 굴리다가 입을 뗐다.

"그럼 좋아. 아주 쉬운 질문. 어젯밤에 배에 도둑이 들었을 때, 너는 한참 뒤에 갑판 위로 올라왔지? 기껏 보트 두 개를 묶어놓는 일이 그렇게 오래 걸릴 리가 없는데 말야. 그 아래에서 뭘 했니?"

나도 어렴풋이 생각했던 사실이지만, 녀석이 그렇다니까 그렇겠거니 했지, 그 사이에 다른 일을 했을 거라는 생각까지는 하지 못했다.

"그거라면……."

녀석이 입고 있던 조끼의 주머니를 뒤적이더니 뭔가를 끄집어내어 침대에 떨어뜨렸다. 하얀 시트 위에서 반짝이는 은빛 동그라미들이 굴렀다.

"뭐야, 이건?"

동전들이었다. 모두 다섯 개. 하나하나가 한 손으로 쥘 수도 없을 만큼 큼직해서 최근에 쓰이던 동전은 아닌 듯했다. 세르무즈 동전도 아니고, 이스나미르 동전도 아니다. 나는 그중에 하나를 집어 들었다.

"어?"

하얗게 반짝이기에 은이라고 생각했는데, 의외로 가볍잖아?

집게손가락으로 집어 이리저리 돌려보니 표면에 글자와 그림들이 새겨진 것이 보였다. 글자라고는 했지만, 사실 읽을 수 있는 것은 하나도 없었다. 나머지들도 마찬가지였다. 무게는 가볍고, 은색으로 빛났으며, 이상한 문자와 그림이 새겨져 있었다.

하나같이 방금 주조한 새 동전처럼 깨끗하다는 것도 이상했다. 모서리조차 닳지 않았고, 빛이 바랜 흔적도 없었다.

나르디가 말했다.

"요즘 쓰이는 주화는 아니네. 아주 오래 전의 동전들이야."

"그런데 이렇게 깨끗해?"

유리카가 끼어들어 말했다.

"미스릴. 미스릴은 닳지 않아."

갑자기 모든 것이 분명해졌다.

그래, 그 미스릴. 그런데 칼메르는 왜 거짓말을 했지? 분명 괴(塊)로 만들어진 미스릴이라고 했잖아? 그런데 동전?

나르디가 조금 더 설명했다.

"상자 다섯 개를 다 살펴봤지만 든 거라곤 동전들뿐이었네. 모양이 가지각색이긴 해도 새겨진 그림의 양식이 비슷한 것을 보면 같은 시대의 동전이란 걸 알 수 있지. 물론 동전이었으니까 내가 몇 개 빼돌릴 수도 있었던 거고. 그들의 말대로 미스릴괴였다면 한 개만 꺼냈어도 금방 들통이 났을걸."

이해가 갔다. 동전이 다섯 개인 걸 보니 나르디는 나중에라도 상자 간 무게 차이로 눈치채지 못하도록 한 상자에서 한 개씩 꺼낸 것이 틀림없었다.

미스릴이라는 금속을 한 번도 본 일이 없는 내가 이걸 못 알아본 것도 무리는 아니다. 이건 뭐라고 불러야 하나. 금으로 만든 동전은 금화, 은이면 은화, 그럼 이건 미스릴화?

"미스릴 같은 금속으로 동전이나 만들고 있던 시대는 도대체 얼마나 잘 먹고 잘 살던 시대야?"

내 불만 섞인 말투에 유리카가 고개를 저었다.

"아니야. 그런 시대는 없었어."

"그럼 뭐야? 심심해서 여흥 삼아 다섯 상자 정도 만들어 봤던 시대란 건가? 쓰지도 않을 걸?"

"그것도 아냐."

"그러면?"

유리카는 자기도 잘은 모른다는 듯이 고개를 저었지만 말을 이었다.

"미스릴이란 것은 예나 지금이나, 가장 싸구려였을 때도 금의 50배는 간단히 넘을 정도로 비쌌어. 아니 가격이 문제가 아니라 미스릴 자체가 흔하게 구할 수 없기도 하고, 실용적으로도 굉장히 우수하단 말야. 이런 걸 만들어 낭비하기엔 너무 훌륭한 실용성이지. 너도 미스릴이 얼마나 가볍고 단단한지 들어봤지?"

난 미스릴 갑옷이나 미스릴 검 같은 걸 전설에서나 들어보았을 뿐, 실제로 볼 일이 있으리란 생각은 해보지 못했다. 웬만한 힘의 검사가 창으로 힘껏 찔러도 끄떡도 하지 않는다는 미스릴 갑옷. 이게 사실이라면 좀 더 흔하다고 해도 당연히 비싸겠지. 모두가 그런 갑옷을 가지려고 할 테니까.

유리카가 말을 이었다.

"그런 미스릴을 이렇게 곱게 제련하려면 어느 정도의 기술력이 필요할 것 같아?"

나 대신 나르디가 대답했다.

"한 나라의 왕 정도나 되어야 그런 기술자들을 데리고 있겠지."

그런 단단한 금속으로 갑옷이나 창, 검을 만드는 것도 대단하지만, 이렇게 정교한 문자와 그림을 새긴다는 것이 어쩌면 더 어려운 일일 것이다. 나는 고개를 갸웃거리며 말했다.

"그런데 말야, 이 동전은 너무 커. 우리 손바닥으로는 한 개 쥐기도 벅찰 정도야. 주머니에 넣어 갖고 다닐 수도 없겠지. 하지만 동전은 분명 갖고 다니라고 만드는 건데, 그럼 이런 걸 쓴 사람은 누구일까?"

유리카가 말했다.

"고대인들은 우리보다 몸집이 컸다는 이야기를 알고 있지?"

나는 눈을 크게 떴다. 나르디도 마찬가지였다.

"그럼 이게 고대인의 동전이란 말이야?"

"고대 이스나미르의 유물은 거의 남아 있지 않을 텐데?"

유리카가 고개를 끄덕였다.

"그래. 나도 그렇다고 알고 있어. 하지만 이렇게 크고, 이렇게 값진 금속으로 만든 동전을 보고 달리 떠오르는 게 있니? 그런데 문제는, 이걸 세르무즈 왕가가 운반하고 있었다는 거야. 이게 정말 고대인의 동전이라면 그들은 이걸 어디서 구했을까?"

나는 고개를 저으며 말했다.

"그보다 중요한 건 다른 문제야. 어디서 구했는지야 우리가 알 수 없겠지만, 과연 용도가 뭘까 생각해 보라고. 단순히 고대의 유산이어서 성에 전시라도 하려는 거라면 이번 일이 수상해. 그들은 이걸 아주 이상한 방법으로 운반했잖아."

"이상한 방법이라면?"

"누가 봐도 이런 걸 운반할 것 같지 않은 낡은 수송선에, 별다른 호위조차 없이 슬그머니 가져가려 했잖아? 내가 왕이라면, 귀한 것을 운반하기 위해 이런 어쭙잖은 속임수를 쓰지는 않겠어. 군인 백 명 정도 동원하고 기사들도 불러서 당당히, 그리고 안전하게 운반하겠지. 물론, 그것의 출처나 용도가 누가 봐도 정당할 경우에 말이야. 자기 나라 귀족들한테나, 다른 나라 왕에게나."

잠깐 동안 유리카와 나르디는 말이 없었다. 그런데 나르디의 표정이 이상했다. 자기 집에 도둑 들었다는 이야기를 듣기나 한 것처럼 심각하달까.

"파비안, 네 말이 맞아. 숨길 것이 있으니 그런 방법을 쓰는 거지. 그 것도 자기 나라 사람들에게까지."

"너, 뭔가 알고 있는 거야?"

나르디는 우리 둘의 얼굴을 살폈다. 이 이야기를 해도 좋을까 고민하고 있는 듯했다. 그러나 결국 나르디는 입을 열었다.

"이스나미르와 세르무즈의 국경에 위치한 산이 있어."

그 소리를 들으니 갑자기 매우 궁금해지는 것이 있었다.

"그 산의 이름이 뭔데?"

"몰라."

실망스런 대답이군.

"모른다기보다는 없다는 편이 맞을지도 모르지. 그 산은 이스나미르의 지도에도, 세르무즈의 지도에도 나와 있지 않다네."

"어, 그 산?"

나와 유리카가 동시에 소리치자 나르디는 놀란 얼굴이 되었다.

"어딜 말하는 건지 알고 있나?"

알고말고. 아니, 그런데 내 훌륭한 골동품 지도가 빠뜨린 것이 아니라, 세르무즈의 지도에도 없단 말이야?

"님블 시하고 아세이유 시 사이에 있는 그 산 맞지? 우린 세르무즈로 들어올 때, 그 산을 넘어 왔어. 검문 초소를 피하려다 보니까 말이야. 그런데 내 지도에는 그 산이 표시되어 있지 않았거든. 그래서 우리 집 구석에서 나온 구식 지도라서 그렇다고만 생각했지. 그런데 그렇게 커다란 산을 양쪽 나라가 모두 빠뜨린다는 게 말이 되나?"

"물론 말이 안 되지."

"그럼?"

"문제는, 그게 산이 된 지 얼마 안 됐다는 거야."

그 말은 '산이 된다' 라는 말이 '어른이 된다' 나, '기사가 된다' 와 비슷한 뜻이라도 되는 것처럼 들렸다. 산이 되다니? 왕이나 영주가 와서 산을 산으로 임명해야 산이 되는 거냐?

"황당하게 들리겠지만…… 그 산은 갑작스럽게 생겨났다네. 마치 땅에서 버섯이 자라는 것처럼 말이지. 본래는 야트막한 언덕이었을 거야. 양국 왕가에서는 자기네 국경에 속한 지역으로 조사단을 파견했지만, 별다른 성과는 없었다고 서로에게 알렸다네. 물론 그게 사실인지 거짓말인지는 말을 한 쪽만이 알 테지."

나는 이 녀석이 평소 얼마나 믿을만했던가 생각해 봤다. 그래야 지금 한 말을 믿어야 할지 아닐지 알 수 있을 테니까. 세상에! 산이 자라났다고? 내가 이걸 믿어야 되냐?

유리카가 말했다.

"그럼, 너는 조사단이 거짓말을 했고 세르무즈에서는 뭔가 발견했다고 생각하는 거야? 그래서 거기서 발견한 물건들을 은밀히 옮기고 있는 것이고?"

평소 나보다 의심이 많던 유리카가 나르디의 말을 믿는 눈치라서 놀랐다.

"그렇게 생각한다기보다는, 내가 수집한 정보로 보아 사실임이 분명하다고 확신하고 있지."

나는 고개를 갸웃거렸다.

"하지만 세르무즈 땅에서 발견된 거라면 저들이 가지는 게 당연하잖아? 왜 숨기려고 애쓰는 건데?"

유리카가 말했다.

"이 동전의 존재는 무엇을 뜻할까? 버섯처럼 솟아났든 홍당무처럼 뽑혔든, 산은 산이야. 산을 다 뒤져서 동전 상자 다섯 개만 발견했을 가능성은 오히려 적지 않을까 해. 그리고 이것만으로는 그렇게 애써 숨길 것도 못 돼. 다시 말해 그들이 숨기려 애쓴다는 건, 숨겨진 게 이게 다가 아니라는 증거가 아닐까."

산 속에서 동전 상자 몇 개를 발견하는 건 어렵겠지만, 그것을 포함한 많은 것이 있다면 이야기가 다르지. 내 생각을 증명이라도 하듯 나르디가 말을 이었다.

"그들은 다른 것도 많이 발견했고, 그걸 숨기고 싶은 게 분명하네. 다섯 개의 상자는 보고용일 뿐, 그 산에는 더 많은 고대의 유물이나 심지어 건축물이 숨겨져 있을지도 몰라. 그리고 이스나미르 쪽에도 그런 것이 있을 가능성이 크네. 지하 통로 같은 것으로 연결되어 있을 수도 있고. 세르무즈에서는 이스나미르 쪽에서 알아내기 전에 모든 것을 차지하려고, 아니 어쩌면 모두 옮겨 버리려고 하고 있는지도 몰라."

"그런 걸 그냥 두면 안 되잖아?"

유리카가 나를 빤히 보았다.

"그냥 두지 않으면?"

나는 갑자기 말문이 막혔다.

내가 사실을 알아냈다 한들, 하라시바 왕궁으로 달려가서 '이 마브릴 놈들아, 사기를 치다니 용서가 안 된다!' 하고 멱살이라도 잡아야 하는 건 아닐 테고, 하려던 일을 때려치우고 달크로즈로 달려가서 국왕 폐하께 알현 신청이라도 해야 하는 건가?

그 순간 내 머릿속엔 어느 쪽이든 실현 가능성도, 그리고 내게 이득이 올 것 같지도 않다는 생각이 또렷하게 떠올라왔다.

애국심이라고는 발톱 밑에 때만큼도 없는 놈이라고? 쳇, 그런 말은 함부로 하는 게 아니라고.

나로선 높은 사람들의 일은 그저 그들의 일이지, 그런 일에 끼어들어 보았자 운 좋으면 골치나 아파지고, 아니면 쓸데없는 화를 자초하기 십상이란 걸 몸으로 체득한 바 있다. 그들은 평민들에게 고마워하는 법이 없다. 거래는 같은 힘을 가진 사람들끼리 하는 거니까.

거기까지 생각했을 때 천장을 쳐다보고 있던 유리카가 입을 열었다.

"그렇구나. 이 산이 없다가 생겨났고, 그 안에 인간들의 흔적이 있다면, 이 산이 지금처럼 솟아있던 시절이 전에도 있었단 거겠지?"

"유리카 말이 맞아."

나르디의 눈동자가 흥미롭게 빛났다.

"동전의 문양을 보면 연대를 알 수 있는 사람이 어딘가 있겠지. 왕궁 학자들 가운데 틀림없이 한 사람쯤 있을 거네. 연대를 알아낸 다음에 먼지 나는 역사책들로 가득한 달크로즈 성의 서고를 뒤져보면, 그 유적이 어느 나라에 속하는 게 옳은지 근거도 찾아낼 수 있을 거야. 이게 잘 증명되면 세르무즈 놈들의 속임수도 뒤집을 수 있겠구나. 물론, 서둘러야 하겠지만 말이네. 그들이 필요한 것들을 흔적도 없이 챙겨버리기 전에."

"야, 나르디. 너는 왕궁 학자들한테 무슨 수로 그걸 물어보고, 서고는 어떻게 뒤지겠다는 거냐? 네가 귀족 집안 아들이라도 되면 모를까, 그게 아니라면 동전들을 높은 양반들한테 얌전히 뺏기는 게 고작이라고. 그런 다음에 그 양반들이 잘 알아보고 자기들끼리 공을 차지하겠지. 솔직히 난, 이런 것에 관심 가져 봐야 하나도 좋을 거 없겠단 생각이 드는구나."

그 순간, 나를 바라보는 나르디의 표정이 어느 때보다도 심각해서 약간 놀랐다. 내가 못할 말을 하기라도 한 것처럼 말이다.

"파비안…… 너, 정말 그렇게 생각해?"

내가 고개를 끄덕이자 나르디는 시선을 돌리며 입을 다물어버렸다. 얼마간 기다렸지만 쉽게 입을 열 기색이 아니어서 나는 유리카에게 잠깐 나가자고 눈짓을 했다. 방에서 나와 복도 끝으로 갔다. 그런 다음 주위를 둘러보고, 목소리를 낮춰서 말했다.

"뭔가 이상하지 않니, 저 녀석?"

유리카가 말없이 고개를 끄덕였다. 나는 말을 이었다.

"자기 얘기를 안 하려고 버티는 것도 수상하지만, 조금 전에 한 얘기가 더 이상해. 난 짐작되는 게 있는데 넌 없니?"

"나도 있어."

유리카는 눈치가 없는 애가 아니었다. 우리 둘은 거의 동시에 자기 생각을 말했다.

"저 녀석, 평민이 아냐."

"귀족일거야."

우리는 마주보며 고개를 끄덕였다. 유리카가 말했다.

"그런 애가 왜 남의 나라까지 와서 고생스럽게 떠돌고 있을까? 임무라도 맡고 있는 건 아닐까? 적국 정탐 같은 것 말야."

"그리고 우리한테 말한 이야기가 그 임무일지도 모르지."

"이거 생각보다 큰일인지도 몰라."

우리는 잠시 입을 다물었다. 창 너머로 한가한 새 한 마리가 비스듬히 비상하고 있는 것이 보였다.

"그런데 녀석은…… 왜 우리와 함께 있겠다고 했을까?"

"너도 그 생각 하고 있었니?"

나는 멍하니 하늘을 바라보았다.

이용당한다는 느낌은 몹시 싫은 것이다. 호감을 가지고 있던 상대라면 더더욱. 생각할수록 기분이 더 나빠졌다. 좋은 녀석이라고 생각했는데. 믿을만하다고 여겼고, 내 이야기 정도는 해 줘도 좋다고 생각했는데.

내 생각을 읽은 것처럼 유리카가 고개를 저었다.

"아니야, 파비안."

단아한 눈동자가 나를 향했다.

"사람은 누구나 타인을 이용해. '이용'이라는 말을 나쁘게만 생각할 것은 없어. 문제는 그 정도야. 상대가 얼마나 희생해줬으면 좋겠다고 생각하는지, 또는 얼마나 희생시킬 작정인지. 너와 나도 서로에게 의지하고 있잖아? 만약 내가 아무 까닭 없이 너를 두고 가버린다면 어떨까? 너라면 보내 주겠어?"

내가 고개를 흔들자 유리카가 말을 이었다.

"나는 네 일을 돕는다 해도 내가 희생한다고 생각하진 않아. 이용당한다고 생각하지도 않고. 그리고 너도 그렇게 생각해 주길 기대할 거고. 그렇게 생각하는 우리 사이에 이용 같은 말은 끼어들 틈이 없지. 그래서 서로 사랑하지 않는 사이란 슬퍼져 버려. 한쪽의 희망이 상대에겐 희생이 되고 마는 거야."

누구나 타인에게 바라는 것이 있다. 그리고 보답하겠다는 마음도 있다. 어느 것이 먼저지? 나는 주고 싶어서 주고, 줬기 때문에 대가를 바라는 것일까, 아니면 상대가 준 것을 받으며 기뻤던 마음 때문에, 대신 무엇이라도 주어야겠다고 생각한 걸까?

하지만 정말 아끼는 사람, 그러니까 유리카나…… 어머니를 떠올려 보면 그런 선후관계를 도저히 모르겠다. 여러 순간을 떠올려 봤지만 역시 구별이 가지 않았다.

내 곁을 스쳐지나간 사람들과의 관계에선 그런 것들이 비교적 명확했다. 친절을 받았기 때문에 갚은 일도 있었고, 내가 기분 좋게 뭔가를 줬다가 어느 날 예상치 못한 보답을 받게 된 일도 있었다. 그리고 그들은 내 곁에서 사라져갔다. 대신 사라지지 않고 내 옆에 남아 있는 사람들은 모두 그런 선후관계 따위는 뒤죽박죽이 되어 있었다.

나는 내키는 대로 막 주고, 그들도 이유 없이 마구 갚아댔다고 하면 맞을까? 가끔은 내가 안 갚은 일도, 그들이 안 갚은 일도 있었지만 그런 것은 별로 문제가 되지 않았다. 왜냐면, 그들은 늘 내 곁에 있으니까. 또는 내 마음 속에 있으니까.

유리카가 말했다.

"내 말뜻, 알겠니?"

"너와 내가 나르디를 어떻게 생각하느냐, 다시 말해 우리가 그를 먼저 받아들이느냐의 문제지."

우리는 얼굴을 마주보며 고개를 끄덕였다. 유리카가 물었다.

"넌 결정이 되니?"

나는 고개를 흔들었다.

"쉽지 않아."

"어렵지?"

유리카의 얼굴에도 난감한 빛이 떠올라 있었다.

유리카는 나보다 더 결정하기가 어려울 것이다. 나르디를 안 지도 얼마 안 됐고, 한동안은 존댓말을 쓰던 사이니까 말이다. 물론 나라고 쉬운 것은 아니었다. 그를 얼마나 아느냐고 누군가 묻는다면 대답이 궁하지 않을까? 사실 본명조차 모르는 사이 아냐?

물론, 나르디는 이런 고민조차 안 할지도 모른다. 내게서 먼저 받아가고, 갚을 생각은 전혀 없을지도 모른다. 하지만 내가 그를 가까운 사람으로 받아들인다면, 사소한 보답 정도는 문제가 되지 않겠지. 언제라도 내 마음을 알아주기만 하면 되고, 영영 몰라준다 해도 나는 줬다는 사실만으로도 충분히 만족할 테니까. 그런 사이가 되는 거니까.

그때 좋은 생각이 떠올랐다.

"유리, 이리 와 봐."

나와 유리카는 나란히 방으로 되돌아갔다. 나르디는 팔베개를 하고 누워 천장을 쳐다보고 있었다. 녀석이 저렇게 길게 생각하는 모습은 아직껏 본 일이 없었다.

"나르디, 일어나 봐."

내가 툭툭 치자 나르디는 고개를 돌렸지만, 이렇다 할 표정은 없었다. 나는 의자를 끌어다가 그 앞에 앉았다. 유리카가 빙긋 웃으며 말을 걸었다.

"비밀 게임을 계속해야지?"

유리카의 말에 나르디도 일어나 앉았다.

"네가 두 개나 빚이 있다는 건 알지?"

유리카가 세 가지 질문에 대답하는 동안, 나르디가 대답한 질문은 겨우 한 개뿐이었다. 그는 고개를 끄덕였다.

"그럼 이번에 내가 질문하면 너는 반드시 대답해야 하는 것, 맞지?"

"……."

나르디는 또 별 말 없이 고개를 끄덕였다. 녀석이 말을 하지 않으니 좀 이상했다. 녀석의 쾌활한 모습에 너무 익숙해졌던 걸까.

"그럼, 물을게."

유리카가 의자를 바짝 끌어당겼다.

"너는 우리를 어느 정도의 친구라고 생각하니? 다시 말해, 얼마나 소중하고 믿을만하게 생각하니?"

그 말을 듣는 순간 나르디의 눈빛이 이채를 띠었다.

"그게…… 내가 이번에 물으려던 질문이었어."

나와 유리카는 마주보며 눈을 깜박거렸다. 나르디는 오랜만에 빙그레 미소를 머금었다. 내가 고개를 끄덕이며 말했다.

"그럼, 대답해 줘."

"내가 너희들의 일을 알고 싶다고 우겨서 이 억지스런 게임을 시작했다는 것을 기억하는가? 사실 나도 내가 무례하게 방해했다는 걸 알고 있었어. 그러나 그렇게까지 하면서 알려고 한 이유가 있었지"

"그걸 말해 줘."

나르디는 약간 망설이면서 빙긋이 웃었다. 사이를 두고, 대답이 들려왔다.

"너희들을 따라가고 싶었기 때문이야. 너희 일에 관심이 있다는 핑계라도 대고, 너희 옆에 있고 싶었기 때문이네. 나 자신도 이제야 깨달았어. 우스운가? 하하, 사실 나도 우습네. 내 마음 속을 이렇듯 들여다봐야 하는 순간은 참으로 힘들군."

나는 뭐라 대답해야 좋을지 몰랐다.

누구나 거짓말은 할 수 있다. 진실도 말할 수 있다. 그러나 그것을 믿고 안 믿고는 전적으로 듣는 사람의 권한이다. 내가 거짓말을 믿거나 진실을 의심하더라도, 그 순간 다른 누군가가 도와 줄 수도 말릴 수도 없다. 나는 나 자신의 판단을 믿지 않으면 안 되는 것이다.

나르디가 쑥스러운 듯이 머리카락을 매만지며 말을 이었다.

"그러나 내가 나를 설명하지 못했으니, 너희들이 의심하는 것도 무리는 아니야. 무리라는 것, 인정하네. 자신은 무언가를 숨기고 있는 주제에 남의 신뢰를 받고 싶어 하는 마음은 비겁하다는 것, 알고 있어. 실은 나도 모든 것을 밝혀버리고 싶네. 내 이름부터, 너희들이 알고 싶어 하는 것 전부를. 그러나 그렇게 할 수가 없어. 그래서는 안 돼. 그래서 너무 고통스러워. 그러나 날 이해해 줬으면 하네. 적어도 내가 가까워지고 싶은 몇 사람에게는 억지를 쓰더라도 이해 받고 싶네. 정말 이기적이지 않은가? 그러나…… 나를 믿어줬으면 하네. 언젠가는 나도 진실을 밝힐 수 있을 테니……."

거기까지 말했을 때, 나는 녀석이 힘들어하는 것을 더 보고 있을 수가 없었다.

"알았어, 알았어! 나는 벌써부터 너를 믿고 있었다고! 네가 사정이 있으면, 이를테면 비밀에 대한 맹세라도 했다면, 그런 걸로 너를 힘들게 하고 싶진 않단 말야. 됐어, 됐어. 말하지 않아도 돼. 언젠가는 말할 거라고, 아니, 지금도 말하고 싶은 거라고 내가 믿기만 하면 돼. 그걸로 충분하다고."

나는 예전에 들었던 호그돈의 말을 인용하다시피 해서 내가 하고 싶은 말을 마쳤다. 아, 속 시원해.

놀라고 감동한 표정이 된 나르디는 자기 말을 맺는 것조차 잊어버렸다. 하지만 내 생각은 달랐다.

나는 어차피 녀석의 정체를 짐작하고 있잖아? 녀석이 하고 싶어 하지 않는 말을 억지로 시켜 봤자 확인에 불과할 뿐인데. 그 정도는 관대하게 봐주고 싶다고. 어때? 상관없잖아?

나는 이런 뜻을 눈에 담아서 유리카를 불렀다.

"유리?"

유리카는 알아들었을까? 그녀는 고개를 끄덕였다.

"대답이 되었어."

그리고 말을 이었다.

"핑계는 필요 없어. 우리와 함께 가자. 우리 이야기를 해 주겠어. 너도 언젠가는 네 이야기를 해 줄 거라고 믿으니까. 믿는 것은 내 마음이지. 내 멋대로 믿을 테니까 맘대로 하라고."

유리카의 얼굴에 웃음이 떠올라 있었다.

사람을 믿는 것은 힘든 일이다. 또한 대가를 요구한다. 그러나 분명, 그만큼의 가치도 있다.

3. 스조렌 산맥의 이른 여름

"그래서, 이제부터 산 밑에 움막이라도 짓고 기다려 보겠단 말인가? 자네, 세월이 얼마나 긴지 재어보기라도 하겠단 건가?"

그렇게 한심하다는 듯이 말하지 마, 녀석아. 게다가 너 같은 말투로 그렇게 말하면 꼭 어른이 꾸짖는 것 같아서 기분 나쁘다고.

"그래, 임마."

저런 말투에 이렇게 대답하는 나를 어른한테 불손한 놈이라고 생각할지 모르지만 천만의 말씀! 잘못이라면 모조리 저 말투가 이상한 녀석한테 있다.

"까짓 거, 잠깐 기다리면 되겠지."

쳇, 그 사이 세월이나 줄일 겸, 산 밑에 큰사슴 잡화 1호 분점이나 내 볼까? 젠장, 본점도 없어진 마당에 이게 무슨 소리냐.

오늘은 타로핀 아룬드 21일. 기나긴 여행 끝에 우리는 드디어 스조렌 산맥 앞에 다다랐다. 저물녘이었다.

하지만 가까이 올수록 걱정은 늘어만 갔다.

"저 중에 어느 산이 융스크-리테인가?"

스조렌 산맥은 고향의 하얀 산맥만큼이나 거대했다. 까마득한 높이에 걸린 구름 지붕이 두터운 장막처럼 보였다. 그 아래에 즐비한 봉우리들은 세어지지도 않았다. 아니, 어쩌면 내가 보고 있는 것은 그중 작은 일부분에 지나지 않을지도 모른다. 산맥이란 건 한눈에 들어오는 물건이 아니니까 말야.

나는 가능한 한 느긋하게 대꾸했다.

"산 밑 마을에 가서 물어보면 돼."

"혹시 저 중에서 가장 깊숙이 자리 잡은 산이 아닐까? 어떻게 생각하나?"

"그런 생각은 지금 상황에서 기운 빼는 데만 약간 효과가 있는걸."

"그래서 찾는 산에 가면, 산 아래에서 기다려야 하는가, 꼭대기까지 가서 기다려야 하는가? 아니면 산 중턱 어딘가에서……"

이상한 의문 자꾸 만들어내지 마. 있는 의문만으로도 머리가 터지려고 하는데.

나는 심각하게, 음산한 기운까지 담아 대답했다.

"만약 나중에라도 내가 거기 올라간다고 하거든, 자살하려고 그러는 줄로 알고 꼭 뜯어말려."

"……"

융스크-리테는 누가 뭐래도 대륙에서 가장 높은 산이다.

거기에 올라간다는 생각은 장난삼아서라도 하고 싶지 않다. 유리카는 나보다 더한 심정일게 틀림없다. 지금 이 자리엔 없지만 물어보나 마나다. 지난번에 국경 넘을 때 눈 덮인 산에서 그 애가 어떻게 되는지 절실히 체험한 바 있으니까. 그나저나 산맥 가까운 마을로 갈수록 식량이 비싸다고 해서 떠나온 방향으로 되돌아가긴 했는데, 너무 오래 걸리는걸.

게다가 나르디 녀석은 산맥이 가까워지니까 왜 이렇게 염세주의자가 되어 가는 거지? 이 녀석이 옆에서 계속 염장 지를 줄 알았으면 말린 식량 사러 유리카를 보내지 말고 내가 가는 건데.

좀 져줄걸 그랬나? 그러나 게임의 법칙은 냉혹 비정한 것이며……하긴, 누가 묵찌빠 세 판을 그렇게 내리 질 줄 알았느냐고.

"파비안, 어느 정도 기다리면 증거가 나타난다거나 하는 약속 기한도 없나? 옛날이야기에 보면……."

"내가 옛날이야기에 나오는 놈이었으면 벌써 보석이 있는 장소의 위치와 특징을 줄줄 읊은 다음에 하늘에서 괴조를 한 마리 잡아타고서 비밀의 장소로 날아갔을 거다. 그러니까 자꾸 말 걸지 마."

이 한마디는 녀석의 입을 다물게 하는 데 상당히 효과가 있었다.

산 아래에서 발로 풀을 짓이기고 흙바닥에 유치한 글자 문답을 해 가면서 기다릴 만큼 기다리고 나자, 나는 유리카가 우리나라에서 자라면서 도대체 묵찌빠도 안 배워놓고 뭘 했을까 궁금해지기 시작했다. 무녀는 그런 거 배울 짬도 안 나나? 이상한 주문 외우느라 바빠서?

"저기 온다."

드디어 유리카의 모습이 저만치 나타났다. 머리를 옆으로 기울이고 있는 걸 보니 주아니하고 이야기하는 중인가보다. 나는 내려놓았던 배낭을 들었다.

"수고했어!"

가까이 온 유리카는 표정이 좋지 않았다. 쟤가 아까는 군말 없이 일어나서 가더니, 갔다 오는 동안 억울한 생각이 났나? 식량이 너무 무거웠나?

"짐은 이리 줘."

말린 고기와 과일, 빵 따위를 받아서 내 배낭에 챙겨 넣었다. 주아니는 그새 나르디를 보고는 재빠르게 주머니 속으로 숨어 버렸다. 나르디도 이제 주아니의 존재를 알고 있지만, 주아니는 유난히 나르디한테 오래 낯을 가렸다. 어쩌면 유난한 게 아니라 저게 정상인지도 모르지.

유리카가 입을 열었다.

"요즘 이 근처에 산적들이 출몰한다나 봐."

"산적? 녀석들이 여기서 뭘 먹고 살겠다고?"

그렇게 대답한 이유는 간단했다. 이곳은 세르무즈에서 가장 변방이자 시골 오지인 윌스텐느 지방이 아닌가. 산에서 약초나 산나물, 버섯 같은 것이나 채취해 팔고, 나무꾼과 사냥꾼들이 인구의 절반 이상을 차지한다는 곳이 아닌가. 농사지을 땅이라고는 손바닥만 한 곳도 찾아내기 힘들고 경사 없는 평지는 모조리 황무지여서 백년이 지나도 이대로일 거라는 황량한 지방이 아닌가.

…… 이상의 설명은 어제 들렀던 여관 여주인의 말을 인용했다.

“나도 그렇게 말했는데, 가게 주인은 그게 아니라는 거야. 본래 이 일대는 발전이 없는 대신 도둑도 없던 곳인데, 서너 달쯤 전인가 갑자기 대규모 산적단이 이동해 온 거래. 물론 여기서 한탕 해먹자고 온 건 아닐 거고, 사정이 있어서 잠시 숨어있든지 하려는 모양이겠지만, 문제는 이 산적단의 이름이야.”

내가 산적단의 이름이 뭐냐고 물으려는 참이었다.

“근처 마을 사람들은 괴로움이 많겠군.”

나르디는 자기가 동네 영주라도 되는 양, 갑자기 봉창 두드리는 소리를 하더니 몸을 돌려 산맥 꼭대기를 올려다보았다. 얘가 갑자기 구국…… 이 아니고 구민의 결단을 내려 산적 토벌대에 자원할 생각이라도 난 건 아닐 테고.

나는 나르디를 무시하고 유리카에게 물었다.

“산적단 이름이 뭔데?”

“붉은 보석단.”

헤에. 이름 지은 녀석들, 보석이라면 사족을 못 쓰나 보군.

산적단 치고는 황당한 이름이라 웃음이 나오려는 참인데 유리카의 얼굴은 심각했다.

“너, 이 소리 듣고 뭐 짚이는 것 없어?”

짚이는 거라고? 음, 이 산적단은 붉은 보석만 훔친다는 건가? 아니면 붉은 보석을 훔쳐서 유명해졌다는 뜻일지도 모르고. 그것도 아니면 붉은 보석을 보물로 갖고 다닌다는 것이든지…… 어라?

“붉은 보석?”

"그렇지?"

대꾸한 사람은 그동안 산만 바라보고 있던 나르디였다. 나와 유리카가 의아해서 돌아보자 녀석은 여전히 고개를 돌리지 않은 채 다시 말했다.

"그러니까, 너희들보다 산적이 빨랐다는 거군."

"아아, 낭패다, 낭패야. 이걸 어떻게 하면 좋아."

유리카는 줄곧 어쩔 줄 몰라하며 방안을 왔다 갔다 했다. 지금까지 같이 지내면서 저렇게 안절부절못하는 모습을 보는 건 처음이었다. 처음엔 내가, 다음엔 나르디도 말려 보려고 했지만 효과가 없어서 결국 그만두고 말았다.

대책이 있긴 해야 하는데.

"녀석들이 보석의 용도를 알까? 모를까? 혹시 다치게 했으면 어쩌지? 부서뜨렸으면 어떻게 해?"

"그 보석의 용도라면 그걸 찾는 나조차 모르는 판인데, 녀석들이 알면 내가 스승님으로 모시게?"

내 대답을 듣더니 유리카는 잠깐 내 얼굴을 보았다.

"하긴 그래. 네가 그렇게 바보는 아니니까."

가만히 생각해 보니 칭찬은 아닌 것 같았다.

이제 밖은 캄캄했다. 저녁나절 내내 걸어온 우리가 쉬고 있는 곳은 작은 마을의 작은 여관이었다. 하지만 정말 오죽잖은 여관이었다. 마을 전체에 하나뿐인 여관이어서 그런지 간판조차도 없었다. 그러고 보니 요즘 간판이 있고 없고는 나한테 중요한 판단 지침이 되는걸.

마을의 이름은 리테도른. 창밖으로 보이는 산이 조금 덜 험하고, 좀 더 아름다운 산이었으면, 구경하는 사람 덕택에 이 마을도 좀 더 붐볐을 텐데. 스조렌 산맥의 입구에 솟은 팔켄−리테는 험준한 바위 절벽에 우거진 나무숲 하나 보이지 않는 삭막한 산이었고, 마을은 한산하기 이를 데 없었다.

내일은 아침 일찍 일어나서 산지기들의 집을 찾아가야 한다. 팔켄−리테를 오른쪽으로 도는 길을 따라가다가, 산으로 들어가 조금 더 걸으면 된다고 했다. 여관 주인의 말로는 '금방' 갈 수 있다지만, 나 역시 산맥을 등지고 살던 사람인지라 저게 무슨 뜻인지 정도는 안다. 감히 말하겠거니와 산 주변에 사는 사람들의 '금방' 이라는 말은 새로운 뜻을 가진 단어로 왕국 사전에 첨가해도 될 것이다.

꼬치꼬치 캐물은 결과 한나절쯤 걸린다고 하는 거 보니, 분명 날 저물기 전에 찾으면 다행이란 뜻일 거야.

산지기의 집을 찾으면 거기에서 하룻밤 묵고, 무거운 짐은 모조리 거기 맡긴 뒤에 단단히 준비해서 융스크−리테를 찾아야 한다고 했다. 하지만 우리한테 무거운 짐이라곤 하나도 없었다. 취사도구조차도 없는데. 몇 번의 굳은 결심이 되풀이되었음에도 불구하고 우리 여행길의 정다운 길동무는 여전히 말린 식량이었다.

어쨌든 산을 오르지 않아도, 그 근처에 가는 것만으로도 지형이 만만찮은 모양이었다. 우리가 융스크−리테를 찾아간다고 하니까 여관 주인은 눈을 조그맣게 뜨더니, 수상쩍게 쳐다보며 말했다.

"아무리 봐도 등산할 사람의 복장은 아닌데?"

뭐…… 마브릴 중엔 거길 등반하는 할일 없는 사람도 있는 모양이지만 난 아니라고. 난 그 앞까지만 갈 거야. 절대, 산기슭까지만 갈 거라고.

…… 간 다음엔 어떻게 할 지 나도 모르겠지만.

유리카가 대답했다.

"등산 안 해요."

"그럼, 뭘 하러?"

"대륙 최고봉 구경하러 가요."

유리카가 한 말 치고는 좀 시시한 대답인걸.

그러나 신기하게도 여관 주인은 그 말이 그럴듯하다고 생각했는지 고개를 주억거렸다. 유리카가 나중에 덧붙인 말로는, 이 나라에서도 얼빠진 사람들이 가끔 '최고봉을 보고 싶다!' 는 생각만으로 덮어놓고 찾아오는 경우가 있다고 한다. 세상 어딜 가나 쓸데없는 일을 좋아하는 사람은 있기 마련이다. 나라면 분명 동네 뒷산으로 만족했을 텐데.

어쨌든 방으로 올라온 우리는 유리카가 언제 왔다 갔다 하기를 멈출 것인가 고심하며 지켜보는 중이었다.

"작은 일은 아니겠지. 자네들, 여기까지 온 노력이 모조리 헛수고가 될지도 모르지 않나?"

점잖은 말투와는 딴판으로 나르디는 침대 위에 비스듬히 누운 채 발가락과 손가락을 서로 깍지끼게 해 놓고 주무르고 있었다. 내일은 많이 걸어야 할 테니 미리 발의 피로를 풀어야 한다나 뭐라나.

유리카가 여전히 걸으면서 대꾸했다.

"그걸 누가 모르니? 대책이 필요하잖아, 대책이."

"그걸 누가 모르겠는가? 대책을 모르니까 그렇지."

둘의 대화를 듣고 있던 내가 불쑥 말했다.

"산적들을 찾아가자."

"뭐?"

둘이 한꺼번에 나를 쳐다봤다.

"사람들한테 물어서 놈들을 찾아가자. 그러면 되잖아?"

방 저편으로 걸어가던 유리카가 끝까지 가지도 않은 채 몸을 휙 돌렸다.

"찾아가서, 그래서 어쩔 건데?"

유리카가 드디어 왔다 갔다 하기를 멈춘 것만으로도 나는 소기의 목적을 달성했다. 그래서 나는 느긋하게 말을 이었다. 내용이야 어쨌든, 상관없잖아.

"가서, 돌려달라고 하지 뭘."

"무슨 근거로?"

"이 보석이랑 똑같이 생기지 않았어?"

나는 내 옷섶 안의 아룬드나얀을 손끝으로 톡톡 치며 스스로에게 동의하듯 고개를 끄덕거렸다.

"그러니까 소유권 문제를 알아듣게 설명하고, 돌려달라고 하면 돼."

"만일, 그들이 동의하지 않으면?"

나르디도 발바닥을 비벼대는 걸 멈췄다. 저 질문을 나르디가 아니고 유리카가 했다면 '녀석들은 산적인데 미쳤다고 곱게 돌려주겠어?'라고 했겠지만, 나르디 녀석이니까 저런 외교적인 말투를 쓰는 거다. 나는 입을 벌리면서 씨익 웃어 보였다.

"힘으로 뺏지 뭘."

"그거야!"

갑자기 유리카가 소리치는 바람에 여유 만만하던 나까지 덩달아 소리를 지를 뻔했다. 그녀는 생기 있게 눈을 반짝이면서 말을 이었다.

"그러면 되네! 가서 힘으로 뺏자!"

나 이거, 계획 제대로 세운 것 맞아?

솔직히 나로선 생각 없이 나오는 대로 지껄여 본 것에 불과했는데, 유리카는 그걸로 기분이 싹 바뀌었다. 덕택에 나르디는 유리카한테 떠밀리다시피 해서 산적들이 자주 출몰하는 지역이 어디인지 여관 주인에게 물어보러 내려가야만 했다.

"갑자기 산적들을 때려잡을 묘안이 떠오르기라도 한 거야? 아니면, 우리들한테 우리 자신도 잊고 있던 놀라운 능력이 있다는 걸 깨닫기라도 했어? 그것도 아니면, 어차피 상황이 바뀔 것도 아닌데 하다못해 기분이라도 좋아 보잔 거야?"

논리 정연하고 대답하기 쉬운 객관식 질문이었는데도 유리카는 대꾸조차 없었다. 쓰읍.

이윽고 내려갔던 나르디가 되돌아왔다. 유리카 대신 내가 물었다.

"뭐래?"

"산지기들이 있는 곳까진 그런 대로 안전하다는군. 그 너머로는 돌아다니는 사람도 없고, 솔직히 안전은 보장 못한다고 하던걸."

유리카가 물었다.

"그래, 산적들이 자주 나오는 데는? 최근엔 어디에서 나왔대?"

"가장 최근엔…… 조하일−리테의 가르뇽 계곡에 진을 치고 있는 걸 본 사람이 있다네. 그렇지만 벌써 열흘도 넘은 이야기니까 계속 거기에 있으리란 보장은 없겠지."

"잘 됐네. 산지기 집에 들러서 푹 자고, 녀석들한테 본때를 보여주러 가자. 산적 주제에 감히 누구 물건을 건드려? 영감쟁이가 이걸 알았으면……."

나는 고개를 갸웃거리다가 아, 하고 손뼉을 쳤다.

"맞다. 너 할아버지 만나러 간댔잖아? 그런데 그 할아버지도 보석하고 무슨 관계가 있는 거야?"

유리카는 나를 가만히 쳐다보더니 픽 웃었다.

"잘도 기억하고 있었네. 걱정 마. 좀 있으면 다 알게 돼."

쟤가 언제부턴가 당황하지도 않고 간단히 내 호기심을 묵살하는데, 내가 당초부터 버릇을 잘못 들인 탓이니 이제 와서 하소연할 데도 없었다. 나 자신이 한심할 뿐이다.

"그럼 한잠 자 볼까?"

유리카는 자기 방으로 가겠다며 문을 열고 나갔다. 물론 나를 향해 잘 자라는 의미로 눈을 찡긋해 보이는 것도 잊지 않았다. 그러나 그 이상은 하지 않았다. 나르디도 이미 우리 사이를 모르지 않건만, 그녀는 무슨 행동을 하든 나르디를 배려했다.

솔직히 그 점에서만은 나르디와 함께 다니게 된 것이 조…… 금 아쉽기도 하다.

　잘 자, 유리카.

　"하라시바 구경을 실컷 못한 게 아쉽지 않냐? 대륙에서 두 번째로 아름다운 도시라는데."

　"뭐, 언제고 또 찾아올 날이 있으리라 생각하네. 세월은 길고, 우리는 젊으니까."

　"넌 왜 젊다는 말도 꼭 죽다 살아난 노인네처럼 하냐?"

　"하하…… 언젠간 죽다 살아난 노인네가 될 날이 있지 않겠나? 물론 젊은 시절은 순식간에 지나가 버리네. 몸에 활기가 남아 있을 때 여기저기 돌아다니는 것도 즐거운 일이지만, 늙어서 하는 구경도 그 나름의 맛이 있다고 하더군. 더구나 하라시바가 아니라 해도 우린 상당히 많은 곳을 돌아다니고 있지 않나."

　"그렇게 말하는 넌 일전에 늙어보기라도 한 거냐? 누가 보면 내가 웬 노인네 회고담 듣고 있는 줄 알겠네."

　"파비안, 네가 나를 이해 못하면 누가 해주겠나? 대륙에서 두 번째로 멋진 도시를 구경 못했으니, 나중에 최고로 멋진 도시를 구경하러 가면 되잖은가? 너무 상심하지는 말게."

　물론 여기에서 최고로 멋진 도시란 우리나라의 수도 달크로즈를 말하는 거다. 히힛.

　그건 그렇고, 이 녀석은 요즘 갈수록 한 술 더 떠서 영주님 뺨치는 말투가 되어가고 있었다. 산에 올라가서 은둔 현자를 한 사람 만난다 해도, 이 녀석보다 더 그럴듯하게 말하지는 못할 것 같다.

하지만 나르디는 말을 맺더니 나를 보고 빙긋 웃었다. 녀석은 이럴 때면 너무나 순진하게 웃기 때문에 불만을 갖고 싶어도 가질 수가 없다. 별 수 없이 나도 고개를 돌리고 피식 웃어 버렸다.

날씨는 찌는 듯했다. 농담이라도 주고받지 않으면 금방 지쳐서 주저앉고 싶어질 정도로. 환하게 갠 하늘엔 구름 한 점 없었다. 태양은 어제 새로 만든 금화처럼 반짝반짝했다.

팔켄-리테 산길에 접어든 지 두 시간 정도 지났다. 산길은 숲길을 걷는 것과 많이 다른데, 나보고 어느 쪽이 좋으냐고 묻는다면, 오늘 같은 날엔 반드시 숲길을 택할 거다. 알다시피 산길은 오르막이니 같은 거리라 해도 훨씬 힘들고, 깊이 들어갈수록 흙이나 모래보다 자갈과 돌이 많아져서 발바닥도 아팠다. 하긴, 나중엔 아예 바위로만 되어있기도 하니까 이건 일단 참는다고 치자.

하지만 무엇보다도 오늘 같은 날씨에 뜨거운 햇빛을 가려줄 나뭇잎조차 제대로 없다니. 그늘이 될 만한 나무는 꼭 도움 안 되는 엉뚱한 곳에 자라 있고 말야. 나무들이 지붕처럼 하늘을 가리던 켈라드리안을 떠올리니 점점 몸이 쳐졌다. 주머니 속에서 대낮부터 푹 자고 있는 주아니의 신세가 이렇게 부러워보기란 처음이었다.

입안이 바짝바짝 탔지만, 앞길이 어떻게 될지 모르는 판이라 물을 아끼기로 했기 때문에, 갈증이 나도 꾹 눌러 참았다. 대신 최대한 힘을 아끼며 걸어보려고 걸음걸음 연구를 거듭했는데, 이 또한 뾰족한 결과라고는 없었다. 땀은 등을 타고 줄줄 흘렀고, 장화 속의 발과 발가락은 답답해서 미칠 듯했다.

왜 이렇게 힘이 쭉쭉 빠지지? 아직 여름도 아닌데. 내 평생 이렇게 더워 본 기억이 없는 것 같아.

짜증도 해소할 겸 길가의 돌멩이를 걷어찼더니, 근처에 돋아난 풀숲에 숨어 보이지 않게 되었다. 내 앞일도 저 돌멩이처럼 암담하군. 미래는 완전히 꼬리를 감췄고, 전혀 보이지가 않아.

기분이나 전환할 겸, 나는 기지개를 켜고 깍지 낀 손을 머리 뒤로 가져가며 말했다.

"하라시바에서 본 열병식 기억 나? 정말 굉장했지. 물론 우리나라 군대라면 그보다 훨씬 대단하겠지만 말야."

그걸 보게 된 건 순전히 운이 좋아서였다. 도시 밖으로 나가려고 성문까지 왔는데 마침 도시를 순찰하던 근위병 일단이 그곳으로 왔던 것이다. 구경꾼들이 너무 몰려들어서 그냥 지나칠까 하다가 나르디가 꼭 보고 싶다고 말해서 사람들을 비집고 들어갔는데, 욕을 먹으며 고생한 것을 후회하지 않을 정도의 구경거리였다.

"난 달크로즈의 열병식을 본 일이 있는데, 이번에 본 것이 그것보다 더하면 더했지 결코 못하지는 않더군. 마브릴들의 군대란 우습게 볼 것이 아니야."

나르디는 이런 말을 할 때 조금 심각해진다. 그래서 나는 이 녀석이 나보다 더 심각한 애국자가 아닌가 의심하고 있다.

그건 그렇고, 심각한 애국자 따위는 찜 쪄 먹고 남을 만큼 심각한 더위로군. 아아, 점점 아무 생각도 나질 않아.

"우리 좀 쉬었다가 가자."

나도 쉬자고 말하려는 참이었는데, 유리카가 내 말을 막기라도 하듯 이 말해버렸다.

"그래."

나르디가 동의했고, 우리는 그늘이 널찍한 나무를 찾아 아무렇게나 주저앉았다. 커다란 아름드리 느티나무였다. 뾰족뾰족한 톱니를 가진 잎사귀들은 과일이나 되는 것처럼 탐스러웠다. 나는 햇빛 속에서 천천 히 흔들리는 잎새들을 보면서, 딱 한 번 먹어본 일이 있는 푸른 멜론을 떠올렸다. 그 맛이란…… 정말 시원하고 달았었는데.

옛날 생각을 하자면 다음 달인 키티아 아룬드는 되어야 좀 더웠던 것 같은데. 본래 세르무즈란 나라는 좀 더운 건가? 아니면 내가 옛날보 다 체력이 떨어졌나?

축 늘어져 있는 나를 보더니 유리카가 말했다.

"그건, 파비안 네가 추운 지방에서 자랐기 때문이야."

유리카도 검은 옷이 먼지에 더러워지는 것에도 아랑곳없이 바닥에 주저앉아 있었다.

"네 고향이 속한 그레이 카운티는 대륙에서 가장 추운 지방이란 거 알고 있어? 하지만 세르무즈는 남쪽 국가라고. 겨울이 되어도 따뜻한 남서풍이 바다에서 올라오니까 겨울도 지독하게 춥진 않지. 나도 달크 로이츠 산맥 아래에서 자랐지만, 눈길에서 제대로 못 걷고 헤매는 것 봤잖니. 네게 익숙한 건 더위가 아니고 추위일 거야."

"그런가?"

"어쨌든, 하라시바 열병식 얘기를 하니까 반야크 선장하고 칼메르가 문제의 '반역자'들을 어떻게 처리했을 지 걱정스럽다."

반야크 선장과 칼메르는 쾌활하고 좋은 사람들이었고 우리들한테 꾸밈없는 친절을 베풀어주었지만, 그들 역시 '자신을 공격한 자들을 용서하지 않는' 마브릴 족이었다. 그 '반역자'들이 당장 처형을 당한대도 가책 같은 건 느끼지 않겠지.

"호코다로는 불쌍하기도 하지만, 정말 대단한 거인이었는데. 호그돈만큼은 아니어도 놀랄 만했다고."

나르디가 말했다.

"마브릴 중에는 그보다 대단한 거인이 있다지."

"대단하다니, 더 크다고?"

유리카가 물었다. 나르디는 웬일인지 얼굴이 썩 좋아 보이지는 않지만, 어쨌든 말을 이었다.

"마브릴 군대는 우리나라보다 전사들의 능력을 중시하지. 그래선지 총대장을 뽑을 때 신분 같은 것에는 거의 구애받지 않는다고 하네. 가장 통솔력이 뛰어나고 용감한 사람, 그리고 실력 있는 전략가이자 군인이기만 하다면 그의 신분이 평민이라고 해도 문제 삼지 않을 정도야."

"그래서?"

"평민은 아니지만, 그런 자가 현재 마브릴 군대에 있지."

"그자가 거인?"

유리카도 전혀 모르는 기색이었다.

"볼제크 마이프허. 마브릴의 빛나는 검."

어라, 저거 어디서 많이 들어본 이름인데?

"마브릴의 빛나는 검?"

나르디는 우리가 그 말의 뜻을 물었다고 생각한 모양이었다.

"그건 마브릴 족이 가장 훌륭한 검사에게 주는 칭호야. 한 시대의 가장 훌륭한 검사가 호칭을 이어받게 되고, 그건 귀족 작위보다도 대단한 명예지."

"그렇다면 새로운 사람에게 칭호를 넘겨준 전임자는 어떻게 되는 거야?"

"아, 그들은 자신이 나이가 들어 그 칭호에 맞는 능력이 없어졌다고 생각하면 명예롭게 칭호를 내놓는다고 해. 그래도 그는 여전히 존경을 받지. 군사 참모로도 중용되고."

그 순간 나는 저 이름을 어디에서 들었는지 생각해냈다.

"아! 볼제크 마이프허라는 사람, '마브릴 식 검술 교본'을 쓴 카로단 마이프허하고는 무슨 관계냐?"

나르디는 피식 웃었다.

"마브릴 식이 아니고 '세르무즈 식 검술 실습 교본'이야. 그 책을 아는군?"

나르디도 그 책을 알고 있었다. 나도 한때 교본이란 교본은 모조리 독파한 사람으로서 모를 리가 없지만…… 교본을 너무 많이 읽다 보니까 제목이 헷갈리는 일은 종종 생긴다.

그런데 떨어진 잎사귀들을 사슴 모양으로 늘어놓던 유리카가 문득 중얼거렸다.

"카로단? 카로단이 책을 썼어? 그럴 사람이 아닌데……."

내가 '카로단이 네 친구냐?' 라고 말하기 직전에, 유리카가 덧붙였다.

"하긴, 그 집안에 카로단이라는 이름이 하나뿐이라는 법은 없겠지. 마브릴은 애들한테 조상 이름 붙이는 걸 좋아하니까."

어느 정도 쉬었기에 다시 일어섰다. 걸으면서 나르디는, 볼제크 마이프허가 10년간이나 '마브릴의 빛나는 검' 으로 불리는 드문 기록을 세웠고, 거한이자 괴력의 검사로 유명해서 마브릴이라면 이름을 모르는 사람이 없다는 이야기를 해주었다.

"키가 유리카의 두 배는 될 거야."

"헤에……."

'마브릴의 빛나는 검' 이 아니라 '마브릴의 엽기적인 괴물' 이로군. 그런 키와 몸집이라면 웬만한 사람이 도저히 못 이기겠지. 10년이나 그 칭호를 갖고 있다는 얘기가 충분히 이해가 간다.

어쨌든, 오랜만에 그 책 이름을 들으니 옆 영지로 도망간 아르노월트가 뭘 하고 있을지 궁금해지는군.

정말이었다. 우리는 저녁때가 되도록 산지기의 집을 도저히 찾을 수 없었다.

"내가 말했잖아. '금방 간다, 가깝다' 는 건 산 근처에 사는 사람들의 지극히 일상적이고 악의 없는 거짓말이라고."

악의야 없겠지만, 피해는 막심하지.

"우리 마을 사람들은 이 정도는 아니었는데."

역시 산맥 주변에서 살았다는 유리카의 대꾸였다. 나르디만은 우리들의 말을 믿지 못하고 계속 주위를 두리번거렸다. 헛수고야, 이 친구야. 그만 저녁 먹을 계획이나 세워 보자니까. 용감한 여관 주인은 끝끝내 자기주장에 의거하여 점심 도시락밖에는 싸 주지 않았거든.

나르디도 결국 포기했다. 그는 어깨를 움츠리며 말했다.

"배가 고파오는군."

"나도 그래. 사냥이라도 해야 되나?"

"뭘 잡지?"

나는 주위를 둘러봤다.

산새가 포르르.

벌레가 바스락.

쥐가 쪼르르.

바람이 슈우우……

즉, 먹을 만한 것은 전혀 없었다. 오늘도 말린 식량이란 말인가.

"어디서 과일 냄새가 나."

주아니는 줄곧 깨지도 않고 늘어지게 잤는지라 정신이 말짱하고 기운도 넘쳤다. 물론 주아니가 기운이 넘친다고 해서 땔감을 구해오거나 사냥을 해올 수 있는 것은 아니다. 그러나 다른 일은 할 수 있지.

내가 냉큼 대꾸했다.

"냄새? 어디?"

"과일 냄새라고?"

나르디가 의심쩍은 듯 되물었다. 나르디는 지금껏 주아니하고 이야기를 해본 일이 없으니 주아니가 갖고 있는 능력을 알 턱이 없었다. 그래서 내가 대답해 주었다.

"로아에 족은 후각과 청각이 대단하거든."

주아니가 주장하는 방향으로 얼마 걷지 않아서 곧 우리는 까치밥나무(gooseberry)들이 빽빽이 운집한 곳을 발견했다. 신기한 것은 아직 봄인데 벌써 빨갛게 된 열매들이 있더란 거다. 나는 열매를 따먹기 전에 명상에 잠겼다. 이게 왜 벌써 익었지?

유리카가 망설이며 말했다.

"스조렌 산맥은 대륙에서 계절이 가장 빠른 곳이야. 우기에도 비가 적지. 그게 이유라면……."

"어쨌든 좋잖아? 구즈베리만 먹을 수 있으면 난 만족해."

주아니의 의견이 가장 쓸 만해서 우리는 생각하는 것을 그만 집어치우고 붉어진 구즈베리를 정신없이 따기 시작했다. 열매는 신 것도 있었지만 대부분 상큼하게 익어 있었다.

"아아, 좋은데. 하지만 빵이나 고기 같은 것을 좀 먹었으면 좋겠다."

"나도…… 어?"

'나도 그렇다' 고 대답하려던 나는 황급히 말을 멈췄다.

"왜 그래?"

지금은 말보다 행동이었다. 나는 입술에 손가락을 갖다 댄 다음, 돌팔매를 꺼내 들고 적당한 돌멩이를 하나 집어 단단히 메겼다.

"쉿!"

이건 조용히 하란 뜻이 아니고 일종의 기합 소리다. 검을 쓸 때 지르는 기합하고는 큰 차이가 있지만 어쨌든…… 날아갔다!

"아!"

꿰이이! 꾸룩!

푸드드드드…….

"이야, 정말 잡았잖아!"

"앗, 뜨거!"

"조심하란 말이야."

"맛은 있지만 뜨거운 건 도저히 못 참겠군 그래."

구즈베리를 먹으러 왔다가 유명을 달리하고 만 새는 꽤 먹을 만했다. 다행이다. 모르는 새라서 끔찍한 맛이면 어떻게 하나 내심 고민했는데.

주아니를 제외한 셋은 기분 좋게 큼직한 새 한 마리를 먹어치웠다. 나르디는 어두워졌는데도 당장 돌팔매 쓰는 법을 가르쳐달라고 떼를 써서 우리의 골머리를 좀 썩였다.

"얼른 산지기의 집을 못 찾으면 노숙이야. 빨리 움직이자."

유리카의 말에 우리는 다시 무거운 다리를 일으켜 걷기 시작했다. 잘 모르는 산 속에서 선뜻 노숙을 택하는 것은 불안했다. 사나운 짐승이 살지도 모르는 일이고. 그래서 우리의 걸음은 자못 빨랐다. 불안한 기분 탓인지 비죽비죽한 나무 그림자들이 괴물처럼 기괴한 느낌을 주었다.

몇 시간 더 걸어 피곤하고 지친 나머지 만사 때려치우고 노숙을 택하는 편이 낫겠다고 생각할 지경이 됐을 때, 주머니에서 머리를 내밀고 있던 주아니가 말했다.

"불빛인가?"

주아니가 저렇게 애매하게 말해도 틀리는 법이 거의 없다는 걸 나는 잘 알지.

"가자."

산지기의 집에 도착하니 이미 한밤중이었다.

자고 있는 산지기들부터 깨워야 했다. 빗장이 걸려 있어서 한참 두드린 뒤에야 대답이 들렸다. 물론, 대답은 조금도 친절하지 않았다. 게다가 대답보다는 쿠당탕대는 소리가 더 먼저 울렸다.

"뭐야! 이 밤중에!"

"야, 정신 차려! 밖에 누가 온 것뿐이잖아."

"하여간 밤마다 침대에서 떨어지는 건 알아 줘야 해."

기다리는 동안 쿠당탕대는 소리가 몇 번은 더 들렸다. 겨우 문이 열리고 세 사람이 차례로 얼굴을 내밀었다.

"이 밤중에 누가 남의 단잠을 깨우나!"

그중 수염이 덥수룩한 남자가 버럭 소리를 지르자 유리카가 나섰다. 남자의 얼굴은 험상궂은데다 단잠에서 깨어나 불만스런 표정이었으나 유리카는 자신 있게 생글생글 웃었다.

"죄송해요. 그렇지만 리테도른에서 여기까지 오는 데 하루가 꼬박 걸린걸요. 아침 일찍 일어났는데도 도저히 더 빨리 올 수 없었어요. 잠 깨운 거 정말 미안해요. 재워만 주시면, 방해 안하고 저희도 금방 잘게 요."

그 즈음 다른 남자가 램프를 밝혀서 가져왔다. 주위가 밝아지자 세 산지기의 얼굴을 모두 볼 수 있었다. 방금 유리카가 말을 건 험상궂은 수염의 중년 남자, 램프를 가져온 키 크고 얼굴이 불그레한 젊은이, 마지막은 늙은이.

"세 분이…… 부자간인가요?"

나르디가 결국 엉뚱한 질문을 하고 말았다. 그러자 첫 번째 남자가 곱슬거리는 수염이 통째로 흔들리도록 고개를 흔들었다.

"무슨 소리! 내가 저 영감쟁이의 아들이었으면 벌써 목을 매달았어!"

늙은 산지기도 지지 않았다.

"이놈아, 나도 네놈 같은 아들 없다!"

"뭐야! 누가 네 아들 한대?"

"나야말로 네 목 매달 일, 만들어나 준대?"

젊은이가 둘의 어깨를 두드렸다.

"아이고, 마디크들, 왜 그러세요. 손님들 앞에 세워 놓고."

젊은이의 태도가 느긋한 것이 수상해서 자세히 보니, 소리 지르는 두 사람 다 눈이 반쯤 감겨 있었다.

"언제까지 세워두실 겁니까? 우린 하루 종일 산길을 걸었거든요. 실례가 아니라면, 저희의 발들도 지금쯤은 쉴 권리가 있단 생각이 드는군요."

나르디의 말은 논리적이긴 한데 항상 한구석이 이상했다. 나는 싸우기 직전의 상황인 척 하고 있는 저 두 사람이 자칫 기분 나쁘게 들을까 봐 긴장했다. 그들은 나르디를, 사실은 우리 전부를 취향대로 쳐다보았다.

"들어와."

"들어와라."

"들어오세요."

아아, 내가 기대할 수 있는 최고의 대답 세 개였다.

그들은 왁자지껄하게 떠들면서 불을 밝히고, 산사람들이 손님 대접하는 관습대로 뭐 먹겠냐, 어디서 재울까, 등등 수선을 떨었다. 게다가 앞서의 다툼 아닌 다툼은 깨끗이 잊어버린 듯, 아무도 그 이야기를 꺼내지도, 궁금해하지도 않았다.

"아까……"

"나르디!"

눈치 없는 나르디까지 무사히 진압한 우리는 마침내 편안하게 밤참을 대접받을 수 있었다. 우리 앞에 차려진 것은 저녁때 따먹었던 구즈베리, 조금 딱딱해진 빵, 미지근한 염소젖,—집 밖 어딘가에서 염소 우는 소리가 들리는 걸로 봐서—게다가 또 계절에 안 맞는 뭔가가…… 으아, 저건 진짜 멜론이잖아!

충격을 받은 나는 파랗고 싱싱해 보이는 멜론 조각에 손을 뻗기 전에 주위부터 둘러봤다. 유리카도 놀라서 눈이 커다래져 있었다.

"이게 어디서 난 거예요?"

"우와, 마술인가?"

봄에 멜론이라니. 이게 무슨 조화야?

처음의 황송함이 사라지자, 나와 유리카와 나르디는 정신없이 멜론을 집어 베물었다. 입안에 향기로운 맛이 그득해졌다. 오늘 내내 굉장히 더웠던 탓에 아예 한여름이 된 기분이었다. 주아니가 안됐다. 여기까지 편하게 올 땐 좋았겠지만 지금은 약 좀 오를걸.

나는 멜론을 양손에 하나씩 쥔 채 물어 보았다.

"이 근처는 굉장히 덥네요?"

세 산지기는 자신들이 내놓은 음식에 우리들처럼 감동하지는 않았다. 그냥 자다가 일어난 사람의 심드렁한 표정일 뿐이었다. 젊은 산지기가 말했다.

"글쎄, 확실히 태어나고 처음 겪는 희한한 봄이긴 해요. 이 나이가 되도록 이런 봄 더위는 처음이거든요."

"죽 이런 식이라면 피서용 오두막을 좀 더 일찍 지어둬야 할지도 모르겠군. 밤에도 땀이 줄줄 흘러서 제대로 잘 수가 있어야지."

중년 산지기의 대답이었다. 나는 다시 물었다.

"여기가 본래 이렇게 더운 게 아니고요?"

"무슨 소릴. 저 산 깊은 곳은 여름에도 자칫 옷 얇게 입고 돌아다니다간 금세 감기 하나 달고 나오는 곳이야. 파비안느 아룬드나 되어야 덥다는 말을 할 수 있을 정도라고."

여기가 남쪽지방이라서 덥다는 추측은 이로서 사실이 아님이 증명되었다. 대륙의 동북쪽 끝에서 남서쪽 끝까지 여행해 온 탓에 날씨가 아무리 이상해도 그렇겠거니 넘기고 있었는데, 그게 아니네.

유리카가 물었다.

"올해만 이래요?"

"그렇지. 그것도 타로핀 아룬드에 접어들면서부터 이래. 아르나 아룬드 때만 해도 예년 같은 날씨였는데. 이렇게 더워진데다, 여름 과일이 벌써 익지를 않나……. 하여간 세상에 뭔 일이 벌어지려고 이러는지."

내가 말했다.

"그것 참, 이상하고도 편리하네요?"

"그렇지?"

곱슬 수염의 중년 산지기는 나와 의견이 같은 모양이었다.

"무슨 소리야! 세상이 망할 징조라고!"

"그렇죠?"

늙은 산지기와 젊은 산지기의 의견은 또한 같았다. 그럼 이번엔 나르디와 유리카의 의견이 같을 차롄가?

"멜론이 정말 잘 익었네요. 여름에 익은 것 못지않아요."

"즙이 많고, 향기로운 것이……."

……정말이었다.

우리들은 게눈 감추듯이 멜론을 해치웠다. 그러고 나니 몹시 졸리기 시작했다.

"그건 그렇고, 자네들은 어디로 가나?"

"융스크-리테로 갑니다."

"구경 가나?"

"그런 셈이죠."

"왜?"

"아, 그게…… 볼만하다고 하더라고요."

갑자기 대답 담당이 된 나르디가 수염 산지기와 대책 없이 주거니 받거니 하는 동안 나는 연달아 하품을 세 번이나 했다. 늙은 산지기가 눈치를 채고 피곤한데 그만 자라고 하는 대신 말했다.

"이름들을 말해야 재워 주겠네."

우리는 갑자기 반응이 빨라졌다.

"파비안 크리스차넨이에요."

"유리카 오베르뉴죠."

"나르디…… 입니다."

젊은 산지기는 드나르노, 곱슬 수염 산지기는 왈라키, 그리고 마지막 늙은 산지기는…….

"벵시아 나우케라고 하네."

나는 놀라자빠질 뻔하며 물었다.

"나우케요?"

"그래, 나우케에 불만 있냐?"

"아, 아뇨…….."

나는 갑자기 졸음이 달아날 정도로 묻고 싶은 것이 많아졌지만 늙은 산지기 나우케가 상황을 마무리해 버렸다.

"알았으니 얘기들은 내일 하고 다들 얼른 자! 자리도 좁고 하니 동작 느린 놈은 나가서 자야 할 걸."

마지막 말은 아주 효과적이어서 우리들은 순식간에 잠자리로 기어 들어갔다. 침대가 없어서 바닥에 깐 이불 속 신세지만 노숙에 비하면 훨씬 좋은 잠자리였다. 유리카만 드나르노가 양보한 침대를 쓰기로 했다. 나는 눈을 감고 내일 물어볼 것들을 꼽아 보았다.

내 인생에 나타난 세 번째 나우케, 당신 정체는 뭐냐!

융스크-리테로 가는 가장 짧고도 편하고도 안전한 길은 어딘가?

갑자기 나타난 산적 떼는 최근 어느 구석에 박혀 있는가?

그리고…… 또…….

4. 예언의 길, 마법의 길

「류지아, 머리는…….」

「네가 마을을 떠난 지가 언젠데, 아직까지 내가 그때 그 머리일 거라고 생각하는 거야?」

류지아의 머리카락은 자르기 전만큼 길진 않았지만, 끄트머리나마 묶을 수 있을 정도로 자라 있었다. 그렇지만 조그마한 얼굴과 무심한 표정은 예전과 똑같았다.

「그, 그래…… 그건 그렇고 무슨 일이야?」

「몇 가지, 해 줘야 할 말이 있어서.」

반쯤 깬 듯도 하고, 잠든 듯도 한 상태다. 그러나 나는 이 상태가 꿈속이라는 것을 이상하리만큼 명확하게 인식하고 있었다.

나는 해줄 말이 뭐냐고 묻는 대신 엉뚱한 질문부터 했다.

「참, 헤렐은 잘 있냐?」

「이스나에가 잘 있지 않으면 어쩔 테야. 네가 걱정할 일도 아니고, 내가 걱정할 일은 더더욱 아니야.」

류지아는 헤렐에게 최근 감정이 나쁜 모양이네. 아니면 머리 자른 이래로 내내 원한을 품고 있다거나.

「그, 그렇겠지. 네가 그렇다면야 뭐…….」

「용건부터 말하자.」

류지아는 정말이지 머리 길이 빼고는 옛날하고 달라진 게 하나도 없었다.

「너는 지금 영원한 푸른 강물을 가르는 찬란한 광휘의 고향에 가까이 와 있어.」

나는 잠시 동안 류지아가 무슨 말을 한 건지 고민해야 했다. 정말이지 꽤 오래 걸렸다. 저 영원한 푸른 강물…… 어쩌고가 멋쟁이 검의 다른 이름, 아니 원래 이름이었다는 것을 깨닫기까지 말이다.

「고향이란 게 이 검이 본래 있던 자리 얘기지? 융스크—리테 말야. 그런데 고향에 가면 뭐 좋은 일이라도 있어?」

「헤렐이 해줬던 이야기를 기억하겠지? 이스나에—드라니아라스만큼이나 오래된 검, 그 안에 숨어 있는 강력한 힘, 그럼에도 불구하고 평범해 보이는 너 같은 애와 공명하고 있는 것.」

마지막 말에 은근히 기분이 상했지만 사실인지라 별 수 없었다.

「그런 검을 단지 호신용으로나 쓴다는 것은 한심한 일이고, 장기적으로는 위험한 일이기도 하지. 그 검의 주인에 걸맞은 운명이 닥쳤을 때, 준비가 되어 있지 않다면 파멸하는 길뿐이니까. 위대한 물건이 네

게 왔을 땐, 그것을 사용해야만 피할 수 있는 크나큰 위기도 뒤따라온
다는 것을 알아야 해.」

「네 말을 들으니까 검을 버리고 싶어졌어.」

솔직하게 대답한 건데 류지아는 화를 냈다.

「그래서 넌 빈손으로 위기를 맞고 싶니!」

「그, 그건 아니지.」

생각해 보니 일단 검을 얻은 이상 피할 수도 없다는 소리네.

「능력이 부족하면, 장소라도 이용해야 하는 법. 그 곳은 검이 만들어
진 곳이고, 수백 년 이상 있었던 곳이야. 힘은 장소에도 깃들기 마련이
지. 그곳을 찾아가서 네가 검의 힘을 얼마나 다룰 수 있는지 시험해
봐.」

나는 간신히 이야기의 가닥을 잡을 수 있었다. 그러니까 이 검도 고
향에 온 김에 기분이 좋아져서 주인 말을 좀 더 잘 들어줄 마음이 생길
지도 모른다는 뜻이겠지?

「융스크-리테에서 검은 바위가 유난히 많은 지역을 찾아.」

「그런 다음에?」

「동굴을 찾아.」

「그러고는?」

「들어가.」

「……그래서?」

「검이 본래 꽂혀 있던 곳을 찾아내어서…….」

나는 더 참지 못하고 말했다.

「야, 류지아. 네 말대로 그렇게 쉽게 찾아진다면 나도 기쁘긴 하겠는데, 그럴 가능성이 별로 없어 보이니 어쩌냐? 어마어마한 산맥에 가서, 그것도 대륙 제일봉이라는 산 밑에 뚝 떨어뜨려 놓고 동굴 하나 찾아내라고 해봐. 너라면 잘 되겠냐?」

「사람 말을 끝까지 들어, 파비안 크리스차넨.」

류지아는 예나 지금이나 한 마디로 내 입을 다물게 하는 애였다.

「검은, 고향과 공명해. 그러니 고향에 가까워질수록 뜨거워지거나, 아니면 불꽃을 보게 될지도 모르지. 후자의 경우라면 네 수련이 내 생각보다는 많이 쌓였다는 증거이겠고.」

「어…… 고마운 일이군.」

나는 무안한 나머지 되는 대로 중얼거렸다. 류지아가 말을 이었다.

「그곳을 찾아내거든…….」

나는 무슨 말을 해줄지 잔뜩 기대하며 숨을 죽였다.

「잘해봐.」

뭐…… 뭐?

"이 늙은 사기꾼아! 뭐가 어쩌고 어째? 네놈이 아니면 누구란 말이냐?"

"뭐야, 이놈아? 지금껏 내가 참아줬기로서니, 누명을 씌우는 것도 모자라 이젠 늙은 놈한테 이놈저놈이라니!"

"늙은 놈한테 늙은 놈이라고 하지, 그럼 뭘 어쩌란 말이냐!"

"이노옴! 오늘은 결판을 내자!"

"그래, 이 더러운 영감쟁이야! 오늘 아침 굶어!"

나는 깨어날 수밖에 없는 상황이었다.

"류지아…… 뭘 어쩌라는……."

나는 중얼거리다 말고 화닥닥 정신이 드는 것을 느끼며 몸을 일으켰다.

"류, 류지아!"

꿈이라는 건 알고 있었지만 유령처럼 훌쩍 사라져 버리다니, 너도 헤렐을 닮기로 작정했냐? 이스나에도 아니고 사람인 주제에…… 어, 어라?

"파비안, 꿈을 꾸었나 보군?"

내 곁에 와서 앉은 나르디가 물었지만 나는 불안한 기분에 사로잡혀 대답도 제대로 할 수 없었다. 류지아는 분명 이스나에가 아니고 그냥 사람이다. 이렇게 멋대로 남의 꿈에 나타날 수 있는 능력은 없을 텐데. 그저 점쟁이 소녀일 뿐이라고. 그런데 이게 어찌된 거야? 설마…….

"파비안, 저기서 누가 자네한테 싸늘한 눈길을 보내고 있는데?"

나도 마침 느낀 참이라 고개를 돌려 바라보니 유리카였다.

"유리, 왜 그래?"

"고향에 여자 친구라도 두고 왔니?"

그 말을 이해하는 데는 조금 시간이 걸렸다. 고향에 여자 친구? 설마 벤야 킬른을 말하는 것은 아니겠고…… 앗!

"류지아…… 말이야?"

유리카는 대답 없이 집밖으로 나가버렸다. 나는 아까보다 한층 더 당황했다.

나우케와 왈라키, 두 산지기는 여전히 소리를 질러가며 싸우고 있었지만, 나는 이 장소에 있거나 없는 두 소녀에 대한 걱정 때문에 산지기들의 다툼에 신경 쓸 여력이 없었다. 게다가 잠시 후 보니 그들은 어느새 나를 깨운 커다란 목소리들을 접고 뭔가에 몰두하고 있었다. 생각건대, 저 사람들은 그 사이 죽기살기로 목소리 높인 것은 깡그리 잊은 게 분명하다. 뭘 하는가 넘겨다보니…….

"정말, 이해할 수가 없어. 정말 영감쟁이 네놈 짓이 아니란 말야?"

"내가 자다가 일어나서 뭐 먹는 것 봤어?"

그들은 언제 싸웠냐는 듯 친숙하게 쑥덕거리면서 아침식사 준비를 하고 있었다. 나 대신 나르디가 물었다.

"무슨 일이 있었습니까?"

"글쎄, 아침에 먹으려고 구워 둔 빵이 세 개나 없어졌단 말이지."

"게다가 구즈베리도 한 개도 안 남았어."

"우리 집엔 쥐도 없거든요."

드나르노가 덧붙인 말을 듣는 순간, 나는 사건의 진상에 대한 결정적인 심증을 확보했다. 이어 내가 취한 행동은…….

"아하하하하……."

나는 바보스럽게 웃은 다음, 문을 열고 슬금슬금 집밖으로 나왔다. 눈에 안 띄는 뒤꼍으로 간 나는 목소리를 낮춰서 불렀다.

"야, 주아니!"

"……."

꼭 주아니의 잘못이라고 할 수는 없지만, 일단 책임 소재는 따져야지.

"뭐라고 할 생각은 없어. 하지만 그렇게 배가 고팠냐?"

"너네들, 맛있는 거 먹으면서 내 생각은 해보기나 했어?"

머리도 안 내민 주아니가 뾰로통한 목소리를 내는 것이 들렸다.

"그래, 좋아. 그러면 당장 들어가서 세 산지기 양반들한테 역사상 최초의 여행하는 로아에를 정식으로 소개하고, 그런 다음에⋯⋯."

"그, 그만두라고!"

지금까지의 경험으로 안 건데, 주아니는 목소리 크고 난폭하게 말하는 사람들을 제일 두려워했다. 몸집은 누구나 저보다 수십 배 이상 크니까, 거한이거나 험상궂은 사람이라고 해서 더 겁을 먹지는 않는데, 귀가 좋은 탓인지 소리에는 굉장히 민감했다. 그런 주아니의 기준에서 두 산지기는 완전히 낙제점이었다.

"그러니까 어쩔 수 없잖아."

갑자기 있는 줄도 몰랐던 뒷문이 덜컥 열리는 바람에 주아니는 주머니 안에서도 움찔, 하면서 입을 다물었다.

"아침 먹게!"

아침부터 기운이 넘치는 산지기들이었다. 이윽고 식사를 하려고 자리를 잡고 앉았는데 아직도 유리카의 모습이 보이지 않았다.

"어딜 갔어?"

"아까 파비안을 기분 나쁘다는 듯이 쳐다보더니 나갔습니다."

나르디의 정직하고 가감 없이 사실 그대로인 보고를 들은 세 산지기는 이 문제에 대한 책임이 전적으로 내게 있다고 간주했다. 그래서 식사는 건드려보기도 전에 죄인으로 몰리려는 참인데…….

"늦었어요."

유리카가 문을 열고 들어오더니 자리에 앉았다.

"그럼 먹지."

산지기들은 머리가 나빴다…… 기보다는, 조금 전의 일을 빨리도 잊어버렸다.

왈라키가 빵을 수프에 찍어 먹으면서 말했다.

"원칙을 말해주지. 우리 집은 특별한 사정이 없는 한 하루 이상 머무를 수 없어. 본래 숙박 시설이 아니니까. 물론 저 늙은 양반처럼 멋대로 눌러앉아 버리는 경우도 있지만, 이젠 그런 일 용서 안 해. 왜냐면 잠잘 자리가 마땅치가 않거든. 여기 오래 있고 싶은 놈이 있다면 먼저 저 늙은이를 쫓아내야 할 거야."

"그럼 내가 털북숭이 네놈을 쫓아내지."

식사할 때라 그런지, 산지기들은 평상시처럼 죽일 듯이 목소리를 높이지 않았다. 조금 전과 내용상 다를 것도 없는 대화를 하면서, 아까는 생사를 가르려고 하더니 지금은 무척이나 심드렁하군.

게다가 왈라키의 원칙은 아무래도 방금 급조된 듯한 냄새가 풍겼다. 어차피 오래 머무를 생각도 없었는데 지레 으름장 놓긴.

"최근 근처에 산적이 나타난다면서요?"

나르디가 오랜만에 도움이 되는 이야기를 꺼냈다. 왈라키가 대꾸했다.

"뭐? 감히 스조렌 산맥에 발을 들여놓은 운 나쁘고 간 큰 산적 따위야 내 손으로 단박에…… 라고 하고 싶지만 놈들 세력이 꽤 커."

"어느 정도죠? 요즘에는 어디쯤 나타난대요?"

"가르농 계곡 근처일거야, 최근에 본 데가. 백여 명이나 되는데, 워낙 산맥이 크고 험하다 보니 근처 영주라는 자들은 토벌할 염도 안 내고. 사실 놈들은 게을러서 자다가 일어나 보니 마누라 머리라도 베어갔다고 해야, 슬금슬금 일어나 토벌 어쩌고 떠들어대겠지."

이번엔 나우케가 대답했다. 이야기를 듣자니 어쨌든 가르농 계곡이라는 데를 가보긴 가봐야 할 듯했다.

그러고 보니 나우케 집안—한 집안이 맞다면—사람들은 자기네 영주 욕하는 것이 집안 내력인지도 모르겠다. 늙은 나우케는, 신랄하게 내뱉자마자 빵을 불량스럽게 물어뜯어서 질경질경 씹었다.

아주 인상적인 모습이었다.

"맞다. 마디크 나우케, 혹시……."

나는 이러이러한 사람, 즉 나우케 의사를 아느냐고 물으려고 했지만 문득 내가 나우케 의사의 이름을 모른다는 점에 생각이 미쳤다.

"음, 그게 그러니까……."

"뭘? 혹시라니, 내가 뭐 어쨌다고? 뭐…… 아! 혹시 너도 내가 어젯밤에 일어나서 음식들을 먹어치운 거라고 생각한단 거야?"

"아니, 그게 아니라…… 나우케 의사라는 사람 혹시 아시느냐고요."

"엑슬란 말이야?"

어차피 나우케 의사의 이름을 모르는데, 엑슬란이 맞는지 아닌지 어떻게 알겠어?

"엑슬란이라는 사람한테 누이동생이 있나요?"

"류지아?"

오, 이번엔 정확했다.

"무슨 사이에요?"

"둘은 남매 사이지."

"으…… 그거말고 당신하고 그 두 남매 말이에요."

"아는 사이."

"어떻게?"

"잘 아는."

다행히도 내가 미쳐버리기 전에 나르디가 그 다운 질문을 던졌다. 이럴 때는 저 녀석만이 할 수 있는 방식이 있다니까.

"마디크 벵시아 나우케하고 마디크 엑슬란 나우케는 성이 같은 것으로 보아 혈연관계인 것처럼 보이는데 사실은 어떤가요?"

"오, 있지. 엑스하고 류지는 내 조카들이야."

"그렇다면…… 아, 그렇구나, 당신!"

나는 깨달음을 얻는 바람에 예의도 잊고 외쳤다.

"당신이 하라시바에 살고 있다는, 복채 별로 안 비싼 관상쟁이로군요!"

그래, 하라시바에 가면 내가 어디에 가게를 낼지, 그런 것까지 알 수 있는 사람이 분명히 있다고 했어. 그게 자기 삼촌 얘기였단 거야? 그건 그렇고, 하라시바에 있다는 사람이 어쩌다가 스조렌 산맥까지 와서 쭈 그리고 있는 건데?

우선 내가 그 발언 때문에 목이 졸릴 뻔하고, 먹던 수프를 뱉을 뻔하기도 하고, 날아오는 빵을 맞을 뻔하기도 했으나 다행히도 비밀스런 영혼들의 가호를 받아 모조리 피했다는 사실부터 말하자. 어쨌거나 벵시아 나우케는 씩씩거리면서 다시 한 번 외쳤다.

"난 관상쟁이가 아니야!"

나르디가 공손하게 물었다.

"그렇다면 당신의 직업은 무엇입니까?"

"산지기지! 그리고…… 운명예술가이기도 하다."

"우…… 운명예술가?"

그게 관상쟁이하고 본질적으로 다를 것 없는 말임을 알아차리는 데에는 그다지 오랜 시간이 걸리지 않았다.

"그, 그렇군요."

나는 운명예술가 나우케 씨의 성질을 더 이상 건드리지 않기로 작정했다. 운명이 항상 내 편이라는 법은 없으니 말이다.

"그 예술은 언제쯤 볼 수 있나요?"

유리카였다. 지금껏 식탁에서 한 마디도 없었기에 모두의 눈길이 쏠렸다. 그녀는 이미 식사를 끝내고 포크와 나이프를 단정하게 올려놓은 뒤였다.

"예술? 그건 예술가가 내킬 때지."

"그럼, 지금은 어때요?"

"지금?"

벵시아 나우케는 고개를 갸웃거리며 유리카를 바라봤다. 그리고 잠시 동안 그녀의 눈을 들여다보고 있었다. 유리카도 그를 마주보았다. 그러더니……

……그것은 꽤 오래 계속되었다.

"뭐, 뭐야!"

벵시아 나우케가 갑자기 의자를 박차고 일어나 몇 발짝 물러섰다. 그의 눈동자가 공포와 의혹으로 흔들리고 있었다.

"너, 너…… 아니, 당신, 뭐야? 뭐…… 뭐죠?"

그의 말투도 행동에 못지않게 엉망이었다.

"뭐라니, 별 것 아닌걸요."

유리카는 침착하게 대답하더니 싱긋 웃으며 내게 말했다.

"류지아라는 애가 점쟁이 소녀였니?"

"그거야…… 물론 점을 봐주었을 뿐이야. 그것도 두 번 정도고, 그 말고는 별로……."

갑자기 류지아가 침대에서 내 몸 위에 올라왔던 일이 떠올랐지만, 황급히 생략해 버렸다. 그건 내가 바란 일도 아니었고, 어쩔 수도 없었으니까…….

"……하여간 어젯밤 꿈에 나타나서 내가 갈 길을 알려주었을 뿐이라고!"

내 말이 떨어지기가 무섭게 나우케가 물었다.

"류지가 네 꿈에 나타나서 예언을 해주었다고?"

"에…… 잠든 건지 깬 건지 잘 모를 그런 상태였죠. 그런데 그 애는 마치 이웃집에 놀러온 것처럼 말하더라고요. 이야기를 하다가 갑자기

사라져 버려서, 그, 그래서 걱정이 되었죠. 이스나에라면 모를까, 남의 꿈에 나타나다니, 인간이 할 수 있는 일이 아니잖아요? 그래서 혹시 무슨 일이 생겼을지도 모른다 싶어서……."

삼촌이라는 사람 앞에서 혹시 죽어서 이스나에가 된 것 아니냐는 말은 차마 꺼낼 수가 없었다. 그러나 나우케 산지기는 눈을 가느스름하게 뜨더니 대뜸 말했다.

"너, 류지아의 예언력과 연결되어 있구나, 그렇지?"

"그런 말을 들은 일이 있기는 했지만……."

"걱정할 것은 없네. 류지는 아무 일 없을 거야. 그 애 능력은 내가 잘 알아."

"그럴 수도 있겠지만, 전에는 별로……."

내가 마음이 안 놓여 중얼거리고 있는데, 나우케는 다시 유리카를 쳐다봤다. 그리고 두렵다는 듯이 몸을 부르르 떨었다.

"그리고 저 프로첸…… 아니, 저분은 누구시냐?"

"유리요? 유리는 아스테……."

나는 무심코 말하려다가 유리카가 무녀라는 것을 밝히기 싫어할지도 모른다는 생각에 말을 멈췄다. 그러나 뜻밖으로 유리카가 내 말을 받아서 말했다.

"그 말대로예요. 저는 아스테리온 무녀지요. 그게 뭐 잘못되었나요?"

"아스테리온……. 아니야, 아스테리온 말고도 뭔가가 더 있어. 너…… 아니, 당신은 누구요? 도대체 나이가 몇이요?"

나우케 산지기의 존댓말에 왈라키와 드나르노까지 신기한 표정을 짓더니 덩달아 유리카를 이상하게 쳐다보기 시작했다. 물론 나우케 산지기처럼 그녀를 두려워하지는 않았다. 솔직히 나도 나우케 산지기가 뭘 두려워하고 있는 것인지 모르겠다.

"좀 많지요."

유리카는 여유 있게 생긋 웃었다. 아무 일도 아니라는 듯이. 좀 많다니? 열 몇 살이 많은 나이냐?

"어디에서 오셨습니까?"

"달크로이츠 영지에서 왔지요."

유리카는 세르무즈 땅에서, 그것도 마브릴들 앞에서 이스나미르의 지명을 아무렇지도 않게 말했다. 아참, 그럼 나우케 집안은 엘라비다야, 마브릴이야?

"그럼…… 당신의 눈에서 느껴지는 세월의 매듭들은 무엇을 말하는 것입니까?"

유리카는 그제야 미소를 거두고 진지해졌다.

"생각보다 훌륭한 운명예술가이시네요, 마디크 벵시아 나우케."

나우케 산지기의 표정은 경건하다고 해도 될 정도였다. 영문 모르는 나와 나르디, 드나르노와 왈라키는 서로의 얼굴을 쳐다보는 수밖에 없었다.

"두려워할 건 없어요. 당신을 어쩌지는 않아. 내 할 일이 있어서 온 것 뿐. 긴 세월의 매듭들, 매듭은 그것을 풀어놓을 사람을 기다리기 마련이죠. 그것을 풀려는 것뿐이니까."

유리카의 목소리가 달라져있었다. 내가 기억하는 한 이 목소리는 악령의 노예들에게 쫓기던 때, 절벽 위에서 주문을 읊던 그 목소리다.

"원하시는 것은 무엇입니까? 에제키엘의 그림자는 시간을 다루는 자 모두가 다투어 뒤따라 달리게 하는 힘입니다. 예니체트리의 자식들 중 저처럼 짧은 시간조차 어쩌지 못하는 자에게도, 에제키엘의 그림자는 떨칠 수 없는 것입니다. 그러나 저에게 그 일에 끼어들 자격이 있습니까?"

"에제키엘의 의지는 세월 속에서 사그라지고, 그러면서 서서히 구현되는 것. 그리고 예니체트리의 자식이라는 것은 자랑 중에서도 가장 큰 자랑. 그녀의 자식이라는 것 하나만으로도 이미 자격은 가지고도 남아요. 그녀의 핏줄은 고대로부터 내려오는 것들 가운데 가장 고귀한 전승의 하나가 아닌가요? 나 역시도 무녀, 그러니 예니체트리의 사생아라고 할 만한 정도는 됩니다."

어쩐지 자리를 비켜줘야 할 것 같은 분위기야.

"그렇다면……."

"운명예술가여, 그대의 힘을 잠시 빌리고 싶네요. 당신이 가진 예언력은 강대해요. 매듭을 풀기 위해서, 내겐 그것이 필요합니다."

"세월 속을 방랑하는 자여, 그대의 뜻대로."

유리카는 식탁에서 일어나 널찍한 마룻바닥으로 걸어갔다. 나우케 산지기도 따라 일어섰다. 둘은 마주 섰고, 유리카가 그를 향해 두 손을 내밀었다. 손에는 희미한 빛이 감돌았다.

"아무 생각도 할 필요 없어요. 의지는 내가 가지고 있으니까."

나우케 산지기는 점차 환해지고 있는 그 빛에 손을 얹었다. 그 순간, 놀라운 일이 벌어졌다. 그들의 겹쳐진 손 위로, 허공에 구멍이라도 뚫린 것처럼 낯선 풍경이 나타났던 것이다. 커다란 물방울이 떠 있어서 그 안에 무언가 비친 듯하달까. 숲과 절벽, 우거진 나뭇가지들.

"끄허억!"

왈라키가 바닥에 주저앉기라도 할 듯 비명을 올렸다. 그는 지금껏 아주 실용적인 생활 철학을 견지해 온 모양이었다.

"꿈이야? 환각이야? 아니면 그 마법인가 뭔가 하는 건가? 저 늙은이가 가끔 정신 나간 것처럼 중얼대던 그게 바로 저거야?"

"마디크 나우케가 늘 하던 예언 어쩌고 하는 소리가 빈 말이 아니었나 봐요."

드나르노도 놀라 딸꾹질 소리를 내는 중이었다. 그들은 둘 다 허공에 나타난 풍경에 완전히 얼이 빠져 있었다. 나르디만이 낮게 말했다.

"마법 시선!"

내가 그게 뭔지 나르디한테 물으려는 찰나, 왈라키의 흥분한 목소리가 울렸다.

"저기 저 장소! 본 일이 있어!"

나르디가 물었다.

"어디죠?"

"융스크–리테의 동쪽 사면 중에서 곱사등이 능선을 타는 길이야. 아주 험한 길인데, 몇 번 가본 일이 있어."

바위투성이 절벽 사이로 좁게 이어지는 길이 보였다. 커다란 보랏빛 꽃들이 돌길 사이로 줄줄이 피어나 있었다. 잎새에 맺힌 이슬조차 손에 잡힐 듯 가까웠다. 놀랄 만큼 생생했지만, 동시에 아주 멀리 있었다. 게다가 더 놀라운 일이 벌어졌다.

"움직인다!"

어느새 새로운 풍경이 나타났고, 흐르듯 나아가거나 때로는 아예 다른 풍경으로 바뀌기도 했다. 곱사등이 능선이 이어지다가 골짜기 사이로 올라가는 좁은 길이 보이고, 올려다보는가 싶더니 순식간에 절벽 위에 이르렀다. 아주 빠르게 달리는 사람의 시선이라 하면 이해가 될법한 움직임이랄까?

이윽고 시선은 바위가 포개진 틈새로 빨려들어 가는가 싶더니, 갑자기 널찍한 곳을 비췄다.

"히야, 저기! 저런 동굴이 있었나!"

벌써 신기한 구경거리 정도로 여기고 있는 왈라키는 나보다 훨씬 속 편한 사람임에 틀림없었다. 나는 유리카의 표정을 살폈다. 그녀는 눈을 감지도 않았고, 다른 사람과 마찬가지로 영상을 응시하고 있을 뿐이었다. 그러나 나우케 산지기는 딴판이었다. 그의 손이 빛을 내는 것도 아닌데 이마에서 땀을 뻘뻘 흘렸고, 영상을 제대로 지켜볼 정신도 없어 보였다. 호흡이 너무 거칠어서 곧 숨이 넘어가지 않을지 걱정될 정도였다.

"저기가 어딘지 알겠어요?"

유리카가 왈라키에게 묻자 그는 자신 있게 대답했다.

"그럼! 이래봬도 스조렌에서 산지기로만 잔뼈가 굵은 몸이야. 아버지도 할아버지도 다 산지기였다고. 여기 길을 못 찾으면 침대에 드러누워서 죽을 날이나 세어야지."

"잘됐어요. 기억해 두셨다가 이따가 길 설명 잘 해주셔야 해요?"

유리카는 싱긋 웃더니 갑자기 영상을 다른 곳으로 바꾸었다. 다들 입을 딱 벌리는 가운데 놀라지 않는 사람은 유리카뿐이었다.

"여기는 어딘지 아시겠어요?"

내가 보기엔 그냥 골짜기였다. 나뭇잎들이 흩어 놓은 모자들처럼 우거져 있고, 가느다란 폭포가 떨어지는 것이 보였다.

"벌집 골짜기군!"

왈라키는 정말 이 일대 지리에 도통한 사람이었다. 이런 사람이 하나 있으면 골동품 지도 같은 것은 필요도 없을 거다.

"그게 어디죠?"

"벌집 골짜기는 조하일-리테에 있는데, 동굴들이 벌집처럼 들어찬 곳이라 아주 잘 알고 있지. 용암 때문에 생긴 동굴이야. 조하일-리테는 휴화산이거든."

벌집 골짜기는 폭포 위로 인동덩굴이 길게 늘어지고 하얀 조약돌들이 깔려 퍽 아름다운 곳처럼 보였다. 그런데 여길 왜 비춘 거야?

"좋아요. 좀 더 가볼까."

유리카는 혼잣말을 하며 동굴들이 있는 쪽으로 마법 시선을 이동시켰다. 이윽고 수십 개가 넘는 동굴들이 나타났다. 언뜻 보기엔 조그마한 동물들이 가끔 드나들 뿐, 특별한 점은 안 보였다.

"저길 봐."

나르디가 한 곳을 손가락으로 가리켰다.

"헤에? 사람이네?"

흙 빛깔 누런 옷들을 입고 있어서 얼른 보이지 않았을 뿐, 자세히 살펴보니 한두 명이 아니었다. 스무 명 이상이 개미처럼 주변을 오가는 것이 보였다.

"저 사람들은……."

나르디가 말끝을 흐리는데 드나르노가 외쳤다.

"붉은 보석단!"

우리들은 산지기들의 집에서 하룻밤 더 머물렀다. 마법 시선을 도운 나우케 산지기가 초죽음이 되어서 양심상 그냥 두고 떠날 수가 없었던 것이다. 다행히 푹 쉬고 나니 상태가 좋아진 것 같아 이튿날 아침 일찍 길을 떠나기로 했다.

융스크-리테로 가는 길은 왈라키가 잘 알려 주었다. 피해야만 할 것들, 즉 자갈길, 빽빽한 숲, 낭떠러지 길 등도 자세히 일러주었다. 물론 그것들을 피한다 해도 궁극적인 재앙인 험준한 융스크-리테 자체를 피할 길은 없겠지만 말이다.

"태양이 그대의 머리 위에 빛나는 한, 달빛이 밤길을 잊지 않고 거니는 한, 별빛은…… 음…… 어쨌든 그대의 여행은 행복하고 그 앞에는 평안만이 기다리고……."

드나르노는 나르디 외에 귀 기울이는 사람도 없는, 장황하고 앞뒤 안 맞는 인사말을 꽤 오랫동안 늘어놓았다. 그는 이것이 예의라고 생각하는 듯했으나, 우리에겐 지루하고 횡설수설하는 것처럼 보일 뿐이었다. 해와 달과 별이 각각 세 번씩 고루 등장하고 나니 인사말을 가지고 해와 달과 별이 나오는 소설을 써도 좋을 지경이 되었다.

나르디가 그런 걸로 질 리 없었다.

"숲새로 여명이 빛날 때면 맑은 의식을, 잎새가 그림자를 떨굴 때면 휴식의 축복을, 밤새가 깃을 접고 날아들 때면 달콤한 꿈의 방문을. 바위와 나무줄기와 선량한 짐승들의 보호자에게 날마다의 보람이 찾아들기를."

아, 어렵다. 그렇지만 드나르노보다는 그럴듯한 게 고대인들이나 할 법하게 들려서 나는 녀석을 용서하기로 했다.

"안녕히 계세요! 어제처럼 좋은 내일이!"

내가 할 수 있는 인사는 이게 다였다. '어제처럼'이라는 말을 오랜만에 떠올리는 것도 몹시 힘들었다.

우리는 이제 왈라키가 말해 준 몇 개의 표지를 찾으면서 가기만 하면 된다. 잘 찾을 수 있을지는 모르겠지만, 왈라키는 그만하면 완벽한 설명이라고 생각하는 모양이었다. 어떻게든 되겠지. 정 못 찾으면 이리로 되돌아와서 열흘쯤 얹혀 살까나.

어쨌든 우리는 산 속으로 떠났다.

다시 찌는 듯한 더위에 시달린 나는 점심때가 되기도 전에 기운이 절반은 빠졌다. 그러나 유리카는 묘하게 기운이 넘쳤다.

"갈 곳이 확실하니까 힘이 나지 않니?"

"언제나 확실했어……. 융스크-리테였잖아."

"얘는. 융스크-리테가 무슨 동네 잡화점 이름인줄 알아? 그 앞에 가면 어디까지가 이 산이고 저 산인지 구별하기도 힘들 텐데."

오는 동안 류지아가 꿈에서 한 이야기를 해 주었는데, 유리카는 심각하게 듣는 기색이더니 류지아의 말이 옳다고, 그 말을 따라야 한다고 말했다. 그래서 우리의 목표는 두 가지가 되어버렸다.

"어딜 먼저 가지?"

"글쎄, 검이 훌륭해지면 산적들을 잡는데 더 도움이 될까, 아니면 보석을 찾으면 검과 교감하는 데 더 도움이 될까?"

유리카는 내 선택을 한층 골치 아프게 해버린 다음, 자기는 상관없다는 듯이 씩씩하게 걸어갔다. 나는 뒤따라가며 투덜댔다.

"벵시아 나우케라는 양반, 그 사람 말 믿어도 되는 거야? 왠지 돌팔이 같은 생각이 들어서. 그 양반 조카들도 보면 말야……."

"아냐, 그는 대단한 사람이었어."

유리카의 목소리가 단호해서 놀랐다.

"그 사람의 힘이 아니었으면 이 정도는 불가능했을 거야. 정말 놀랄만한 사람이더라. 아마 그 집안에는 예언의 핏줄이 있나봐. 나우케, 나우케라…… 들어본 이름은 아니야. 그렇지만 옛날에도 그 정도 힘을 가진 사람은 흔치 않았는데."

"옛날이라니?"

유리카는 혼자 중얼거릴 따름이었다.

"그러니까 옛날, 옛날…… 이라고."

저런 반응을 본 게 한두 번이 아니지만, 오늘은 왠지 지분거릴 마음이 내켰다. 정말 집요하게 묻는다면 어떻게 될까?

"그러면 네가 어제 마디크 나우케한테 한 이야기들은 다 뭐였어? 에제키엘이 나오고, 세월의 매듭이 어쩌고 하는 이야기는 다 뭐야?"

그런데 유리카의 대답도 평소와 달랐다.

"이제 곧 알게 돼. 정말로 이제 곧. 산적을 찾아서 붉은 보석만 갖게 되면 다 설명해줄게. 깨끗이."

"어어……."

나는 당황해서 입을 벌렸다. 이거 기뻐해야 하는 일 맞지?

그때 나르디가 외쳤다.

"정말! 저기 산지기가 말한 나무가 보이는데!"

우리가 발견한 것은 둥치가 다섯 아름은 될 법한 고사목이었다. 썩은 줄기의 부서진 끝 한쪽이 새의 부리처럼 날카롭게 치켜 올라가 있어서 금방 알아볼 수 있었다. 저게 첫 번째 표지였다.

"우리가 길을 제대로 찾고 있긴 한가 봐."

오래 전에 말라죽은 것처럼 보여도 주목인 이상 정말 죽었는지는 알 수 없는 일이었다. 주목이라는 나무는 잘 죽지 않고, 그걸로 만든 물건도 잘 썩지 않는다. 오죽하면 '주목은 살아 천 년, 죽어 천 년'이라는 말이 나왔겠어?

나는 다시 걸으며 다그치듯 물었다.

"유리카, 방금 한 말, 믿어도 되는 거지?"

"물론이야."

이렇게 시원한 대답은 오랜만이라 나는 기분이 좋아진 나머지 나르디도 괴롭혀보고 싶어졌다.

"야, 너는 뭐 할 이야기 없냐? 너는 신상정보 언제 밝히는 거냐? 예고 날짜라도 말해봐."

"아, 저 새 깃털이 희한한걸?"

······녀석은 딴전을 피웠다.

하루 종일 걷고 야영을 한 다음, 이튿날 우리는 팔켄-리테를 돌아 조하일-리테라고 멋대로 단정 지은 어떤 산 아랫자락으로 들어섰다. 어쨌든 조하일-리테가 아니면 페르보하스-리테든지, 그것도 아니면 발보아스-리테거나 그럴 거야. 혹시 다른 산일지 몰라도 더 이상의 이름은 기억이 안 나니까 어쩔 수 없잖아?

"어, 저걸 봐."

"뭐야, 저건."

"산지기들의 유머일거야."

"그래. 친절보다는 유머에 가까워 보이는군."

저만치 어느 바위 틈새에 '조하일-리테' 라고 쓰인 나무 팻말이 끼워져 있었다. 정말 어이없는 노릇이었다. 산에 이런 걸 붙여놓은 것은 난생 처음 봤다.

"그, 그래······. 산지기란 정말 친절한 족속이었어."

"그런데 왜 왈라키는 저 팻말 이야기를 안 했지?"

유리카가 고개를 갸웃거리면서 말했다. 그런데 나르디는 유난히 저

팻말의 존재에 감동한 모양이었다. 우리가 그만 떠나려고 하는데도 그는 혼자 나무 팻말을 바라보며 중얼거렸다.

"정말, 좋은 생각이야. 훌륭한 나라야……."

"너무 감동해서 못 움직이는 거라면, 빨리 만세 다섯 번만 부르고 쫓아와라. 우린 먼저 갈 테니까."

녀석은 즉시 대꾸했다.

"아, 알았어. 가자."

왈라키가 알려준 두 번째 표지는 그들이 작년에 지어 놓았다는 피서 오두막이었다. 이렇게 멀리까지 피서를 하러 오다니 정말이지 장하다. 물론 왈라키는 그 오두막은 작년 이래로 다시 손보지 않으니 몰골이 말이 아닐 거라고 말했다.

까마득히 높은 바위 절벽이 마주선 사잇길을 지나갔다. 덩굴풀이 벽걸이처럼 늘어지고, 화강암에 섞인 석영들이 다양한 빛을 반사했다. 절벽에 돋아난 식물들은 흰 드레스에 달린 녹색 리본처럼 보였다. 봄 무도회에 처음 나가는 시골 처녀가 입을 만한 드레스 말이다.

사잇길을 빠져나오고도 다시 절벽이었다. 서로 손을 잡아 줘 가며 비탈진 바위 언덕을 지나갔다. 움푹 들어간 구석마다 소복한 이끼가 점점이 무늬를 이루며 흩어져 있었다.

산맥은 전설 시대에 대륙이 꿈틀거린 흔적이었다. 솟아오른 등뼈가 잎들을 품었다. 반짝이는 냇물도, 따사로운 옛 흙도…….

바위 언덕을 내려오자 풀밭이 펼쳐졌다. 구릉에 오르자 바람이 불어와 달아오른 뺨을 식혀 주었다. 위를 올려다보니 높이 부는 바람에 구름들이 밀려가는 것이 보였다. 양떼를 모는 목동 같은 바람이었다.

맑고 또 맑은 날씨. 그리고…… 여전히 같은 감상이지만 금화처럼 빛나는 태양. 난 금화를 너무 좋아하거든.

언덕 꼭대기까지 올라 주위를 둘러보았다. 유리카가 바위 아래 구석진 곳을 가리키며 말했다.

"저기 보이는 나뭇조각 더미가 뭘까?"

"땔감을 모아 놓은 걸로 보이는데?"

"흐음, 아마 한때는 오두막이었을지도 모른다고 생각되네만."

주아니가 빼꼼 얼굴을 내밀고 의견을 말했다.

"들쥐들을 위한 안식처야."

마지막 의견이 가장 현실에 가까운 견해였다. 우리가 얼기설기 쌓인 나무더미로 다가가자마자, 수십 마리는 될 법한 들쥐들이 후드득 튀어나와 사방으로 흩어져갔다. 주아니가 말했다.

"내 말이 맞지?"

"흥, 이제부터 이걸로 모닥불을 피우면 내 의견도 맞게 될 거야."

"한때는 오두막이었음에 틀림없다고 말했잖나? 이거야말로 정말 올바른 의견 아닌가?"

나르디까지 거드는데 유리카가 한마디로 깨끗이 정리했다.

"무슨 소리. 이건 왈라키가 말한 두 번째 표지야. 다른 건 관심 없어."

우리는 한때 피서 오두막이었을 것 같은 나뭇더미 옆에 취향대로 걸터앉았다. 앉아있기 좋은 곳이었다. 더위를 피하기에도 좋은 곳일 게 틀림없었다. 아래를 내려다보니 보이는 건 바닥 대신 안개구름뿐이었다. 오르고 내리는 길을 따라가 왔을 뿐인데 어느 새 이만큼이나 올라와 있었나.

주아니는 좋은 날씨와 푸른 풀밭에도 불구하고 주머니에서 나와 보라는 제의를 거절했다. 이유는 바로 들쥐! 로아에들한테 들쥐는 무식하고 말도 안 통하는 끔찍스러운 적이기 때문이라나. 하긴 들쥐 정도라면 로아에들의 수준에 맞는 괴물일지도 모르겠군 그래.

우리는 한동안 말없이 쉬었다. 나는 음악처럼 불어오는 바람에 귀를 기울였다. 풀과 나뭇잎에게 속삭거리며 다가와 내 귓가에도 인사를 남기고 갔다.

바람? 세상 어디에서든 말을 거는 자.

"우리가 정말…… 세상을 여행하고 있구나."

평소 같으면 감상적이라고 지분거렸을 친구들도 이번엔 대꾸하지 않았다. 다들 비슷한 생각을 한 걸까. 그런 생각이 들어.

평화롭다.

세상이 이대로 멈춰도 좋을 것처럼.

"파비안, 나우케 남매 얘기를 해 줄래?"

이곳으로부터 까마득히 먼 고향에 그들이 있었다. 거리가 시간으로 변한 것처럼, 아주 오래 전에 만난 사람들의 이름인 양 느껴졌다.

"엑슬란 나우케라는 사람은 의사고, 질문하는 걸 좋아해. 대답하는 건 싫어하지. 류지아 나우케는 점쟁이 소녀고, 질문하는 걸 싫어해. 대답은 그럭저럭 해 주지."

"환상적으로 잘 맞는 남매로군?"

나르디가 농담조로 말하며 빙그레 미소지었다. 뒷머리를 모아 올려 쥐고 목덜미의 땀을 식히고 있는 모습이 느긋해 보였다. 주아니도 거들 었다.

"둘이서 매일 싸우겠다."

"맞아. 둘뿐인 남매가 따로 사는 거 보면 날마다 싸웠나봐. 어쨌든 처음 만났을 때……."

나는 나우케 의사가 말한 관상, 그리고 류지아의 신통력이랄까, 하여튼 그런 것에 대해 말해 주었다. 자칭 '건국의 이스나에' 헤렐에 대한 이야기도 빠뜨리지 않았다.

유리카가 흥미로운 표정을 지었다.

"그의 이름이 헤렐? 자기가 이스나에-드라니아라스라고 했어? 그것도 건국의 이스나에라고?"

"물론 그의 주장을 믿을 경우의 이야기지. 그런데 참, 헤렐은 본명이 아냐. 그냥 우리끼리 부르기로 한 이름일 뿐이거든."

"그럼 본명은 뭔데?"

나르디가 물었다.

"그게 발음하기가 좀 힘들어서, 아니, 알아듣기가 힘들어서…… 그러니까……."

"음, 알았다."

내가 헤매고 있는데 유리카가 끼어들었다.

"'‥‥‥‥' 같은 이름이었구나?"

나는 놀라 입을 딱 벌렸다. 물론 헤렐의 진짜 이름과 같은 발음은 아니었다. 그러나 내가 발음할 수도, 알아들을 수도 없는 이름이라는 점에서는 똑같았다. 유리카도 저런 말을 할 줄 안단 말야?

"다, 다시 한 번만 말해 볼래?"

"………."

"그, 그래……."

굳이 흉내내자면 그크라크드…… 뭐 그런 발음이었는데, 그래서…… 으아아, 왜 저 따위 말이 세상에 있는 거지!

내가 혼자 분개하는 동안 나르디가 물었다.

"신기한데? 그게 혹시 고대 이스나미르 말인가?"

"너도 알고 있구나?"

저게 우리나라 말이라고? 그럴 리가 없어!

"오, 그렇군? 그렇지만 아룬드의 이름, 또는 계절의 진짜 이름 같은 것도 고대 이스나미르 말인데 우리도 알아들을 수가 있지 않나? 그런데 왜 네가 한 말은 알아듣기 힘든 거지?"

"그것들도 본래는 그런 발음이 아니야. 세월이 흐르면서 고대 이스나미르 말을 아는 사람들이 줄어들다 보니 보통 사람들의 입에 맞춰진 것뿐이지. 내가 다시 말해 볼까? 옛 이스나미르 말로 프랑드는 본래 ……, 세르네즈는 …………, 모나드는 ……., 니스로엘드는 …………… 라고 불러야 맞는 거야."

저 말을 혀가 꼬이는 위험을 감수하면서 대강 옮겨 보면 이렇다. 첫 번째는 프르드아? 다음은 제혜네레…… 뭐 어쩌고? 다음은 몬에……,

마지막은 이니조…… 블라……. 어쨌든 참을 수 없는 발음이었다. 이상한 콧소리와 목구멍소리가 뒤죽박죽이 되어서 도저히 언어라고 할 수가 없고, 저런 말을 하루만 쓰라고 해도 평생 말을 하기 싫어질 게 틀림없다.

나는 혼자서 발음을 연습해보다가 괜히 약이 올라서 물었다.

"그런데 유리카, 너는 어째서 저런 말을 알고 있는 거야?"

"파비안, 넌 너네 가게 물건 가격을 어떻게 아느냐고 누가 묻는다면 뭐라고 대답하겠어?"

"그거야…….."

"똑같아. 무녀들도 먹고 노는 직업은 아니란 말이야. 류지아라는 아가씨도 그 말을 알고 있었댔잖아. 그런데 소위, 고위 아스테리온이라는 내가 그 말을 모른다니 말이 되겠어?"

그렇긴 하지만 저런 말을 알아야 한단 건 아무래도 고문인데.

"무녀란 거 말야, 혹시 자기가 하고 싶어서 택하는 사람도 있나?"

"하고 싶다고 능력이 생기는 것도 아니고, 하기 싫은데 능력이 있는 경우도 있지. 드물게는 스스로를 갈고 닦아서 능력을 만들어내는 경우도 있지만. 어쨌든 하고 싶지 않은 사람이 잘 해내기엔 너무 힘든 일이야. 그러니까 원하지 않는 사람이 무녀가 되는 경우는 드물 거야."

나르디가 물었다.

"그렇다면 너는 어떤 경우지?"

"나는 능력도 있었고, 별 불만도 없었던 경우."

"대단하구나…….."

유리카는 대수롭지 않다는 표정으로 웃을 뿐이었다. 그녀가 관심 있는 것은 다른 쪽이었다.

"그런데 류지아라는 아가씨가 어떻게 이스나에를 불러냈니?"

"음…… 조그만 보석 같은 것을 주더라고. 아참, 그보다 먼저 이상한 불덩어리 같은 것을 불러냈는데, 아니, 그 불덩어리가 나타나기 전에 하얀 막이 쳐져 있었고 주문을……."

말하다 보니 거꾸로 거슬러 올라가며 설명하는 꼴이 됐다. 그러나 유리카는 그럭저럭 알아들었다.

"그래. 봉헌물을 줬구나. 그렇지만 그것만 갖곤 안 될 텐데?"

"무슨 술도 주던데?"

"술이라면…… 혹시, 환영주?"

유리카는 혼자서 탄복한 듯 양손을 맞잡았다.

"야아…… 그 아가씨 생각보다 대단한걸? 대장간의 쇳물처럼 발그레한 주홍빛 술이었지? 과일 향 같은 것이 나고?"

나는 고개를 끄덕였다. 그게 그렇게 대단한 거였나?

"환영주를 만들다니, 정말 대단하다. 아무나 만들 수 있는 게 아니거든. 돈을 주고 구하는 건 더욱 불가능하고. 재료도 그렇고 만드는 방법도…… 아니, 하여튼 그건 그렇다 치고, 술 말고도 뭔가 더 줬을 것 같은데? 그 아가씨가 점쟁이라고 했지, 무녀라고는 안 했잖아? 생명을 다루지 않는 예언자가 이스나에를 불러내려면 생명과 관련 있는 것이 필요했을 텐데?"

그제야 유리카가 뭘 말하는 것인지 알 수 있었다.

"마지막으로 긴 머리채를 잘라 줬어."

"아……."

유리카는 나와 마찬가지로 그걸 대단한 희생으로 생각하는 얼굴이었다. 그녀는 저도 모르게 자신의 머리카락 끝을 매만졌다. 약간은 머뭇거리는 듯, 손가락이 은빛 가닥들 사이를 헤집었다.

눈빛이 어두운 것을 보고 내가 물었다.

"왜 그래?"

"내가 그녀의 힘을 빼앗았군."

"뭐?"

유리카는 일어나 산 아래로 눈을 돌렸다.

흰 바위 비탈이 겹쳐지고 갈라지며 산맥의 머리채가 되었다. 바람이 붙들고 애써 흔들어 본다. 하지만 한 가닥도 흩어놓지 못한 바람은 토라진 날갯짓으로 올라와 빛깔이 같은 소녀의 머리카락을 건드렸다. 은빛 머리카락이 춤춘다. 살아 있는 자의 용서와 유연함…….

유리카의 시선은 가장 먼 곳을 향했다. 빛과 바람이 시작되는 곳, 시간도 사람도 태어나는 곳, 그곳에서 모두가 왔다. 바람은 형제였다. 그는 나란히 다리를 세우고 앉은 두 소년, 그리고 손바닥에 앉은 주아니의 헝클어진 머리도 잊지 않고 쓰다듬어 인사했다.

"나, 그녀에게 못할 짓을 하고 말았어. 필요했기 때문에 한 일이지만, 그녀에게는 상처가 되었을 거야. 어쩔 수 없는 일이지, 어쩔 수 없는 일이고말고……."

나는 유리카가 류지아에게 무슨 잘못을 저질렀다는 것인지 알 수가 없었다. 둘은 만난 일도 없을 텐데.

"그녀의 머리카락이 빨리 자랐으면 좋겠는데."

무슨 영문인지 몰랐지만, 나는 위로가 될까 싶어서 말했다.

"엊그제 꿈에서 보니까 머리가 꽤나 길어졌던걸."

"그래……."

유리카는 더 말하지 않고 그만 가자는 듯 배낭을 집어 들었다. 이상하게도 나는 더 캐물을 수가 없었다.

"부모가 누군지 궁금하다."

"나도 궁금해. 그 사람들은 과연 질문을 좋아할까, 대답을 좋아할까?"

"그, 그런 걸 묻자는 게 아니잖아?"

"물론 내가 알고 싶은 건, 저렇게 대단한 삼촌을 가지고 있고, 또 상당한 예지력을 지닌 아가씨의 부모가 어떤 사람인가라고."

"앗, 나타났다."

물론 그 부모가 갑자기 나타났다는 게 아니다. 유리카와 나는 농담을 그치고 나르디가 가리키는 쪽을 보았다. 과연 뭔가가 있었다. 석양을 등진 바위 위에, 역광 속에서도 윤곽이 뚜렷한 그것은 커다란 새의 뼈였다.

"저건 무슨 새지?"

나는 아직까지 저렇게 큰 새를 본 일이 없었다. 비바람에 수십 년은 풍화되었을 뼈가 여전히 관절 하나 어긋나지 않고 서 있는 것이 놀라웠다. 누군가 일부러 세워 놓은 것처럼, 또는 살아있던 때부터 죽은 지금에 이르기까지 줄곧 저렇게 앉아 있기만 한 것처럼.

왈라키가 미리 말해주기는 했지만 정말 괴이한 표지였다. 섬뜩할 정도로 정교하다. 누가 일부러 만들었다면 정말 대단한 조각품일 테지. 저걸 뜯어갈 마음을 먹은 사람이 없는 것이 다행일 정도네.

"기괴해 보여."

"석양을 받아서 더 그런가?"

우리는 바위 아래를 조심스럽게 지나갔다. 뛰기라도 했다가는 뼛조각이 무너질까 겁이 났다. 저토록 오랫동안 버텨온 것을 무너뜨렸다가는 좋지 않은 일이 일어날 것만 같았다.

바위 위의 해골 새에게겐 눈동자가 없었지만, 한때 눈이 있었을 움푹한 구멍은 우리를 향한 시선을 거두지 않았다. 그 시선이 느껴져 뒤통수가 근질거렸다.

"정말, 저게 무슨 새일까?"

"독수리도 저렇게는 안 크다네. 내 여러 번 보았지만……."

"어쨌든 살아있는 저 새를 만나고 싶진 않군 그래."

"파켈루그 아닐까?"

셋의 눈동자가 한꺼번에 내 저고리 주머니로 향했다. 고개를 내민 주아니가 생각에 잠긴 얼굴로 다시 한 번 말했다.

"파켈루그 같다고."

주아니는 우리의 쏟아지는 질문 공세에 잠시 귀를 막았다가, 한숨을 쉬며 대답했다.

"고대에 살았던 큰 새. 그 이상은 몰라. 족장 어머니한테서 들은 일이 있어. 부리가 유난히 크고 번쩍이는 노란 눈알을 가진 새인데……
무엇보다도 깃털이 온통 파랗지. 진짜 파란색이래. 이 세상 동물들 중
에 정말로 파란색 털을 가진 동물은 파켈루그밖에 없다고 했어."

애기를 듣다보니 우리는 로아에 족이 족장을 따르고, 그 족장은 모
두 여자라는 사실도 덩달아 알게 되었다. 족장을 어머니라고 부른다는
사실도. 이야기를 마친 주아니는 몸을 약간 떨었다.

"내가 이렇게 도망 나와 돌아다니는 거, 족장 어머니는 절대 용서하
지 않으실 거야. 족장 어머니가 한번 화를 내시면 그 앞에서 떨지 않는
로아에는 없어."

음…… 족장 어머니도 로아에일 테지? 그러면 모습 역시…….

"응, 그래. 그만 가자."

로아에를 놓고 두려움을 논하기에는 지나치게 몸집이 큰 우리들이
었다.

이렇듯 우리는 이틀 동안 왈라키가 말해 준 세 가지 표지를 찾으며
산을 헤맸다. 드디어 벌집 골짜기를 찾아냈을 때는 밤이었다. 번개라도
맞은 것처럼 쪼개진 바위 몇 개를 지나쳐 걷다 보니, 어느새 마법 시선
으로 보았던 동굴들이 펼쳐진 것이 보였다. 밤인데 어떻게 보았냐고?

횃불이 수십 개였다!

계곡이 이렇게 밝을 줄은 상상도 못했다. 우리가 선 골짜기 입구는,
지금이 낮이었다면 이 자리에 나타나는 사람이 저편 둔덕에서 정면으
로 보이게끔 되어 있었다. 다시 말해, 침입자를 발견하기에 아주 편리

한 지형이었다.

"기가 막힌 입구로군."

나르디조차도 긴장한 목소리여서 내가 말했다.

"야, 나르디 넌 계속 전처럼 태평하게 있어. 너까지 긴장하니까 갑자기 한층 더 긴장되잖아."

"그거, 긴장 풀려고 하는 말 맞지?"

우리는 조그맣게 속삭이면서 몸을 낮춰 덤불 사이로 숨었다. 드디어 계획을 짤 필요가 생겼다.

"힘으로 제압하자면서?"

나르디의 질문이다.

"응, 물론이야."

유리카가 대답했다.

"그런데 지금 이러고 있는 거야?"

내가 물었다.

"야, 힘으로 제압하려 해도 준비를 해야지, 준비를."

유리카는 과연 계획이 있어서 저런 소리를 하는 걸까?

"자, 나르디 네가 스무 명, 파비안 네가 스무 명만 처치해. 그러면 나머지는 내가……."

"듣는 것만으로도 괴로워졌다. 아아, 난 죽고 싶지 않아."

유리카는 입술을 내밀어 보이더니 심각한 표정을 지었다. 그러나 다들 덤불 속에 쭈그리고 앉아 몸을 웅크린 상황에…… 그런 표정은 도대체 어울리지가 않았다.

유리카가 그래도 아까보다는 한결 진지한 어조로 말했다.

"우리가 저기 쳐들어가서 일인당 스무 명씩 처치해 버리는 게 가능할까?"

나는 단호하게 대답했다.

"불가능하지."

"그럼, 전혀 소란을 일으키지 않고 숨어들어서 그중 두목이란 자를 인질로 잡는 게 가능할까?"

"안 될 것 같네."

나르디의 대답도 단호했다. 녀석아, 따라하지 말란 말야.

"그도 아니면, 아무와도 마주치지 않고 붉은 보석만을, 어딘지 모를 숨겨진 장소에서 살짝 빼내 오는 게 가능할까?"

"……."

왜 자꾸 말도 안 되는 이야기만 꺼내는 거야?

다음 말을 꺼내기 전에 유리카는 생긋 웃어 보였다. 나는 갑자기 불안해졌다. 분명 말도 안 되는 계획일거야. 분명해. 예감이란 게 있다고. 저건 분명…….

"실력으로 힘들 것 같을 때 쓰는 방법이 있지."

난 가끔 내 예상이 좀 안 맞았으면 좋겠어.

결국 내 예상은 반만 들어맞았는데, 틀린 부분 쪽이 더 나빴다. 유리카는 힘으로 뺏는 대신 속임수를 쓰자고 말했다. 좋은 생각 같다고? 그런데 내가 대단한 양심가여서 속임수 따위 쓸 수 없다고 주장했느냐고? 천만의 말씀! 문제는 다른 데 있다.

"무슨 속임수를 쓸 건데?"

"그건 네가 생각해야지."

그래, 네 황당한 자신감을 믿고 따라온 내가 바보지.

이리하여 우리는 '속임수'라는 단순하다 못해 어이없는 화두만 던져진 와중에 무슨 계획이든 세워야 하는 곤란한 지경에 처했다. 우리가 머리를 싸쥐고 있는데 주아니가 한 마디 던졌다.

"아예 그건 저주받은 보석이니 불운이 닥치기 전에 조용히 내놓으시죠, 이러는 건 어때?"

아이고, 발 저려.

배낭과 짐을 짊어진 채 쪼그리고 있자니 발이 너무 저려와서, 주아니가 뭐라 말하든 그냥 따르고 싶어졌다는 걸 미리 말해야겠다. 그래서 나는 대꾸했다.

"그거 좋군. 그 다음엔 어떻게 하지?"

주아니는 하품을 하며 말을 이었다.

"다른 걸로 하나 안겨 주지 뭐. '이 푸른 보석을 갖고, 이제부터 푸른 보석단이라고 부르시죠' 그러는 거야."

"야, 엔젠은 안 돼."

유리카가 끼어들자 주아니가 한심하다는 듯이 내뱉었다.

"누가 정말 엔젠을 주자고 그랬어? 말하자면 그냥 그렇다는 거라고."

그런데 이런 실없는 농담을 하다가 갑자기 내 머리가 빠르게 돌기 시작했다는 것을 어떻게 설명해야 할까?

"야, 갑자기 엄청나게 좋은 생각이 떠오르려고 한다."

"그렇지?"

대답한 건 나르디였다. 그럼…… 너도 나랑 같은 생각이냐?

"너, 너무해!"

"다 서로를 위해 좋은 일 아냐. 물론 나도 내가 할 수 있으면 대신 하고 싶다고."

"그래그래 주아니, 우리 중에서 제일 훌륭하잖아, 안 그래?"

"너의 능력으로만 할 수 있는 일이네. 다른 누구도 불가능한, 바로 자네만의 임무야. 사명감이 생기지 않는가? 반드시 해내고야 말겠다는 굳은 의지가 솟지 않는가?"

야, 나르디, 네 말 듣고 있다간 있던 사명감도 도로 거두고 싶겠다.

주아니는 반쯤 죽을상을 하고 나뭇잎으로 뒤덮인 자기 꼴을 우스꽝스럽게 살피고 있었다. 우리 교활한 인간들은 주아니를 은근한 눈빛으로 바라보면서 상황을 몰아갔다.

"알았지?

"응, 응? 부탁해."

주아니는 끝끝내 대답은 하지 않았다. 그러나 땅에 내려오자 휘적휘적—주아니의 팔다리에 이 표현이 맞는 건가?—숲 속으로 사라져버렸다. 주아니의 불편한 다리가 마음에 걸리는걸.

"너무했나?"

"별 수 없었잖아?"

"아마…… 별로 위험하진 않을 거야. 아마도, 아마도."

이제 할 일은 주아니가 돌아올 때까지 기다리는 것뿐이었다.

저녁별도 지고 나자 사위가 한 치 앞도 내다볼 수 없을 정도로 캄캄해졌다. 저 아래 산적들의 야영터에선 횃불과 모닥불들이 휘황하게 타올랐다. 게다가 고기라도 굽는 건지 그럴듯한 냄새도 함께 올라왔다.

나르디가 조그맣게 중얼댔다.

"죽겠군……."

나는 주아니 생각에 사로잡혀 있었다. 몸집 작은 주아니한테 나뭇잎까지 덮어씌워 보냈는데, 설마 들키진 않겠지? 그런데 정말 들키거나 하면 어쩐다? 그 꼬마를 어떤 식으로 쓱싹해 버릴지 아무도 알 수 없는 노릇 아냐. 아픈 다리에 잽싸게 도망치지도 못할 텐데.

아이고, 걱정되어서 수명이 줄어들 것 같으니 빨리 좀 돌아오라고.

우리가 주아니한테 부탁한 일은 그리 대단한 것이 아니었다. 산적단의 규모를 알아 오라거나, 산적 두목의 약점을 알아내라거나, 심지어 보석이 있는 곳을 알아내라거나, 이런 것이 절대 아니었다.

"두목만 찾아내면 돼. 그래서 근처에 있다가, 그가 하는 얘기를 아무거나 듣고 전해주면 되는 거야. 무슨 이야기든 상관없어. 내일 아랫마을을 습격할 거다, 이런 중대한 거 아니라도 돼. 그냥 오늘 배탈이 나서 설사를 했다거나 이런 정도의……."

"아, 알았다고!"

쳇, 설사가 뭐 어때서…… 가 아니고, 하여간 주아니는 내 말을 이해

한 눈치였다. 주아니의 청력을 생각하면 그렇게 말도 안 되는 주문은 아니잖아. 어쨌든 내가 알고 싶은 건 신상 정보, 바로 그거라고.

"배고프지?"

아까 창졸간에 산적들의 소굴을 발견하는 바람에 우리는 얼떨결에 저녁을 굶었다. 음식 냄새라도 안 나면 좋으련만 산적들은 저녁을 밤새워 먹을 참인지, 언제까지고 굽고 지지는 냄새가 가시지 않았다. 저도 모르게 냄새에 집중해서 저들의 저녁 식단을 꼽아보고 있자니, 싸울 의욕은 사라지고 저녁 먹고 푹 잤으면 하는 생각밖에 없었다. 어쩌면 저들은 가까이 온 적을 저런 식으로 제압하는 걸지도 몰라.

우리가 냄새에 취해 반쯤 죽어갈 무렵, 드디어 주아니가 돌아왔다.

"어때?"

"어땠니?"

주아니는 한참 동안 대답이 없었다. 우리가 무슨 일이라도 생겼나 싶어 슬슬 걱정이 되기 시작할 즈음에야 입을 열었는데, 동시에 입을 열지 못했던 이유도 밝혀졌다.

"그러니까……(우물우물) 쩝! 두목이란 사람을 (꿀꺽) 보긴 했어."

배, 배신이다…….

주아니 혼자 뭘 먹고 있다는 것에 순간적으로 분개할 뻔했지만, 억지로 정찰을 보냈다는 것을 상기하니 입을 다물 수밖에 없었다.

"그래서 무슨 이야길 들었는데?"

"그게…….."

주아니는 입 안에 든 것을 간신히 삼켰다. 재주도 좋지. 그 와중에 먹을 건 또 어디서 구했을까.

"정말 웃겼어, 두목이라는 사람."

음식 먹었다는 티를 팍팍 풍기는 주아니는 몹시 기분이 좋아 보였다. 그래, 참 기분 좋겠다, 쩝.

"내일, 이 근처의 '리테말리' 라는 마을을 약탈하러 간대. 아침 일찍 출발할 건가 봐. 그래서 오늘 부하들한테 음식을 마음껏 내주라고 했대."

"그게 뭐가 웃겨?"

"아, 웃긴 건 그게 아니고."

주아니는 뭘 잘 먹었는지 몰라도 하여간 횡설수설했다.

"두목이라는 인간한테 은밀한 지병이 있다는데……."

오, 바로 그거야. 나는 황급히 다그쳐 물었다

"그래, 그게 뭔데?"

"심각한 소화불량에 변비라더라고."

"……."

갑자기 우리들은 조용해졌다. 각자 머릿속으로 상황을 그려보는 모양이었다. 그러나 솔직히 말해 우리들의 표정은 한결 같았다.

"야, 그거 웬 뭐 씹은 표정이야?"

"그러는 너는? 너도 사실은 그 병이었냐?"

"너희 둘 다 뭐니? 똑같이 '알고 보면 나도 그 병!' 이라고 쓰인 얼굴이면서."

나와 나르디는 동시에 유리카를 돌아보며 한 마디 하려 했지만 주아니가 더 빨랐다.

"쓸데없는 소린 그만두고 다음 얘기를 들어봐. 산적 두목한테는 지금 쓰는 이름 말고 부모가 어렸을 때 지어 준 이름이 있는데, 그게 좀……."

주아니는 웃음을 참는 듯 입을 다물었다가 말했다.

"'피피'라지 뭐야."

이번엔 길게 침묵하지 않았다. 우리 모두는 조금 전의 기묘한 표정을 집어치우고 미친 듯이 키득거리기 시작했다. 소리 죽여 웃는다는 것도 쉬운 일은 아니었다.

"피피…… 푸큭큭……."

"프하하…… 완전히 꼬맹이 이름이잖아?"

"세, 세상에, 하하하…… 끅끅……."

결국 우리 사이에서 산적 녀석은 완전히 웃기는 놈으로 찍히고 말았다.

"마지막으로, 부하 몇 명이 오늘 밤에 리테말리 마을로 가는 길을 정찰하러 나갈 거래. 위치는 어디쯤인지 잘 들어 뒀으니까 내가 찾을 수 있을 거야. 파비안, 네 계획대로 산적들한테 스스로 발각될 셈이라면 이게 적당한 기회 아닐까?"

"오오, 그럼."

내 마음을 알아주는 건 주아니뿐이었다. 다시 말해, 유리카와 나르디는 그리 동조하는 표정이 아니었다.

"아무리 그래도 산적이라네. 이 일대에서 악명을 떨칠 정도라고. 그런 자들이 그렇게 호락호락 속아넘어가 줄까?"

"잘못되면 오히려 일이 커져."

둘이 한 마디씩 할 때까지 기다렸다가 내가 말했다.

"그건 하나만 알고 둘은 모르는 소리야."

"왜?"

"그럼 보석을 어떻게 찾을 거야? 아무 산골짜기나 뒤지면 여기서도 하나, 저기서도 하나 나오는 그런 보석은 아닐 테지? 이 세상에 단 하나밖에 없는 것 아냐. 모조품으로 해결할 수도 없는 거고. 알다시피 그 보석의 힘이 필요한 사람은 있지도 않은 의뢰인이 아니라 우리 자신들이잖아. 혹시 좋은 값에 팔아먹으려는 거였다면 모를까. 하여간, 다시 말해……."

"다시 말해?"

"우리에겐 대안이 없다 이거야. 혹시 다른 의견 있으면 당장 이야기해 봐. 잽싸게 의견수렴 해줄 테니."

나는 속으로 나르디나 유리카가 무슨 의견이든 말해 주기를 기다렸다. 솔직히 나도 내 계획에 확신이 없었으니까.

"네 말이 맞아. 계속 이러고 있을 수는 없지."

이, 이게 아닌데.

"나도 더 좋은 생각이 안 나는군. 밤새 앉아 있느니 너의 계획대로 해 보는 쪽이 좋지 않을까 싶네."

둘 다 그렇게 말하니 슬슬 조바심이 났다. 내 의견의 무모함은 내가 가장 잘 알고 있으니 말이다.

"그럼 가 볼까?"

주아니, 너라도 좀 더 신중하게 생각해 보란 말야. 너까지 그런 성격이었냐…….

그러나 잠시 후, 우리는 주아니가 가르쳐준 대로 골짜기 뒤쪽으로 난 사잇길을 살금살금 걷고 있었다. 이 상황에서 내가 겁이 안 난다면 거짓말일 거다. 그러나 나까지 겁내면 우리가 가진 유일무이한 계획은 사라지고 모든 걸 처음부터 생각해야 했다. 그럴 생각을 하니 솔직히 귀찮기 이를 데 없었다.

……그러니까 얼른, 좀 더 나은 대안이 있으면 얘기해보란 말야.

나는 우리 중 누군가가 생각이 달라져 새로운 계획을 내놓길 고대하면서 일부러 느리게 걸었다. 그러나 그들은…… 나의 기대를 저버리고 아무 말도 하지 않았다.

길은 곧 사라져버렸고 우리들은 기다시피 해서 비탈진 사면을 지나 새로운 샛길이 내려다보이는 둔덕에 이르렀다. 이제 여기서 뛰어내려가 산적들을 기다리기만 하면 되었다. 결국 나는 동료들을 불러모아 세부 계획을 설명할 수밖에 없었다.

"……알겠지?"

"알긴 알겠는데……."

나르디는 미심쩍다는 표정, 주아니는 아무래도 좋다는 표정,—내 생각에 주아니는 저 아래 내려갔다 오면서 술도 한 잔쯤 꿀꺽 한 게 틀림없었다— 그리고 유리카는…….

"재밌겠네!"

이리하여 내 간절한 바람을 저버리고 모든 것이 결정되었다. 난 별수 없이 이렇게 말해야 했다.

"자, 그럼 가자. 갈고 닦아온 연기력을 시험하러!"

과연 언제 갈고 닦았다는 걸까?

〈4권에서 계속〉

The Stone of Days

세월의 돌 3

봄의 대륙을 가로질러

초판 발행 2005년 3월 15일
3판 5쇄 2023년 1월 18일

저자 전민희
펴낸이 서인석 | **펴낸곳** (주)제우미디어
출판등록 324-1 | **등록일자** 1992년 8월 17일
Tel: 02)3142-6845 | Fax: 02)3142-0075
www.jeumedia.com

만든 사람들
출판사업부 총괄 손대현
편집장 전태준 | **책임편집** 윤여은 | **기획** 홍지영, 김혜리, 신한길, 여인우
영업 김영욱, 박임혜 | **제작** 김금남 | **디자인** 디자인그룹올, 디자인수 | **커버일러스트** 쿤요(kunyo)
도움주신 분 김창원

ISBN 978-89-5952-409-9
ISBN(SET) 978-89-5952-416-7